Louise Penny

Das Dorf in den roten Wäldern

Der erste Fall für Gamache

Roman

Aus dem kanadischen Englisch von
Andrea Stumpf und Gabriele Werbeck

Mit einem Gespräch von Louise Penny
und Margaret Atwood anlässlich
des zwanzigsten Jubiläums des Romans

Kampa

Die Originalausgabe erschien 2005 unter dem Titel *Still Life* bei
Headline Book Publishing, a division of Hodder Headline, London.
Die deutsche Erstausgabe erschien 2006 unter dem Titel
Denn alle tragen Schuld im Verlag Limes, München.
Die Vorbemerkung von Louise Penny und ihr Gespräch mit
Margaret Atwood erschienen erstmals in der Sonderausgabe anlässlich
des zwanzigsten Jubiläums von *Still Life* im September 2025
im Verlag Minotaur, New York.

Für den Blick hinter die Verlagskulissen:
www.kampaverlag.ch/newsletter

Hegibachstrasse 2, CH-8032 Zürich
info@kampaverlag.ch
www.kampaverlag.ch
GPSR-Kontakt: Schöffling & Co. Verlagsbuchhandlung GmbH,
Kaiserstraße 79, D-60329 Frankfurt am Main
info@schoeffling.de

Covergestaltung: Lara Flues, Kampa Verlag,
nach einem Entwurf von David Baldeosingh Rotstein
Covermotiv: Kiefern: © IfH85/iStock;
Pfeil: © Militarist/Shutterstock; Ranken: © Ammak/Shutterstock;
Gold-Textur: © Photo Win1/Shutterstock
Gemälde auf Vor- und Nachsatz: © Guy Royd
Farbschnitt: © artGALINI/Shutterstock
Satz: Tristan Walkhoefer, Leipzig
Gesetzt aus der Stempel Garamond LT / 1. Auflage 2025
Druck und Bindung: Friedrich Pustet, Regensburg
Auch als E-Book erhältlich und als Hörbuch bei DAV
ISBN 978 3 311 12131 2

Dieses Buch ist in Liebe
Michael gewidmet

Liebe Leserinnen und Leser …

Es ist seltsam, »Liebe Leserinnen und Leser« zu schreiben, so, als würde ich Sie nicht kennen. Als wären wir keine Freunde. Als hätten wir uns nicht im Bistro getroffen und miteinander gelacht. Uns über die wichtigen Dinge des Lebens unterhalten. Als wären wir nicht dem Blick der Dichterin ausgewichen und … ist das eine Ente?

Dabei weiß ich nicht einmal, wie Sie heißen, natürlich nicht, auch wenn ich das Gefühl habe, Sie zu kennen. Wenn Sie die Jubiläumsausgabe von *Das Dorf in den roten Wäldern*, meinem ersten Buch, in Händen halten, ist es gut möglich, dass Sie mit der Welt von Three Pines vertraut sind.

Wenn Sie diese Welt gerade erst entdeckt haben, dann nur herein mit Ihnen. Wir haben Ihnen einen Platz am Tisch frei gehalten.

Das kleine Dorf tauchte das erste Mal vor zwanzig Jahren auf, aber es existiert schon seit Hunderten von Jahren, versteckt in den Bergen und Wäldern Québecs.

Three Pines ist auf keiner Landkarte verzeichnet, kein GPS kennt es, und es lässt sich auch nicht googeln. Gefunden wird es nur von denen, die sich verirrt haben. Vor Jahrhunderten verhießen in Québec drei eng beieinander gepflanzte Kiefern Menschen, die vor Konflikten und Tyrannei flohen, dass sie in Sicherheit waren.

Wobei Sicherheit viele Bedeutungen hat.

Das Dorf in den roten Wäldern und Three Pines schuf ich aus einem Gefühl der Verletzlichkeit nach 9/11. Aus diesem Bewusstsein, der unvermittelten, brutalen Gewissheit heraus, dass physische Sicherheit niemals garantiert ist, schrieb ich das Buch und malte mir das Dorf aus. Für emotionale Sicherheit kann man dagegen sorgen. Das gelingt durch eine Gemeinschaft. Freunde. Zugehörigkeit. Das Gefühl, akzeptiert zu werden als derjenige, der man wirklich ist.

Selbst heute noch fragen mich Leute, ob es das Dorf tatsächlich gibt, und ich sage: Nein, nicht in einem physischen Sinne. Aber es existiert auf andere, sehr viel bedeutsamere Weise. Three Pines ist ein Geisteszustand. Ein Ort, den wir besuchen können, egal wo in der Welt wir uns befinden. Wenn wir beschließen, uns freundlich zu verhalten, dann befinden wir uns im Bistro, in Myrnas Buchladen oder bei Clara, dann essen wir bei den Gamaches zu Abend und sitzen auf der Bank am Dorfanger. Wenn wir versucht sind, schlauer zu sein, vielleicht sogar gemein, wenn uns eine spitze Bemerkung auf der Zunge liegt und wir stattdessen etwas Nettes, Hilfreiches sagen.

Diese Bücher, dieses Buch handelt von Mord. Ein grauenvolles Ereignis. Vor allem aber handelt *Das Dorf in den roten Wäldern* von Freundschaft. Von Entscheidungen. Von der Sehnsucht nach Zugehörigkeit. Nach Gesellschaft und Gemeinschaft.

Durch all meine Bücher zieht sich ein roter Faden, durch die ganze Reihe, die mit dem Band begann, den Sie in Händen halten – es ist ein Zitat von Auden:

Güte existierte: das war das neue Wissen
Sein Terror musste sich entladen
Damit er's sähe

Das Dorf in den roten Wäldern und die anderen Bände mit Chief Inspector Gamache handeln von Terror, aber im Kern handeln sie genauso von Güte. Von dem Mut zur Freundlichkeit.

Willkommen, meine lieben Freunde, in dem *Dorf in den roten Wäldern*. Wo alles begann. Danke, dass Sie mich begleiten.

Louise
Januar 2025

Danksagung

Dies ist für meinen Mann Michael, der mir ein Leben voller Liebe und Wärme schenkt. Er hat es mir ermöglicht, meinen Job aufzugeben und so zu tun, als würde ich schreiben, und er hat nie mit Lob gespart, selbst wenn das, was ich zu Papier brachte, nicht der Rede wert war. Wie ich festgestellt habe, kann jeder kritisieren, aber nur außergewöhnliche Menschen sind in der Lage, auch zu loben. Michael ist ein solcher Mensch. Ebenso Liz Davidson, meine wunderbare Freundin und unerschöpflicher Quell an Ideen. Sie ließ es zu, dass ich mich in ihrem Leben breitmachte, ihr ihre Zeit und ihre großartigen Gedichte stahl. Und zum Ausgleich dafür erfuhr sie bis ins letzte Detail von jedem Bäuerchen, das mein literarisches Baby von sich gab. Welches Glück. Ich danke ihrem Mann John Ballantyne, dass auch er mich in sein Leben ließ, Margaret Ballantyne-Power – mehr Schwester als Freundin – für jahrelange Ermutigung und Sharon und Jim, die nie einer Feier abgeneigt waren. Dank an den lärmenden, koffeinsüchtigen Haufen der Les Girls: Liz, France, Michele, Johanne, Christina, Daphne, Brigitte, und ein ganz besonderer Dank an Cheryl für ihre Unterstützung und das Gebetsstab-Ritual für *Das Dorf in den roten Wäldern*. Ich danke dem No Rules Book Club, Christina Davidson Richards, Kirk Lawrence, Sheila Fischman, Neil McKenty, Cotton Aimers und Sue und Mike Riddell. Dank gebührt darüber hinaus Chris Matthew, der mich in die Kunst des Bogenschießens eingeführt und sich kein einziges Mal über mich lustig gemacht hat, glaube ich zumindest.

Meine Brüder Rob und Doug und ihre Familien haben mir stets Liebe und Unterstützung zuteilwerden lassen.

Ohne die Großzügigkeit der britischen Crime Writers Association wäre *Das Dorf in den roten Wäldern* unter all den vielen großartigen unveröffentlichten Romanen nie aufgefallen. Die CWA hat den Debut Dagger ins Leben gerufen, einen Preis für unveröffentlichte Erstlingswerke. Ich bin ziemlich sicher, dass niemand von dem meinen Notiz genommen hätte, wäre es nicht in die Kategorie »Sehr empfehlenswert« aufgenommen worden und bei der Verleihung des Preises 2004 auf Platz zwei gelandet. Das war eines der tollsten Dinge, die mir je widerfahren sind. Da gibt es eine Gruppe erfolgreicher Autoren, die sich die Zeit nehmen, die Bücher unbekannter Kriminalschriftsteller zu lesen und diese zu unterstützen und zu ermutigen. Sie haben mir eine Chance geboten, die die meisten von ihnen niemals hatten, und dafür werde ich ihnen ewig dankbar sein. Mir ist klar, dass dies ein Geschenk ist, das weitergegeben werden muss.

Kay Mitchell von der CWA war einfach wunderbar, und ich habe ihre Romane mit großem Vergnügen gelesen. Vielen Dank auch an Sarah Turner, die Stütze unseres Haushalts, und an Maxim Jakubowski.

Meine beiden Lektoren, Sherise Hobbes bei Hodder Headline und Ben Sevier bei St. Martin's Minotaur, haben *Das Dorf in den roten Wäldern* durch ihre konstruktive Kritik, ihre Vorschläge und ihre Begeisterung wesentlich verbessert. Es ist lehrreich, aber auch eine Freude, mit ihnen zu arbeiten.

Mein Dank geht außerdem an Kim McArthur, die mich unter ihre literarischen Fittiche genommen hat.

Bleibt noch meine Agentin Teresa Chris. Es ist einzig und allein ihr zu verdanken, dass wir *Das Dorf in den roten Wäldern* in Händen halten. Sie ist eine großartige, unterhaltsame Frau, eine fantastische Lektorin und Agentin und durch nichts zu erschüttern. Ich kann mich glücklich schätzen, dass ich mit ihr zusammenarbeite, insbesondere wenn man bedenkt, dass ich sie bei unserer ersten Begegnung beinahe über den Haufen gerannt hätte – ich würde diese Strategie anderen Autoren zwar nicht gerade empfehlen, aber bei mir hat es funktioniert.

Danke, Teresa.

In meinem Leben gab es eine Phase, in der ich keine Freunde hatte, in der mich niemand anrief, in der ich dachte, ich würde vor Einsamkeit umkommen. Ich weiß, mein eigentliches Glück besteht nicht darin, ein Buch veröffentlicht zu haben, sondern darin, dass ich so vielen Menschen danken kann.

Das Dorf in den roten Wäldern

I

Jane Neal segnete im Frühnebel des Sonntags vor Thanksgiving das Zeitliche. Ihr Ableben kam für alle überraschend. Niemand würde behaupten wollen, Miss Neal wäre eines natürlichen Todes gestorben, es sei denn, man vertrat die Ansicht, dass alles im Leben vorherbestimmt war. Dann hatte Jane Neal sechsundsiebzig Jahre lang auf diesen Moment hingelebt, in dem sie zwischen den bunten Ahornbäumen am Rande von Three Pines ihren letzten Atemzug tat. Mit ausgestreckten Armen und Beinen lag sie in dem farbenprächtigen, raschelnden Laub, so als hätte sie gerade Engelchen flieg gespielt.

Chief Inspector Armand Gamache von der Sûreté du Québec kniete sich neben sie, und dabei knackten seine Knie so laut wie ein Gewehrschuss. Seine großen, kräftigen Hände schwebten über dem kleinen Blutfleck, der ihre flauschige Strickjacke verunzierte, als könne er wie durch Zauberei die Wunde zum Verschwinden bringen und die Frau zum Leben erwecken. Aber das konnte er nicht. Magie gehörte nicht zu seinen Gaben. Dafür besaß er andere. Der Geruch von Mottenkugeln, der ihn an seine Großmutter erinnerte, stieg ihm in die Nase. Janes sanfte und freundliche Augen starrten ihn an, als sei sie erstaunt, ihn zu sehen.

Er jedenfalls war überrascht, sie zu sehen. Das war sein kleines Geheimnis. Nicht dass er sie vorher schon einmal zu Gesicht bekommen hätte. Nein, sein kleines Geheimnis bestand darin, dass ihn mit Mitte fünfzig, auf dem Höhepunkt einer langen und inzwischen offenbar zum Stillstand gekommenen Laufbahn, ein gewaltsamer Tod noch immer überraschte. Was ungewöhnlich war für den Leiter der Mordkommission und vielleicht einer der Gründe, warum er in der von Zynismus geprägten Welt der Sûreté nicht weiter nach oben gelangte. Gamache hoffte stets, dass jemand vielleicht etwas missverstanden hatte und es gar keine Leiche gab. Aber bei der schon starren Miss Neal war ein Irrtum ausgeschlossen. Gestützt von Inspector Beauvoir erhob er sich, knöpfte zum Schutz gegen die Oktoberkälte seinen gefütterten Burberry zu und wunderte sich.

Einige Tage zuvor hatte sich schon jemand über Jane Neal gewundert, aber in einem ganz anderen Zusammenhang. Sie hatte sich mit ihrer Freundin und unmittelbaren Nachbarin Clara Morrow zum Kaffee im Bistro des Dorfes verabredet. Clara saß am Fenster und wartete. Geduld gehörte nicht gerade zu ihren Stärken, und ihre Ungeduld, zusammen mit dem Café au lait, machte sie nervös. Leise mit den Fingern auf die Tischplatte trommelnd sah Clara aus dem zweiflügeligen Fenster auf den Dorfanger und die alten Häuser und Ahornbäume, die ihn säumten. Die Bäume, deren Laub atemberaubende Rot- und Goldtöne angenommen hatte, waren im Grunde das Einzige, was sich in diesem ehrwürdigen Dorf jemals veränderte.

Sie beobachtete einen Pick-up, der mit einer wunderschön gesprenkelten Dammhirschkuh auf der Motorhaube auf der Rue du Moulin ins Dorf fuhr. Langsam umkreiste er den Dorfanger und zwang die Fußgänger innezuhalten. Es war Jagdsaison, und sie befanden sich in einem Jagdgebiet, wobei Jäger wie dieser zumeist aus Montréal oder einer anderen großen Stadt kamen. Sie mieteten einen Pick-up und polterten in der Morgen- und Abenddämmerung auf der Suche nach Wild wie Nilpferde zur Fressenszeit über die Feldwege. Wenn sie dann einen Hirschen erblickten, stiegen sie auf die Bremse, sprangen aus dem Wagen und ballerten los. Nicht alle Jäger waren so, das wusste Clara, aber es waren genug. Und genau diese Jäger banden ihre Beute dann auf der Motorhaube des Trucks fest und fuhren in der Gegend herum, überzeugt, dass das tote Tier auf dem Wagen Kunde davon gab, was für Helden sie waren.

Jedes Jahr erlegten diese Jäger Kühe und Pferde und Haustiere und andere Jäger. Und manchmal, man mochte es kaum glauben, erschossen sie sich auch selbst, möglicherweise in einem Anfall von Wahnsinn, in dem sie sich mit dem Sonntagsbraten verwechselten. Ein kluger Mensch hatte einmal gesagt, manchen Jägern – nicht allen, aber doch einigen – falle es schwer, eine Kiefer von einem Kitz oder einem Kind zu unterscheiden.

Clara fragte sich, wo Jane blieb. Da ihre Freundin meistens pünktlich war, konnte sie ihr die heutige Verspätung nachsehen. Clara fiel es ohnehin leicht, den meisten Leuten die meisten Dinge zu verzeihen. Allzu leicht, wie ihr Mann Peter meinte. Aber auch Clara hatte ihr kleines Geheimnis. Denn sie ließ es nicht immer auf sich beruhen. In den meisten Fällen schon. Aber manchmal merkte sie sich ein Vergehen und erinnerte sich seiner in Momenten, wenn sie durch die Unfreundlichkeit der Welt getröstet werden wollte.

Auf der *Montreal Gazette,* die jemand auf ihrem Tisch hatte liegen lassen, hatten sich die Krümel eines Croissants angesammelt. Dazwischen konnte Clara die Schlagzeilen lesen: *Parti Québécois will Souveränitätsreferendum abhalten – Drogenkrieg in Townships – Wanderer verirren sich im Tremblant Park.*

Clara riss ihren Blick von den trostlosen Schlagzeilen los. Sie und Peter hatten schon vor geraumer Zeit ihr Abonnement der *Montreal Gazette* gekündigt. Unwissenheit war wirklich ein Segen. Sie zogen das Lokalblättchen aus dem nahen Williamsburg vor, das sie über nichts Aufregenderes als Waynes Kuh, den Besuch der Enkel der Guylaines oder eine Quilt-Versteigerung zugunsten des Altenheims informierte. Ab und an fragte sich Clara, ob sie damit vor der Realität und der Verantwortung davonliefen, und dann stellte sie fest, dass es ihr egal war. Außerdem erfuhr sie alles zum Überleben Notwendige genau hier, in Oliviers Bistro, im Herzen von Three Pines.

»Du träumst mal wieder«, ertönte eine vertraute und geschätzte Stimme. Es war Jane, außer Atem und lächelnd, ihr von Lachfalten durchzogenes Gesicht gerötet von der kühlen Herbstluft und dem rasch zurückgelegten Weg von ihrem Cottage auf der anderen Seite des Dorfangers.

»Entschuldige bitte meine Verspätung«, sagte sie leise in Claras Ohr, als sie sich umarmten, die eine klein, mollig und atemlos, die andere dreißig Jahre jünger, schlank und noch immer etwas nervös von dem Kaffee. »Du zitterst ja«, bemerkte Jane, setzte sich an den Tisch und bestellte sich ebenfalls einen Café au lait. »Dass du dir solche Sorgen machst, hätte ich nicht gedacht.«

»Blöde Kuh«, sagte Clara und lachte.

»Das war ich heute Morgen, und wie. Hast du schon gehört?«

»Nein, was denn?« Neugierig beugte Clara sich vor. Sie war mit Peter in Montréal gewesen, um Leinwand und Acrylfarben zu kaufen. Sie waren beide Künstler. Peter ein erfolgreicher. Clara war noch nicht entdeckt worden, und wie die meisten ihrer Freunde insgeheim dachten, würde sie das auch nicht werden, wenn sie weiterhin darauf beharrte, solche unergründlichen Werke zu schaffen. Clara musste zugeben, dass ihre Serie von Kriegerinnen und deren Uteri auf kein besonders lebhaftes Käuferinteresse stieß, wohingegen sich ihre Haushaltsgegenstände mit toupierten Haaren und riesigen Füßen eines gewissen Erfolgs erfreuten. Sie hatte immerhin eine der Arbeiten verkauft. Die anderen fünfzig lagen im Keller, in dem es ein bisschen wie in Frankensteins Werkstatt aussah.

»Nein«, flüsterte Clara ein paar Minuten später schockiert. In den fünfundzwanzig Jahren, die sie nun in Three Pines lebte, hatte es ihres Wissens nie ein Verbrechen im Dorf gegeben. Wenn hier die Türen abgesperrt wurden, dann nur, um zu verhindern, dass einem die Nachbarn zur Erntezeit Körbe mit Zucchini in den Hausflur stellten. Gut, wie die Schlagzeile der *Gazette* zeigte, gab es noch etwas anderes, das in ähnlichen Mengen wie Zucchini geerntet wurde: Marihuana. Aber das wurde beharrlich ignoriert.

Davon abgesehen gab es keine Verbrechen. Keine Einbrüche, keinen Vandalismus, keine Überfälle. In Three Pines gab es nicht einmal eine Polizei. Ab und an fuhr Robert Lemieux von der lokalen Sûreté durch das Dorf, um deren Präsenz zu zeigen, aber im Grunde bestand kein Anlass dazu.

Bis zu diesem Morgen.

»Vielleicht war es ja nur ein schlechter Scherz?« Clara versuchte, das hässliche Bild zu verdrängen, das Janes Bericht vor ihrem geistigen Auge hatte entstehen lassen.

»Nein, das war kein Scherz«, sagte Jane und erzählte weiter. »Einer der Jungen lachte. Wenn ich jetzt so daran denke, kam es mir irgendwie bekannt vor. Es war kein heiteres Lachen.« Jane sah Clara mit ihren klaren blauen Augen an. Augen, in die Verwunderung geschrieben stand. »Es war ein Lachen, wie ich es manchmal in der Schule gehört habe. Glücklicherweise nicht oft. Ein Lachen, wie es Jungen von sich geben, wenn sie sich einen Spaß daraus machen, ein Tier oder einen Menschen zu quälen.« Der Gedanke ließ Jane erschauern, und sie zog ihre Strickjacke enger um sich. »Ein hässlicher Klang. Ich bin froh, dass du nicht dabei warst.«

Bei ihren letzten Worten streckte Clara den Arm über den runden Holztisch und nahm Janes kalte, kleine Hand. Sie wünschte, sie wäre statt Jane dort gewesen.

»Es waren Jugendliche, sagst du?«

»Sie trugen Skimasken, daher ist es schwer zu sagen, aber ich glaube, ich habe sie erkannt.«

»Wer war es?«

»Philippe Croft, Gus Hennessey und Claude LaPierre.« Jane flüsterte die Namen und sah sich vorsichtig um, als wolle sie sich vergewissern, dass niemand mithörte.

»Bist du sicher?« Clara kannte die drei. Sie waren nicht gerade Engel, aber genauso wenig würde man ihnen ein solches Vergehen zutrauen.

»Nein«, räumte Jane ein.

»Dann solltest du die Namen besser für dich behalten.«

»Zu spät.«

»Was meinst du damit, zu spät?«

»Ich habe ihre Namen schon genannt, heute Morgen, als es passierte.«

»Aber doch hoffentlich nur leise?« Clara spürte, wie ihr das Blut aus den Fingern und Zehen wich und zu ihrem Herzen strömte. Bitte, bitte, betete sie still.

»Ich habe sie laut gerufen.«

Als sie Claras Gesichtsausdruck sah, fügte Jane zu ihrer Rechtfertigung hinzu: »Ich wollte, dass sie aufhören. Und es hat geklappt. Sie haben aufgehört.«

Jane sah die Jungen immer noch vor sich, wie sie davonliefen, die Rue du Moulin entlang, aus dem Dorf hinaus. Der eine mit der leuchtend grünen Maske hatte sich umgedreht und sie angesehen. Seine Hände waren noch voller Entendreck gewesen. Entendreck, mit dem im Herbst die Blumenbeete auf dem Dorfanger gedüngt wurden und der dieses Jahr noch nicht verteilt worden war. Sie wünschte, sie hätte den Gesichtsausdruck des Jungen gesehen. War er wütend? Verängstigt? Belustigt?

»Dann hattest du also recht. Mit den Namen, meine ich.«

»Wahrscheinlich. Ich hätte nicht gedacht, dass ich einmal den Tag erleben muss, an dem bei uns so etwas passiert.«

»Und deswegen hast du dich verspätet? Weil du dich sauber machen musstest?«

»Ja. Oder besser gesagt, nein.«

»Könntest du dich vielleicht noch ein wenig unklarer ausdrücken?«

»Vielleicht. Du bist doch in der Jury für die nächste Ausstellung der Arts Williamsburg, oder?«

»Ja. Wir treffen uns heute Nachmittag. Peter gehört auch dazu. Warum?« Clara wagte kaum, Luft zu holen. Konnte es wahr sein? Nachdem sie Jane so lange beschwatzt und liebevoll aufgezogen und manchmal auch nicht ganz so liebevoll gedrängt hatte, würde sie es endlich tun?

»Ich bin bereit.«

Noch nie hatte Clara jemanden so tief ausatmen hören wie jetzt Jane. Dabei wehten sogar ein paar Croissantkrümel von der Titelseite der *Gazette* auf Claras Schoß.

»Ich bin zu spät gekommen, weil ich eine Entscheidung treffen musste«, erklärte Jane und ihre Hände zitterten. »Ich möchte ein Bild für die Ausstellung einreichen.«

Kaum hatte sie das ausgesprochen, fing sie an zu weinen.

Janes Malerei war seit Urzeiten ein offenes Geheimnis in Three Pines. Immer wieder stolperte man beim Spazierengehen in den Wäldern oder auf einem Feld über sie, wie sie konzentriert vor einer Leinwand stand. Aber sie nahm jedem das Versprechen ab, nicht näher zu kommen, nicht zu gucken, die Augen abzuwenden und natürlich niemals irgendjemandem davon zu erzählen, geradeso, als sei er Zeuge eines obszönen Aktes geworden. Ein einziges Mal hatte Clara Jane wütend erlebt; damals hatte sich Gabri von hinten an sie herangeschlichen, als sie gerade am Malen war. Er hatte es für einen Witz gehalten, dass sie alle immer davor warnte zu gucken.

Er hatte sich geirrt. Es war ihr todernst damit gewesen. Erst nach Monaten hatten Jane und Gabri zu einem normalen Umgang miteinander zurückgefunden, denn beide hatten sich vom anderen betrogen gefühlt. Aber da sowohl Jane als auch Gabri von Natur aus gutmütig waren und sich mochten, hatten sie einander schließlich verziehen. Jedenfalls war dieser Vorfall allen eine Lehre gewesen.

Keiner durfte Janes Malerei sehen.

Bis jetzt jedenfalls. Und in diesem Moment wurde die Künstlerin von einem so übermächtigen Gefühl übermannt, dass sie mitten im Bistro in Tränen ausbrach. Clara war ebenso erschrocken wie verunsichert. Sie sah sich verstohlen um, einesteils hoffte sie, dass niemand Notiz von ihnen nahm, anderenteils wünschte sie sich nichts sehnlicher, als dass jemand sie sah und wusste, was zu tun war. Dann stellte sie sich die einfache Frage, die sie wie einen Talisman stets mit sich herumtrug, um in allen Lebenslagen darauf zurückzugreifen: Was würde Jane in einem solchen Fall tun? Und schon hatte sie ihre Antwort. Jane würde sie weinen und schluchzen lassen. Würde sie einen Teller gegen die Wand werfen lassen, wenn sie das brauchte. Und Jane würde nicht weglaufen, sie würde nicht einmal mitten in einem Unwetter von ihrer Seite weichen. Sobald die erste Aufregung überwunden war, würde sie Clara in den Arm nehmen und sie trösten und wissen lassen, dass sie nicht allein war. Dass sie niemals allein war. Also saß Clara da und sah Jane an und wartete. Und machte die Erfahrung, wie schwer es war, nichts zu tun. Endlich versiegten die Tränen.

Clara erhob sich betont ruhig. Sie nahm Jane in den Arm und spürte, wie deren gebrechlicher Körper mit knirschenden Knochen wieder seine gewohnte Form annahm. Dann schickte sie ein kleines Dankgebet an die Götter. Für die Gnade zu weinen, aber auch für die Gnade zuzusehen.

»Jane, wenn ich gewusst hätte, dass es so schmerzhaft für

dich ist, hätte ich dich niemals gedrängt, deine Bilder zu zeigen. Es tut mir leid.«

»Aber nein, Liebes.« Jane ergriff Claras Hand, nachdem diese wieder Platz genommen hatte. »Das hast du falsch verstanden. Das waren keine Tränen des Schmerzes. Nein. Es waren Freudentränen.« Jane blickte in die Ferne und nickte, so als antworte sie einer Stimme in ihrem Inneren. »Endlich.«

»Wie heißt es, dein Bild?«

»*Fair Day.* Es zeigt den Umzug am letzten Tag des Jahrmarkts.«

Und so kam es, dass am Freitag vor Thanksgiving Janes Bild auf einer Staffelei in den Ausstellungsräumen der Arts Williamsburg stand. Es war in Packpapier gewickelt und mit einem Bindfaden verschnürt wie ein zum Schutz gegen die kalten, grausamen Elemente warm eingepacktes Kind. Langsam und akribisch machte sich Peter Morrow über den Knoten her und nestelte daran herum, bis er sich löste, dann wickelte er den alten Faden in aller Ruhe um die Hand, als handelte es sich um einen Strang Wolle. Clara hätte ihn erdolchen können. Am liebsten wäre sie mit einem lauten Schrei aufgesprungen und hätte ihn zur Seite geschubst. Um das lächerliche Bindfadenknäuel auf den Boden zu werfen und Peter vielleicht gleich mit und das Packpapier von der Leinwand zu reißen. Stattdessen nahm ihr Gesicht einen noch ruhigeren Ausdruck an, nur ihre Augen traten ein wenig vor.

Sorgfältig schlug Peter zuerst eine Ecke des Papiers zurück, dann eine andere und glättete die Falten mit der Hand. Clara war nie bewusst gewesen, dass ein Rechteck so viele Ecken hatte. Sie spürte, wie sich die Stuhlkante in ihr Hinterteil bohrte. Die übrigen Mitglieder der Jury, die sich zur Auswahl der eingereichten Werke versammelt hatten, sahen gelangweilt aus. Claras Unruhe reichte für sie alle.

Endlich war jede Ecke geglättet, und das Papier konnte entfernt werden. Peter wandte sich um und sah die vier anderen Jurymitglieder an. Gerne wollte er eine kleine Rede halten, bevor er das Werk enthüllte. Ein paar wohlgesetzte Worte waren seiner Meinung nach jetzt genau das Richtige. Ein bisschen Kontext, ein bisschen – er erhaschte einen Blick aus den hervorquellenden Augen seiner Frau, die mit puterrotem Kopf dasaß, und wusste, wenn Clara sich in diesem Zustand befand, war es der falsche Zeitpunkt, um Reden zu schwingen.

Rasch drehte er sich wieder zu dem Bild und riss das braune Papier weg. Voilà, *Fair Day.*

Clara klappte der Unterkiefer herunter, und ihr Kopf kippte nach vorne, als hätten plötzlich ihre Halsmuskeln versagt. Ihre Augen weiteten sich, und sie vergaß, Luft zu holen. Sie fühlte sich wie vom Blitz getroffen. Das also war *Fair Day*. Es raubte ihr schier den Atem. Und den anderen Juroren offenbar auch. Auf den Gesichtern in der Runde zeichneten sich verschiedene Grade von Fassungslosigkeit ab. Selbst die Vorsitzende Elise Jacob war still. Sie sah aus, als habe sie soeben einen Schlaganfall erlitten.

Clara hasste es, die Arbeit anderer zu beurteilen, und erst recht diese. Sie hätte sich ohrfeigen können, dass sie Jane überredet hatte, ihre Arbeit das allererste Mal in einer Ausstellung zu präsentieren, für die sie in der Jury saß. War es Eitelkeit gewesen? Oder reine Dummheit?

»Dieses Bild trägt den Titel *Fair Day*«, las Elise aus ihren Notizen vor. »Es stammt von Jane Neal aus Three Pines, die seit vielen Jahren die Arts Williamsburg unterstützt. Mit *Fair Day* reicht sie zum ersten Mal ein eigenes Werk ein.« Elise sah sich in der Runde um. »Irgendwelche Kommentare?«

»Es ist wunderbar«, log Clara. Die anderen sahen sie überrascht an. Von der Staffelei blickte sie eine ungerahmte Leinwand an. Das Motiv war unverkennbar. Die Pferde sahen wie Pferde aus, die Kühe wie Kühe und auch die Menschen darauf waren identifizierbar, und zwar nicht nur als Menschen, sondern als ganz bestimmte Bewohner des Dorfes. Nur waren es alles Strichmännchen. Gut, vielleicht einen evolutionären Schritt weiter als Strichmännchen. In einem Krieg zwischen Strichmännchen und den Figuren auf *Fair Day* würden die *Fair Day*-Leute gewinnen, einfach weil sie ein paar Muskeln mehr hatten. Und Finger. Aber auch sie lebten nur in zwei Dimensionen. Während Clara versuchte, den Schock zu verdauen und keine naheliegenden Vergleiche zu ziehen, konnte sie sich doch nicht des Eindrucks erwehren, dass hier jemand eine Höhlenmalerei auf Leinwand übertragen hatte. Falls Neandertaler Jahrmärkte veranstaltet hatten, dann mussten sie genauso ausgesehen haben.

»*Mon Dieu.* Das kann ja meine Vierjährige besser«, sagte Henri LaRiviere und zog damit einen der naheliegenden Vergleiche, vor denen Clara sich gescheut hatte. Henri hatte in einem Steinbruch gearbeitet, bis er eines Tages gemerkt hatte, dass der Stein zu ihm sprach. Und er hatte zugehört. Danach konnte er natürlich nicht mehr wie bisher weiterleben, auch wenn sich seine Familie nach der Zeit zurücksehnte, als er noch keine riesigen Steinskulpturen nach Hause gebracht hatte, sondern den Mindestlohn. Sein grob geschnittenes Gesicht war unergründlich wie immer, dagegen sprachen seine Hände Bände. Er hielt sie nach oben, eine schlichte, aber viel sagende Geste des Flehens, der Unterwerfung. Er kämpfte um die angemessene Wortwahl, wohl wissend, dass Jane mit vielen der Juroren befreundet war. »Es ist furchtbar.« Offensichtlich hatte er den Kampf aufgegeben und beschlossen, sich zur Wahrheit zu bekennen. Entweder das, oder sein Urteilsspruch war gemessen an seinen tatsächlichen Gedanken noch milde ausgefallen.

Janes Werk stellte in verwegenen, leuchtenden Farben den

Umzug am letzten Tag des Jahrmarkts dar. Die Schweine waren von den Ziegen nur deshalb zu unterscheiden, weil sie knallrot waren. Die Kinder sahen aus wie kleine Erwachsene. Im Grunde, dachte Clara und beugte sich vorsichtig vor, als könnte ihr die Leinwand einen weiteren Schlag versetzen, im Grunde sind es gar keine Kinder. Es sind zu kurz geratene Erwachsene. Sie erkannte Olivier und Gabri, die die Gruppe der blauen Hasen anführten. Die Menge hatte sich auf der Tribüne hinter dem Umzug niedergelassen, die meisten von ihnen waren im Profil zu sehen und blickten einander an oder voneinander weg. Einige, nicht viele, schauten den Betrachter an. Sämtliche Wangen zierten kreisrunde rote Punkte, was, wie Clara vermutete, ihnen ein gesundes Aussehen verleihen sollte. Es war schrecklich.

»Nun, wenigstens macht es uns die Entscheidung leicht«, sagte Irenée Calfat. »Wir lehnen es ab.«

Clara spürte, wie ihre Hände und Füße kalt und taub wurden.

Irenée Calfat war Töpferin. Sie verwandelte Lehmklumpen in erlesene Kunstwerke. Sie hatte eine völlig neue Methode des Glasierens entwickelt, und inzwischen wurde ihre Werkstatt in Saint-Rémy von Töpfern aus der ganzen Welt aufgesucht. Fünf Minuten in der Gesellschaft der Hohepriesterin des Lehms genügten allerdings vollauf, um ihren Bewunderern vor Augen zu führen, dass sie einen riesigen Fehler gemacht hatten. Sie sahen sich einem der egozentrischsten und kleinlichsten Menschen auf Gottes weitem Erdenrund gegenüber.

Clara fragte sich, wie jemand, dem es so sehr an normalem menschlichem Empfindungsvermögen mangelte, Werke von solcher Schönheit hervorbringen konnte. Während du selbst so sehr darum ringst, sagte die boshafte kleine Stimme, ihre treue Begleiterin.

Sie warf Peter über den Rand ihres Bechers einen verstohlenen Blick zu. Ein kleines Stück Schokoladenkuchen klebte ihm im Gesicht. Instinktiv wischte sich Clara über die Wange und schmierte sich dabei versehentlich eine Walnuss ins Haar. Selbst mit einem Stückchen Schokoladenkuchen im Gesicht war Peter eine beeindruckende Erscheinung. Ein wirklich gut aussehender Mann. Er war groß und breitschultrig wie ein Holzfäller und sah ganz und gar nicht aus wie der feinsinnige Künstler, der er war. Sein welliges Haar war mittlerweile ergraut, und er trug ständig eine Brille. Um seine Augen hatten sich Krähenfüße gebildet, und auch sonst durchzogen einige Falten sein glatt rasiertes Gesicht. Mit Anfang fünfzig sah er wie ein Geschäftsmann auf Abenteuerurlaub aus. Wenn Clara morgens neben ihm aufwachte, beobachtete sie ihn oft eine Weile beim Schlafen. In diesen Minuten würde sie am liebsten unter seine Haut schlüpfen und sich schützend um sein Herz legen.

Claras Kopf wirkte eine geradezu magnetische Anziehungskraft auf alles Essbare aus. Wo andere Frauen Schmuck trugen, trug sie Krümel. Peter war dagegen immer wie aus dem Ei gepellt. Selbst wenn es Schlamm regnen würde, käme er sauberer nach Hause zurück, als er losgegangen war. Nur manchmal versagte zu ihrer allergrößten Genugtuung sein natürlicher Schutzschild, und irgendetwas hing ihm im Gesicht. Clara wusste, dass sie ihn darauf aufmerksam machen sollte. Aber sie tat es nicht.

»Wisst ihr«, sagte Peter und selbst Irenée sah ihn an. »Ich finde es toll.«

Irenée schnaubte und warf Henri einen vielsagenden Blick zu, den dieser allerdings ignorierte. Peter suchte für einen Moment Claras Aufmerksamkeit, als sei sie eine Art Prüfstein. Wenn Peter einen Raum betrat, sah er sich immer als Erstes nach Clara um. Und erst wenn er sie entdeckt hatte, entspannte er sich. Außenstehende sahen einen großen, eleganten Mann mit einer schlampigen Frau und fragten sich, wie dieses ungleiche Paar zustande gekommen war. Es gab sogar Menschen, insbesondere Peters Mutter, die das Ganze für eine abartige Spielart der Natur hielten. Clara war der Mittelpunkt seines Lebens und alles, was darin gut und gesund war und ihn glücklich machte. Wenn er sie anblickte, dann sah er nicht die wilden, unbezähmbaren Haare, die weiten Kutten, das Kassengestell aus Kunststoff. Nein. Er sah seinen sicheren Hafen. Wobei er in diesem Moment natürlich auch eine Walnuss in ihren Haaren sah, aber das war im Grunde ihr Erkennungszeichen. Automatisch strich er sich durchs eigene Haar und wischte dabei das Kuchenstückchen von seiner Wange.

»Was siehst du darin?«, fragte Elise Peter.

»Ehrlich gesagt weiß ich es nicht. Aber ich bin mir sicher, dass wir es unbedingt annehmen sollten.«

Die Kürze seiner Antwort verlieh ihr aus irgendeinem Grund nur noch mehr Glaubwürdigkeit.

»Es ist ein Risiko«, sagte Elise.

»Ja, sicher«, räumte Clara ein. »Aber was soll schon Schlimmes passieren? Dass die Besucher der Ausstellung denken, wir hätten einen Fehler gemacht? Das denken sie immer.«

Elise nickte zustimmend.

»Ich will euch sagen, worin das Risiko besteht.« Der Zusatz »ihr Idioten« schwebte im Raum, als Irenée fortfuhr: »Das hier ist eine Initiative der Gemeinde, und wir haben kaum Geld für das Nötigste. Das einzige Pfund, mit dem wir wuchern können, ist unsere Glaubwürdigkeit. Wenn die Leute zu der Überzeugung gelangen, dass wir bestimmte Werke nicht wegen ihres künstlerischen Werts zeigen, sondern weil wir den Künstler mögen oder mit ihm befreundet sind, dann können wir es gleich sein lassen. Und genau das wird passieren. Niemand wird uns mehr ernst nehmen. Künstler werden ihre Werke nicht mehr bei uns ausstellen wollen, weil sie Angst haben müssen, in Verruf zu geraten. Das Publikum wird nicht mehr kommen, weil es denkt, dass es hier nur solchen Mist zu sehen bekommt wie –« An diesem Punkt gingen ihr die Worte aus, und sie deutete mit einer Grimasse auf die Leinwand.

Dann sah Clara es. Es war wie ein Aufblitzen, etwas, das sich am äußersten Rand ihres Bewusstseins bewegte. Einen kurzen Moment lang ging ein Strahlen von *Fair Day* aus. Die einzelnen Teile vereinigten sich zu einem Ganzen, dann war der Moment schon wieder vorbei. Clara wurde bewusst, dass sie erneut die Luft angehalten hatte, aber sie musste anerkennen, dass sie ein bedeutendes Werk betrachtete. Genau wie Peter konnte sie nicht sagen, warum oder inwiefern, aber in diesem Augenblick kam die Welt, die aus dem Gleichgewicht geraten zu sein schien, wieder ins Lot. Sie wusste, dass *Fair Day* große Kunst war.

»Ich glaube, es ist mehr als gut, ich glaube, es ist brillant«, sagte sie.

»Oh, bitte! Merkt ihr nicht, dass sie das nur sagt, um ihren Mann zu unterstützen?«

»Irenée, wir haben deine Meinung gehört. Fahr fort, Clara«, ermutigte Elise sie. Henri lehnte sich vor, sein Stuhl knarrte.

Clara stand auf und ging langsam zu der Staffelei. Das Bild berührte sie im tiefsten Inneren, an einer Stelle, an der Trauer und Verlust saßen, und sie konnte nur mit Mühe die Tränen unterdrücken. Wie konnte das sein, fragte sie sich. Die Figuren darauf waren so kindlich, so einfach. Mit all den tanzenden Gänsen und lachenden Menschen hatte es etwas fast Albernes. Aber da war auch noch etwas anderes. Etwas Ungreifbares.

»Tut mir leid. Es ist mir wirklich peinlich.« Sie lächelte und spürte, wie ihre Wangen brannten. »Aber ich kann es nicht erklären.«

»Warum stellen wir *Fair Day* vorerst nicht zurück und sehen uns die anderen Arbeiten an? Wir werden am Schluss noch einmal darauf zurückkommen.«

Der Rest der Sitzung verlief reibungslos. Die Sonne hatte schon lange ihren Zenit überschritten, und es war merklich kälter im Raum geworden, als sie sich *Fair Day* noch einmal vornahmen. Alle waren müde und wollten die Angelegenheit so schnell wie möglich hinter sich bringen. Peter schaltete die Deckenbeleuchtung ein und stellte Janes Werk erneut auf die Staffelei.

»*D'accord.* Hat jemand seine Meinung zu *Fair Day* geändert?«, fragte Elise.

Schweigen.

»Dann sind also zwei dafür und zwei dagegen.«

Elise starrte schweigend auf das Bild. Sie kannte Jane Neal vom Sehen und mochte sie, soweit sie das sagen konnte. Sie war ihr immer als eine zurückhaltende, freundliche und intelligente Frau erschienen. Jemand, mit dem man gerne seine Zeit verbrachte. Wie kam es, dass diese Frau ein solch krudes, kindliches Bild gemalt hatte? Aber … Ein neuer Gedanke ging ihr durch den Kopf. Kein wirklich origineller Gedanke, nicht einmal einer, der Elise neu gewesen wäre, aber zumindest ein neuer an diesem Tag.

»*Fair Day* ist akzeptiert. Es wird mit den anderen Kunstwerken gezeigt.«

Clara sprang vor Freude auf und warf dabei ihren Stuhl um.

»Das darf doch nicht wahr sein!«, schnaubte Irenée.

»Eben! Genau das habe ich erwartet. Ihr beide bestätigt meine Ansicht vollkommen.« Elise lächelte.

»Welche Ansicht?«

»Aus welchen Gründen auch immer, *Fair Day* stellt eine Provokation für uns dar. Es bewegt uns. Macht uns wütend«, hier nickte Elise Irenée zu, »es verwirrt uns«, ein kurzer, aber bedeutungsvoller Blick zu Henri, der leicht den ergrauten Kopf neigte, »oder es macht uns …«

»Glücklich«, sagte Peter in genau dem Moment, in dem Clara »traurig« sagte. Sie schauten sich an und lachten.

»Nun, mich verwirrt es, so wie Henri. Ehrlich gesagt, weiß ich nicht, ob ich *Fair Day* für ein herausragendes Beispiel naiver Malerei halten soll oder für die lächerliche Pinselei einer schrulligen alten Frau, der jegliches Talent abgeht. Darin liegt die Spannung. Und deshalb müssen wir es in die Ausstellung aufnehmen. Ich garantiere euch, es wird dasjenige Bild sein, über das sich die Leute nach der Vernissage in den Cafés die Köpfe heißreden.«

»Grässlich«, sagte Ruth Zardo später am selben Abend. Sie stützte sich auf ihren Stock und hielt ein Glas Scotch in der Hand. Die Freunde von Peter und Clara hatten sich anlässlich eines vorgezogenen Thanksgiving-Dinners um das knisternde Kaminfeuer im Wohnzimmer der Morrows versammelt.

Es war die Ruhe vor dem Sturm. Am nächsten Tag würden Verwandte und Freunde, seien sie nun eingeladen oder nicht, in Three Pines einfallen und sich über das lange Thanksgiving-Wochenende einnisten. Die Wälder würden dann von Wanderern und Jägern wimmeln – eine unselige Mischung. Am Samstagvormittag würde auf dem Dorfanger das alljährliche Football-Spiel stattfinden, gefolgt vom großen Markt am Nachmittag, einem allerletzten Versuch, die übrig gebliebenen Tomaten und Zucchini loszuwerden. Dort würde am Abend auch ein riesiges Feuer entzündet werden, das ganz Three Pines in den Duft von brennendem Herbstlaub, Holz und einer verdächtigen Beimischung von Gemüse hüllte.

Three Pines war in keinem Reiseführer zu finden, dafür lag es viel zu weitab von jeder größeren oder auch weniger großen Straße. Wie Narnia, das geheimnisvolle Zauberland, wurde es meist unverhofft entdeckt, und es rief stets Erstaunen hervor, dass sich ein so altes Dorf in diesem Tal versteckte. Die meisten, die das Glück hatten, es gefunden zu haben, kehrten zurück. Und Thanksgiving, Anfang Oktober, war die beste Zeit. Das Wetter war meist klar und kühl, und die Gerüche des Sommers nach Gartenrosen und Phlox wurden von den erdigeren des Herbstes nach Laub, Holzfeuer und gebratenem Truthahn verdrängt.

Olivier und Gabri berichteten von den Ereignissen an diesem Morgen. Ihre Erzählung war so lebendig, dass jeder in dem behaglichen Wohnzimmer vor sich sah, wie die drei maskierten Jungen den Entendreck am Rand des Dorfangers aufsammelten; wie sie die Hände hoben und der Dünger durch ihre Finger quoll, und wie sie ihn mit einer weit ausholenden Bewegung gegen das alte Backsteinhaus schleuderten. Schon bald tropfte das Zeug überall von den blau-weißen Campari-Markisen, rann an den Mauern herunter und ließ kaum noch etwas von dem »Bistro«-Schild erkennen. Innerhalb kürzester Zeit war die Fassade des Cafés im Herzen von Three Pines von oben bis unten besudelt und das nicht nur mit Entenscheiße. Das ganze Dorf wurde von den Worten, die die Stille durchbrachen, in den Dreck gezogen: »Schwule! Tunten! *Dégueulasse!*«, brüllten die Jungen.

Während Jane dem Bericht von Olivier und Gabri lauschte, erinnerte sie sich daran, wie sie aus ihrem kleinen Cottage auf der anderen Seite des Dorfangers getreten war und Olivier und Gabri aus dem Bistro hatte kommen sehen. Die Jungen hatten beim Anblick der beiden jubiliert und mit dem Entendreck auf sie gezielt.

Ihre kurzen Stummelbeine verfluchend, war Jane losgerannt. Dann hatte Olivier etwas ganz Außerordentliches getan. Während die Jungen johlten und weiter mit Entendreck warfen, hatte er langsam und bedächtig Gabris Hand genommen und sie mit einer eleganten Bewegung an seine Lippen geführt. Überrascht hatten die Jungen innegehalten und zugesehen, wie Olivier Gabris verschmierte Hand mit seinem verschmierten Mund küsste. Die Jungen schienen angesichts dieses Liebesbeweises und des Widerstands förmlich zu versteinern. Aber nur einen Moment lang. Dann gewann ihr Hass die Oberhand, und sie nahmen ihren Angriff mit doppelter Energie wieder auf.

»Hört sofort auf!«, hatte Jane mit fester Stimme gerufen.

Die Jungen hatten mitten in der Bewegung innegehalten, hatten instinktiv auf diese Stimme der Autorität reagiert. Alle drei hatten sich wie auf Kommando umgedreht und Jane Neal angesehen, wie sie in ihrem geblümten Kleid und ihrer gelben Strickjacke auf sie zustürzte. Einer der Jungen, der eine orangefarbene Maske trug, hatte zum Wurf ausgeholt.

»Wage es nicht, junger Mann!«

Er zögerte lange genug, dass Jane ihnen allen in die Augen sehen konnte.

»Philippe Croft, Gus Hennessey, Claude LaPierre«, hatte sie langsam und deutlich gesagt. Das hatte gereicht. Die Jungen ließen den Dreck, den sie noch in den Händen hielten, fallen und rannten los, an Jane vorbei und den Hügel hoch, und derjenige mit der orangefarbenen Maske lachte. Der Klang dieses Lachens war so widerwärtig, dass er darin sogar den Entendreck übertraf. Einer der Jungen drehte sich um und sah zurück, wurde von den anderen jedoch sofort weitergeschubst, die Rue du Moulin hoch.

Das alles war erst am selben Morgen geschehen. Es kam ihnen inzwischen schon wie ein Traum vor.

»Es war grässlich«, stimmte Gabri Ruth zu, als er sich in einen der alten Sessel fallen ließ, dessen verblichener Bezug ganz warm vom Feuer war. »Auch wenn sie natürlich recht haben: Ich bin schwul.«

»Und eine ziemliche Tunte«, sagte Olivier und lümmelte sich auf die Lehne von Gabris Sessel.

»Ich bin eine der imposantesten Homo-Erscheinungen von Québec«, wandelte Gabri ein Zitat von Quentin Crisp ab. »Mein Aussehen ist atemberaubend.«

Olivier lachte, und Ruth legte ein weiteres Scheit aufs Feuer.

»Heute Morgen hast du wirklich imposant ausgesehen«, sagte Ben Hadley, Peters bester Freund.

»Meinst du nicht vielleicht importun?«

»Nun, für einen Bistrobesitzer jedenfalls nicht opportun, das ist wahr.«

In der Küche begrüßte Clara Myrna Landers.

»Der Tisch sieht wunderbar aus«, sagte Myrna und schlüpfte aus ihrem Mantel, unter dem ein knalllila Kaftan zum Vorschein kam. Clara fragte sich, wie ihr Gast es durch den Türrahmen geschafft hatte. Dann holte Myrna ihren Beitrag zu diesem Abend – einen Blumenstrauß. »Wo soll ich ihn hinstellen, Kindchen?«

Clara staunte. Wie Myrna selbst waren ihre Sträuße überdimensional, überbordend, überraschend. Dieser bestand unter anderem aus Eichen- und Ahornzweigen, Binsen vom Ufer des Flüsschens Bella Bella, das hinter Myrnas Buchladen vorbeifloss, Apfelzweigen, an denen noch ein paar McIntosh-Äpfel hingen, und büschelweise Kräutern.

»Was ist das?«

»Was?«

»Das da, in der Mitte.«

»Eine Krakauer.«

»Eine Wurst?«

»Hmhm, schau mal da.« Myrna deutete in das Gebinde.

»Die *Gesammelten Werke von W. H. Auden*«, las Clara. »Du machst wohl Witze.«

»Ist für die Jungs.«

»Ist noch was drin?« Clara untersuchte den riesigen Strauß.

»Denzel Washington. Aber verrat's bloß nicht Gabri.«

Im Wohnzimmer fuhr Jane gerade mit ihrer Geschichte fort: »… dann sagte Gabri zu mir: ›Ich hab deinen Dünger. Findest du nicht, dass er mich gut kleidet?‹«

Olivier flüsterte Gabri ins Ohr: »Du bist ganz einfach eine Tunte.«

»Bist du nicht froh, dass wenigstens einer von uns beiden eine ist?« Ein alter Witz zwischen den beiden.

»Hallo, wie geht's euch?« Myrna kam mit Clara aus der Küche und umarmte Gabri und Olivier, während Peter ein Glas Scotch für sie einschenkte.

»Ich glaube, ganz gut.« Olivier küsste Myrna auf beide Wangen. »Das Erstaunliche ist wohl eher, dass es nicht schon früher passiert ist. Wie lange leben wir jetzt schon hier? Zwölf Jahre?« Gabri nickte mit dem Mund voll Camembert. »Und das ist der erste Übergriff dieser Art. In Montréal wurde ich als Jugendlicher von einer Gruppe erwachsener Männer verprügelt, weil ich schwul war. Damals hatte ich wirklich Angst.« Die anderen waren still geworden, und man hörte nur das Knistern und Knacken des Kaminfeuers, als Olivier weitersprach.

»Sie haben mich mit Stöcken geschlagen. Es ist seltsam, aber wenn ich zurückdenke, dann erscheint mir das als das Schmerzhafteste. Nicht die Kratzer und die blauen Flecken, sondern dass sie mich mit den Stöcken stupsten, bevor sie zuschlugen.« Er stieß mit einem Arm in die Luft, um die Bewegung nachzuahmen. »So als wäre ich kein Mensch.«

»Das ist der entscheidende erste Schritt«, sagte Myrna. »Das Opfer zu entmenschlichen. Das hast du vollkommen richtig erkannt.«

Sie sprach aus Erfahrung. Bevor sie nach Three Pines gezogen war, hatte sie in Montréal eine psychotherapeutische Praxis geführt. Und da sie schwarz war, kannte sie auch diesen ganz bestimmten Blick, wenn die Leute einen wie ein Möbelstück betrachteten.

Ruth wandte sich, das Thema wechselnd, an Olivier. »Ich war neulich in meinem Keller und bin über ein paar Sachen gestolpert, die du vielleicht für mich verkaufen könntest.« Ruth' Keller war ihre Bank.

»Gerne. Was denn?«

»Da wären ein paar Vasen aus Böhmischem Glas –«

»Wunderbar.« Olivier liebte Böhmisches Glas. »Geschliffen?«

»Hältst du mich vielleicht für doof? Natürlich sind sie geschliffen.«

»Bist du dir sicher, dass du sie nicht lieber behalten willst?« Das fragte er seine Freunde jedes Mal.

»Hör auf, mir diese Frage zu stellen. Glaubst du, ich würde sie dir anbieten, wenn ich mir nicht sicher wäre?«

»Miststück.«

»Schlampe.«

»Okay, und der Rest?«, fragte Olivier. Der Kram, den Ruth aus ihrem Keller holte, war unglaublich. Es war, als verfüge sie über ein Schlupfloch in die Vergangenheit. Manche Stücke waren Müll, wie die alten, kaputten Kaffeemaschinen etwa und die angekokelten Toaster. Aber das meiste jagte ihm Wonneschauer über den Rücken. Der habgierige Antiquitätenhändler in ihm, der einen bedeutenderen Teil von ihm ausmachte, als er jemals sich selbst oder seinen Freunden eingestehen würde, war hingerissen davon, einen exklusiven Zugang zu Ruth' Schätzen zu haben. Manchmal erschien ihm dieser Keller sogar in seinen Tagträumen.

Wenn ihn Ruth' Besitztümer in Begeisterung versetzten, geriet er bei Janes Haus geradezu in Ekstase. Er würde einen

Mord begehen, um weiter als bis zu ihrer Küche zu kommen. Ihre Küche allein war eine wahre Fundgrube an Antiquitäten. Als er nach Three Pines gezogen war, weil seine Diva darauf bestand, hatte ihn fast der Schlag getroffen, als er das Linoleum im Windfang von Janes Haus sah. Wenn bereits der Windfang ein Museum war und die Küche ein Schrein, was war dann erst der Rest des Hauses? Olivier schüttelte den Gedanken ab, wohl wissend, dass er womöglich enttäuscht wäre. IKEA. Und Plüschteppiche. Er hatte schon vor langer Zeit aufgehört, es seltsam zu finden, dass Jane niemals jemanden durch die Tür in ihr Wohnzimmer und darüber hinaus gebeten hatte.

»Um auf den Dünger zurückzukommen, Jane«, sagte Gabri, während er seinen massigen Körper über eines von Peters Puzzles beugte, »ich kann dir morgen welchen vorbeibringen. Brauchst du Hilfe beim Zurückschneiden der Büsche im Garten?«

»Nein, damit bin ich schon fast fertig. Aber dieses Jahr ist vielleicht das letzte Mal gewesen. Ich schaffe es nicht mehr.« Gabri war froh, dass er nicht helfen musste. Sein eigener Garten war Arbeit genug.

»Ich habe eine Menge Stockrosenableger«, sagte Jane und fügte ein Stück Himmel in das Puzzle ein. »Wie haben sich die einfachen gelben bei dir gemacht? Ich habe keine gesehen.«

»Ich habe sie im letzten Herbst gepflanzt, aber sie sind nichts geworden. Kann ich noch einmal welche haben? Ich tausche sie gegen ein paar Indianernesseln.«

»Gott, bloß nicht.« Indianernesseln waren die Zucchini unter den Blütenstauden. Auch sie erfreuten sich großer Beliebtheit auf dem Herbstmarkt und gleich danach beim Thanksgiving-Feuer, zu dem sie einen Hauch von Bergamotte beisteuerten, so als würde jeder in Three Pines gerade Earl-Grey-Tee kochen.

»Haben wir schon erzählt, was heute Nachmittag geschehen ist, nachdem ihr alle gegangen wart?«, fragte Gabri mit seiner Bühnenstimme, sodass jeder im Zimmer ihm bereitwillig sein Ohr lieh. »Wir waren gerade dabei, die Erbsen für heute Abend vorzubereiten ...« Clara verdrehte die Augen gen Himmel und flüsterte Jane zu: »Wahrscheinlich haben sie den Dosenöffner gesucht!«, »... als es an der Tür klingelte, und da standen Matthew Croft und Philippe.«

»Nein! Und dann?«

»Philippe murmelte: ›Es tut mir leid wegen heute Morgen.‹«

»Und was hast du gesagt?«, fragte Myrna.

»Beweis es mir«, sagte Olivier.

»Nein, hast du nicht«, johlte Clara, zugleich amüsiert und beeindruckt.

»Aber selbstverständlich. Seine Entschuldigung schien mir nicht wirklich von Herzen zu kommen. Es tat ihm leid, dass er erwischt worden war und dass er nun die Folgen zu spüren bekam. Aber ich hatte nicht den Eindruck, dass ihm das, was er getan hatte, leid tat.«

»Gewissen und Feigheit«, sagte Clara.

»Was meinst du damit?«, fragte Ben.

»Oscar Wilde sagt, dass Gewissen und Feigheit dasselbe sind. Was uns davon abhält, schreckliche Dinge zu tun, ist nicht unser Gewissen, sondern die Angst, erwischt zu werden.«

»Ich frage mich, ob das stimmt«, sinnierte Jane.

»Würdest du so etwas tun?«, fragte Myrna Clara.

»Irgendetwas Schreckliches, wenn ich damit durchkäme?«

»Peter betrügen«, schlug Olivier vor. »Die Bank beklauen. Oder noch besser, das Werk eines anderen Künstlers klauen.«

»Ach, das ist doch Kinderkram«, fuhr Ruth dazwischen.

»Nein, wie wäre es mit Mord. Würdest du jemanden mit

deinem Auto über den Haufen fahren? Oder ihm meinetwegen auch Gift verabreichen oder ihn während des Hochwassers im Frühling in den Bella Bella werfen? Oder …« Sie sah sich in der Runde um, der Feuerschein tauchte die leicht beunruhigten Gesichter in ein warmes Licht. »Oder wir könnten ein Haus anzünden und die Eingeschlossenen nicht retten.«

»Wen meinst du mit ›wir‹ – wir weißen Frauen?«, fragte Myrna bemüht, dem Gespräch die Schärfe zu nehmen.

»Willst du die Wahrheit wissen? Alles, nur keinen Mord.« Clara sah zu Ruth hinüber, die ihr konspirativ zuzwinkerte.

»Stell dir eine Welt vor, in der du alles tun kannst. Alles. Und damit durchkommst«, sagte Myrna, die sich wieder für das Thema zu erwärmen begann. »Welche Macht. Wer in diesem Zimmer geriete da nicht in Versuchung?«

»Jane«, sagte Ruth mit absoluter Überzeugung. »Aber ihr anderen?« Sie zuckte die Achseln.

»Und was ist mit dir?«, fragte Olivier Ruth, mehr als nur ein wenig verärgert, in einen Topf mit den anderen geworfen zu werden, auch wenn er insgeheim zugeben musste, dass er hineingehörte.

»Ich? Du müsstest mich mittlerweile doch gut genug kennen, Olivier. Ich wäre natürlich die Schlimmste von allen. Ich würde betrügen und stehlen und euch allen das Leben zur Hölle machen.«

»Schlimmer als jetzt?«, fragte Olivier, noch immer etwas beleidigt.

»So, damit stehst du ganz oben auf meiner Liste der Todeskandidaten«, sagte Ruth. Und Olivier fiel ein, dass das, was hier am Ort der Polizei am nächsten kam, die freiwillige Feuerwehr war, der er selbst angehörte – und die Ruth leitete. Wenn Ruth befahl, dass man ein brennendes Haus stürmte, dann tat man das. Sie war furchteinflößender als jedes Feuer.

»Gabri, was ist mit dir?«, fragte Clara.

»Es gab Zeiten, da war ich wütend genug, um jemanden umzubringen, und vielleicht hätte ich es auch gemacht, wenn ich hätte sicher sein können, damit durchzukommen.«

»Was hat dich denn so wütend gemacht?« Clara war erstaunt.

»Betrogen zu werden, es war immer und ausschließlich das eine – betrogen zu werden.«

»Und was hast du dagegen unternommen?«, fragte Myrna.

»Eine Therapie. Und dabei habe ich diesen Herrn hier kennengelernt.« Gabri tätschelte Oliviers Hand. »Ich glaube, wir sind beide ein Jahr länger als nötig hingegangen, nur um uns im Wartezimmer sehen zu können.«

»Ist das nicht krank?«, fragte Olivier und strich sich eine Strähne seines allmählich dünner werdenden blonden Haars aus dem Gesicht. Es war so glatt wie Seide und fiel ihm ständig über die Augen, egal welche Mittelchen er hineinschmierte.

»Ihr könnt mir erzählen, was ihr wollt, aber ich glaube, dass nichts ohne einen ganz bestimmten Grund geschieht«, sagte Gabri. »Kein Betrug, keine Wut. Keine Wut, keine Therapie. Keine Therapie, kein Olivier. Kein Olivier, kein –«

»Es reicht.« Olivier hob beschwichtigend die Hände.

»Ich habe Matthew Croft immer gemocht«, sagte Jane.

»Hast du ihn unterrichtet?«, fragte Clara.

»Vor langer Zeit. Er besuchte die vorletzte Klasse der alten Dorfschule, bevor sie dichtgemacht wurde.«

»Ich finde es nach wie vor schade, dass sie geschlossen wurde«, sagte Ben.

»Um Himmels willen, Ben, das ist zwanzig Jahre her. Schau endlich mal nach vorn.« So etwas wagte nur Ruth zu sagen.

Als sie nach Three Pines gezogen war, hatte sich Myrna gefragt, ob Ruth vielleicht einmal einen Schlaganfall erlitten hatte. Manche Schlaganfallpatienten, das wusste Myrna aus ihrer Praxis, verfügten nur über eine sehr schwach ausgeprägte Impulskontrolle. Auf ihre Frage hin hatte Clara erklärt, falls Ruth jemals einen Schlaganfall erlitten habe, müsse das schon im Bauch ihrer Mutter passiert sein. Soweit sie wusste, war Ruth nie anders gewesen.

»Warum mag sie dann jeder?«, hatte Myrna gefragt.

Clara hatte gelacht und mit den Achseln gezuckt. »Es gibt Tage, da frage ich mich das auch. Die Frau kann ganz schön anstrengend sein. Aber sie ist es wert. Glaube ich.«

»Wie auch immer«, sagte Gabri jetzt schmollend, weil er kurze Zeit nicht im Rampenlicht gestanden hatte. »Philippe hat sich einverstanden erklärt, fünfzehn Stunden im Bistro zu arbeiten, unentgeltlich.«

»Aber er war bestimmt nicht glücklich darüber.« Peter erhob sich.

»Nein, das kann man nicht behaupten«, erwiderte Olivier mit einem Grinsen.

»Ich möchte einen Toast ausbringen«, sagte Gabri. »Auf unsere Freunde, die heute zu uns gestanden haben. Auf unsere Freunde, die den ganzen Vormittag damit verbracht haben, das Bistro sauber zu machen.« Diesem Phänomen war Myrna schon früher begegnet, die Fähigkeit mancher Leute, aus einem schrecklichen Ereignis einen Triumph zu machen. Sie hatte an diesem Morgen daran denken müssen, während sie mit Entendreck unter den Fingernägeln eine kurze Pause machte und die Leute beobachtete, junge und alte, die sich im Bistro eingefunden hatten, um zu helfen. Sie war eine von ihnen gewesen. Und sie hatte erneut den Tag gepriesen, an dem sie sich dazu entschlossen hatte, Montréal zu verlassen und hier eine Buchhandlung zu eröffnen. Sie war endlich zu Hause angekommen. Dann stieg ein anderes Bild in ihr auf, eines, das verloren gegangen war in der Geschäftigkeit des Vormittags. Von Ruth, die sich auf ihren Stock stützte und von den anderen abwandte, sodass nur Myrna sehen konnte, wie die alte Frau vor Schmerz zusammenzuckte, als sie sich auf die Knie niederließ, um schweigend den Boden zu schrubben. Den ganzen Vormittag.

»Das Essen ist fertig«, rief Peter.

»Wunderbar. Genau wie bei Mama. Le Sieur?«, fragte Jane einige Minuten später und führte eine Gabel voll Erbsenbrei und Bratensoße zu ihrem Mund.

»*Bien sûr.* Von Monsieur Béliveau«, bestätigte Olivier.

»Nein!«, rief Clara vom anderen Ende des reich gedeckten Tisches. »Dosenerbsen! Und du schimpfst dich Koch!«

»Le Sieur ist der Kaviar unter den Dosenerbsen. Sag noch ein Wort, Missy, und du kriegst nächstes Jahr No-name-Erbsen vorgesetzt. Undank ist der Welt Lohn«, flüsterte Olivier Jane für alle hörbar zu, »sie sollte sich was schämen.«

Sie aßen beim Schein zahlreicher Kerzen in allen erdenklichen Größen und Farben, die überall in der Küche verteilt waren. Auf den Tellern häuften sich Truthahn und Maronifüllung, glasierte Yams und Kartoffeln, Erbsen und Bratensoße. Bis auf Ben, der nicht kochen konnte, hatten alle etwas zum Essen beigesteuert. Als Ausgleich hatte Ben für den Wein gesorgt, was ohnehin besser war. Sie trafen sich regelmäßig, aber nur, wenn alle etwas mitbrachten, konnten sich Peter und Clara eine solche Einladung leisten.

Olivier beugte sich zu Myrna. »Das ist wieder einmal ein ganz wunderbares Blumenarrangement.«

»Danke. Es ist sogar etwas für euch beide darin versteckt.«

»Nein, wirklich!« Gabri sprang sofort auf. Seine langen Beine trugen ihn in Windeseile durch die Küche zu dem Strauß. Anders als Olivier, der katzengleich zurückhaltend und eher etwas eigenbrötlerisch war, hatte Gabri etwas von einem Bernhardiner an sich, wenn auch meistens ohne das Geschlabber. Sorgfältig untersuchte er den Blätterwald, dann kreischte er: »Oh Gott! Genau das habe ich mir schon immer gewünscht!« Er zog die Krakauer heraus.

»Nein, die ist nicht für dich, die ist für Clara.« Alle sahen Clara alarmiert an, besonders Peter. Olivier machte dagegen einen erleichterten Eindruck. Gabri griff noch einmal zwischen die Blätter und zog vorsichtig das dicke Buch heraus.

»Die Gesammelten Werke von W. H. Auden.« Gabri versuchte, die Enttäuschung in seiner Stimme zu verbergen. Aber nicht allzu sehr. »Kenn ich nicht.«

»Oh Gabri, es wird dir gefallen«, tröstete Jane.

»So, jetzt rückt endlich mit der Sprache heraus«, sagte Ruth unvermittelt und beugte sich über den Tisch zu Jane. »Hat die Arts Williamsburg dein Bild akzeptiert?«

»Ja.«

Dieses kleine Wort schien Katapulte unter den Stühlen auszulösen. Alle sprangen auf und liefen zu Jane, die ebenfalls aufstand und sich erfreut umarmen ließ. Sie strahlte heller als alle Kerzen im Zimmer zusammen. Clara stand daneben und beobachtete die Szene, und sie spürte, wie ihr ganz leicht ums Herz wurde. Wie glücklich sie war, diesen Moment miterleben zu dürfen.

»Große Künstler legen viel von sich selbst in ihr Werk«, begann Clara das Gespräch, nachdem alle wieder Platz genommen hatten.

»Was ist die Bedeutung von *Fair Day*?«, fragte Ben.

»Das verrate ich nicht. Du musst es selbst herausfinden. Aber es steckt tatsächlich etwas Bestimmtes darin.« Jane wandte sich lächelnd an Ben. »Ich bin sicher, du wirst es erkennen.«

»Warum hast du es *Fair Day* genannt?«, wollte er wissen.

»Weil es den Umzug am letzten Tag des Jahrmarkts zeigt.« Jane warf Ben einen bedeutungsschweren Blick zu. Seine Mutter, ihre Freundin Timmer, war am Nachmittag desselben Tages gestorben. War das wirklich erst einen Monat her? Das ganze Dorf war auf dem Umzug gewesen, bis auf Timmer, die allein in ihrem Bett lag und an Krebs starb, während sich ihr Sohn Ben auf einer Antiquitätenauktion in Ottawa befand. Es waren Clara und Peter gewesen, die ihm die Nachricht überbracht hatten. Clara würde nie den Ausdruck auf seinem Gesicht vergessen, als Peter ihm sagte, dass seine Mutter gestorben war. Keine Traurigkeit, nicht einmal Schmerz. Sondern vollkommene Ungläubigkeit. Er war nicht der Einzige gewesen.

»Das Böse ist gar nichts Besonderes, sondern menschlich, und teilt mit uns das Bett und sitzt an unserem Tisch«, sagte Jane fast unhörbar. »Auden«, erklärte sie, deutete mit dem Kopf auf das Buch in Gabris Hand und ließ ein Lächeln aufblitzen, das die unerwartete und unerklärliche Spannung auflöste.

»Ich bin fast versucht, mir *Fair Day* noch vor der Ausstellung heimlich anzusehen«, bekannte Ben.

Jane holte tief Luft. »Ich möchte euch nach der Vernissage alle auf ein Glas Wein einladen. Im Wohnzimmer.« Hätte sie »nackt« gesagt, hätte sie kein größeres Erstaunen hervorrufen können. »Es wartet eine kleine Überraschung auf euch.«

»Das kann man wohl sagen«, erwiderte Ruth.

Die Bäuche voller Truthahn und Kürbiskuchen, Portwein und Espresso gingen die Gäste nach Hause, und die Lichtkegel ihrer Taschenlampen tanzten in der Nacht wie riesige Glühwürmchen. Jane küsste Peter und Clara zum Abschied. Es war ein angenehmes, wenig aufsehenerregendes verfrühtes Thanksgiving-Fest unter Freunden gewesen. Clara sah Jane nach, als sie den gewundenen Pfad durch das Wäldchen, das ihre beiden Grundstücke voneinander trennte, einschlug. Noch lange, nachdem Jane aus ihrem Blickfeld verschwunden war, konnte sie den Strahl ihrer Taschenlampe sehen, ein helles, weißes Licht, wie das des Diogenes. Erst als Clara das erfreute Bellen von Janes Hund Lucy vernahm, schloss sie leise die Tür. Jane war zu Hause. In Sicherheit.

2

Der Anruf erreichte Armand Gamache, als er gerade seine Wohnung in Montréal verlassen wollte. Seine Frau Reine-Marie saß schon im Auto, und nur weil er noch einmal auf die Toilette gemusst hatte, waren sie noch nicht auf dem Weg zur Taufe seiner Großnichte.

»*Oui, allô?*«

»*Monsieur L'Inspecteur?*«, fragte eine höfliche junge Stimme am anderen Ende. »Hier spricht Agent Nichol. Der Superintendent hat mich gebeten, Sie anzurufen. Es gab einen Mord.«

Selbst nach den vielen Jahren in der Sûreté du Québec, die meisten davon in der Mordkommission, jagten ihm diese Worte noch einen Schauer über den Rücken. »Wo?« Er hatte bereits Papier und Bleistift in der Hand, die neben jedem Telefon in der Wohnung lagen.

»Ein Dorf in den Eastern Townships. Three Pines. Ich könnte in einer Viertelstunde bei Ihnen sein und Sie abholen.«

»Hast du diesen Menschen umgebracht?«, fragte Reine-Marie, als er ihr erklärte, dass er nicht während des Zwei-Uhr-Gottesdienstes neben ihr auf einer der harten Bänke in einer fremden Kirche sitzen würde.

»Wenn ich es getan habe, werde ich es herausfinden. Möchtest du mitkommen?«

»Was würdest du eigentlich machen, wenn ich jemals ja sage?«

»Ich würde mich freuen«, antwortete er wahrheitsgemäß. Nach zweiunddreißig Ehejahren konnte er immer noch nicht genug von Reine-Marie kriegen. Sollte sie ihn jemals bei einer Morduntersuchung begleiten, würde sie genau das Richtige tun, davon war er fest überzeugt. Sie schien immer genau zu wissen, was notwendig war. Es gab nie irgendwelche Dramen mit ihr, irgendein Durcheinander. Er vertraute ihr.

Und wieder einmal tat sie das Richtige und lehnte seine Einladung ab.

»Ich sage ihnen einfach, dass du wieder einmal betrunken bist«, erwiderte sie auf seine Frage, ob ihre Familie wegen seines Ausbleibens nicht enttäuscht wäre.

»Hast du ihnen beim letzten Mal, als ich einem Familientreffen fernblieb, nicht erzählt, ich wäre auf Entzug?«

»Dann bist du eben wieder rückfällig geworden.«

»Traurig für dich.«

»Ich opfere mich eben für meinen Ehemann auf«, sagte Reine-Marie und rutschte auf den Fahrersitz. »Pass auf dich auf, Schatz.«

»Das werde ich, *mon cœur.*« Er ging zurück in sein Arbeitszimmer in ihrer Wohnung im ersten Stock und stellte sich vor die große Karte von Québec, die an die Wand gepinnt war. Sein Finger glitt von Montréal über die Eastern Townships nach Süden und blieb an der Grenze zu den Vereinigten Staaten hängen.

»Three Pines … Three Pines«, murmelte er vor sich hin. »Könnte es auch anders heißen?«, fragte er sich, da er das erste Mal auf seiner detaillierten Karte einen Ort nicht finden konnte. »Trois Pins, vielleicht?« Nein, auch das war nicht verzeichnet. Aber das war nicht weiter schlimm, da es Nichols Aufgabe war, den Ort ausfindig zu machen. Er lief durch die große Wohnung, die sie damals in Outremont gekauft hatten, als die Kinder auf die Welt gekommen waren. Inzwischen waren sie längst ausgezogen und hatten selbst Kinder, aber trotzdem vermittelte die Wohnung nie einen verlassenen Eindruck. Er fühlte sich auch allein mit Reine-Marie wohl darin. Auf dem Klavier standen Fotos und die Regalbretter bogen sich unter den Büchern. Zeugnisse eines glücklichen Lebens. Reine-Marie hätte auch seine Auszeichnungen aufgehängt, aber das hatte er nicht gewollt. Jedes Mal, wenn sein Blick auf die gerahmten Urkunden in dem Schrank in seinem Arbeitszimmer fiel, erinnerte er sich nicht an deren feierliche Überreichung, sondern an die Gesichter der Toten und Lebenden, die mit den einzelnen Fällen verbunden waren. Nein. Sie hatten keinen Platz an den Wänden seines Zuhauses. Und seit dem Fall Arnot gab es sowieso keine Belobigungen mehr. Aber seine Familie war Belohnung genug.

Agent Yvette Nichol rannte auf der Suche nach ihrer Brieftasche aufgescheucht in der Wohnung herum.

»Komm schon, Dad, du musst sie gesehen haben«, sagte sie flehentlich mit einem Blick auf die Wanduhr und den unbarmherzig vorrückenden Minutenzeiger.

Ihr Vater erstarrte auf seinem Stuhl. Er hatte ihre Brieftasche gesehen. Vorhin erst hatte er sie in der Hand gehabt und zwanzig Dollar hineingesteckt. Das war ein kleines Spiel zwischen ihnen. Er gab ihr ein bisschen Taschengeld, und sie tat so, als bemerkte sie es nicht; nur dann und wann, wenn er von der Nachtschicht in der Brauerei nach Hause kam, fand er im Kühlschrank ein Eclair mit einem Zettel, auf dem in ihrer klaren, fast kindlichen Schrift sein Name geschrieben stand.

Vor ein paar Minuten hatte er die Brieftasche genommen und das Geld hineingesteckt, aber als der Anruf für seine Tochter kam, mit dem sie zu dem Mordfall abkommandiert wurde, hatte er etwas getan, was er sich nie hätte träumen lassen. Er hatte die Brieftasche versteckt, zusammen mit ihrem Sûreté-Ausweis. Für dieses kleine Dokument hatte sie jahrelang geackert. Er beobachtete sie dabei, wie sie die Sofakissen auf den Boden schleuderte. Sie würde auf der Suche nach ihrer Brieftasche noch die ganze Wohnung auseinandernehmen.

»Hilf mir doch, Dad. Ich muss sie finden.« Sie drehte sich zu ihm um, die Augen vor Verzweiflung weit aufgerissen. Wie konnte er nur so dasitzen und nichts tun? Das war ihre große Chance, der Moment, von dem sie seit Jahren geredet hatten. Wie viele Male hatten sie über ihren Traum gesprochen, dass sie es eines Tages in die Sûreté schaffen wollte? So war es schließlich auch gekommen, und jetzt hatte sie dank einer Menge harter Arbeit und, offen gesagt, ihrer angeborenen Begabung als Ermittlerin die Chance erhalten, mit Gamache an einem Mordfall zu arbeiten. Ihr Dad wusste alles über ihn. Er verfolgte jeden seiner Fälle in der Zeitung.

»Dein Onkel Saul, der hätte die Gelegenheit gehabt, zur Polizei zu gehen, aber er hat es vermasselt«, hatte ihr Vater ihr erzählt und den Kopf geschüttelt. »Was für eine Schande. Und du weißt doch, was mit Versagern geschieht?«

»Sie bezahlen mit ihrem Leben.« Yvette kannte die richtige Antwort. Praktisch seit dem Tag ihrer Geburt war ihr immer wieder die alte Familiengeschichte erzählt worden.

»Wie Onkel Saul, deine Großeltern. Alle. Aber jetzt bist du ja da, mein kluges Mädchen, wir zählen auf dich.«

Yvette hatte jede Erwartung übertroffen, als sie in die Sûreté aufgenommen wurde. Innerhalb einer Generation war ihre Familie von den Opfern der tschechoslowakischen Regierung zu jenen aufgestiegen, die andere herumkommandierten. Jetzt hielten sie das Heft in der Hand.

Das gefiel ihr.

Allein ihre unauffindbare Brieftasche samt Ausweis stand in diesem Moment zwischen der Erfüllung ihrer Träume und kläglichem Scheitern wie bei dem dummen Onkel Saul. Die Uhr tickte. Sie hatte dem Chief Inspector gesagt, sie wäre in fünfzehn Minuten bei ihm. Das war fünf Minuten her. Damit blieben ihr zehn Minuten, um ans andere Ende der Stadt zu gelangen und auf dem Weg noch Kaffee zu besorgen.

»Hilf mir doch«, flehte sie erneut und leerte den Inhalt ihrer Handtasche auf dem Wohnzimmerboden aus.

»Hier ist sie.« Ihre Schwester Angelina kam aus der Küche, die Brieftasche und den Sûreté-Ausweis in der Hand. Yvette stürzte auf Angelina zu und küsste sie, dann eilte sie in den Flur, um ihren Mantel überzustreifen.

Ari Nikulas sah seinem jüngsten Kind zu, versuchte jeden Quadratzentimeter ihres geliebten Gesichtes im Gedächtnis zu bewahren und der erbärmlichen Furcht, die in seinem Herzen lauerte, nicht nachzugeben. Was hatte er nur getan, als er ihr diese lächerliche Idee in den Kopf gesetzt hatte? Er hatte niemanden in der ehemaligen Tschechoslowakei verloren. Die ganze Geschichte war ein Produkt seiner Fantasie und diente einzig dem Zweck, ihm in ihrer neuen Heimat Bedeutung zu verleihen, einen Anstrich von Heldentum. Aber seine Tochter hatte ihm geglaubt, glaubte noch immer, dass es einen dummen Onkel Saul und eine hingeschlachtete Familie gegeben hatte. Und jetzt war es zu spät. Er konnte ihr die Wahrheit nicht mehr sagen.

Sie umarmte ihn, küsste ihn auf die stoppelige Wange. Er hielt sie einen Moment zu lang fest, und sie sah ihm verwundert in die müden, traurigen Augen.

»Mach dir keine Sorgen, Dad. Ich werde dich nicht enttäuschen.« Und mit diesen Worten war sie weg.

Er konnte gerade noch sehen, wie eine kleine Locke ihres dunklen Haars an ihrem Ohr hängen blieb.

Fünfzehn Minuten nachdem sie den Hörer aufgelegt hatte, klingelte Yvette Nichol an der Tür. Verlegen stand sie da und sah sich um. Das war ein schickes Haus, in dem Gamache wohnte, umgeben von viel Grün und in bequemer Gehweite zu den Läden und Restaurants an der Rue Bernard. In Outremont hatte sich die intellektuelle und politische Elite des französischen Québec niedergelassen. Sie hatte den Chief Inspector im Polizeipräsidium gesehen, hastig durch die Flure eilend, stets eine Gruppe von Leuten in seinem Kielwasser. Er war schon ewig dabei und stand in dem Ruf, die Rolle eines Mentors für die Leute zu übernehmen, die das Glück hatten, mit ihm zusammenzuarbeiten. Sie konnte froh sein.

Er rückte noch schnell seine Tweed-Kappe zurecht, dann öffnete er die Tür und lächelte Nichol freundlich an. Nach kurzem Zögern ergriff sie seine ausgestreckte Hand.

»Ich bin Chief Inspector Gamache.«

»Es ist mir eine Ehre.«

Als sie die Beifahrertür des Zivilfahrzeugs für ihn öffnete, bemerkte Gamache sogleich einen unverkennbaren Geruch: Kaffee in Pappbechern. Und dazu noch einen anderen Duft. Brioche. Die junge Frau hatte ihre Hausaufgaben gemacht. Er trank diesen Kaffee nur, wenn er mit einem Mordfall betraut war. In seinem Kopf war er so sehr mit der Ermittlungsarbeit verbunden, den langen Stunden, die er und sein Team in der Kälte auf durchweichten Feldern herumstanden, dass sein Herz jedes Mal wild zu klopfen begann, wenn ihm der Geruch von Kaffee und feuchter Pappe in die Nase stieg.

»Ich habe den vorläufigen Bericht vom Tatort heruntergeladen. Der Ausdruck ist in der Akte da hinten.« Nichol deutete auf die Rückbank, während sie den Wagen über den Boulevard St. Denis in Richtung Autobahn steuerte, die sie zur Champlain Bridge und von dort aufs Land bringen würde.

Den Rest der Fahrt schwiegen sie, während er die knappen Informationen las, an seinem Kaffee nippte, das Brioche aß und auf das flache Ackerland vor den Toren Montréals hinaussah, das zunächst sanft geschwungenen Hügeln wich und schließlich höheren Bergen, deren Hänge von leuchtendem Herbstlaub bedeckt waren.

Ungefähr zwanzig Minuten nachdem sie die Autobahn verlassen hatten, kamen sie an eine Abzweigung mit einem kleinen verwitterten Schild, auf dem zu lesen war, dass es noch zwei Kilometer bis Three Pines waren. Ein, zwei Minuten später, die sie auf einer von Schlaglöchern übersäten unbefestigten Straße entlanggeholpert waren, bot sich ihnen ein zwangsläufig widersprüchliches Bild: eine alte steinerne Mühle neben einem Teich, deren Mauern von der warmen Vormittagssonne vergoldet wurden, um die Mühle herum Ahornbäume und Birken und Wildkirschen, deren bunt gefärbte Blätter ihnen bei ihrer Ankunft wie Tausende von Händen fröhlich zuwinkten. Und Polizeiautos. Die Schlangen im Garten Eden. Doch die Polizei war nicht das Böse, wie Gamache wusste. Die Schlange war schon vorher da.

Gamache schritt auf die versammelte Menge zu, die ihm erwartungsvoll entgegenblickte. Beim Näherkommen sah er, dass die Straße sanft in Richtung eines pittoresken Dorfes abfiel. Die Leute standen auf dem Kamm des Hügels, einige sahen zu dem Wald hinüber, wo man die Bewegungen der Polizisten in ihren hellgelben Jacken ausmachen konnte, aber die meisten hatten sich ihm zugewandt. Gamache hatte den Ausdruck auf ihren Gesichtern schon unzählige Male gesehen, auf den Gesichtern von Leuten, die auf Nachrichten warteten, die sie lieber nicht hören wollten.

»Wer ist es? Können Sie uns sagen, was passiert ist?« Ein großer, stattlicher Mann machte sich zum Sprecher der Menge.

»Tut mir leid, ich hatte selbst noch nicht die Gelegenheit, etwas Näheres in Erfahrung zu bringen. Sobald ich mehr weiß, werde ich Sie informieren.«

Der Mann schien nicht zufrieden mit der Antwort zu sein,

nickte jedoch. Gamache warf einen Blick auf seine Uhr: 11 Uhr, der Sonntag des Thanksgiving-Wochenendes. Er wandte sich von der Menge ab und ging in die Richtung, in die nun alle starrten, auf das geschäftige Treiben im Wald zu und die eine Stelle, an der, wie er wusste, völlige Stille auf ihn wartete.

Um die Leiche herum war in einem großen Kreis gelbes Plastikband gespannt worden. Innerhalb dieses Kreises waren die Leute von der Spurensicherung zugange, die Rücken gebeugt wie in einem heidnischen Ritual. Mit den meisten von ihnen arbeitete Gamache schon seit Jahren zusammen, aber er hielt immer einen Platz für einen Neuling frei.

»Darf ich vorstellen – Inspector Jean-Guy Beauvoir, das ist Agent Yvette Nichol.«

Beauvoir nickte ihr freundlich zu. »Willkommen.«

Mit seinen fünfunddreißig Jahren war Jean-Guy Beauvoir seit mehr als einem Jahrzehnt Gamaches engster Mitarbeiter. Er trug Cordhosen und einen Wollpullover unter seiner Lederjacke und hatte sich lässig einen Schal um den Hals geschlungen. Er vermittelte den Eindruck von gewollter Nonchalance, die zu seinem durchtrainierten Körper passte, aber zugleich durch seine angespannte Haltung konterkariert wurde. Hinter dem legeren Auftreten von Jean-Guy Beauvoir steckte eiserne Entschlossenheit.

»Danke, Sir.« Nichol fragte sich, ob sie sich jemals so selbstverständlich an dem Schauplatz eines Mordes verhalten würde wie diese Leute.

»Chief Inspector Gamache, das ist Robert Lemieux«, stellte ihm Beauvoir einen jungen Polizisten vor, der außerhalb der Polizeiabsperrung stand. »Agent Lemieux ist der diensthabende Beamte von der Sûreté Cowansville. Er nahm den Anruf entgegen und kam sofort hierher. Sicherte den Tatort und erstattete Meldung.«

»Gut gemacht.« Gamache schüttelte dem jungen Polizisten die Hand. »Ist Ihnen irgendetwas aufgefallen, als Sie hier eintrafen?«

Lemieux sah ihn verblüfft an. Er hatte bestenfalls darauf gehofft, hier bleiben und zusehen zu dürfen und nicht vom Tatort weggescheucht zu werden. Aber niemals hätte er erwartet, den legendären Chief Inspector kennenzulernen, gar nicht davon zu reden, ihm eine Frage zu beantworten.

»*Bien sûr,* ich sah diesen Mann dort. Ein *Anglais,* seiner Kleidung und seiner Blässe nach zu urteilen. Die Engländer haben, wie ich feststellen musste, einen schwachen Magen.« Lemieux freute sich, diese Erkenntnis dem Chief Inspector mitteilen zu können, auch wenn er sie eben erst gewonnen hatte. Er hatte keine Ahnung, ob *Les Anglais* eher zur Blässe neigten als die französischstämmigen Kanadier, aber es klang gut. Allerdings hatte Lemieux die Erfahrung gemacht, dass die Engländer keinen Stil in Kleiderfragen hatten, daher konnte dieser Mann in seinem schlichten Flanellhemd unmöglich frankofon sein. »Er heißt Benjamin Hadley.«

Auf der gegenüberliegenden Seite der Absperrung sah Gamache einen Mann mittleren Alters, der in der Hocke an einem Baum lehnte. Groß, schlank und sehr, sehr blass. Beauvoir folgte dem Blick von Gamache.

»Er hat die Leiche entdeckt«, sagte Beauvoir.

»Hadley? Wie in Hadley's Mill?«

Beauvoir lächelte. Er hatte keine Ahnung, wie Gamache das wissen konnte, aber er wusste es. »Ganz genau. Kennen Sie ihn?«

»Nein. Noch nicht.« Beauvoir sah seinen Chef fragend an und wartete. Gamache erklärte: »Auf dem Gebäude der Sägemühle war ein verblasster Schriftzug zu lesen.«

»Hadley's Mill.«

»Gut geschlossen, Beauvoir.«

»Nur ein Schuss ins Blaue.«

Nichol hätte sich ohrfeigen mögen. Sie war die ganze Zeit über mit Gamache zusammen gewesen, und er hatte es bemerkt und sie nicht. Was sah er noch, was sie nicht sah? Verdammt. Sie warf Lemieux einen misstrauischen Blick zu. Er versuchte sich offensichtlich beim Chief Inspector einzuschmeicheln.

»*Merci*, Agent Lemieux«, sagte sie und hielt ihm die Hand hin, während der Chief Inspector mit ihr zugewandtem Rücken dastand und den armen *Anglais* musterte. Lemieux ergriff ihre Hand, wie sie gehofft hatte. »*Au revoir.*« Unsicher verharrte Lemieux einen Moment lang und sah abwechselnd auf sie und auf Gamaches breiten Rücken. Dann zuckte er die Achseln und ging weg.

Armand Gamache wandte seine Aufmerksamkeit von den Lebenden der Toten zu. Er ging ein paar Schritte und kniete sich neben der Leiche nieder, die ihn hierher geführt hatte.

Eine Haarsträhne war über Jane Neals offene Augen gefallen. Gamache hatte den Impuls, sie wegzustreichen. Das mochte eine alberne, sentimentale Anwandlung sein. Aber dann war er eben albern und sentimental. Was das anging, erlaubte er sich mittlerweile gewisse Freiheiten. Beauvoir dagegen war ein reiner Vernunftmensch, und das machte sie zu einem perfekten Team.

Gamache starrte Jane Neal schweigend an. Nichol räusperte sich, weil sie dachte, er könnte vergessen haben, wo er sich befand. Keine Reaktion. Nichts. Er und Jane standen in der Zeit still und starrten einander an, er von oben, sie von unten. Dann wanderte sein Blick über ihren Körper, zu der abgetragenen Mohair-Strickjacke, dem hellblauen Rollkragenpullover. Kein Schmuck. War sie ausgeraubt worden? Er musste Beauvoir danach fragen. Ihr Tweed-Rock saß genauso, wie man es vermutete, wenn jemand zu Boden gestürzt war. Ihre Strumpfhose war an einer Stelle gestopft, ansonsten heil. Sie mochte ausgeraubt worden sein, aber man hatte ihr keine Gewalt angetan. Außer dass sie umgebracht worden war, natürlich.

Seine dunkelbraunen Augen verweilten auf ihren mit Altersflecken übersäten Händen. Kräftige, braun gebrannte Hände, die von Gartenarbeit zeugten. Keine Ringe an den Fingern und auch keine blassen Stellen, die darauf hinwiesen, dass sie welche getragen hatte. Er empfand immer einen gewissen Schmerz, wenn er die Hände eines kürzlich Verstorbenen ansah und sich vorstellte, welche Dinge und Menschen diese Hände angefasst hatten. Das Essen, die Gesichter, die Türklinken. All die Gesten, mit denen sie Traurigkeit oder Freude ausgedrückt hatten. Und die letzte Geste, um den tödlichen Schlag abzuwehren. Am schlimmsten waren die Hände von jungen Menschen, die sich damit später niemals gedankenverloren eine Strähne ihres ergrauten Haars aus der Stirn streichen würden.

Er erhob sich mit Beauvoirs Hilfe und fragte: »Wurde sie ausgeraubt?«

»Vermutlich nicht. Mr. Hadley sagt, sie trug niemals Schmuck und hatte nur selten eine Handtasche bei sich. Er meint, wir fänden sie bei ihr zu Hause.«

»Hausschlüssel?«

»Nein. Kein Schlüssel. Aber auch dafür hat Mr. Hadley eine Erklärung, er sagt, dass die Leute hier in der Gegend ihre Häuser niemals abschließen.«

»Das werden sie von nun an wohl tun.« Gamache beugte sich über die Leiche und starrte auf die winzige Wunde, kaum groß genug, dass daraus das Leben aus einem Menschen entweichen konnte, sollte man meinen. Sie war nur wenig größer als die Spitze seines kleinen Fingers.

»Irgendeine Ahnung, was diese Wunde verursacht haben könnte?«

»Es ist Jagdsaison, vielleicht war es ein Gewehrschuss, obwohl ich noch nie eine solche Schusswunde gesehen habe.«

»Die Jagdsaison für Gewehrschützen fängt erst in zwei Wochen an, bislang sind nur Bogenschützen unterwegs«, sagte Nichol.

Die beiden Männer sahen sie an. Gamache nickte, und dann blickten alle drei auf die Wunde, so als könnten sie sie zum Sprechen bringen, wenn sie sich nur fest genug darauf konzentrierten.

»Und wo ist der Pfeil?«, fragte Beauvoir.

»Gibt es eine Austrittswunde?«

»Keine Ahnung«, sagte Beauvoir. »Die Gerichtsmedizinerin konnte die Leiche bislang noch nicht bewegen.«

»Sie soll mal herkommen«, sagte Gamache, und Beauvoir winkte einer jungen Frau in Jeans und Parka zu, die einen Arztkoffer bei sich trug.

»Monsieur L'Inspecteur«, sagte Dr. Sharon Harris, nickte ihm zu und kniete sich neben die Leiche. »Sie ist seit ungefähr fünf Stunden tot, vielleicht ein bisschen weniger, aber das ist nur eine grobe Schätzung.« Dr. Harris rollte Jane herum. Am Rücken ihrer Strickjacke hing trockenes Laub. Ein würgendes Geräusch war zu vernehmen, und Nichol sah zu Ben Hadley, der ihnen seinen bebenden Rücken zugewandt hatte und sich übergab.

»Ja, da ist eine Austrittswunde.«

»Danke, Doktor. Sie gehört Ihnen. Gut, Beauvoir, kommen Sie mit, und Sie auch, Agent Nichol. Erzählen Sie mir alles, was Sie wissen.«

Nach all den Jahren, die Jean-Guy Beauvoir nun schon mit Gamache zusammenarbeitete, nach all den Morden und Mordversuchen, erfasste ihn immer noch eine gewisse Erregung, wenn er diesen schlichten Satz hörte: »Erzählen Sie mir alles, was Sie wissen.« Damit war die Jagd eröffnet. Er war der Anführer der Meute. Und Chief Inspector Gamache war der Jagdmeister.

»Ihr Name ist Jane Neal. Alter sechsundsiebzig. Unverheiratet. Diese Informationen haben wir von Mr. Hadley. Er sagt, sie sei genauso alt gewesen wie seine vor einem Monat verstorbene Mutter.«

»Interessant. Zwei alte Damen, die innerhalb eines Monats in einem so kleinen Dorf sterben. Das ist merkwürdig.«

»Ja, ich fand es auch merkwürdig, deshalb habe ich nachgefragt. Seine Mutter starb nach einem langen, schweren Krebsleiden. Es sei seit einem Jahr abzusehen gewesen.«

»Na gut. Weiter.«

»Mr. Hadley ging heute Morgen gegen acht im Wald spazieren, was er regelmäßig tut. Miss Neal lag auf dem Pfad. Praktisch nicht zu übersehen.«

»Was hat er getan?«

»Er sagt, er habe sie sofort erkannt. Er kniete sich hin und schüttelte sie. Er dachte, sie hätte einen Schlaganfall oder einen Herzinfarkt erlitten. Seinen Worten zufolge wollte er gerade mit der Mund-zu-Mund-Beatmung beginnen, als er die Wunde entdeckte.«

»Hat er denn nicht gemerkt, dass sie mit leerem Blick in die Luft starrte und eiskalt war?« Nichols Selbstvertrauen wuchs.

»Würden Sie es merken?«

»Natürlich. So etwas ist ja wohl kaum zu übersehen.«

»Es sei denn ...« Gamache forderte sie gewissermaßen auf, Einwände gegen ihre eigene Behauptung zu formulieren. Dazu hatte sie jedoch keine Lust. Sie wollte recht haben. Und er glaubte offensichtlich, dass sie das nicht hatte.

»Es sei denn ... es sei denn, ich stünde unter Schock, dann vielleicht nicht.« Sie musste zugeben, dass diese Möglichkeit bestand.

»Sehen Sie sich den Mann an. Es ist drei Stunden her, dass er sie gefunden hat, und ihm ist immer noch hundeelend. Er musste sich gerade übergeben. Diese Frau hat ihm etwas bedeutet«, sagte Gamache, während sein Blick auf Ben Hadley ruhte. »Vorausgesetzt, er macht uns nichts vor.«

»Wie meinen Sie das, Sir?«

»Nun, es ist ja wohl nicht schwer, sich einen Finger in den Hals zu stecken und sich zu übergeben. Macht immer Eindruck.« Gamache wandte sich an Beauvoir. »Weiß sonst noch jemand von Jane Neals Tod?«

»Da waren ein paar Dorfbewohner auf der Straße, Sir«, sagte Nichol. Gamache und Beauvoir sahen sie an. Sie hatte es schon wieder getan, stellte sie fest. Statt Eindruck zu schinden und ihren Fehler wiedergutzumachen, hatte sie das Gegenteil erreicht. Sie hatte eine Frage beantwortet, die nicht an sie gerichtet war, einen Vorgesetzten unterbrochen, um ihm eine Beobachtung mitzuteilen, die von einer Dreijährigen hätte stammen können. Inspector Gamache hatte diese Leute ebenso gesehen wie sie. Verdammt! Nichol überlief eine Gänsehaut, als ihr bewusst wurde, dass sie mit ihrem Verhalten genau das Gegenteil von dem bewirkte, was sie beabsichtigte: ihre Intelligenz unter Beweis zu stellen. Sie machte sich nur zur Idiotin.

»Entschuldigung, Sir.«

»Inspector Beauvoir?«

»Ich habe den Tatort abgeriegelt.« Er wandte sich an Nichol. »Also keine Außenstehenden und keine Gespräche über das Verbrechen außerhalb der Absperrung.« Nichol lief dunkelrot an. Dass er meinte, ihr das erklären zu müssen, machte sie wütend. Noch viel wütender machte es sie jedoch, dass sie diese Erklärung tatsächlich nötig hatte.

»Aber –« Beauvoir zuckte mit den Schultern.

»Es ist wohl an der Zeit, ein paar Worte mit Mr. Hadley zu wechseln«, sagte Gamache und ging gemessenen Schritts auf ihn zu.

Ben Hadley hatte sie beobachtet, und es war ihm sofort klar gewesen, dass der Boss eingetroffen war.

»Mr. Hadley, ich bin Chief Inspector Armand Gamache von der Sûreté du Québec.«

Ben hatte einen frankofonen Kriminalbeamten erwartet, der möglicherweise ausschließlich Französisch sprach, daher hatte er die letzten paar Minuten damit verbracht, Französisch zu üben und sich die Worte zurechtzulegen, mit denen er das Geschehen beschreiben konnte. Doch nun sah ihn dieser distinguiert aussehende Mann im tadellos geschnittenen Dreiteiler (war das darüber tatsächlich ein Burberry?) mit Tweed-Kappe über den ergrauenden, kurz geschnittenen Haaren und einem sorgfältig gestutzten Schnurrbart über den Rand seiner Brille an, streckte ihm seine große Hand entgegen, als sei dies ein Geschäftstreffen, und sprach Englisch mit britischem Akzent. Aber er hatte Bruchstücke des Gesprächs mit seinen Kollegen mitbekommen, und das hatte definitiv in schnellem und flüssigem Französisch stattgefunden. In Québec war es keineswegs ungewöhnlich, dass die Leute zwei Sprachen sprachen, ja, sie sogar perfekt beherrschten. Es war allerdings ungewöhnlich, einem Frankofonen zu begegnen, der wie ein Mitglied des britischen Oberhauses sprach.

»Das sind Inspector Jean-Guy Beauvoir und Agent Yvette Nichol.« Sie schüttelten sich die Hände, wenn auch Nichol ein wenig misstrauisch, da sie sich nicht ganz sicher war, womit er sich den Mund abgewischt hatte, nachdem er sich übergeben hatte.

»Wie kann ich Ihnen helfen?«

»Lassen Sie uns ein paar Schritte gehen.« Gamache deutete auf den Pfad durch den Wald. »Ein Stück weg von hier.«

»Danke«, sagte Ben, und er war tatsächlich dankbar.

»Mein Beileid zum Tod von Miss Neal. War sie eine enge Freundin von Ihnen?«

»Sehr eng. Sie war schon meine Lehrerin in der Schule.«

Gamache hielt seinen Blick ruhig auf Bens Gesicht gerichtet, beobachtete ihn aufmerksam und hörte ihm zu, ohne zu urteilen oder anzuklagen. Ben merkte, dass er sich das erste Mal seit Stunden entspannte. Gamache sagte nichts, wartete einfach, bis Ben fortfuhr.

»Sie war eine wunderbare Frau. Ich wünschte, ich fände die richtigen Worte, um sie zu beschreiben.« Ben drehte den Kopf zur Seite, er schämte sich der Tränen, die ihm erneut in die Augen stiegen. Er ballte die Hände zu Fäusten und spürte den erwünschten Schmerz, als sich seine Fingernägel in seine Handballen gruben. Diesen Schmerz begriff er. Der andere war jenseits seines Fassungsvermögens. Seltsamerweise war er um vieles größer als der, den er beim Tod seiner Mutter verspürt hatte. Er riss sich zusammen: »Ich verstehe nicht, was da passiert ist. Jane ist keines natürlichen Todes gestorben, oder?«

»Nein, Mr. Hadley, das ist sie nicht.«

»Jemand hat sie getötet?«

»Erzählen Sie uns bitte von heute Morgen.«

Sie waren immer langsamer gegangen und blieben jetzt ganz stehen.

»Ich fand Jane, wie sie –«

Gamache unterbrach ihn. »Von dem Zeitpunkt an, als Sie aufstanden, wenn es Ihnen nichts ausmacht.« Ben hob eine Augenbraue, tat aber, worum er gebeten wurde.

»Ich bin so gegen sieben Uhr aufgewacht. Ich stehe immer bei Sonnenaufgang auf. Die Sonne scheint direkt in mein Schlafzimmer, ich habe es nie für nötig befunden, mir Vorhänge zuzulegen. Ich stand also auf, duschte und rasierte mich und dann fütterte ich Daisy.« Er sah sie fragend an, wartete auf ein Zeichen, ob er zu ausführlich oder zu knapp in seinem Bericht war. Die Frau machte einen unsicheren Eindruck, genau wie er sich fühlte. Der große, gut aussehende Inspector (Ben hatte die Namen bereits wieder vergessen) schrieb alles mit. Und der Chef blickte ihn interessiert und aufmunternd an. »Dann gingen wir nach draußen, um einen kleinen Spaziergang zu unternehmen, aber sie leidet unter Arthritis, und heute Morgen ging es ihr besonders schlecht. Daisy ist übrigens mein Hund. Jedenfalls habe ich sie wieder ins Haus gelassen und bin allein losgegangen. Da war es Viertel vor acht.« Ben ging richtigerweise davon aus, dass sie die präzisen Uhrzeiten interessierten. »Man braucht nur ein paar Minuten bis hierher, die Straße hoch, an der Schule vorbei und dann ist man schon im Wald.«

»Sind Sie auf dem Weg irgendjemandem begegnet?«

»Nein. Es ist möglich, dass mich jemand gesehen hat, aber ich habe niemanden bemerkt. Ich laufe allerdings immer völlig gedankenverloren und mit gesenktem Kopf durch die Gegend. Ich bin sogar schon an Leuten vorbeigegangen, ohne sie zu sehen. Meine Freunde wissen das und sind auch nicht beleidigt, wenn ich sie nicht grüße. Ich ging also den Pfad entlang, bis mich plötzlich etwas veranlasste aufzublicken.«

»Versuchen Sie sich bitte zu erinnern, Mr. Hadley. Wenn Sie normalerweise immer mit gesenktem Kopf gehen, warum haben Sie ihn dann in diesem Moment gehoben?«

»Seltsam, nicht wahr? Aber ich erinnere mich nicht. Leider bin ich, wie gesagt, meistens in Gedanken versunken. Nicht etwa tiefe oder bedeutende Gedanken. Meine Mutter hat mich oft ausgelacht und gesagt, manche Leute würden immerzu versuchen, an zwei Orten gleichzeitig zu sein. Ich sei allerdings im Allgemeinen an keinem.« Ben lachte, aber Nichol dachte bei sich, dass das eine schreckliche Bemerkung von einer Mutter war.

»Sie hatte natürlich recht. Nehmen Sie einen Tag wie heute. Strahlender Sonnenschein. Ich gehe durch diesen prachtvollen Wald. Ein schöneres Bild kann man sich nicht vorstellen, aber ich bemerke es nicht einmal und genieße es nicht, höchstens später, wenn ich schon wieder woanders bin und an diesen Spaziergang zurückdenke. Es ist, als befände sich mein Geist ständig einen Schritt hinter meinem Körper.«

»Sie blickten also auf, Sir«, erinnerte ihn Beauvoir.

»Ich weiß wirklich nicht, was mich dazu veranlasste, aber ich habe es glücklicherweise getan. Sonst wäre ich vielleicht noch über sie gestolpert. Merkwürdig, mir kam überhaupt nicht in den Sinn, dass sie tot sein könnte. Ich hatte Angst, sie zu stören. Ich schlich mich sozusagen auf Zehenspitzen heran und rief ihren Namen. Dann fiel mir auf, dass sie vollkommen still dalag. Ich konnte überhaupt keinen klaren Gedanken fassen. Ich dachte, dass sie vielleicht einen Schlaganfall oder einen Herzinfarkt gehabt hat.« Er schüttelte noch immer fassungslos den Kopf.

»Haben Sie die Wunde berührt?«, fragte Beauvoir.

»Könnte sein. Ich erinnere mich nur noch, dass ich aufgesprungen bin und mir die Hände an der Hose abgewischt habe. Ich geriet in Panik und lief wie, na ja, wie ein hysterisches Kind immerzu im Kreis herum. Idiotisch! Dann habe ich versucht, mich am Riemen zu reißen, und rief über mein Handy den Notruf an.«

»Aus reiner Neugier«, warf Gamache ein, »warum haben Sie ein Handy auf Ihren Waldspaziergang mitgenommen?«

»Dieser Wald befindet sich im Besitz meiner Familie, und im Herbst dringen hier regelmäßig widerrechtlich Jäger ein. Ich bin zwar leider kein besonders mutiger Mann, aber ich ertrage es nicht, wenn ein Lebewesen getötet wird. Egal welches. Einige der Spinnen in meinem Haus tragen Namen. Wenn ich morgens zu einem Spaziergang aufbreche, stecke ich immer mein Handy ein. Zum einen, weil ich Angst habe, dass mich irgendein betrunkener Jäger anschießen könnte und ich vielleicht nach Hilfe rufen muss, aber auch, um im Forstamt anzurufen, damit sie einen ihrer Leute herschicken, wenn ich einen Wilderer entdecke.«

»Und wie lautet die Nummer?«, fragte Chief Inspector Gamache höflich.

»Keine Ahnung. Ich habe sie vorsichtshalber gespeichert. Sie müssen wissen, dass meine Hände zu zittern beginnen, sobald ich nervös werde.« Ben sah zum ersten Mal besorgt aus, und Inspector Gamache nahm ihn am Arm und führte ihn weiter den Weg entlang.

»Wir sind leider zu dieser Befragung gezwungen. Sie sind ein wichtiger Zeuge und, offen gestanden, steht derjenige, der die Leiche findet, immer recht weit oben auf der Liste unserer Verdächtigen.«

Ben blieb abrupt stehen und starrte den Inspector ungläubig an.

»Verdächtig? Was reden Sie denn da?« Er drehte sich um und blickte in die Richtung, aus der sie gekommen waren, dorthin, wo der Leichnam lag. »Dort hinten, das ist Jane Neal. Eine pensionierte Lehrerin, die Rosen züchtete und Vorsitzende des Vereins anglikanischer Frauen war. Es kann nur ein Unfall gewesen sein. Ich glaube, Sie haben das nicht richtig verstanden. Kein Mensch würde sie mit Absicht umbringen.«

Nichol hatte den Wortwechsel genau mitverfolgt und wartete nun darauf, dass Chief Inspector Gamache etwas sagte, das den dummen Kerl eines Besseren belehrte.

»Sie haben vollkommen recht, Mr. Hadley. Das ist die bei Weitem wahrscheinlichste Erklärung.«

Yvette Nichol traute ihren Ohren nicht. Warum stieß er Hadley nicht klar und deutlich Bescheid, damit sie endlich ihren Job machen konnten? Schließlich war er so blöd gewesen, den Leichnam anzufassen und dann herumzurennen und die ganzen Spuren zu verwischen. Es stand ihm wohl kaum zu, einem so überlegenen und respektablen Mann wie Gamache einen Vortrag zu halten.

»Haben Sie in der Zeit, die Sie sich hier aufhielten, etwas

bemerkt, das Ihnen an der Umgebung oder an Miss Neal seltsam erschien?«

Gamache stellte beeindruckt fest, dass Ben nicht das Nächstliegende sagte. Stattdessen dachte er kurz nach.

»Ja. Lucy, ihr Hund. Ich erinnere mich nicht, dass Jane jemals ohne Lucy spazieren gegangen ist, noch dazu am Morgen.«

»Haben Sie sonst noch jemanden mit Ihrem Handy angerufen?«

Ben sah aus, als hätte man ihn auf eine vollkommen neue und brillante Idee gebracht.

»Oh, was bin ich doch für ein Idiot! Ich fasse es nicht. Es war mir überhaupt nicht in den Sinn gekommen, Peter oder Clara oder sonst jemanden anzurufen. Ich stand hier im Wald, ohne eine Menschenseele, wollte Jane nicht allein lassen und musste andererseits der Polizei den Weg zeigen. Aber es ist mir nicht eingefallen, einen meiner Freunde zu Hilfe zu rufen. Gott, das muss der Schock gewesen sein.«

Oder du bist tatsächlich ein Idiot, dachte Nichol. Ein nutzloserer Mensch als Ben Hadley ließ sich wohl kaum finden.

»Wer sind Peter und Clara?«, fragte Beauvoir.

»Peter und Clara Morrow. Meine besten Freunde. Sie sind die unmittelbaren Nachbarn von Jane. Jane und Clara waren wie Mutter und Tochter. Oh, die arme Clara. Glauben Sie, die beiden haben es schon erfahren?«

»Nun, das werden wir bald wissen«, sagte Gamache und ging plötzlich in raschem Tempo den Pfad zurück zum Fundort der Leiche. Dort angekommen, wandte er sich an Beauvoir.

»Inspector, Sie übernehmen das hier. Sie wissen, wonach Sie suchen müssen. Agent Nichol, Sie bleiben bei Inspector Beauvoir und unterstützen ihn. Wie spät ist es?«

»Elf Uhr dreißig, Sir«, sagte Nichol.

»Gut. Mr. Hadley, gibt es im Dorf ein Restaurant oder ein Café?«

»Ja, Oliviers Bistro.«

Gamache wandte sich erneut an Beauvoir. »Das Team soll um halb zwei ins Bistro kommen. Dann ist der Mittagsansturm vorbei, und wir sollten das Lokal fast für uns haben. Was meinen Sie, Mr. Hadley?«

»Schwer zu sagen. Es ist möglich, dass sich das ganze Dorf dort versammelt, wenn die Leute von Janes Tod erfahren. Das Bistro ist so etwas wie die Nachrichtenbörse von Three Pines. Aber es hat ein Hinterzimmer, das normalerweise nur abends geöffnet ist. Es geht auf den Fluss hinaus. Olivier stellt es Ihnen und Ihren Leuten bestimmt zur Verfügung.«

Gamache sah Ben interessiert an. »Das ist eine gute Idee. Inspector Beauvoir, ich werde bei Monsieur Olivier vorbeischauen und –«

»Er heißt Olivier Brulé«, unterbrach ihn Ben. »Er und sein Partner Gabriel Dubeau betreiben das Bistro und die einzige Pension im Ort.«

»Ich erkundige mich, ob wir zum Mittagessen einen Raum für uns haben können. Darf ich Sie ins Dorf begleiten, Mr. Hadley? Ich war noch nicht dort.«

»Ja, selbstverständlich.« Beinahe hätte Ben noch hinzugefügt: »Es ist mir ein Vergnügen«, aber er verkniff es sich. Dieser überaus höfliche Polizeibeamte forderte geradezu zu einer gewissen Förmlichkeit heraus. Sie mussten zwar ungefähr im gleichen Alter sein, aber Ben hatte das Gefühl, mit seinem Großvater zu sprechen.

»Dort drüben steht Peter Morrow.« Ben deutete auf die Menge, die sich, einer geheimen Choreografie folgend, in ihre Richtung gewandt hatte, als sie sich ihr näherten. Er zeigte auf den großen, besorgt aussehenden Mann, der Gamache zuvor angesprochen hatte.

»Ich werde Ihnen alles mitteilen, was ich Ihnen zum jetzigen Zeitpunkt sagen kann«, wandte sich Gamache an die etwa dreißig Dorfbewohner. Er sah, dass sich Ben zu Peter Morrow gesellte.

»Der Name der toten Frau lautet Jane Neal.« Gamache wusste, dass es falsche Rücksichtnahme gewesen wäre, einen Schlag wie diesen abmildern zu wollen. Ein paar der Leute fingen an zu weinen, andere schlugen sich die Hand vor den Mund, so als wollten sie eine Wunde bedecken. Die meisten ließen den Kopf hängen, als wäre die Nachricht kaum zu ertragen. Peter Morrow starrte zuerst Gamache an, dann Ben.

Gamache nahm das alles wahr. Mr. Morrow zeigte keine Überraschung. Und keine Trauer. Besorgnis, ja. Betroffenheit, zweifellos. Aber Traurigkeit?

»Was ist passiert?«, fragte jemand.

»Das wissen wir noch nicht. Jedenfalls starb sie keines natürlichen Todes.«

Die Leute stöhnten unwillkürlich auf. Bis auf Peter Morrow.

»Wo ist Clara?« Ben sah sich um. Es war ungewöhnlich, einen der Morrows ohne den anderen zu sehen.

Peter deutete mit dem Kopf in Richtung Dorf. »St. Thomas.«

Die drei Männer fanden Clara in der Kapelle. Sie saß allein da, mit geschlossenen Augen und gesenktem Kopf. Peter stand in der offenen Tür und sah auf ihren gebeugten Rücken. Es sah aus, als ob sie sich vor dem Schlag, der sie treffen würde, schützen wollte. Leise ging er zwischen den Bankreihen entlang, wobei er meinte, über seinem Körper zu schweben und sich selbst von dort oben zu beobachten.

Der Pfarrer hatte einige Zeit zuvor die Nachricht bekannt gegeben, dass im Wald hinter dem Schulhaus die Polizei zugange sei. Die Unruhe nahm während des Erntedank-Gottesdienstes immer mehr zu. Schon bald hatte sich in der winzigen Kirche das Gerücht von einem Jagdunfall wie ein bösartiger Virus verbreitet. Eine Frau. Verletzt? Nein, tot. Keine Ahnung, wer. Furchtbar. Furchtbar. Und ganz tief in ihrem Innern wusste Clara, wie furchtbar es tatsächlich war. Jedes Mal, wenn sich die Kirchentür öffnete und Sonnenlicht hereinfiel, betete sie, dass Jane auftauchen möge, verspätet, aufgeregt, verlegen. »Ich habe verschlafen. Wie dumm von mir. Lucy, die Arme, hat mich mit ihrem Bellen geweckt, weil sie hinauswollte. Es tut mir wirklich leid.« Der Pfarrer sprach einfach immer weiter, entweder weil er von dem sich anbahnenden Drama nichts mitbekam oder weil er ratlos war.

Die Sonne schien durch die Kirchenfenster, auf die Soldaten aus dem Ersten Weltkrieg gemalt waren, und warf blaue, dunkelrote und gelbe Flecken auf den Kiefernboden und die Eichenbänke. In der Kapelle roch es so wie in jeder kleinen Kirche, die Clara kannte. Nach Heilsversprechen und Holz und verstaubten alten Büchern. Als sich die Leute erhoben, um den nächsten Choral zu singen, drehte sich Clara zu Peter.

»Könntest du nachsehen, was da los ist?«

Peter nahm Claras Hand und stellte überrascht fest, dass sie eiskalt war. Er rieb sie einen Moment lang zwischen seinen Fingern.

»Natürlich. Es ist sicher alles in Ordnung. Sieh mich an«, sagte er, um sie davon abzuhalten, sich in den schlimmsten Vermutungen zu ergehen.

»Lobe den Herren, den mächtigen König der Ehren«, sang der Chor.

Clara blinzelte. »Es ist alles in Ordnung?«

»Ja.«

»Lobe den Herren, der alles so herrlich regieret.«

Das war vor einer Stunde gewesen, und inzwischen waren alle gegangen, auch der Pfarrer, der für den Erntedank-Gottesdienst in Cleghorn Halt ohnehin schon etwas spät dran war. Clara hörte, wie sich die Tür öffnete, sah, wie das helle Viereck im Mittelgang immer länger wurde und ein Schatten darin erschien, vertraut, selbst in der Verzerrung.

Peter zögerte kurz, dann schritt er langsam auf ihre Bank zu.

Da wusste sie es.

3

Clara saß wie betäubt in der Küche, gequält von dem Bedürfnis, Jane anzurufen und ihr zu erzählen, was geschehen war. Es war unfassbar. Eine Welt ohne Jane, ihr unvermittelt und brutal entrissen. Ihrer Berührung, ihres Trostes, ihrer Freundlichkeit beraubt. Clara hatte das Gefühl, jemand habe ihr nicht nur das Herz, sondern auch das Gehirn bei lebendigem Leib herausgerissen. Wie ist es möglich, dass mein Herz noch schlägt?, fragte sie sich und sah auf ihre im Schoß verschränkten Hände. Ich muss Jane anrufen.

Nach Verlassen der Kirche hatten sie mit Gamaches Erlaubnis Janes Golden Retriever Lucy geholt, die nun zusammengerollt zu Claras Füßen lag, als empfände sie einen ähnlich furchtbaren Schmerz.

Peter betete, dass das Wasser endlich zu kochen anfing, damit der Tee bald fertig war. Dann wäre alles wieder gut. Wenn man nur genug Tee trinkt und Konversation treibt, versuchte ihm die Stimme seiner guten Erziehung einzureden, läuft die Zeit vielleicht rückwärts und macht alles Böse ungeschehen. Aber er lebte schon zu lange mit Clara zusammen, um die Augen vor der Wahrheit verschließen zu können. Jane war tot. Sie war umgebracht worden. Und er musste Clara trösten und alles irgendwie wieder in Ordnung bringen. Er wusste nur nicht, wie. Wie ein Chirurg in einem Feldlazarett auf der verzweifelten Suche nach dem richtigen Verband durchstöberte er den Küchenschrank und schob den Yogi-Tee und die Kräutermischung »Harmonie« beiseite, zögerte allerdings einen Moment mit der Kamille in der Hand. Nein, besser nicht. Lass dich nicht ablenken, ermahnte er sich. Er wusste, dass es irgendwo da war, dieses Opium der Engländer. Und seine Hand fand die Schachtel genau in dem Moment, als der Kessel zu pfeifen begann. Ein gewaltsamer Tod verlangte nach Earl Grey. Während er das kochend heiße Wasser in die Kanne goss und sich dabei mit einigen Spritzern die Hand verbrühte, warf er einen Blick aus dem Fenster und sah, dass Chief Inspector Gamache allein auf einer Bank am Dorfanger saß. Der Inspector machte den Eindruck, als füttere er Vögel, aber das war wohl kaum möglich. Peter wandte sich wieder der gewichtigen Aufgabe der Teezubereitung zu.

Armand Gamache saß auf der Bank und beobachtete die Vögel, vor allem aber beobachtete er seine Umgebung. Das Leben in Three Pines schien vor seinen Augen zum Stillstand zu kommen. Es war, als lege sich eine schwere Decke über alles. Die Stimmen wurden leiser, die Schritte langsamer. Gamache lehnte sich zurück und tat das, was er am besten konnte. Er beobachtete. Er beobachtete die Leute, ihre Gesichter, ihr Tun, und er hörte ihren Gesprächen zu, wenn er auch auf seiner Holzbank auf der Wiese wenig davon mitbekam. Er registrierte, wer wen berührte und wer nicht. Wer sich umarmte und wer jemandem die Hand schüttelte. Er registrierte, wer rote Augen hatte und wer sich den Anschein gab, es wäre nichts vorgefallen.

Ihm gegenüber am anderen Ende des Dorfangers standen drei hohe Kiefern. Dazwischen lag ein Teich, um den herum sich einige in Pullover eingemummelte Kinder versammelt hatten, die vermutlich Frösche jagten. Der Dorfanger befand sich wie nicht anders zu erwarten in der Mitte des Dorfes, und um ihn führte eine Straße namens The Commons, die von Wohnhäusern gesäumt war, bis auf den Abschnitt in seinem Rücken, dort schien sich das Geschäftszentrum zu befinden. Es war ein sehr kleines Geschäftszentrum, das, soweit Gamache sehen konnte, aus einem Gemischtwarenladen mit einem Pepsi-Schild, auf dem *Béliveau* zu lesen war, bestand, daneben eine Bäckerei, das Bistro und eine Buchhandlung. Vier Straßen führten von The Commons weg, wie die Speichen eines Rades oder die Himmelsrichtungen auf einem Kompass.

Während er still dasaß und die Atmosphäre des Dorfs auf sich wirken ließ, dachte er, wie schön es hier war, all die alten Häuser um den Dorfanger herum mit ihren Bäumen und Gärten, in die der Herbst eingezogen war. Es wirkte alles so, als sei es natürlich gewachsen. Und die Trauer, die über dieser kleinen Gemeinde hing, war geprägt von Würde und Schmerz und einer gewissen Vertrautheit. Dieses Dorf war alt, und man kann nicht alt werden, ohne Trauer erlebt zu haben. Und Verlust.

»Laut Wettervorhersage soll es morgen regnen.« Gamache blickte auf und sah Ben vor sich, der einen uralten und nach dem Geruch zu urteilen innerlich bereits verwesenden Hund an der Leine hielt.

»Ach ja?« Gamache deutete auf den Platz neben sich, und Ben ließ sich nieder, während Daisy dankbar zu seinen Füßen auf den Boden sank.

»Der Regen wird gleich in der Früh einsetzen. Und es wird kälter werden.«

Ein, zwei Momente lang saßen die beiden Männer schweigend da.

»Dort drüben ist Janes Haus.« Ben deutete auf ein kleines Cottage aus Naturstein zu ihrer Linken. »Und das Haus daneben gehört Peter und Clara.« Gamaches Augen folgten seiner ausgestreckten Hand. Das Haus der Morrows war ein wenig größer als das von Jane und im sogenannten Loyalist-Stil aus rotem Backstein erbaut worden. Über die gesamte Vorderseite erstreckte sich eine schlichte Holzveranda, auf der zwei Schaukelstühle aus Korb standen. Links und rechts von der Eingangstür befand sich jeweils ein Fenster, und im oberen Stockwerk gab es noch einmal zwei Fenster, deren Läden in einem warmen Dunkelblau gestrichen waren. Der gepflegte Vorgarten war mit Rosen, Stauden und Obstbäumen bepflanzt. Vermutlich Holzäpfel, dachte Gamache. Ein kleines Wäldchen, zum größten Teil Ahornbäume, trennte das Grundstück von Jane Neal von dem der Morrows. Nur befand sich jetzt mehr als die Bäume zwischen ihnen.

»Ich wohne in dem Haus dort drüben.« Ben nickte zu einem hübschen, alten, weiß gestrichenen Holzhaus hin, das im Erdgeschoss eine Veranda und im Obergeschoss drei Gauben zierten. »Aber ich schätze mal, dass das Plätzchen da hinten auch mir gehört.« Ben deutete vage in Richtung Himmel. Gamache hielt es durchaus für möglich, dass Ben das metaphorisch oder gar meteorologisch meinte. Doch dann fiel sein Blick von den dicken Wolken auf das Dach eines großen Hauses, das am Hang des Hügels lag, der Three Pines auf einer Seite begrenzte.

»Ist seit Generationen in Familienbesitz. Meine Mutter hat dort gewohnt.«

Gamache wusste nicht recht, was er sagen sollte. Häuser wie dieses hatte er schon oft gesehen. Sehr oft. Sie waren zu seiner Zeit auf dem Christ's College in Cambridge als Victorian Piles bezeichnet worden. Ein ziemlich treffender Name für diese riesigen Steinhaufen, wie er fand. Und Québec, insbesondere Montréal, konnte sich mehr als genug solcher Häuser rühmen, die von modernen schottischen Raubrittern mit dem Geld, das ihnen Eisenbahnen, Schnaps und Banken einbrachten, errichtet worden waren. Sie wurden von Hybris zusammengehalten, offensichtlich kein besonders haltbarer Mörtel, da viele von ihnen schon vor langer Zeit abgerissen oder der McGill University übereignet worden waren, die diese viktorianischen Monstrositäten so dringend wie den Ebola-Virus brauchte. Ben betrachtete das Haus mit Wohlgefallen.

»Werden Sie dort einziehen?«

»Aber ja. Allerdings muss vorher noch ziemlich viel Arbeit hineingesteckt werden. Zum Teil sieht es dort aus wie in einem Horrorfilm. Gruselig.«

Ben erinnerte sich daran, wie er Clara erzählt hatte, er und Peter hätten als Kinder einmal Krieg im Keller gespielt und dabei ein Schlangennest entdeckt. Bis zu diesem Tag hatte er noch nie jemanden grün im Gesicht werden sehen.

»Ist das Dorf nach den Bäumen dort benannt?« Gamache blickte auf die Baumgruppe ihm gegenüber.

»Sie kennen die Geschichte nicht? Das sind natürlich nicht die ursprünglichen Kiefern. Diese hier sind erst sechzig Jahre alt. Meine Mutter hat als junges Mädchen mitgeholfen, sie zu pflanzen. Seit Gründung des Dorfes vor mehr als zweihundert Jahren standen an dieser Stelle Kiefern. Und es waren immer drei. Three Pines eben, drei Kiefern.«

»Und warum?« Gamache beugte sich neugierig vor.

»Es ist eine Art Geheimzeichen. Für die United Empire Loyalists. Sie haben das ganze Gebiet hier besiedelt, wenn man die Abenaki mal beiseitelässt, natürlich.« Mit einem Satz hatte Ben die tausendjährige Siedlungsgeschichte der Ureinwohner in diesem Gebiet ausgelöscht, stellte Gamache fest. »Aber wir sind nur ein paar Kilometer von der Grenze zu den Vereinigten Staaten entfernt. Als die Königstreuen während und nach dem Unabhängigkeitskrieg flohen, wussten sie nicht, wann sie wirklich in Sicherheit waren. Daher haben sie sich dieses Geheimzeichen ausgedacht. Drei nah beieinander stehende Kiefern bedeuteten, dass die Loyalisten willkommen waren.«

»*Mon Dieu, c'est incroyable.* So wirkungsvoll. So simpel«, sagte Gamache, der tatsächlich beeindruckt war. »Warum habe ich noch nie etwas davon gehört? Ich habe mich ausführlich mit der Geschichte Quebecs beschäftigt, aber das war mir bis jetzt völlig unbekannt.«

»Vielleicht wollen wir Engländer es geheim halten, falls wir noch einmal darauf zurückgreifen müssen.« Ben hatte zumindest so viel Anstand, rot zu werden, als er das sagte. Gamache sah den groß gewachsenen Mann an, der mit hängenden Schultern dasaß, die Leine eines Hundes, der ihm nicht mehr davonlaufen konnte, locker in langen, sensiblen Händen.

»Ist das Ihr Ernst?«

»Das letzte Souveränitätsreferendum ging äußerst knapp aus, wie Sie wissen. Und die Kampagne nahm zeitweise recht unschöne Züge an. Es ist nicht immer angenehm, als Minderheit im eigenen Land zu leben«, bekannte Ben.

»Das glaube ich Ihnen sofort, aber Sie würden sich doch sicherlich nicht bedroht fühlen, wenn sich Québec von Kanada abspaltet? Sie wissen, dass Ihre Rechte geschützt wären.«

»Weiß ich das? Habe ich das Recht, ein Straßenschild in meiner Sprache aufzustellen? Oder ausschließlich Englisch zu sprechen? Nein. Die Sprachpolizei würde mich verfolgen. Das Office de la Langue Française. Ich werde diskriminiert. Selbst der Oberste Gerichtshof meint das. Ich möchte Englisch sprechen, Chief Inspector.«

»Sie sprechen ja Englisch. Und ich auch. Ebenso wie sämtliche meiner Mitarbeiter. Auch wenn Sie das nicht glauben wollen, Mr. Hadley, die Engländer werden in Québec respektiert.«

»Nicht immer und nicht von jedem.«

»Das ist wohl wahr. Genauso wenig respektieren alle Leute die Polizei. So ist das Leben nun mal.«

»Dass die Polizei in Québec nicht respektiert wird, hat sie sich selbst zuzuschreiben. Das hat damit zu tun, was sie in der Vergangenheit angerichtet hat. Wir dagegen werden allein deswegen nicht respektiert, weil wir Engländer sind. Das ist nicht dasselbe. Haben Sie eine Vorstellung davon, wie sehr sich unser Leben in den letzten zwanzig Jahren geändert hat? Wie viele Rechte wir verloren haben? Wie viele unserer Nachbarn und Freunde und Verwandten wegen der rigiden Gesetze von hier weggegangen sind? Meine Mutter sprach kaum Französisch, ich selbst bin schon zweisprachig aufgewachsen. Wir geben uns ja Mühe, aber wir sind noch immer Zielscheibe des Spotts. Und alles schiebt man uns in die Schuhe. Der *tête carrée*. Nein …« Ben Hadley nickte zu den drei mächtigen Bäumen hin, die sich leicht im Wind wiegten. »Ich setze mein Vertrauen ins Individuum, nicht ins Kollektiv.«

Das ist, dachte Gamache, einer der grundlegenden Unterschiede zwischen englisch- und französischstämmigen Québecern; die Engländer glauben an die Rechte des Individuums, und die Franzosen sind davon überzeugt, dass sie die kollektiven Rechte schützen müssen. Ihre Sprache und ihre Kultur.

Es war eine häufig und manchmal bitter geführte Debatte, die allerdings kaum das Alltagsleben der Menschen berührte. Gamache erinnerte sich, dass er vor einigen Jahren in der *Montreal Gazette* eine Kolumne gelesen hatte, in der es hieß, in der Wirklichkeit funktioniere Québec einwandfrei, nur nicht auf dem Papier.

»Die Zeiten ändern sich, Monsieur Hadley«, sagte Gamache freundlich und hoffte, die Spannung lösen zu können, die auf der kleinen Parkbank plötzlich entstanden war. Diese englisch-französische Debatte polarisierte die Menschen in Québec. Gamaches Meinung nach war es das Beste, sie den Politikern und Journalisten zu überlassen, die sonst nichts zu tun hatten.

»Wirklich, Chief Inspector? Werden wir tatsächlich immer

zivilisierter? Toleranter? Weniger gewalttätig? Wenn sich die Zeiten ändern würden, dann wären Sie wohl nicht hier.«

»Sie meinen Miss Neals Tod. Glauben Sie, dass es Mord war?« Gamache hatte sich das selbst schon gefragt.

»Nein, das glaube ich nicht. Aber ich weiß, dass derjenige, der ihr das angetan hat, eine andere Art Mord geplant hatte. Zumindest den Mord an einem unschuldigen Tier. Das hat nichts mit Zivilisiertheit zu tun. Nein, Inspector, die Menschen ändern sich nicht.« Ben senkte den Kopf und spielte mit der Leine in seinen Händen. »Aber vielleicht liege ich ja falsch.« Er blickte Gamache mit einem entwaffnenden Lächeln an.

Gamache teilte Bens Meinung über die Jagd, was man hinsichtlich seiner Meinung über Menschen wiederum nicht behaupten konnte. Aber es war ein sehr aufschlussreiches Gespräch gewesen, und darum ging es ja in seiner Arbeit – die Leute dazu zu bringen, sich ihm zu offenbaren.

In den zwei Stunden, seit er sich von Beauvoir getrennt hatte, war er sehr beschäftigt gewesen. Er war mit Peter Morrow und Ben Hadley zu der Kirche gegangen, wo Peter seiner Frau die Nachricht von Janes Tod überbracht hatte. Gamache hatte die beiden von der Tür aus beobachtet, weil er wissen wollte, wie sie reagierte, und weil er nicht stören wollte. Dann hatte er sie dort zurückgelassen und war mit Mr. Hadley die Straße weiter hinunter ins Dorf gegangen.

Am Fuß des Hügels hatte er sich von Ben Hadley verabschiedet und war direkt zum Bistro gelaufen. Es war mit seinen blau-weißen Markisen und den runden Holztischen und Stühlen auf dem Trottoir leicht zu erkennen. Die Gäste des Bistros, die dort Kaffee tranken, folgten mit ihren Blicken jedem seiner Schritte, als er die Commons entlangging.

Nachdem sich seine Augen an das Dämmerlicht im Bistro gewöhnt hatten, sah er, dass es nicht wie erwartet aus einem einzigen großen Raum bestand, sondern aus zwei

Räumen mit jeweils einem offenen Kamin, in dem ein munteres Feuer prasselte. Das Mobiliar bestand aus schönen Antiquitäten, von denen kein Stück zum anderen passte. An einigen der Tische standen Sessel mit verblichenen, handgestickten Stoffbezügen. Jedes Möbelstück sah so aus, als hätte es schon immer hier gestanden. Gamache hatte in seinem Leben schon genügend Antiquitätenmärkte und -läden besucht, um ein gutes Auge dafür zu entwickeln, und die kunstvoll geschnitzte Eckvitrine mit Gläsern und Geschirr war eine echte Rarität. Am hinteren Ende des Raums stand auf einer langen Holztheke die Kasse, daneben Gläser mit Lakritzschnecken und -pfeifen, Zimtstangen und bunten Gummibärchen und Portionspackungen mit Frühstücksflocken.

Auf der anderen Seite befanden sich große Glastüren, die vermutlich in den Speisesaal führten, den Raum, von dem Ben Hadley gesprochen hatte.

»Kann ich Ihnen helfen?«, fragte ihn eine stämmige junge Frau mit unreiner Haut in perfektem Französisch.

»Ja. Ich würde gerne mit dem Besitzer sprechen. Ich glaube, sein Name ist Olivier Brulé.«

»Wenn Sie bitte Platz nehmen wollen, ich sage ihm Bescheid. Darf ich Ihnen in der Zwischenzeit einen Kaffee bringen?«

Im Wald war es kühl gewesen, und die Vorstellung von einem Café au lait vor dem offenen Kamin war einfach zu verführerisch. Und dazu vielleicht eine Lakritzpfeife oder zwei. Während er auf Monsieur Brulé und den Kaffee wartete, überlegte er, dass an diesem reizenden Bistro irgendetwas seltsam war. Irgendein Detail stimmte nicht.

»Verzeihen Sie, wenn ich Sie störe«, drang eine kehlige Stimme an sein Ohr. Er sah auf und erblickte eine ältere Frau mit kurz geschnittenem weißem Haar, die sich auf einen knorrigen Stock stützte. Rasch erhob er sich und stellte fest, dass sie größer war, als er gedacht hatte. Selbst in ihrer gebeugten Haltung war sie fast so groß wie er, und er hatte den Eindruck, dass sie außerdem lange nicht so zerbrechlich war, wie sie dem ersten Anschein nach wirkte.

Armand Gamache verbeugte sich knapp und deutete auf den zweiten Stuhl an seinem kleinen Tisch. Die Frau zögerte einen Moment, bevor sie sich mit knackenden Gelenken darauf niederließ.

»Mein Name ist Ruth Zardo«, sagte sie langsam und mit erhobener Stimme, als spräche sie mit einem geistig zurückgebliebenen Kind. »Ist es wahr? Jane ist tot?«

»Ja, Madame Zardo. Es tut mir leid.«

Ein lauter Knall unterbrach die Stille im Bistro, so unvermittelt, dass Gamache auf seinem Stuhl zusammenzuckte. Keiner der anderen Gäste blinzelte auch nur, wie er feststellte. Er brauchte einen kurzen Moment, um zu begreifen, dass das Geräusch von Ruth Zardo gekommen war, die ihren Stock mit einer ausholenden Geste auf den Boden geknallt hatte, so wie möglicherweise ein Steinzeitmensch einstmals seine Keule geschwungen hatte. Etwas Ähnliches hatte er noch nie erlebt. Er hatte zwar schon öfter gesehen, dass jemand seinen Stock auf den Boden gestoßen hatte, um auf eine etwas enervierende, im Allgemeinen aber erfolgreiche Weise Aufmerksamkeit zu erlangen. Ruth Zardo jedoch hatte ihren Stock mit einer raschen und offensichtlich geübten Bewegung herumgeschwungen, ihn an seinem geraden Ende gepackt, weit ausgeholt und den gebogenen Griff auf den Boden donnern lassen.

»Und was tun Sie hier, wenn Jane tot im Wald liegt? Was sind Sie für ein Polizist? Wer hat Jane umgebracht?«

Über das Bistro breitete sich einen Moment lang Schweigen, dann nahmen die Leute ihre leise geführten Gespräche wieder auf. Armand Gamache hielt Ruth' herrischem Blick mit einem nachdenklichen Ausdruck in den Augen stand und beugte sich so weit über den Tisch, dass er sicher sein konnte, nur von ihr gehört zu werden. Ruth, im Glauben, er flüstere ihr möglicherweise den Namen des Mörders ihrer Freundin zu, beugte sich ebenfalls vor.

»Ruth Zardo, meine Aufgabe besteht darin, herauszufinden, wer Ihre Freundin umgebracht hat. Und das werde ich auch tun. Ich werde es auf die Weise tun, die ich für richtig halte. Ich lasse mich nicht drängen, und ich dulde es nicht, wenn mich jemand nicht mit dem nötigen Respekt behandelt. Das ist mein Fall. Wenn Sie mir irgendetwas mitteilen oder mich etwas fragen wollen, dann tun Sie das. Aber Sie werden niemals wieder diesen Stock in meiner Gegenwart erheben. Und Sie werden niemals wieder in diesem Ton mit mir sprechen.«

»Wie könnte ich es wagen! Der Herr ist offensichtlich schwer beschäftigt.« Sowohl Ruth als auch ihre Stimme erhoben sich. »Und ich würde doch gewiss diese Spitzenkraft der Sûreté nicht bei der Arbeit stören.«

Gamache fragte sich, was Ruth Zardo mit ihrem Sarkasmus bezweckte. Und er fragte sich, was sie veranlasste, sich überhaupt so aufzuführen.

»Was darf ich Ihnen bringen, Mrs. Zardo?«, fragte die junge Bedienung, als sei nichts gewesen. Vielleicht wollte sie die alte Dame aber auch nur beschwichtigen.

»Einen Scotch, bitte, Marie«, sagte Ruth, plötzlich erschöpft wirkend, und nahm wieder Platz. »Es tut mir leid. Verzeihen Sie mir.«

Sie hört sich an, als wäre sie geübt darin, sich zu entschuldigen, dachte Gamache.

»Vermutlich könnte ich mein schlechtes Betragen mit Janes Tod erklären, aber wie Sie noch feststellen werden, bin ich ganz einfach so. Ich habe kein Talent dafür, einem Streit aus dem Weg zu gehen. Das Leben scheint für mich ein ständiger Kampf zu sein. Vom ersten bis zum letzten Tag.«

»Demnach darf ich noch mehr solcher Szenen erwarten?«

»Ja, vermutlich. Aber Sie befinden sich in guter Gesellschaft. Und ich verspreche, meinen Stock nicht mehr zu erheben, zumindest nicht in Ihrem Beisein.«

Armand Gamache lehnte sich auf seinem Stuhl zurück, als die Bedienung mit dem Scotch, dem Café au lait und der Lakritze kam. Er nahm ihr das Tablett ab und wandte sich dann so höflich wie nur möglich an Ruth. »Vielleicht eine Pfeife, Madame?«

Ruth nahm die größte und biss sofort das süße rote Ende ab.

»Wie ist es passiert?«, fragte sie.

»Es sieht nach einem Jagdunfall aus. Oder können Sie sich vorstellen, dass jemand Ihre Freundin absichtlich umgebracht hat?«

Ruth berichtete Gamache von dem Zwischenfall mit dem Entendreck. Als sie fertig war, fragte Gamache: »Warum glauben Sie, dass diese Jungen sie getötet haben könnten? Ich gebe Ihnen recht, das ist eine abscheuliche Tat, aber sie hatte ihre Namen schon für alle hörbar gerufen – sie umzubringen hätte also nicht mehr verhindert, dass Jane Neal sie verriet. Was hätten sie aber dann davon?«

»Rache?«, überlegte Ruth. »In diesem Alter kommt es einem Kapitalverbrechen gleich, erniedrigt zu werden. Gut, sie waren diejenigen, die versuchten, Olivier und Gabri zu erniedrigen, aber dann waren plötzlich sie die Zielscheibe des Angriffs. Und wehe, man zahlt es solchen Typen mit gleicher Münze heim, das vertragen sie überhaupt nicht.«

Gamache nickte. Es war möglich. Aber falls diese Jungen nicht völlig verrückt waren, dann hätte ihre Rache sicherlich anders ausgesehen, jedenfalls wären sie nicht so weit gegangen, einen kaltblütigen Mord zu begehen.

»Wie lange kannten Sie Mrs. Neal?«

»Miss. Sie hat nie geheiratet«, sagte Ruth. »Auch wenn sie

einmal kurz davor stand. Wie war noch sein Name?« Sie kramte in dem vergilbten Adressbuch in ihrem Gedächtnis. »Andy. Andy Selchuk. Nein. Sel … Sel … Selinsky. Andreas Selinsky. Es ist schon viele Jahre her. Mehr als fünfzig. Das ist hier sicher nicht von Bedeutung.«

»Erzählen Sie mir bitte trotzdem davon«, sagte Gamache.

Ruth nickte und rührte gedankenverloren mit dem Rest der Lakritzpfeife in ihrem Scotch.

»Andy Selinsky war Holzfäller. Diese Gegend lebte viele Jahrzehnte lang von der Holzwirtschaft. Die meisten Betriebe sind mittlerweile geschlossen. Andy arbeitete auf dem Mont Echo für den Betrieb von Kaye Thompson. Die Holzfäller waren nicht gerade friedfertige Gesellen. Die ganze Woche über arbeiteten sie in den Bergen und schliefen dort bei Wind und Wetter, auch in der Brunftzeit der Bären. Die Kriebelmücken müssen sie schier in den Wahnsinn getrieben haben. Sie rieben sich mit Bärenfett ein, um sie fernzuhalten. Sie hatten mehr Angst vor dem Ungeziefer als vor den Bären. An den Wochenenden kamen sie aus den Wäldern herunter, völlig verdreckt und stinkend.«

Gamache hörte aufmerksam zu, die Geschichte interessierte ihn, auch wenn er nicht sicher war, ob sie von irgendeinem Belang für seine Ermittlungen war.

»Die Männer von Kaye Thompson waren allerdings anders. Ich weiß nicht, wie sie es anstellte, aber sie hatte diese riesigen Kerle im Griff. Niemand legte sich mit Kaye an«, sagte Ruth bewundernd.

»Andy Selinsky arbeitete sich hoch bis zum Vorarbeiter. Er war der geborene Anführer. Jane verliebte sich in ihn, wobei ich gestehen muss, dass viele von uns ein Auge auf ihn geworfen hatten. Diese muskulösen Arme und das kantige Gesicht …« Gamache merkte, dass sie ihn fast vergessen zu haben schien, während sie in die Vergangenheit abtauchte. »Er war ein Mordskerl, aber von sanftmütigem

Wesen. Nein, sanftmütig ist nicht das richtige Wort. Anständig. Er konnte auch grob sein, sogar brutal. Aber niemals gemein. Und er war sauber. Roch wie ein Stück Seife. Wenn er mit den anderen Holzfällern von Kaye in die Stadt kam, dann fielen sie schon deswegen auf, weil sie nicht nach ranzigem Bärenfett stanken. Kaye muss sie mit Lauge geschrubbt haben.«

Gamache fragte sich, wie niedrig die Ansprüche sein mussten, wenn es schon reichte, nicht wie ein Bär zu riechen, um von einer Frau als anziehend betrachtet zu werden.

»Auf dem Tanzfest zu Beginn des Jahrmarkts forderte Andy Jane auf.« Ruth schwieg eine Weile gedankenversunken. »Das kann ich bis heute nicht verstehen«, fuhr sie schließlich fort. »Natürlich war Jane nett. Alle mochten sie. Aber offen gestanden war sie hässlich wie die Nacht. Sie sah aus wie eine Ziege.«

Ruth lachte bei der Erinnerung laut auf. Es stimmte. Die junge Jane streckte ihr Gesicht mit der spitz zulaufenden Nase und dem zurückweichenden Kinn immer vor, als ob sie an irgendetwas knabbern wollte. Darüber hinaus war sie kurzsichtig, allerdings gaben ihre Eltern nur äußerst ungern zu, dass sie ein alles andere als perfektes Kind hervorgebracht hatten, und daher ignorierten sie ihre Sehschwäche einfach. Das wiederum führte dazu, dass sie ihren Kopf noch weiter vorstreckte, um die Welt scharf zu sehen. Sie hatte immer einen Ausdruck im Gesicht, als würde sie fragen: »Ist das essbar?« Außerdem war die junge Jane ziemlich mollig, und das sollte sie ihr Leben lang bleiben.

»Aus irgendeinem unerfindlichen Grund wählte Andy Selinsky also Jane. Sie tanzten die ganze Nacht durch. Das war ein Anblick, kann ich Ihnen sagen.« Ruth' Stimme bekam einen schneidenden Unterton.

Gamache versuchte, sich eine jüngere Version der Frau vorzustellen, die er tot im Wald gesehen hatte, klein, hässlich und pummelig, wie sie mit dem riesigen, muskelbepackten Holzfäller tanzte.

»Sie verliebten sich ineinander, aber ihre Eltern bekamen es spitz und unterbanden die Verbindung. Hat einen ziemlichen Aufruhr verursacht. Jane war die Tochter des Chefbuchhalters von Hadley's Mill. Es war unvorstellbar, dass sie einen Holzfäller heiratete.«

»Und was passierte dann?«, bohrte er neugierig nach. Sie sah ihn an, als sei sie überrascht, dass er noch da war.

»Oh, Andy starb.«

Gamache hob eine Augenbraue.

»Freuen Sie sich nicht zu früh, Inspector Clouseau!«, sagte Ruth. »Ein Arbeitsunfall. Ein Baum begrub ihn unter sich. Massenhaft Zeugen. So was kam immer wieder vor. Auch wenn manche Leute mit einer romantischen Ader meinten, er sei wegen Jane so unglücklich gewesen, dass er absichtlich jede Vorsicht fahren ließ. Kompletter Blödsinn. Ich kannte ihn auch. Er mochte sie, vielleicht liebte er sie sogar, aber er war nicht verrückt. Jeder von uns wird irgendwann einmal verlassen und bringt sich deswegen nicht gleich um. Nein, es war ein Unfall.«

»Was tat Jane?«

»Sie ging fort, um eine Ausbildung zu machen. Kehrte ein paar Jahre später mit ihrem Lehrerdiplom in der Tasche zurück und übernahm die Schule hier. Haus Nummer 6.«

Gamache bemerkte einen Schatten auf seinem Arm und blickte auf. Ein Mann stand neben ihm. Etwa Mitte dreißig, blond, sehr gepflegt, auf legere Art gut gekleidet, so als wäre er geradewegs einem Katalog von Lands' End entstiegen. Er wirkte müde, aber hilfsbereit.

»Tut mir leid, dass es so lange gedauert hat. Ich bin Olivier Brulé.«

»Armand Gamache. Ich bin Leiter der Mordkommission der Sûreté du Québec.«

Gamache entging, dass sich Ruth' Augenbrauen hoben. Sie hatte den Mann unterschätzt. Er war der Big Boss, und sie hatte ihn Inspektor Clouseau genannt – all die anderen Beleidigungen, mit denen sie ihn bedacht hatte, hatte sie schon wieder vergessen. Nachdem er mit Gamache die Vereinbarungen bezüglich des Mittagessens getroffen hatte, wandte sich Olivier an Ruth: »Wie fühlst du dich?«, fragte er und berührte sie sanft an der Schulter. Sie stöhnte auf, als hätte er sie verbrannt.

»Ganz gut. Wie geht es Gabri?«

»Schlecht. Du kennst Gabri ja, er gehört nicht zu denen, die mit ihren Gefühlen hinter dem Berg halten.« Es gab sogar Zeiten, da fragte sich Olivier, ob bei Gabri nicht überhaupt das Innerste nach außen gekehrt war.

Bevor Ruth ging, erhielt Gamache noch einen groben Überblick über Janes Leben und erfuhr den Namen ihrer nächsten Verwandten. Eine Nichte namens Yolande Fontaine, Immobilienmaklerin, die in Saint-Rémy arbeitete. Er warf einen Blick auf die Uhr: halb eins. Saint-Rémy lag etwa fünfzehn Minuten entfernt. Er könnte es gerade schaffen. Während er seinen Geldbeutel aus der Tasche zog, entging ihm nicht, dass Olivier Anstalten machte, das Bistro zu verlassen. Vielleicht konnte er gleich zwei Fliegen mit einer Klappe schlagen.

Als er seinen Mantel und seinen Hut von der Garderobe nahm, bemerkte er ein kleines weißes Etikett, das von einem der Haken baumelte. Und da fiel der Groschen. Das war es, was hier nicht stimmte. Während er sich den Mantel überstreifte, ließ er seinen Blick über die Tische und Stühle und Spiegel und all die anderen Möbel im Bistro schweifen. An jedem Einrichtungsgegenstand hing ein Zettelchen. Das hier war ein Laden. Alles war käuflich zu erwerben. Man konnte ein Croissant essen und danach den Teller kaufen. Es erfüllte ihn mit Zufriedenheit, das kleine Rätsel gelöst zu haben.

Einige Minuten später saß er in Oliviers Auto und war auf dem Weg nach Saint-Rémy. Es war leicht gewesen, den Mann zu überreden, ihn mitzunehmen. Der Bistro-Besitzer war eifrig bemüht, ihm zu helfen.

»Bald wird es regnen«, sagte Olivier, während sie über die Schotterstraße holperten.

»Und morgen wird es auch kälter werden«, fügte Gamache hinzu. Beide Männer nickten schweigend. Nach ein paar Kilometern ergriff Gamache erneut das Wort. »Was war Miss Neal für ein Mensch?«

»Es ist unvorstellbar, dass jemand sie umgebracht haben soll. Sie war wunderbar. Freundlich und sanftmütig.«

Unbewusst hatte Olivier die Art, wie ein Mensch starb, damit gleichgesetzt, wie er gelebt hatte. Gamache erstaunte das immer wieder. Fast alle Leute meinten, dass gute Menschen kein schlimmes Ende finden sollten, sondern nur diejenigen, die es nicht besser verdienten. Und selbstverständlich verdienten es diejenigen, die ermordet wurden. Aus irgendeinem Grund herrschte unausgesprochen die allgemeine Überzeugung, dass ein Mordopfer die Tat herausgefordert hatte. Daher empfanden es die Leute als so schockierend, wenn jemand, den man als freundlichen und guten Menschen kannte, einem Verbrechen zum Opfer fiel. Als läge ein furchtbares Missverständnis vor.

»Ich kenne niemanden, der immer freundlich und gut ist. Hatte sie überhaupt keine Fehler? Gab es keinen, den sie einmal auf dem falschen Fuß erwischt hat?«

Olivier schwieg so lange, dass Gamache schon dachte, er hätte die Frage überhört. Aber er wartete. Gamache war ein geduldiger Mann.

»Gabri und ich leben erst seit zwölf Jahren hier. Vorher kannte ich sie nicht. Aber ich kann ohne zu lügen sagen, dass ich nie ein böses Wort über Jane gehört habe.«

Sie erreichten Saint-Rémy. Gamache kannte die Stadt ein

wenig, da er einmal in den Bergen, die sich hinter ihr erhoben, Skiurlaub gemacht hatte, als die Kinder klein gewesen waren.

»Wollen Sie, dass ich Ihnen von Janes Nichte Yolande erzähle, bevor Sie zu ihr gehen?«

Gamache fiel die Beflissenheit in Oliviers Stimme auf. Offenbar gab es da etwas, das des Erzählens wert war. Aber er hatte Zeit.

»Noch nicht, aber auf dem Rückweg gerne.«

»Gut.« Olivier parkte das Auto und zeigte zu dem Maklerbüro in der kurzen Ladenzeile. Während Williamsburg sich eines gewissen pittoresken Charmes rühmen konnte, war Saint-Rémy einfach eine alte Arbeiterstadt in den Townships. Sie war ziemlich planlos gewachsen, machte dabei aber einen lebendigeren Eindruck als das weitaus hübschere Williamsburg, die größte Stadt in der Umgebung. Sie vereinbarten, sich um Viertel nach eins wieder am Auto zu treffen. Gamache bemerkte, dass Olivier, obwohl er ein paar Dinge auf dem Rücksitz liegen hatte, das Auto nicht abschloss, sondern einfach die Tür zuwarf und davonging.

Eine blonde Frau begrüßte Chief Inspector Gamache mit einem breiten Lächeln an der Tür.

»Monsieur Gamache, ich bin Yolande Fontaine.« Sie nahm seine Hand und schüttelte sie, bevor er überhaupt zugreifen konnte. Ihr geübtes Auge musterte ihn abschätzend. Bevor er in Three Pines losgefahren war, hatte er angerufen, um sicherzugehen, dass sie noch im Büro war. Er oder sein Burberry schien den Erwartungen gewachsen zu sein.

»Nehmen Sie doch bitte Platz. Nun, welche Art Immobilie suchen Sie?« Sie bugsierte ihn in einen orangefarbenen gepolsterten Schalensitz. Er holte seinen Polizeiausweis hervor und reichte ihn ihr über den Tisch. Das Lächeln war augenblicklich verschwunden.

»Was hat dieser vermaledeite Bengel nun schon wieder

angestellt? *Tabernac.*« Auch ihre gepflegte Aussprache war verschwunden, ersetzt durch ein ordinäres Französisch, das jedes Wort in ihrem Mund knirschen ließ.

»Nichts, Madame. Ist es richtig, dass Jane Neal Ihre Tante ist? Aus Three Pines?«

»Ja. Warum?«

»Es tut mir leid, ich fürchte, ich habe eine traurige Nachricht. Man hat Ihre Tante heute Morgen tot aufgefunden.«

»Oh nein«, quetschte sie mit demselben Ausdruck der Betroffenheit hervor, mit dem man einen Flecken auf einem alten T-Shirt entdeckt. »Das Herz?«

»Nein. Sie ist keines natürlichen Todes gestorben.«

Yolande Fontaine starrte ihn verständnislos an. Sie kannte natürlich die Bedeutung der einzelnen Wörter, aber in diesem Zusammenhang ergaben sie keinen Sinn.

»Keines natürlichen Todes? Was soll das heißen?«

Gamache betrachtete die vor ihm sitzende Frau. Lackierte Fingernägel, blonde, hochtoupierte Haare, die wie ein Helm auf ihrem Kopf saßen, wie für eine Abendgala geschminkt, dabei war es erst Mittag. Sie musste Anfang dreißig sein, schätzte er, aber seltsamerweise ließ sie die dicke Make-up-Schicht wie fünfzig aussehen. Sie schien sich wenig an der frischen Luft zu bewegen.

»Sie ist im Wald gefunden worden. Tot.«

»Ermordet?«, flüsterte sie.

»Das wissen wir nicht. Mir wurde mitgeteilt, dass Sie ihre nächste Verwandte sind. Stimmt das?«

»Ja. Meine Mutter war ihre jüngere Schwester. Sie starb vor vier Jahren an Brustkrebs. Sie standen sich sehr nah. So nah.« Bei diesen Worten versuchte Yolande ihre Finger zu überkreuzen, aber ihre Nägel verfingen sich unablässig ineinander, sodass es eher wie der Kampf um die Weltmeisterschaft im Ringen aussah. Schließlich gab sie es auf und blickte Gamache abschätzend an.

»Wann kann ich ins Haus?«, fragte sie.

»Ich glaube, ich verstehe nicht?«

»In Three Pines. Tante Jane hat immer gesagt, dass ich es einmal erben würde.«

Gamache hatte genug Erfahrung mit Trauer, um zu wissen, dass die Menschen auf verschiedene Weise damit umgingen. Seine eigene Mutter hatte als Erstes, nachdem sie neben ihrem toten Ehemann, mit dem sie fünfzig Jahre verheiratet gewesen war, aufgewacht war, den Friseur angerufen, um den Termin bei ihm abzusagen. Gamache würde nicht den Fehler machen, jemanden danach zu beurteilen, wie er auf eine solche Nachricht reagierte. Dennoch war es eine merkwürdige Frage.

»Ich weiß nicht. Wir waren bislang noch nicht drin.«

Yolande wurde geschäftig.

»Nun, ich habe einen Schlüssel. Dürfte ich vielleicht vor Ihnen hinein, um ein bisschen aufzuräumen?«

Einen kurzen Moment lang fragte er sich, ob das die normale Reaktion einer Immobilienmaklerin war.

»Nein.«

Yolandes Gesichtszüge wurden hart, und ihre Wangen röteten sich, passend zu ihren Nägeln. Sie war es offensichtlich nicht gewohnt, dass man ihr etwas abschlug, und wusste ihren Zorn nicht zu zügeln.

»Ich rufe meinen Anwalt an. Das Haus gehört mir, und ich gebe Ihnen nicht die Erlaubnis, es zu betreten. Verstanden?«

»Da wir gerade von Anwälten sprechen – wissen Sie zufällig, wie der Anwalt Ihrer Tante heißt?«

»Stickley. Norman Stickley.« Ihre Stimme klang kalt. »Wir arbeiten von Zeit zu Zeit zusammen, wenn ich ein Haus in der Gegend von Williamsburg verkaufe.«

»Wären Sie so nett, mir seine Adresse und Telefonnummer aufzuschreiben?«

Während sie beides in ihrer verschnörkelten Schrift notierte, sah sich Gamache um. Einige der zum Verkauf stehenden Objekte waren schöne, große, alte Anwesen. Die meisten waren allerdings bescheidener. Yolande hatte eine Menge kleiner Eigentumswohnungen und Trailer im Angebot. Nun ja, irgendjemand musste sich auch darum kümmern, und möglicherweise war viel mehr Verkaufstalent nötig, um einen Trailer an den Mann zu bringen als ein herrschaftliches Haus. Allerdings musste man eine Menge Trailer verkaufen, um davon seinen Lebensunterhalt zu bestreiten.

»Hier.« Sie schob ihm den Zettel über den Tisch. »Sie werden von meinem Anwalt hören.«

Olivier wartete bereits im Auto. »Bin ich zu spät?«, fragte Gamache und sah auf seine Uhr. Es war zehn nach eins.

»Nein, im Gegenteil, etwas zu früh sogar. Ich musste nur ein paar Schalotten für das Essen heute Abend besorgen.« Gamache bemerkte den typischen, angenehmen Geruch im Auto. »Und offen gestanden, bin ich nicht davon ausgegangen, dass Ihr Gespräch mit Yolande sehr lange dauern würde.«

Olivier lächelte, während er den Wagen auf die Rue Principale lenkte. »Wie lief es?«

»Nicht ganz so, wie ich erwartet hatte«, gestand Gamache. Olivier lachte auf.

»Sie ist ein ganz schön harter Brocken, unsere liebe Yolande. Hat sie einen hysterischen Anfall bekommen?«

»Nein, davon kann nicht die Rede sein.«

»Also, das überrascht mich. Ich hätte gedacht, dass sie vor einem Polizisten als Publikum so viel wie möglich aus ihrer Rolle als einzige Hinterbliebene herausholen würde. Yolande verkörpert in meinen Augen den Sieg des Scheins über das Sein. Ich bin nicht mal sicher, dass sie noch weiß, wer sie in Wirklichkeit ist, so sehr ist sie damit beschäftigt, ein bestimmtes Bild von sich zu produzieren.«

»Und welches Bild sollte das sein?«

»Das des Erfolgs. Sie will unbedingt den Anschein einer glücklichen und erfolgreichen Frau und Mutter erwecken.«

»Wollen wir das denn nicht alle?«

Olivier warf ihm einen verschmitzten und unverhohlen schwulen Blick zu. Erst da merkte Gamache, was er gerade gesagt hatte. Er zwinkerte Olivier zu, eine mehr oder minder gelungene Erwiderung auf dessen Blick, und Olivier lachte erneut.

Gamache grinste. »Ich meinte damit, dass wir doch alle der Öffentlichkeit ein bestimmtes Bild von uns vermitteln wollen.«

Olivier nickte. Damit hatte Gamache recht. Und ganz besonders galt das für die Schwulenszene, dachte er, wo man unterhaltsam, gewitzt, zynisch und vor allem attraktiv sein musste. Es war sehr anstrengend, dauernd gelangweilt auszusehen. Das war einer der Gründe, weswegen er aufs Land geflohen war. In Three Pines hatte er die Chance, er selbst zu sein. Allerdings hatte er nicht damit gerechnet, dass es so lange dauern würde herauszufinden, wer er eigentlich war.

»Das stimmt. Aber bei Yolande geht es, glaube ich, tiefer. Sie ist wie eine Theaterkulisse. Bloße Fassade und nichts dahinter. Hohl.«

»Wie war ihr Verhältnis zu Miss Neal?«

»Na ja, sie standen sich offenbar sehr nah, als Yolande klein war, aber dann muss es zu einem Bruch gekommen sein. Ich habe keine Ahnung, weswegen. Auch wenn Yolande letztlich jeden vor den Kopf stößt, muss es damals um etwas Gravierenderes gegangen sein. Jane wollte sie nicht einmal mehr sehen.«

»Tatsächlich? Und Sie wissen wirklich nicht, aus welchem Grund?«

»Nein. Vielleicht weiß es Clara. Timmer Hadley hätte es Ihnen sicher sagen können, aber die ist tot.«

Da war es wieder. Timmers Tod, kurz vor dem von Jane.

»Und doch scheint Yolande Fontaine davon auszugehen, dass Miss Neal ihr ihr gesamtes Vermögen hinterlassen hat.«

»Vielleicht ist es ja auch so. Für manch einen ist Blut eben dicker als Wasser.«

»Es war ihr außerordentlich wichtig, vor uns ins Haus ihrer Tante zu kommen. Können Sie sich einen Grund dafür denken?«

Olivier überlegte. »Eigentlich nicht. Ich glaube auch nicht, dass Ihnen irgendjemand diese Frage beantworten kann, da ja kein Mensch jemals in Janes Haus gewesen ist.«

»Wie bitte?« Gamache glaubte, sich verhört zu haben.

»Seltsam, ich bin so sehr daran gewöhnt, dass ich gar nicht daran gedacht habe, es zu erwähnen. Ja. Das war das einzig Merkwürdige an Jane. Sie ließ uns in den Windfang und in die Küche. Aber nie auch nur einen Schritt über die Küche hinaus. Niemals.«

»Aber Clara doch sicher ...«

»Nicht einmal Clara. Nicht Timmer. Niemanden.«

Gamache beschloss, sich gleich nach dem Mittagessen darum zu kümmern.

Sie erreichten Three Pines ein paar Minuten vor der vereinbarten Besprechung mit seinem Team. Gamache setzte sich auf die Bank am Dorfanger und sah dem Leben und Treiben des Ortes zu. Ben gesellte sich zu ihm und schwatzte kurz mit ihm, um dann Daisy an ihrer Leine wieder nach Hause zu ziehen. Bevor er sich zum Mittagessen in das Bistro begab, dachte Gamache darüber nach, was er bislang über Jane Neal in Erfahrung gebracht hatte. Wer konnte einen Grund dafür haben, diese Frau, die personifizierte Güte, aus dem Weg zu räumen? Beauvoir hatte in Oliviers Hinterzimmer eine große Tafel aufgestellt, einen Bogen Papier daran befestigt und Filzstifte bereitgelegt. Gamache nahm neben ihm Platz und schaute durch die Glastüren, die eine ganze

Wand einnahmen. Er sah Tische mit zusammengeklappten Sonnenschirmen und dahinter den Fluss. Bella Bella – die Schöne. Wie zutreffend.

Der Raum füllte sich mit hungrigen und durchgefrorenen Beamten der Sûreté. Gamache bemerkte, dass Agent Nichol sich einen Platz abseits von den anderen gesucht hatte, und fragte sich, warum sie sich so absonderte. Zunächst lieferte Beauvoir seinen Bericht, während er gleichzeitig ein Sandwich aß, das aus dicken Scheiben geräuchertem Schinken mit Honigsenfsoße und reifem Cheddar auf einem frisch gebackenen Croissant bestand.

»Wir haben das Waldstück durchkämmt und …«, Beauvoir blätterte kurz in seinem Notizbuch und verschmierte dabei versehentlich ein wenig Senf auf der Seite, »drei alte Bierflaschen gefunden.«

Gamache zog die Augenbrauen hoch. »Das ist alles?«

»Und schätzungsweise fünfzehn Millionen Blätter. – Die Wunde sieht so aus.« Beauvoir malte mit einem roten Filzstift einen Kreis auf die Tafel. Die Polizisten sahen ihm gelangweilt zu. Doch dann hob Beauvoir erneut die Hand und vervollständigte die Zeichnung, indem er vier Striche hinzufügte, die in alle vier Himmelsrichtungen von dem Kreis abgingen. Einige der Anwesenden ließen ihre Sandwiches sinken. Jetzt war ihr Interesse geweckt. Es sah wie eine grob gezeichnete Karte von Three Pines aus. Während er das makabre Bild betrachtete, überlegte Gamache, ob der Täter dies womöglich beabsichtigt hatte.

»Würde ein Pfeil eine solche Wunde hinterlassen?«, fragte Beauvoir. Keiner schien eine Antwort darauf zu wissen.

Wenn ein Pfeil die Wunde verursacht hatte, überlegte Gamache, dann müsste er doch irgendwo zu finden sein. Vorzugsweise im Körper der Leiche. Gamache musste an Notre Dame de Bon Secours denken, jene Kirche, die er und Reine-Marie von Zeit zu Zeit besuchten. Die Wände waren über und über mit Bildern von Heiligen in verschiedenen Stadien des Martyriums und der Ekstase bedeckt. Eines dieser Bilder erschien nun vor seinem geistigen Auge: das des sich in Schmerzen windenden heiligen Sebastian, sein Leib gespickt mit Pfeilen. Jeder von ihnen ragte aus dem gemarterten Körper wie ein anklagender Finger. Auch in Jane Neals Körper müsste ein Pfeil stecken, und dieser Pfeil sollte auf denjenigen deuten, der für die Tat verantwortlich war. Es hätte keine Austrittswunde geben dürfen. Aber sie war da. Ein weiteres Rätsel.

»Stellen wir diese Frage fürs Erste zurück. Der nächste Bericht, bitte.«

So ging es während des gesamten Mittagessens weiter, die Polizisten saßen da, hörten einander zu und stellten Spekulationen an, das Ganze in einer sehr kollegialen Atmosphäre. Gamache war ein großer Anhänger von Teamarbeit. Damit gehörte er einer Minderheit auf der Führungsebene der Sûreté an, das wusste er. Er glaubte, dass jemand in leitender Position auch gut folgen können musste. Und er förderte in seinem Team einen respektvollen Umgang miteinander, gegenseitige Unterstützung und Offenheit gegenüber den Ideen der anderen. Das war nicht jedermanns Sache. Jeder Einzelne stand unter hohem Erfolgsdruck, und nur wer Ergebnisse für sich verbuchen konnte, kam weiter. Es nutzte nichts, bei der Lösung eines Mordfalls mitgeholfen zu haben. Gamache wusste, dass in der Sûreté gemeinhin die falschen Leute die Karriereleiter erklommen, deshalb förderte er die Teamspieler. Er löste beinahe jeden Fall und war niemals über den Rang hinausgekommen, den er jetzt schon seit zwölf Jahren innehatte. Aber er war zufrieden.

Gamache biss in ein mit gegrillter Hähnchenbrust und gebratenem Gemüse belegtes Baguette und gelangte zu der Überzeugung, dass die Mahlzeiten in diesem Lokal ein Genuss sein würden. Einige der Polizisten tranken normales

Bier, aber nicht Gamache, der Ingwerbier bevorzugte. Die Platte mit den Sandwiches leerte sich schnell.

»Die Gerichtsmedizinerin hat etwas Interessantes gefunden«, berichtete Isabelle Lacoste. »In der Wunde steckten zwei kleine Stückchen von einer Feder.«

»Haben Pfeile denn keine Federn?«, fragte Gamache. Erneut sah er den heiligen Sebastian mit den Pfeilen vor sich, an deren Enden Federn steckten.

»Früher einmal«, erwiderte Nichol rasch, erfreut über die Möglichkeit, ihr Wissen unter Beweis zu stellen. »Heute sind sie aus Plastik.«

Gamache nickte. »Das wusste ich nicht. Sonst noch etwas?«

»Es trat nur wenig Blut aus der Wunde, wie man sehen konnte, was für einen schnellen Tod spricht. Sie wurde genau an der Stelle getötet, an der man sie fand. Die Leiche ist nicht bewegt worden. Zeitpunkt des Todes zwischen sechs Uhr dreißig und sieben Uhr heute Morgen.«

Gamache berichtete, was er von Olivier und Yolande in Erfahrung gebracht hatte, und verteilte dann eine Reihe von Aufgaben. Die dringlichste davon war, das Haus von Jane Neal zu durchsuchen. In diesem Moment klingelte Gamaches Handy. Es war der Anwalt von Yolande Fontaine. Gamaches Ärger war offensichtlich, auch wenn er während des ganzen Gesprächs kein einziges Mal die Stimme erhob.

»Wir können fürs Erste nicht in Jane Neals Haus«, erklärte er, als er sein Handy zuklappte. »Es ist kaum zu glauben, aber Ms. Fontaines Anwalt hat einen Richter gefunden, der bereit war, eine einstweilige Verfügung zu unterzeichnen, die uns untersagt, das Haus zu durchsuchen.«

»Bis wann?«, fragte Beauvoir.

»Bis bewiesen ist, dass es Mord war oder dass Ms. Fontaine nicht die Erbin des Hauses ist. Daraus ergeben sich neue Prioritäten. Wir brauchen Jane Neals Testament, wir brauchen Informationen über alle in der Gegend wohnhaften Bogenschützen, und ich möchte wissen, aus welchem Grund ein Jäger den Pfeil entfernen sollte, nachdem er Miss Neal versehentlich erschossen hat. Darüber hinaus sollten wir mehr über den Tod von Timmer Hadley in Erfahrung bringen. Ich werde versuchen, uns hier im Ort einen Raum zu besorgen, den wir als Einsatzzentrale nutzen können. Anschließend werde ich mit den Morrows sprechen. Beauvoir, Sie begleiten mich. Sie auch, Agent Nichol.«

»Es ist Thanksgiving«, sagte Beauvoir. Gamache blieb abrupt stehen. Das hatte er ganz vergessen.

»Wer von Ihnen hat heute etwas vor?«

Alle Hände gingen hoch. Er selbst hatte auch etwas vor. Reine-Marie hatte ihre besten Freunde zum Essen eingeladen. Eine kleine Runde, daher würde sein Fehlen sofort auffallen. Und er bezweifelte, dass sie die Geschichte mit seiner Alkoholsucht schlucken würden.

»Dann ändern wir unsere Pläne. Wir machen uns um vier Uhr auf den Rückweg nach Montréal – also in anderthalb Stunden. Versuchen Sie, bis dahin so viel wie möglich herauszufinden. Wir wollen doch nicht, dass die Spur kalt wird, nur weil der Truthahn nicht warten konnte.«

Beauvoir öffnete das kleine Holztor, hinter dem ein gewundener Pfad zur Eingangstür des Cottages führte. Um das Haus herum blühten Hortensien, die sich in der mittlerweile kühlen Witterung langsam rosa verfärbten. Der Weg selbst war von alten Gartenrosen gesäumt, unter denen lila blühende Sträucher wuchsen. Vielleicht Lavendel, dachte Gamache. Er nahm sich vor, Mrs. Morrow bei passender Gelegenheit danach zu fragen. Den Fingerhut und die Stockrosen erkannte er sogleich. Der einzige Nachteil an der Wohnung in Outremont war, dass sie nur ein paar Blumenkästen vor den Fenstern zum Bepflanzen hatten.

Wie gerne hätte er einen Garten wie diesen, der so wunderbar zu dem kleinen Backsteinhaus passte, auf das er gerade zusteuerte. Noch bevor sie Gelegenheit hatten anzuklopfen, öffnete Peter Morrow die dunkelblaue Tür, und sie traten in eine kleine Diele, in der ein paar Jacken hingen und unter einer langen Holzbank mehrere Paar Stiefel standen.

»Laut Wetterbericht soll es bald regnen«, sagte Peter, während er ihnen die Mäntel abnahm und sie in die große Küche führte. »Allerdings sind die Prognosen meistens falsch. Wir scheinen hier ein Mikroklima zu haben. Muss an den Bergen liegen.«

Der Raum war warm und gemütlich, die Arbeitsflächen waren aus glänzendem dunklem Holz, und in den offenen Regalen stapelten sich Steingutgeschirr und alle möglichen Dosen und Gläser. Auf dem Vinylboden lagen wie zufällig verteilt ein paar Flickenteppiche und verliehen dem Raum eine entspannte Atmosphäre. An dem einen Ende des Holztisches stand ein riesiges Blumengebinde. Clara saß in eine bunte Decke gewickelt am anderen Ende. Sie machte einen erschöpften und geistesabwesenden Eindruck.

»Kaffee?« Peter war sich nicht sicher, was die Etikette bei einem solchen Besuch vorschrieb, jedenfalls lehnten die drei Besucher dankend ab.

Clara lächelte matt, erhob sich und streckte ihnen zur Begrüßung die Hand entgegen, wobei ihr die Decke von den Schultern glitt. Unsere Erziehung zur Höflichkeit sitzt so tief, dachte Gamache, dass die Menschen selbst dann noch lächeln, wenn sie gerade den schlimmsten Verlust erlitten haben.

»Mein herzliches Beileid«, sagte er zu Clara.

»Danke.«

»Ich möchte, dass Sie sich dort drüben hinsetzen und mitschreiben«, sagte Gamache leise zu Nichol und deutete auf einen einfachen Holzstuhl neben der Tür zur Diele.

Mitschreiben, dachte Nichol. Er behandelt mich wie eine Sekretärin. Zwei Jahre in der Sûreté, und er sagt mir, ich soll mich hinsetzen und mitschreiben. Die anderen nahmen am Küchentisch Platz. Sie bemerkte, dass weder Gamache noch Beauvoir ihre Notizbücher hervorholten.

»Wir vermuten, dass Jane Neals Tod ein Unfall war«, begann Gamache, »aber es gibt da ein Problem. Bislang wurde keine Waffe gefunden, und es hat sich auch niemand gemeldet, der die Verantwortung für die Tat übernommen hätte. Daher werden wir fürs Erste von einem Verbrechen ausgehen müssen. Fällt Ihnen irgendjemand ein, der Ihrer Freundin etwas hätte zuleide tun wollen?«

»Nein. Unmöglich. Jane hat Flohmärkte für den Verein anglikanischer Frauen veranstaltet, hier in St. Thomas. Sie war pensionierte Lehrerin. Sie hat ein ruhiges, ereignisloses Leben geführt.«

»Mrs. Morrow?«

Clara überlegte einen Moment, zumindest sah sie so aus. Aber in ihrem Kopf herrschte eine schreckliche Leere, und sie war zu keinem klaren Gedanken imstande.

»Zieht irgendjemand aus ihrem Tod einen Vorteil?« Vielleicht nützte es etwas, wenn er die Frage eindeutiger formulierte.

»Ich glaube nicht.« Clara riss sich zusammen, sie durfte sich nicht so gehen lassen. »Soweit ich weiß, hatte sie ihr Auskommen, allerdings haben wir nie darüber gesprochen. Glücklicherweise braucht man hier auf dem Land nicht viel Geld zum Leben. Sie zog ihr eigenes Gemüse, auch wenn sie das meiste verschenkte. Ich hatte immer den Eindruck, dass sie ihren Garten aus Vergnügen bestellte, nicht weil sie es nötig hatte.«

»Wie steht es mit ihrem Haus?«, fragte Beauvoir.

»Ja, das ist wohl einiges wert«, sagte Peter. »Gemessen natürlich an dem Standard von Three Pines, nicht an dem von

Montréal. Man könnte vielleicht hundertfünfzigtausend dafür bekommen. Möglicherweise auch mehr.«

»Fällt Ihnen noch etwas ein, wodurch jemand einen Vorteil aus ihrem Tod ziehen könnte?«

»Nein, im Moment nichts.«

Gamache erhob sich. »Wir brauchen noch einen Besprechungsraum, in dem wir hier in Three Pines unser Hauptquartier aufschlagen können. Könnten Sie uns dazu vielleicht einen Tipp geben?«

»Da wäre das Bahnhofsgebäude. Der Bahnhof ist schon länger außer Betrieb. Inzwischen nutzt es die freiwillige Feuerwehr. Ich bin überzeugt, dass sie nichts dagegen hätten, es mit Ihnen zu teilen.«

»Ich fürchte, wir brauchen etwas, wo wir ungestört sind.«

»Vielleicht das alte Schulhaus«, schlug Clara vor.

»Dort, wo Miss Neal gearbeitet hat?«

»Genau«, sagte Peter. »Wir sind heute Morgen daran vorbeigegangen. Es gehört den Hadleys, die es dem Bogenschützenverein zur Verfügung gestellt haben.«

»Bogenschützenverein?«, fragte Beauvoir, der seinen Ohren kaum traute.

»Ja, den haben Ben und ich vor einigen Jahren gegründet.«

»Ist das Haus abgesperrt? Haben Sie einen Schlüssel?«

»Ja, ich muss wohl irgendwo einen haben. Ben vermutlich auch. Aber es ist nie abgesperrt. Vielleicht hätten wir das besser tun sollen.« Er sah Clara an, als wolle er ihre Gedanken lesen oder Trost bei ihr finden. Aber ihr Gesicht war vollkommen ausdruckslos. Gamache nickte Beauvoir zu, der sein Handy aus der Tasche zog und einen Anruf tätigte, während die anderen ihr Gespräch fortsetzten.

»Ich würde gern für morgen um halb zwölf eine Gemeindeversammlung in der Kirche einberufen«, sagte Gamache. »Wie bringe ich das am besten unter die Leute?«

»Ganz einfach. Geben Sie Olivier Bescheid. Die halbe

Provinz wird sich im Bistro einfinden. Außerdem ist Gabri der Leiter des Kirchenchors.«

»Ich denke nicht, dass wir Musik brauchen«, sagte Gamache.

»Ich auch nicht, aber Sie müssen ja irgendwie in die Kirche hineinkommen. Er hat die Schlüssel.«

»Das Haus des Bogenschützenvereins steht offen, aber die Kirche ist zugesperrt?«

»Der Pfarrer kommt aus Montréal.«

Gamache verabschiedete sich, und die drei gingen über den mittlerweile vertrauten Dorfanger. Unwillkürlich ließen sie beim Gehen die Füße etwas schleifen und kickten buntes Laub auf. Die Luft roch nach Herbst.

Die Pension befand sich am Ende der Ladenzeile an der Ecke zur Old Stage Road, einer der Straßen, die aus Three Pines hinausführten. Früher einmal hatte die Pension als Kutschenstation auf der viel befahrenen Strecke zwischen Williamsburg und Saint-Rémy gedient. Dann hatte das Haus längere Zeit leer gestanden, bis Olivier und Gabri es übernahmen und wieder seinem ursprünglichen Daseinszweck als Herberge für müde Reisende zuführten. Gamache wollte einige Zimmer reservieren, aber auch ein paar Informationen einholen.

»Für wie lange?«, fragte Beauvoir.

»Bis der Fall gelöst ist oder wir von ihm abgezogen werden.«

»Das muss ein verdammt gutes Baguette gewesen sein.«

»Ich sage Ihnen, Jean-Guy, wenn er auch noch Pilze darauf getan hätte, hätte ich das Bistro gekauft und wäre auf der Stelle eingezogen. Der Aufenthalt hier wird sehr viel angenehmer werden als in einigen der Ortschaften, in die es uns in der Vergangenheit verschlagen hat.«

Das stimmte. Ihre Ermittlungen hatten sie schon weit von Montréal weggeführt, nach Kuujjuaq und Gaspé und

Shefferville und James Bay. Sie waren manchmal wochenlang von zu Hause weg gewesen. Beauvoir hatte gehofft, dass sie dieses Mal pendeln könnten, da der Ort nicht so weit von der Stadt entfernt lag. Aber das taten sie offenbar nicht.

»Reservieren Sie bitte auch für mich ein Zimmer.«

»Nichol?«, rief er über die Schulter. »Wollen Sie auch hier übernachten?«

Yvette Nichol kam sich vor, als habe sie eben im Lotto gewonnen.

»Gern! Ich habe zwar keine Wäsche zum Wechseln dabei, aber das macht nichts. Ich könnte mir etwas leihen oder das, was ich anhabe, heute Abend im Waschbecken waschen …«

Gamache hob die Hand.

»Sie haben nicht zugehört. Heute fahren wir nach Hause und kommen morgen früh zurück.«

Verdammt. Immer wenn sie Begeisterung zeigte, fiel sie auf die Nase. Würde sie es denn niemals lernen?

Von den Stufen der Veranda vor der Pension blickten ihnen Kürbisgesichter entgegen. Als sie eintraten, glaubte Gamache beinahe, in das Haus seiner Großeltern zu kommen: abgetretene Orientteppiche und dick gepolsterte Sessel, Lampen mit Troddeln und eine Sammlung von Petroleumleuchten. Vervollständigt wurde dieser Eindruck durch den wunderbaren Duft von frisch gebackenem Kuchen. In diesem Moment trat ein stämmiger Mann mit einer Rüschenschürze mit der Aufschrift »Trau niemals einem dünnen Koch« durch eine Schwingtür. Erstaunt stellte Gamache auch bei ihm eine mehr als nur flüchtige Ähnlichkeit mit seiner Großmutter fest.

Gabri seufzte vernehmlich und hob eine blasse Hand an die Stirn, eine Geste, die man seit dem Tod von Gloria Swanson nicht mehr oft zu Gesicht bekam.

»Muffins?«

Die Frage kam so unerwartet, dass sogar Gamache einen Moment stutzte.

»Pardon, Monsieur?«

»Ich habe Karotte, Dattel, Banane und speziell Jane zu Ehren auch ›Charles de Mills‹.« Mit diesen Worten verschwand Gabri, um im nächsten Augenblick mit einer Platte in der Hand wieder aufzutauchen, auf der appetitlich mit Früchten und Rosenblüten dekorierte Muffins arrangiert waren.

»Es sind natürlich keine echten Charles-de-Mills-Rosen. Die sind schon längst verblüht.« Bei diesen Worten wurde Gabri von einem Schluchzen erschüttert, und die Platte neigte sich bedrohlich zur Seite. Nur Beauvoirs rasches, keineswegs ganz uneigennütziges Eingreifen rettete das Gebäck. »*Desolé. Excusez-moi.* Ich bin so furchtbar traurig.« Gabri ließ sich auf eines der Sofas fallen, wobei er Arme und Beine weit von sich streckte. Gamache hatte den Eindruck, dass der Mann ungeachtet seines theatralischen Auftritts tatsächlich traurig war. Er ließ Gabri Zeit, sich wieder zu fassen, wobei ihm durchaus klar war, dass dieser Mann womöglich nie in einem gefassten Zustand war. Dann bat er ihn, allen von der Gemeindeversammlung am nächsten Tag zu erzählen und die Kirche für sie aufzusperren. Darüber hinaus reservierte er drei Zimmer mit Frühstück.

»Zimmer mit Brunch«, verbesserte ihn Gabri. »Aber Sie können Ihren Brunch auch zum Frühstück bekommen, wenn Sie möchten, schließlich wollen Sie ja diesen Verbrecher zur Strecke bringen.«

»Haben Sie irgendeine Vorstellung, wer sie umgebracht haben könnte?«

»War es nicht ein Jäger?«

»Das wissen wir noch nicht. Aber wenn es kein Jäger gewesen sein sollte, fiele Ihnen dann jemand ein?«

Gabri nahm einen Muffin. Beauvoir verstand das als Einladung, sich seinerseits zu bedienen. Sie waren noch ofenwarm.

Gabri war zwei Muffins lang still, dann sagte er leise: »Mir fällt niemand ein, aber wie sollte es auch?« Er richtete seine tiefbraunen Augen auf Gamache. »Ist nicht gerade das so schrecklich an einem Mord? Wir sehen es nicht kommen. Aber ich drücke mich wohl nicht besonders gut aus.« Er griff nach einem weiteren Muffin und aß ihn, inklusive Rosenblättern und allem Drum und Dran. »Die Leute, auf die ich am wütendsten war, haben davon vielleicht nie etwas mitbekommen. Verstehen Sie, was ich meine?«

Er schien geradezu um Gamaches Verständnis zu betteln.

»Ja, absolut«, sagte Gamache, und so war es auch. Die wenigsten Leute begriffen so schnell, dass bei den meisten vorsätzlichen Morden bittere Gefühle wie Habgier, Eifersucht oder Angst, die stets unterdrückt worden waren, eine Rolle spielten. Wie Gabri gesagt hatte, man sah es nicht kommen, weil der Mörder ein Meister darin war, sich zu verstellen, eine falsche Fassade zur Schau zu tragen, nach außen hin vernünftig, sogar ruhig zu wirken. Aber hinter dieser Fassade verbarg sich häufig ein Abgrund. Und deshalb war auf den Gesichtern der meisten Opfer, die er gesehen hatte, auch keine Angst, keine Wut zu erkennen. Sondern Überraschung.

»Wer weiß schon, wie viel Bosheit sich im Herzen eines Menschen verbirgt«, sagte Gabri und bedeutete ihnen zu warten.

Er verschwand erneut und kehrte mit einer Tüte voller Muffins zurück, die er Gamache reichte.

»Eine letzte Frage.« Gamache drehte sich an der Tür noch einmal um, die Tüte in der einen, die Türklinke in der anderen Hand. »Sie haben eine Rose namens Charles de Mills erwähnt.«

»Das war Janes Lieblingsrose. Es ist nicht einfach irgendeine Rose, Chief Inspector. Unter Rosenzüchtern gilt sie als eine der schönsten überhaupt. Eine alte Gartenrose. Blüht nur einmal im Jahr, aber dann wahrhaft spektakulär. Danach ist es mit der Pracht vorbei. Ich habe die Muffins als Hommage an Jane deshalb mit Rosenwasser zubereitet. Und dann habe ich sie gegessen, wie Sie sehen konnten. Ich esse meinen Schmerz immer auf.« Gabri lächelte matt. Bedachte man die Fülle des Mannes, fragte man sich unwillkürlich, wie groß sein Schmerz sein musste. Und vielleicht auch seine Angst. Und seine Wut? Wer wusste das schon.

Ben Hadley wartete vor dem Schulhaus auf sie, worum ihn Beauvoir bei seinem Anruf gebeten hatte.

»Können Sie von außen irgendetwas Ungewöhnliches feststellen, Mr. Hadley?«, fragte Gamache.

Ein wenig überrascht sah sich Ben um. Gamache kam der Gedanke, dass Ben Hadley möglicherweise ständig ein wenig überrascht war.

»Nein. Wollen Sie hineingehen?« Ben griff bereits nach dem Türknauf, als Beauvoir seinen Arm festhielt. Er holte eine Rolle mit dem gelben offiziellen Absperrband aus seiner Jackentasche und reichte sie Nichol. Während sie das gelbe Band an der Tür und den Fenstern befestigte, klärte er Ben auf.

»Es sieht so aus, als sei Miss Neal durch einen Pfeil zu Tode gekommen. Wir müssen das Schulhaus durchsuchen, da die Waffe von dort stammen könnte.«

»Aber das ist doch lächerlich.«

»Warum?«

Statt einer Antwort sah sich Ben um, als ob das friedliche Bild eine hinreichende Begründung wäre, und legte die Schlüssel in Beauvoirs ausgestreckte Hand.

Als Agent Nichol das Auto über die Champlain-Brücke zurück in die Stadt steuerte, sah sie an dem nachdenklichen

Chief Inspector auf dem Beifahrersitz vorbei auf die Skyline von Montréal mit dem riesigen, hell erleuchteten Kreuz auf der Spitze des Mont Royal. Ihre Familie würde mit dem Thanksgiving-Dinner auf sie warten. Sie würden alles für sie tun, das wusste sie, und der Gedanke daran war zugleich tröstend und beklemmend. Von ihr erwartete man nur, Erfolg zu haben.

Gamache wurde vom Duft nach gebratenem Rebhuhn empfangen, als er an diesem Abend durch seine Wohnungstür trat. Das war eine von Reine-Maries Spezialitäten, die sie nur an Feiertagen zubereitete. Sie wickelte die Tiere in Speck und ließ sie in einer Soße aus Wein und Wacholderbeeren leise vor sich hin schmoren. Sonst bereitete immer er die Füllung mit wildem Reis zu, aber dieses Mal hatte sie es wahrscheinlich selbst getan. Sie tauschten sich über die Neuigkeiten aus, während er sich auszog, um zu duschen. Sie berichtete ihm von der Taufe und dem anschließenden Empfang mit Fingerfood. Sie war sich fast sicher, auf der richtigen Feier gewesen zu sein, auch wenn sie nur wenige Leute gekannt hatte. Er wiederum erzählte ihr von seinem Tag und dem Fall. Er ließ nichts aus. Darin war er anders als seine Kollegen, aber er wusste nicht, wie er mit Reine-Marie eine intensive Beziehung führen und gleichzeitig diesen Teil seines Lebens vor ihr geheim halten sollte. Daher erzählten sie sich alles. Die letzten fünfunddreißig Jahre hatte es funktioniert.

Ihre Freunde trafen ein, und sie verbrachten einen angenehmen Abend miteinander. Ein paar Flaschen guter Wein, ein vorzügliches Mahl und dazu freundliche und kluge Gespräche. Gamache fühlte sich an Virginia Woolfs Orlando erinnert, der all die Jahrhunderte hindurch nicht Reichtum oder Ruhm oder Ehre sucht, sondern Gesellschaft.

Clara wiegte sich vor und zurück, vor und zurück, und versuchte, ihren Verlust zu begreifen. Noch vor wenigen Stunden hatte sie das Gefühl gehabt, jemand habe ihr Herz und Gehirn bei lebendigem Leibe herausgerissen. Nun hatte sie beides zurück, nur waren sie nicht mehr heil. Gedanken zuckten wie Blitze durch ihren Kopf und kehrten immer wieder zu dem einen wunden Punkt zurück.

Peter schlich zur Tür des Schlafzimmers und blickte hinein. Er war wehrlos gegen die in ihm aufkeimende Eifersucht. Eifersucht darauf, wie sehr Clara um Jane trauerte. Ob es ihr wohl genauso ginge, wenn er gestorben wäre? Aber dann wurde ihm klar, dass Clara in diesem Fall Jane gehabt hätte, um sie zu trösten. Und Jane hätte gewusst, was zu tun gewesen wäre. In diesem Moment öffnete sich eine Tür für Peter. Zum ersten Mal in seinem Leben fragte er sich, was ein anderer an seiner Stelle täte. Was täte Jane in dieser Situation? Und er wusste es. Schweigend setzte er sich neben seine Frau aufs Bett und nahm sie in die Arme. Zum ersten Mal, seit sie die Nachricht von Janes Tod erhalten hatte, kamen ihr Herz und ihr Geist zur Ruhe. Für einen kurzen, seligen Moment konnte sie sich etwas zuwenden, das Liebe verhieß, nicht Verlust.

4

Toast?«, wandte sich Peter am nächsten Morgen vorsichtig an Claras bebenden Rücken.

»Ich will keinen Toast«, schluchzte sie, und ein dünner Speichelfaden lief ihr aus dem Mund und tropfte glitzernd neben ihren Füßen auf den Boden. Sie standen barfuß in der Küche und bereiteten ihr Frühstück zu. Normalerweise hätten sie zu dieser Zeit schon geduscht, und wenn sie auch noch nicht angezogen wären, so trügen sie doch Hausschuhe und einen Morgenmantel über ihren Flanellschlafanzügen. Aber heute war nichts wie sonst. Peter hatte nur bis zu diesem Augenblick nicht geahnt, wie sehr sich dieser Morgen von allen anderen unterschied.

Nachdem er Clara die ganze Nacht über im Arm gehalten hatte, hatte er gehofft, dass das Schlimmste überstanden wäre. Dass die Trauer zwar nicht verschwunden, seiner Frau aber erlauben würde, wenigstens annähernd wieder die Alte zu sein. Aber die Clara, die er kannte und die er liebte, war von der Trauer verschluckt worden. Wie Jona. Von einem Wal der Trauer in einem Meer von Tränen.

»Clara. Wir müssen miteinander reden. Ist das möglich?« Peter sehnte sich danach, mit einem Becher Kaffee, Toast und Marmelade und dem neuesten Lee-Valley-Katalog zurück ins warme Bett zu kriechen. Stattdessen stand er barfuß auf dem kalten Küchenboden und schwenkte hinter Claras Rücken ein Baguette wie einen Zauberstab. Er mochte das Bild mit dem Zauberstab nicht. Vielleicht ein Schwert. Aber war das passend? Mit einem Schwert hinter dem Rücken seiner Frau zu stehen? Er ließ es ein paar Mal durch die Luft sausen, und das knusprige Brot zerbrach. Auch gut, dachte er. Die Bilder wurden allmählich doch zu verwirrend.

»Wir müssen über Jane reden.« Er erinnerte sich wieder, wo er war, ließ das zerbrochene Schwert auf den Tisch fallen und legte eine Hand auf Claras Schulter. Einen Moment lang spürte er den weichen Flanell unter seinen Fingern, dann entzog sie sich ihm. »Erinnerst du dich, wie ihr beide euch immer unterhalten habt und ich regelmäßig irgendeine unpassende Bemerkung machte und verschwand?« Clara starrte weiterhin geradeaus und zog hin und wieder ihre laufende Nase hoch. »Ich bin dann in mein Atelier gegangen und habe gemalt. Aber ich habe die Tür offen gelassen. Das hast du nicht gewusst, oder?«

Zum ersten Mal in den letzten vierundzwanzig Stunden spürte er ein gewisses Interesse in ihr aufflackern. Sie wandte sich zu ihm um und wischte sich die Nase am Handrücken ab. Peter unterdrückte den Drang, ihr ein Taschentuch zu holen.

»Jede Woche, wenn du und Jane euch getroffen und unterhalten habt, habe ich zugehört und gemalt. Das ging seit Jahren so. Ich habe nie so gut arbeiten können wie an den Tagen, an denen ich euch belauschte. Es war ein bisschen so wie in meiner Kindheit, wenn ich im Bett lag und gehört habe, wie sich meine Eltern einen Stock tiefer unterhielten. Es hatte etwas Beruhigendes. Aber es war noch mehr als das. Ihr beide habt über alles geredet. Über den Garten, über Bücher, Beziehungen, Rezepte. Und ihr habt über euren Glauben geredet. Erinnerst du dich?«

Clara sah auf ihre Hände.

»Ihr habt beide gesagt, dass ihr an Gott glaubt. Clara, du musst dir darüber klar werden, was du wirklich glaubst.«

»Wie meinst du das? Du weißt, woran ich glaube.«

»Woran? Sag es mir.«

»Ach, lass mich doch in Ruhe!«, fuhr sie ihn an. »Wo sind

deine Tränen? Na? Du bist doch schon viel länger tot als sie. Du kannst nicht einmal weinen. Und was erwartest du von mir? Willst du, dass ich aufhöre zu heulen? Es ist noch nicht einmal einen Tag her, und es langweilt dich bereits? Ist es nicht so? Weil du nicht mehr der Mittelpunkt des Universums bist? Du willst, dass alles wieder so ist, wie es war, einfach so.« Clara schnippte unter seiner Nase mit den Fingern. »Du widerst mich an.«

Peter trat einen Schritt zurück, erschreckt und verletzt, und er musste sich beherrschen, um nicht irgendetwas zu sagen, das ihr wehtun würde, so wie sie ihm gerade wehgetan hatte.

»Geh doch!«, brüllte sie schluchzend. Und das wollte er eigentlich auch. Seit gestern um diese Zeit wäre er am liebsten gegangen. Aber er war geblieben. Doch jetzt drängte es ihn mehr denn je davonzulaufen. Nur für kurze Zeit. Um den Dorfanger spazieren, eine Tasse Kaffee mit Ben trinken. Duschen. Das war ja wohl kein unvernünftiger und ungerechtfertigter Wunsch. Stattdessen trat er erneut zu ihr, nahm ihre rotzverschmierte Hand und küsste sie. Sie wollte sie ihm entziehen, aber er hielt sie fest.

»Clara, ich liebe dich. Und ich kenne dich. Du musst dir darüber klar werden, woran du glaubst, woran du wirklich und aus tiefster Seele glaubst. All die Jahre hast du über Gott gesprochen. Du hast über deinen Glauben geschrieben. Du hast tanzende Engel und sehnsuchtsvolle Göttinnen gemalt. Ist Gott jetzt da, Clara? Hier in diesem Zimmer?«

Peters sanfte Stimme beruhigte Clara. Sie begann, ihm zuzuhören.

»Ist er hier?« Peter hob langsam seinen Zeigefinger zu ihrer Brust, ohne sie tatsächlich zu berühren. »Ist Jane bei ihm?«

Peter redete immer weiter. Er wusste, wohin er wollte. Und dieses Mal war es nicht ein anderer Ort. »All die Fragen, über die du und Jane geredet und gelacht und gestritten habt, sie hat die Antwort darauf. Sie ist jetzt bei Gott.«

Clara starrte ihn mit offenem Mund an. Ja. Das war es. Ihr sicherer Hafen. Dorthin konnte sie sich mit ihrer Trauer flüchten. Jane war tot. Und jetzt war sie bei Gott. Peter hatte recht. Entweder glaubte sie an Gott oder sie tat es nicht. Beides war in Ordnung. Aber sie konnte nicht vorgeben, an Gott zu glauben, und sich dann nicht entsprechend verhalten. Sie glaubte an Gott. Und sie glaubte, dass Jane bei ihm war. Und in diesem Moment bekamen ihr Schmerz und ihre Trauer plötzlich etwas Natürliches und Fassbares. Sie konnte damit fertig werden. Sie wusste, wohin sie sich damit wenden konnte, an einen Ort, an dem Jane war, bei Gott.

Erleichterung durchströmte sie. Sie sah Peter an, der sich zu ihr hinuntergebeugt hatte. Er hatte dunkle Ringe unter den Augen. Die grauen Locken standen ihm wirr vom Kopf. Sie fuhr sich durch die Haare und fand dabei eine Haarklemme, die sich in ihrem ungebändigten Schopf versteckt hatte. Sie zog sie zusammen mit ein paar Haaren heraus. Dann legte sie ihre Hand auf Peters Hinterkopf, zog ihn sanft zu sich heran, strich mit der anderen Hand seine widerspenstigen Locken glatt und steckte sie mit der Klemme fest. Dabei flüsterte sie ihm leise ins Ohr: »Danke. Es tut mir leid.«

Und da fing Peter zu weinen an. Erschrocken merkte er, wie seine Augen zu brennen und überzulaufen begannen und wie es ihm die Kehle zuschnürte. Der Schmerz ließ sich nicht länger unterdrücken und brach aus ihm heraus. Er weinte, wie er als Kind geweint hatte, wenn er im Bett liegend den beruhigenden Stimmen seiner Eltern gelauscht hatte, bis er merkte, dass sie über ihre Scheidung sprachen. Er nahm Clara in die Arme, drückte sie fest an sich und betete, dass er sie nie verlieren möge.

Die Besprechung im Polizeipräsidium in Montréal dauerte nicht lange. Die Gerichtsmedizinerin hoffte, bis zum Nachmittag ihren vorläufigen Bericht abgeschlossen zu haben, den sie auf dem Nachhauseweg in Three Pines vorbeibringen wollte. Jean-Guy Beauvoir berichtete von seinem Gespräch mit Robert Lemieux von der Sûreté Cowansville, der noch immer von ungebremstem Eifer war.

»Er sagt, Yolande Fontaine selbst sei sauber. Es gäbe einen vagen Verdacht, dass sie manchmal nicht ganz astreine Immobiliengeschäfte tätigt, aber nichts wirklich Illegales. Ihr Mann und ihr Sohn sind dagegen gute alte Bekannte sowohl bei der örtlichen Polizei als auch bei der Sûreté. Ihr Mann heißt André Malenfant, siebenunddreißig Jahre alt. Fünf Anzeigen wegen Trunkenheit und Ruhestörung. Zwei Vorstrafen wegen Körperverletzung. Zwei wegen Hausfriedensbruchs.«

»Hat er schon mal gesessen?«, fragte Gamache.

»Zweimal für kurze Zeit in Bordeaux und etliche Nächte in der Zelle auf dem örtlichen Polizeirevier.«

»Und der Sohn?«

»Bernard Malenfant. Vierzehn Jahre alt. Scheint dem Vater nachzueifern. Kaum unter Kontrolle zu halten. Eine Menge Klagen von der Schule. Eine Menge Klagen von den Eltern.«

»Wurde der Junge jemals wegen irgendetwas belangt?«

»Nein. Es gab nur ein paar ernste Ermahnungen.« Einige der Polizisten schnaubten auf. Gamache kannte Jean-Guy Beauvoir gut genug, um zu wissen, dass er das Beste immer für den Schluss aufhob. Und seine Körpersprache verriet Gamache, dass er sein Pulver tatsächlich noch nicht verschossen hatte.

»Allerdings«, sagte Beauvoir, und seine Augen leuchteten triumphierend, »ist André Malenfant Jäger. Da er schon einmal straffällig geworden ist, hat man ihm den Waffenschein entzogen. Aber …«

Amüsiert beobachtete Gamache, wie Beauvoir seinem Hang zur Dramatik nachgab, und mehr Dramatik als das konnte man von Beauvoir nicht erwarten. Eine Pause, die Spannung wuchs.

»… dieses Jahr beantragte er zum ersten Mal einen Jagdschein, um mit dem Bogen zu jagen, und er bekam ihn.«

Tamtaratam.

Die Besprechung war beendet. Beauvoir verteilte die anstehenden Aufgaben, und die Leute verließen nach und nach den Raum. Als Nichol aufbrechen wollte, hielt Gamache sie zurück. Sie waren die letzten, und Gamache wollte in Ruhe mit ihr reden. Er hatte sie während der Besprechung beobachtet, hatte gesehen, wie sie sich erneut einen abseits stehenden Stuhl gesucht und sich nicht wie die anderen mit Kaffee und Gebäck versorgt hatte. Sie tat im Grunde nichts, was die anderen taten. Dieses Bedürfnis, sich vom Team abzusondern, hatte etwas Halsstarriges an sich. Sie verwandte wenig Sorgfalt auf ihre Kleidung und entsprach auch damit in keiner Weise dem, was man von einer jungen Frau Mitte zwanzig aus Montréal erwarten würde. Sie hatte nichts von der typischen Québecer Extravaganz. Er hatte sich an einen gewissen Individualismus unter den Mitgliedern seines Teams gewöhnt, wie ihm jetzt klar wurde. Nichol lag jedoch offensichtlich daran, möglichst unscheinbar zu sein. Ihr Kostüm war aus billigem, mattblauem Stoff. Die Schulterpolster saßen so schlecht, dass es wohl Billigware aus dem Schlussverkauf war. Unter ihren Achselhöhlen konnte man feine weiße Schweißränder erkennen, vom letzten Mal, als sie das Kostüm getragen hatte. Ohne es seither reinigen zu lassen. Ob sie ihre Kleidung selbst nähte? Wohnte sie noch zu Hause bei ihren Eltern, und waren diese stolz auf sie, oder setzten sie ihre Tochter unter Erfolgsdruck? Er fragte sich, ob all dies möglicherweise die eine Eigenschaft erklärte, durch die sie sich von den anderen unterschied. Ihre Blasiertheit.

»Sie sind neu im Team, und Sie sollen etwas lernen«, sagte er ruhig und sah in ihr leicht misstrauisches Gesicht. »Daher will ich Ihnen jetzt eine kleine Lehrstunde geben. Lernen Sie gerne?«

»Ja, Sir.«

»Und wie lernen Sie?«

»Sir?«

»Die Frage ist klar. Denken Sie bitte kurz darüber nach, und antworten Sie dann.«

Der Blick aus seinen tiefbraunen Augen war wie immer freundlich und ermunternd. Er sprach mit gelassener, aber fester Stimme. Ohne jede Voreingenommenheit, aber durchaus mit einer gewissen Erwartung. Er schlug ganz eindeutig den Ton eines Chefs gegenüber einer Auszubildenden an. Sie war irritiert. Er war gestern so zuvorkommend gewesen, so höflich, und sie hatte gedacht, sie könnte Nutzen daraus ziehen. Jetzt begriff sie, dass sie sich getäuscht hatte.

»Ich lerne, indem ich beobachte und zuhöre, Sir.«

»Und?«

Und was? Sie saßen da, und Gamache vermittelte den Eindruck, als stünde ihm der ganze Tag zur Verfügung, doch sie wusste, er musste in knapp zwei Stunden vor der Gemeindeversammlung in Three Pines sprechen, und es wartete ja auch noch die Fahrt dorthin auf sie. In Nichols Kopf breitete sich eine plötzliche Leere aus. Und … und …

»Denken Sie darüber nach. Heute Abend können Sie mir erzählen, was Ihnen noch dazu eingefallen ist. Fürs Erste will ich Ihnen sagen, wie ich arbeite. Und was ich von Ihnen erwarte.«

»Ja, Sir.«

»Ich beobachte. Ich bin ein guter Beobachter. Aufmerksam. Und ich höre zu. Ich höre genau zu, was die Leute sagen, welche Worte sie wählen, welchen Tonfall. Was sie nicht sagen. Und das, Agent Nichol, ist von eminent wichtiger Bedeutung. Die Entscheidungen, die die Leute treffen.«

»Entscheidungen?«

»Wir entscheiden, was wir denken. Wir entscheiden, was wir wahrnehmen. Wir entscheiden, welche Haltung wir einnehmen. Das mag uns nicht bewusst sein, und vielleicht glauben wir auch nicht daran, aber es ist so. Davon bin ich felsenfest überzeugt. Im Laufe vieler Jahre, bei all den tragischen und glücklichen Ereignissen, deren Zeuge ich wurde, habe ich es immer wieder gesehen. Es geht um Entscheidungen.«

»Wie die Entscheidung für eine bestimmte Schule? Oder für ein Gericht in einem Restaurant?«

»Kleidung, Frisur, Freunde. Ja. Da fängt es an. Das Leben fordert ständig Entscheidungen von uns. Jeden Tag, immerzu. Mit wem wir sprechen, wo wir sitzen, was wir sagen, wie wir etwas sagen. Unser Leben wird bestimmt durch Entscheidungen. So einfach und doch so kompliziert ist das. Und so prägend. Wenn ich also beobachte, dann achte ich genau darauf. Welche Entscheidungen die Leute treffen.«

»Und was heißt das für mich, Sir?«

»Das heißt, Sie können lernen. Sie können zusehen und zuhören und das tun, was man Ihnen sagt. Sie sind neu im Team. Niemand erwartet von Ihnen, dass Sie etwas wissen. Wenn Sie vorgeben, alles zu wissen, dann werden Sie bestimmt nichts lernen.«

Nichol spürte zu ihrem Ärger, dass sie rot wurde. Seit sie sich erinnern konnte, hatte sie dieses Erröten verraten. Ständig wurde sie rot. Vielleicht, meldete sich eine innere Stimme zu Wort, vielleicht würdest du nicht mehr rot werden, wenn du den Leuten nichts mehr vormachen würdest. Aber diese Stimme verhallte unbeachtet.

»Ich habe Sie gestern beobachtet. Sie haben gute Arbeit geleistet. Sie haben uns schon früh auf die Möglichkeit hingewiesen, dass es ein Pfeilschuss gewesen sein könnte. Das war ausgezeichnet. Aber Sie müssen auch zuhören. Den Dorfbewohnern, den Verdächtigen, und Sie müssen auf Gerüchte, auf Ihren Instinkt und auf Ihre Kollegen hören.«

Nichol mochte den Klang dieses Worts. Kollegen. Sie hatte noch nie richtige Kollegen gehabt. In der Verkehrsabteilung der Sûreté hatte sie mehr oder weniger für sich gearbeitet, und zuvor auf dem Polizeirevier hatte sie immer das Gefühl gehabt, die anderen warteten nur darauf, dass sie einen Fehler machte. Es wäre schön, Kollegen zu haben. Gamache beugte sich zu ihr.

»Sie müssen lernen, dass Sie selbst Entscheidungen treffen können. Vier Wege führen zur Weisheit. Sind Sie bereit, sie zu hören?«

Sie nickte und fragte sich, wann er wohl endlich auf die Polizeiarbeit zu sprechen kommen würde.

»Es gibt vier Regeln, an die wir uns halten müssen, vier Sätze, die wir uns einzuprägen und ernst zu nehmen haben.« Gamache hob seine zur Faust geschlossene Hand und streckte bei jedem der folgenden Sätze einen Finger in die Luft. »Ich weiß nicht. Ich brauche Hilfe. Es tut mir leid. Und noch etwas.« Gamache dachte einen Moment nach, aber es wollte ihm nicht einfallen. »Ich habe es vergessen. Wir werden heute Abend weiter darüber sprechen, ja?«

»Ja, Sir. Und danke.« Leicht befremdet stellte sie fest, dass sie ihm tatsächlich dankbar war.

Nachdem Gamache gegangen war, holte Nichol ihr Notizbuch hervor. Während des Gesprächs hatte sie sich keine Notizen machen wollen, das hätte vermutlich dumm ausgesehen. Jetzt schrieb sie rasch auf: Es tut mir leid, ich weiß nicht, ich brauche Hilfe, ich habe es vergessen.

Als Peter aus der Dusche kam und in die Küche ging, bemerkte er zwei Dinge. Die Kaffeemaschine lief, und Clara hatte sich an Lucy geschmiegt, die mit der Schnauze zwischen den Hinterbeinen zusammengerollt dalag.

»Hat letzte Nacht bei mir schließlich auch geholfen«, sagte Clara und legte den Kopf in den Nacken, um ihren Blick über Peters Hausschuhe und automatisch weiter über seinen Bademantel wandern zu lassen.

Peter kniete sich nieder und gab Clara einen Kuss. Dann küsste er Lucy auf den Kopf. Aber der Hund rührte sich nicht. »Die Arme.«

»Ich habe ihr ein bisschen Banane angeboten, aber sie hat sie nicht einmal eines Blickes gewürdigt.«

Ihr ganzes Hundeleben lang hatte Lucy von Jane zum Frühstück ein Stück Banane bekommen, das wundersamerweise als perfekt geschnittene Scheibe vor ihr auf den Boden fiel, wo es einen kurzen Moment lag, bevor es verschlungen wurde. Jeden Morgen wurden Lucys Gebete erhört, was sie in ihrem Glauben bestätigte, dass Gott alt und etwas unbeholfen war, nach Rosen duftete und in der Küche lebte.

Aber das war vorbei.

Lucy wusste, dass ihr Gott tot war. Und jetzt wusste sie auch, dass das Wunder nicht in der Banane bestand, sondern in der Hand, die ihr die Banane gab.

Nach dem Frühstück zogen Peter und Clara ihre Anoraks an und liefen über den Dorfanger zu Bens Haus. Graue Wolken hatten sich am Himmel zusammengeballt, und es wehte ein scharfer Wind. Als sie auf die Veranda traten, empfing sie der Geruch von gedünstetem Knoblauch und Zwiebeln. Selbst wenn sie mit plötzlicher Blindheit geschlagen worden wäre, hätte Clara sofort gewusst, wenn sie in Bens Haus war. Es roch nach stinkendem Hund und alten Büchern. Alle seine Hunde hatten gestunken, nicht nur Daisy, und es schien auch nichts mit ihrem Alter zu tun zu haben. Clara wusste nicht, ob Ben diese Hunde anzog oder ob sie erst bei ihm so wurden. Doch heute roch sein Haus nach Essen. Statt sich darüber zu freuen, verspürte Clara eine leichte Unruhe, so als sei sie um eine weitere Gewissheit beraubt worden. Sie wollte den alten Geruch wiederhaben. Sie wollte Jane wiederhaben. Sie wollte, dass alles beim Alten blieb.

»Ich wollte euch überraschen«, sagte Ben und umarmte Clara. »Chili con Carne.«

»Ein echtes Seelentröster-Essen.«

»Ich koche es zum ersten Mal, nach einem Rezept aus einem der Kochbücher meiner Mutter. Es wird Jane nicht zurückbringen, aber vielleicht wird es den Schmerz lindern helfen.«

Clara blickte auf das riesige Kochbuch auf der Arbeitsfläche und wurde plötzlich von Widerwillen erfasst. Es stammte aus dem Haus, in dem Timmer gewohnt hatte, aus dem Haus, wo Liebe und Lachen ausgesperrt und Schlangen und Mäuse willkommen geheißen wurden. Sie wollte nichts damit zu tun haben, und ihr Widerwille erstreckte sich sogar auf Gegenstände, die aus diesem Haus kamen.

»Aber Ben, du hast Jane doch auch geliebt. Und du hast sie gefunden. Es muss ein Albtraum gewesen sein.«

»Das war es.« Er gab ihnen einen kurzen Bericht, wagte aber nicht, Peter und Clara dabei anzusehen, so als sei er verantwortlich für Janes Tod. Er rührte in dem Topf, in dem das Hackfleisch briet, und Clara machte sich daran, die Dosen mit Bohnen und Tomaten zu öffnen, während sie Ben zuhörte. Es dauerte nicht lange, und sie übergab Peter den Dosenöffner, weil sie sich setzen musste. Bens Erzählung brachte einen Film in ihrem Kopf zum Laufen. Dabei erwartete sie immerzu, dass Jane wieder aufstand. Als Ben geendet hatte, entschuldigte sich Clara und ging durch die Küche ins Wohnzimmer.

Sie legte ein Holzscheit auf das Feuer und lauschte den leisen Stimmen von Peter und Ben. Sie konnte die einzelnen Wörter nicht verstehen, aber die ganze Situation hatte etwas Tröstendes. Erneut überkam sie eine Woge der Traurigkeit. Sie hatte ihre Freundin verloren, mit der sie, von Peter belauscht, leise Gespräche hatte führen können. Und sie verspürte noch etwas anderes, einen Anflug von Eifersucht, weil Peter seinen Freund Ben noch hatte. Er konnte jederzeit zu ihm gehen, aber ihre beste Freundin war verloren. Sie wusste, dass diese Empfindung kleinlich und selbstsüchtig war, aber so empfand sie nun mal. Sie holte tief Luft und sog den Duft von Knoblauch und Zwiebeln und gebratenem Hackfleisch und andere angenehme Gerüche ein. Nellie musste vor Kurzem zum Putzen hier gewesen sein, in der Luft hing noch der frische Geruch von Reinigungsmittel. Sauberkeit. Clara fühlte sich etwas besser und sagte sich, dass Ben auch ihr Freund war, nicht nur Peters. Und dass sie nicht allein war, es sei denn, sie wollte allein sein. Sie wusste auch, dass Daisys Geruch letztlich über den von gedünstetem Knoblauch triumphieren würde.

St. Thomas war bereits bis auf den letzten Platz besetzt, als Peter, Clara und Ben eintrafen. Es hatte eben zu regnen begonnen, daher hatte keiner Lust gehabt, lange draußen auf dem Kirchenvorplatz herumzustehen. Der kleine Parkplatz neben der Kirche war voll belegt, und weitere Fahrzeuge parkten um den Dorfanger herum entlang der Commons. In der Kirche war es warm, und es roch nach feucht gewordener Wolle und der Erde, die die Bewohner von Three Pines mit ihren Stiefeln hereingetragen hatten. Die drei quetschten sich durch die Tür und stellten sich zu den Leuten, die an der rückwärtigen Wand lehnten. Clara spürte, wie sich etwas in ihren Rücken bohrte, und als sie sich umdrehte, sah sie, dass sie sich gegen die Korktafel mit den Veranstaltungshinweisen gelehnt hatte. Ankündigungen des halbjährlichen Basars, des Pfadfinderinnen-Treffens, von Hannas Gymnastikkurs am Montag- und Donnerstagvormittag, des

Bridge-Clubs am Mittwoch um halb acht und die vergilbte Bekanntmachung mit den neuen Gottesdienstzeiten aus dem Jahr 1967.

»Mein Name ist Armand Gamache.« Der groß gewachsene Mann hatte sich vor den Altar gestellt. An diesem Morgen trug er ein Tweed-Jackett und graue Flanellhosen, und um den Kragen seines Oxfordhemdes hatte er sich eine schlichte, aber elegante dunkelrote Krawatte gebunden. Er hatte seinen Hut abgenommen, und Clara sah, dass er eine Glatze bekam, was er jedoch nicht zu verbergen suchte. Seine verbliebenen Haare waren ergraut, genau wie sein sorgfältig gestutzter Schnurrbart. Er sah aus wie ein Gutsherr bei der Ansprache an sein Dorf. Er war ein Mann, der es gewohnt war, Verantwortung zu tragen, und er machte seine Sache gut. In der Kirche wurde es augenblicklich still, abgesehen von einem hartnäckigen Husten aus einer der hinteren Bänke. »Ich bin der Leiter der Mordkommission der Sûreté du Québec.« Diese Worte verursachten eine ziemliche Unruhe, deren Abklingen er abwartete, bevor er weitersprach.

»Das ist mein Stellvertreter, Inspector Jean-Guy Beauvoir.« Beauvoir trat vor und nickte. »Es befinden sich auch noch andere Mitarbeiter der Sûreté hier in der Kirche. Ich denke, Sie werden sie erkennen.« Er erwähnte nicht, dass die meisten Leute seines Teams gerade dabei waren, das Vereinshaus der Bogenschützen auf den Kopf zu stellen.

Plötzlich kam Clara der Gedanke, dass derjenige, der Jane umgebracht hatte, sich möglicherweise hier unter ihnen befand. Sie sah sich um und entdeckte Nellie und Wayne, Myrna und Ruth, Olivier und Gabri. Matthew und Suzanne Croft saßen in der Bank hinter ihnen. Philippe war nicht dabei.

»Wir glauben, dass der Tod von Jane Neal ein Unfall war, aber bislang hat sich noch niemand gemeldet, der die Verantwortung dafür übernommen hätte.« Gamache machte eine Pause, und Clara fiel auf, wie konzentriert er wirkte. Seine klugen Augen wanderten langsam durch den Raum, dann fuhr er fort: »Wenn es ein Unfall war und sich derjenige, der für den Tod von Miss Neal verantwortlich ist, unter Ihnen befinden sollte, möchte ich, dass er einige Dinge weiß.« Clara hätte nicht gedacht, dass es noch stiller werden könnte, als es ohnehin schon gewesen war. Doch selbst das Husten hörte jetzt auf, durch Neugier auf wundersame Weise geheilt.

»Es muss furchtbar gewesen sein, als Sie merkten, was Sie angerichtet haben. Aber Sie müssen sich stellen und sich zu Ihrer Tat bekennen. Je länger Sie warten, desto schwerer wird es. Für uns, für die Gemeinde und auch für Sie.« Chief Inspector Gamache legte eine Pause ein und ließ seinen Blick erneut über die Bankreihen wandern, und jeder Einzelne hatte das Gefühl, als schaute er direkt in sein Inneres. Erwartungsvolles Schweigen legte sich über die Dorfgemeinde, währenddessen sich jeder mit einem leichten Schaudern vorstellte, dass sich der für Janes Tod Verantwortliche möglicherweise gleich erheben würde.

Clara fing den Blick von Yolande Fontaine auf, die sie matt anlächelte. Obwohl Clara sie nicht leiden konnte, erwiderte sie ihr Lächeln. André, Yolandes dürrer Mann, zupfte an seiner Nagelhaut herum und biss hin und wieder ein Stück davon ab. Ihr erstaunlich hässlicher Sohn Bernard lümmelte mit offen stehendem Mund und mürrischer Miene in der Bank. Er sah gelangweilt aus und schnitt seinen Freunden, die auf der anderen Seite des Gangs saßen, Grimassen, wenn er sich nicht gerade Süßigkeiten in den Mund steckte.

Niemand rührte sich.

»Wir werden Sie finden. Darauf sollten Sie sich gefasst machen.« Gamache holte tief Luft und hielt kurz inne. »Bis dahin sind wir gezwungen, Miss Neals Tod als Mord zu behandeln, auch wenn wir bezweifeln, dass es einer war. Ich habe den vorläufigen Bericht der Gerichtsmedizinerin hier.« Er klappte seinen Palm Pilot auf. »Er bestätigt, dass Jane Neal gestern Morgen zwischen sechs Uhr dreißig und sieben Uhr gestorben ist. Die tödliche Verletzung scheint ihr durch einen Pfeil beigebracht worden zu sein.«

Diese Worte riefen aufgeregtes Murmeln hervor.

»Ich sage ›scheint‹, da wir keine Waffe finden konnten. Und das ist ein wichtiger Punkt. Er widerspricht der Annahme, dass es ein Unfall gewesen ist. Das, zusammen mit dem Umstand, dass bislang niemand die Verantwortung für die Tat übernommen hat, ist der Grund, warum wir diesen Fall vorläufig als Verbrechen behandeln müssen.«

Gamache hielt erneut kurz inne und betrachtete die versammelte Gemeinde. Ein Meer wohlmeinender Gesichter blickte zurück, aus dem ein paar bockige Mienen herausstachen. Sie haben keine Ahnung, was sie erwartet, dachte Gamache.

»Für Sie wird das zunächst Folgendes bedeuten: Wir werden überall auftauchen. Wir werden Fragen stellen, Hintergründe beleuchten, reden – nicht nur mit Ihnen, auch mit Ihren Nachbarn und Ihren Arbeitgebern und Ihren Verwandten und Freunden.«

Erneutes Murmeln, dieses Mal mit einem leicht feindseligen Unterton. Gamache war sich sicher, vorne links das Wort »Faschist« gehört zu haben. Als er einen kurzen Blick in die Richtung warf, sah er Ruth Zardo dort sitzen.

»Keiner von Ihnen wollte, dass irgendetwas in dieser Art geschieht, aber das lässt sich nun nicht mehr ändern. Jane Neal ist tot, und wir müssen alle damit fertig werden. Wir müssen unsere Arbeit machen, und Sie sollten uns dabei helfen, und das bedeutet, dass Sie Dinge zu akzeptieren haben, die Sie normalerweise nicht akzeptieren würden. So ist das Leben. Es tut mir leid. Aber es lässt sich nicht ändern.«

Das Murmeln erstarb, und vereinzelt war sogar ein zustimmendes Nicken zu sehen.

»Wir alle haben unsere Geheimnisse, und bis dieser Fall gelöst ist, werde ich die meisten Ihrer Geheimnisse kennen. Wenn sie in keinem Zusammenhang mit dem Fall stehen, wird von mir niemals jemand ein Sterbenswörtchen darüber erfahren. Aber ich werde sie in Erfahrung bringen. Am späten Nachmittag finden Sie mich jeweils in Monsieur Brulés Bistro, wo ich meine Notizen durchsehe. Wer immer mir etwas mitteilen will, ist dort willkommen.«

Verbrechen waren Gamaches Erfahrung nach etwas zutiefst Menschliches. Das eine bedingte das andere. Die einzige Möglichkeit, einen Verbrecher dingfest zu machen, bestand für ihn darin, mit allen Menschen in Beziehung zu treten, die in irgendeinem Zusammenhang mit dem jeweiligen Fall standen. Und das war am angenehmsten und leichtesten zu bewerkstelligen, indem man in einem Café miteinander plauderte.

»Irgendwelche Fragen?«

»Sind wir in Gefahr?« Diese Frage kam von Hanna Parra, der Gemeindevorsteherin von Three Pines.

Gamache hatte die Frage erwartet. Da er allerdings nicht wusste, ob es sich um einen Unfall oder eine vorsätzliche Tat handelte, war sie nicht leicht zu beantworten.

»Ich glaube nicht. Sollten Sie nachts die Türen abschließen? Das sollten Sie immer tun. Sollten Sie Vorsicht walten lassen, wenn Sie im Wald unterwegs sind oder selbst auf der Straße? Ja. Sollten Sie lieber gleich zu Hause bleiben?«

Er hielt inne und sah vor sich geballte Sorge sitzen.

»Hast du gestern Abend die Tür abgeschlossen?«, flüsterte Clara Peter zu. Er nickte und Clara drückte erleichtert seine Hand. »Und du?«, fragte sie Ben, der den Kopf schüttelte. »Nein, aber heute Abend werde ich es tun.«

»Das hängt ganz von Ihnen ab«, fuhr Gamache fort. »Meiner Erfahrung nach sind die Leute für etwa eine Woche nach einem Vorfall dieser Art überaus vorsichtig. Dann stellt sich eine gewisse Routine ein. Manche Menschen bleiben bis ans Ende ihrer Tage vorsichtig, andere nehmen ihre alten Gewohnheiten wieder auf. Die meisten schlagen einen vernünftigen Mittelweg ein. Eins ist nicht besser oder schlechter als das andere. Wenn Sie mich fragen, würde ich im Moment eine gewisse Vorsicht walten lassen, aber es gibt keinerlei Grund, in Panik auszubrechen.«

Gamache lächelte und fügte hinzu: »Sie sehen ohnehin nicht so aus, als würden Sie leicht in Panik verfallen.« Und das stimmte, wenn auch die meisten im Moment etwas ängstlicher wirkten als bei ihrem Eintreffen in der Kirche. »Übrigens wohne ich in der Pension im Dorf, falls Sie das beruhigen sollte.«

»Mein Name ist Old Mundin.« Ein etwa fünfundzwanzigjähriger Mann erhob sich. Er war ausgesprochen gut aussehend, mit lockigem dunklem Haar, einem scharf geschnittenen, lebendigen Gesicht und einem Körper, der von regelmäßigem Hanteltraining sprach. Beauvoir warf Gamache einen amüsierten und zugleich verwirrten Blick zu. Wenn dieser Mann der alte Mundin war, wie sah dann wohl der junge aus? Verwundert notierte er den Namen.

»Ja, Mr. Mundin?«

»Ich hab gehört, dass Jane ohne Lucy unterwegs war, als sie starb. Stimmt das?«

»Ja, was ungewöhnlich ist, soweit ich in Erfahrung bringen konnte.«

»Das kann man wohl sagen. Sie hat ihren Hund überallhin mitgenommen. Sie wäre niemals ohne Lucy in den Wald gegangen.«

»Hat sie das zu ihrem Schutz getan?«, fragte Gamache.

»Nein, einfach so. Was soll man mit einem Hund, wenn man ihn dann nicht mit auf seine Spaziergänge nimmt? Und ein Hund will in der Früh als Allererstes raus und sein Geschäft verrichten. Nein, Sir. Das ist unbegreiflich.«

Gamache wandte sich an die Gemeinde. »Kann sich einer von Ihnen erklären, aus welchem Grund Jane Lucy zu Hause gelassen haben könnte?«

Clara war beeindruckt. Hier stand der Leiter der Ermittlungen, ein hochrangiger Beamter der Sûreté, und fragte sie nach ihrer Meinung. Die Atmosphäre änderte sich augenblicklich, wechselte von Trauer und einer gewissen Erstarrung zu gespannter Aufmerksamkeit. Es wurde zu »ihrer« Ermittlung.

»Jane könnte sie zurückgelassen haben, weil Lucy krank oder läufig war«, meldete sich Sue Williams zu Wort.

»Schon«, rief Peter, »aber Lucy ist sterilisiert und gesund.«

»Wäre es möglich, dass Jane irgendwelche Jäger gesehen hat und Lucy zurück ins Haus gebracht hat, damit sie nicht versehentlich erschossen wird?«, fragte Wayne Robertson, dann bekam er einen Hustenanfall und setzte sich wieder. Seine Frau Nellie legte beschützend ihren kräftigen Arm um ihn, so als könne sie allein mit ihrem Körper die Krankheit vertreiben.

»Wäre sie dann möglicherweise zurück in den Wald gegangen, um den Jäger zur Rede zu stellen?«, fragte Gamache.

»Warum nicht?«, sagte Ben. »Das hat sie schon einmal getan. Erinnert ihr euch, wie sie vor ein paar Jahren einen Wilderer erwischt hat und …« Er unterbrach sich und wurde rot. Verlegenes Lachen und Räuspern folgten seinen Worten. Gamache hob die Augenbrauen und wartete.

»Das war ich, wie ihr alle wisst.« Ein Mann erhob sich von seinem Platz. »Mein Name ist Matthew Croft.« Er war Mitte dreißig, schätzte Gamache, mittelgroß, eine unauffällige Erscheinung. Neben ihm saß eine schlanke Frau, die offensichtlich unter höchster Anspannung stand. Der Name kam ihm bekannt vor.

»Vor drei Jahren habe ich einmal unerlaubterweise auf dem Besitz der Hadleys gejagt. Miss Neal hat mich angesprochen und aufgefordert, den Grund zu verlassen.«

»Und? Haben Sie das getan?«

»Ja.«

»Wie kam es, dass Sie sich überhaupt dort aufhielten?«

»Meine Familie lebt schon seit Jahrhunderten in der Gegend, und ich bin in dem Glauben groß geworden, dass es in der Jagdsaison keinen Privatgrund gibt.«

»Das stimmt nicht«, war aus dem Hintergrund eine laute Stimme zu vernehmen. Beauvoir machte sich Notizen.

Croft wandte sich um. »Warst du das, Henri?« Henri La-Riviere, der Bildhauer, erhob sich zu seiner ganzen Länge.

»Doch, so bin ich erzogen worden«, fuhr Croft fort. »Man brachte mir bei, dass es jedermanns gutes Recht sei zu jagen, wo es ihm gefällt, da das Überleben davon abhängt, genug Fleisch für den Winter zu haben.«

»Es gibt Supermärkte, Matthew. Ist Loblaws nicht gut genug für dich?«, fragte Henri ruhig.

Andere riefen die Namen weiterer Supermarktketten.

»Wie wär's bei mir?«, sagte Clément Béliveau, der Besitzer des Gemischtwarenladens von Three Pines. Alle lachten. Gamache griff nicht ein, er beobachtete und hörte zu, wartete ab, wohin das Ganze führte.

»Gut, die Zeiten haben sich geändert«, gab Matthew Croft klein bei. »Es besteht dafür keine Notwendigkeit mehr, aber es ist eine schöne Tradition. Und es zeugt von guter Nachbarschaft. Ich glaube daran.«

»Es behauptet auch niemand, dass du das nicht tust«, sagte Peter und trat einen Schritt vor. »Und ich glaube nicht, dass du dich oder dein Handeln rechtfertigen musst, insbesondere nicht, weil es Jahre zurückliegt.«

»Doch, das muss er, Mr. Morrow«, meldete sich jetzt Gamache zu Wort, gerade als Beauvoir ihm einen Zettel reichte. »Jane Neal wurde möglicherweise von einem Jäger umgebracht, der sich unberechtigterweise auf Mr. Hadleys Grund aufhielt. Jeder, der dabei schon einmal ertappt worden ist, muss sich hier erklären.« Gamache warf einen Blick auf den Zettel. Beauvoir hatte in Blockschrift darauf geschrieben: »Philippe Croft hat Entendreck geworfen. Sohn?« Gamache faltete den Zettel zusammen und schob ihn in seine Tasche.

»Jagen Sie immer noch dort, wo es Ihnen gefällt, Mr. Croft?«

»Nein, Sir, das tue ich nicht.«

»Warum nicht?«

»Weil ich Miss Neal respektierte und schlussendlich akzeptiert habe, was mir die Leute schon seit Jahren beizubringen versuchten. Ich habe mich gefügt. Ich jage eigentlich überhaupt nicht mehr, egal wo.«

»Besitzen Sie einen Jagdbogen?«

»Ja, Sir, das tue ich.«

Gamache ließ seinen Blick über die Bankreihen schweifen. »Ich möchte, dass jeder hier, der einen Jagdbogen besitzt, Inspector Beauvoir seinen Namen und seine Adresse gibt, auch wenn er den Bogen seit Jahren nicht mehr benutzt hat.«

»Nur Jagdbogen?«, fragte Peter.

»Warum? Woran denken Sie?«

»Fürs Sportbogenschießen verwendet man Recurvebogen, das sind andere Bogen als die zum Jagen. Zum Jagen verwendet man sogenannte Compoundbogen.«

»Aber mit beiden könnte man einen Menschen töten?«

»Vermutlich.« Peter drehte sich zu Ben, der einen Moment lang nachdachte.

»Ja«, sagte Ben. »Die Pfeile sind allerdings unterschiedlich. Man muss unglaublich viel Glück beziehungsweise Pech haben, um jemanden mit einem Pfeil, der zum Scheibenschießen verwendet wird, zu töten.«

»Warum?«

»Na ja, ein solcher Pfeil hat eine sehr kleine Spitze, der einer Revolverkugel nicht unähnlich ist. Die Spitze eines Jagdpfeils sieht völlig anders aus. Ich habe nie mit einem geschossen, aber du doch, Matt.«

»Ein Jagdpfeil hat vier, manchmal fünf Schneiden, die spitz zulaufen.«

Beauvoir hatte gleich neben dem Altar eine Tafel mit einem Bogen Papier aufgebaut. Gamache stellte sich davor und zeichnete rasch einen großen, schwarzen Kreis, von dem vier Linien abgingen, eine präzise Kopie der Zeichnung, die Beauvoir am Tag zuvor beim Mittagessen angefertigt hatte.

»Würde er eine solche Wunde verursachen?«

Matthew Croft trat ein paar Schritte vor, und als würde er die anderen mit sich ziehen, beugten sich alle auf ihren Plätzen nach vorne.

»Ja, so würde sie aussehen.«

Gamache und Beauvoir tauschten einen Blick. Damit hatten sie wenigstens eine Frage geklärt.

»Dann«, sagte Gamache fast zu sich selbst, »muss es also ein Jagdpfeil gewesen sein.«

Matthew Croft war zwar nicht ganz klar, ob Gamache überhaupt mit ihm geredet hatte, aber zur Sicherheit antwortete er ihm. »Ja, Sir. Zweifellos.«

»Wie sieht ein Jagdpfeil aus?«

»Er besteht aus Metall und ist sehr leicht, weil er hohl ist. Am hinteren Ende des Schafts befindet sich die Befiederung.«

»Und der Bogen?«

»Ein Compoundbogen besteht aus einer Legierung.«

»Legierung?«, fragte Gamache. »Einer Metalllegierung? Ich dachte, Bogen wären aus Holz.«

»Das war einmal«, erklärte Croft.

»Manche sind es heute noch«, rief jemand aus der Menge und verursachte damit allgemeines Gelächter.

»Sie lachen über mich, Inspector«, bekannte Ben. »Als ich den Bogenschützenverein ins Leben rief, hatten wir nur alte Bogen und Pfeile. Traditionelle Recurvebogen …«

»Robin Hood«, rief jemand, was erneutes Lachen hervorrief.

»Und seine munteren Mannen in grünen Strumpfhosen«, schaltete sich Gabri ein. Weiteres leises Gekicher, das Gabri allerdings nicht mehr mitbekam, weil er sich darauf konzentrierte, seinen Oberschenkel aus Oliviers schraubstockartigem Griff zu befreien.

»Das ist wahr«, fuhr Ben fort. »Als Peter und ich den Verein gründeten, waren wir von Robin Hood und Cowboys und Indianern fasziniert. Wir haben uns immer verkleidet.« Neben ihm stöhnte Peter auf, und Clara kicherte, als sie daran dachte, wie die beiden Freunde in den Wäldern auf Pirsch gegangen waren, tatsächlich in grünen Strumpfhosen und mit Skimützen, die als mittelalterliche Kappen herhalten mussten. Sie waren damals Mitte zwanzig, aber Clara wusste, dass sie es auch jetzt noch manchmal machten.

»Wir verwendeten damals nur Recurvebogen und Holzpfeile«, sagte Ben.

»Und heute, Mr. Hadley?«

»Immer noch dieselben. Ich sah keinen Grund, mir neue zuzulegen. Wir benutzen sie ausschließlich zum Scheibenschießen hinter dem Schulhaus.«

»Habe ich das richtig verstanden? Moderne Pfeile und Bogen werden aus irgendeinem Metall gemacht, während die alten aus Holz sind, stimmt das?«

»Ja.«

»Könnte ein solcher Pfeil einen Körper durchschlagen?«

»Ja, ohne weiteres«, sagte Croft.

»Nun haben Sie, Mr. Hadley, gerade von Cowboys und

Indianern gesprochen. In den alten Filmen bleibt der Pfeil aber immer im Körper stecken.«

»Diese Filme haben mit der Wirklichkeit wenig zu tun«, erklärte Croft. Gamache hörte, wie Beauvoir hinter ihm kurz auflachte. »Glauben Sie mir, ein Pfeil würde durch einen Menschen glatt durchgehen.«

»Legierung und Holz?«

»Ja. Beide.«

Gamache schüttelte den Kopf. Wieder ein Mythos zerstört. Er fragte sich, ob das die Kirche wusste. Zumindest hatten sie jetzt eine Erklärung für die rätselhafte Austrittswunde, und sie konnten mit an Sicherheit grenzender Wahrscheinlichkeit davon ausgehen, dass Jane Neal durch einen Pfeil getötet worden war. Nur, wo war er?

»Wie weit würde der Pfeil dann noch fliegen?«

»Hm, gute Frage. Drei, vier Meter vielleicht.«

Gamache sah zu Beauvoir und nickte. Der Pfeil hätte ihre Brust durchschlagen und wäre irgendwo hinter ihr zwischen den Bäumen gelandet. Allerdings hatten sie das Gelände dort abgesucht und nichts gefunden.

»Wäre er schwer zu entdecken?«

»Nein, eigentlich nicht. Ein erfahrener Jäger weiß normalerweise genau, wo er zu suchen hat. Der Pfeil ragt normalerweise ein Stück aus dem Boden, und die Befiederung hilft bei der Suche. Pfeile sind teuer, Inspector, deshalb lässt man sie nicht einfach liegen. Man sucht sie ganz automatisch.«

»Die Gerichtsmedizinerin fand Reste von echten Federn in der Wunde. Was könnte das bedeuten?« Gamache war überrascht, welchen Aufruhr seine schlichte Bemerkung hervorrief. Peter sah zu Ben, der ziemlich verwirrt dreinblickte. Tatsächlich schienen alle von einer plötzlichen Unruhe befallen zu sein.

»Dann kann es nur ein alter gewesen sein, einer aus Holz«, sagte Peter.

»An einem Metallpfeil sind demnach keine echten Federn?«, fragte Gamache, der das Gefühl hatte, die Sache allmählich zu begreifen.

»Nein.«

»Aha. Verzeihen Sie, wenn ich mich hier wiederhole, aber ich will sichergehen, dass ich das alles richtig verstanden habe. Die echten Federn in der Wunde lassen also darauf schließen, dass es ein Holzpfeil war. Nicht Metall, sondern Holz.«

»Richtig«, rief die halbe Kirche im Chor, wie bei einer Erweckungsversammlung.

»Und«, sagte Gamache und fügte einen weiteren Stein in das Mosaik, »es war vermutlich kein Pfeil zum Scheibenschießen, wie sie vom Bogenschützenverein verwendet werden, sondern ein Jagdpfeil. Darauf lässt die Art der Wunde schließen.« Er deutete auf die Zeichnung. Alle nickten. »Es muss also ein Holzpfeil mit einer Jagdspitze gewesen sein. Kann man hölzerne Jagdpfeile mit den neuen Metallbogen abschießen?«

»Nein«, rief die Versammlung.

»Es muss also ein Holzbogen gewesen sein, richtig?«

»Richtig.«

»Ein Robin-Hood-Bogen.«

»Richtig.«

»Danke, jetzt habe ich es begriffen. Noch eine Frage. Sie haben mehrmals die Begriffe ›Recurve‹ und ›Compound‹ verwendet. Worin besteht genau der Unterschied?« Er sah zu Beauvoir und hoffte, dass er alles genau mitschrieb.

»Ein Recurvebogen«, sagte Ben, »ist ein Robin-Hood-Bogen. Ein Cowboy-und-Indianer-Bogen. Er besteht aus einem langen, schmalen Stück Holz, das in der Mitte etwas dicker ist, wo sich eine Art Griff für die Hand befindet. An den Enden des Steckens befindet sich jeweils eine Kerbe. In diesen Kerben befestigt man die Sehne, zuerst am einen, dann am anderen Ende, dadurch biegt sich das Holz und nimmt die typische Bogenform an. Ein einfaches und praktisches Prinzip. Hat sich seit Jahrtausenden nicht geändert. Wenn man den Bogen nicht mehr braucht, nimmt man die Sehne ab und verstaut ihn. Jetzt sieht er wieder wie ein leicht gebogener Stecken aus. Der Name ›Recurve‹ bedeutet, dass man ihn jedes Mal, wenn man ihn benutzt, zurück in seine Form biegt.«

Ganz einfach, dachte Gamache.

»Der Compoundbogen«, fuhr Matthew Croft fort, »ist dagegen eine relativ neue Erfindung. Er sieht ziemlich kompliziert aus, mit Rollen an beiden Enden und mehreren Sehnen. Und einem sehr ausgeklügelten Visier.«

»Ist ein Recurvebogen so präzise und hat er dieselbe Durchschlagskraft wie ein – wie war der Name dieses anderen Bogens noch mal?«

»Compound«, riefen etwa zwanzig Leute wie aus einem Munde, darunter mindestens drei der in der Kirche versammelten Polizisten.

»So präzise … durchaus. Aber er hat nicht dieselbe Durchschlagskraft.«

»Sie haben bei der Frage nach der Präzision gezögert?«

»Bei einem Recurvebogen muss man die Sehne mit den Fingern spannen und loslassen. Wenn das nicht mit viel Feingefühl geschieht, leidet die Treffsicherheit darunter. Ein Compoundbogen hat dagegen einen Abzug, was die Sache einfacher macht. Und er hat ein sehr genaues Visier, wie ich bereits sagte.«

»Gibt es heute noch Jäger, die den hölzernen Recurvebogen und Holzpfeile verwenden?«

»Sehr vereinzelt«, sagte Helene Charron. »Es kommt nur noch selten vor.«

Gamache wandte sich wieder an Croft. »Wenn Sie jemanden umbringen wollten, welchen Bogen würden Sie wählen? Recurve oder Compound?«

Matthew Croft zögerte. Die Frage behagte ihm offensichtlich nicht. André Malenfant lachte. Es war ein hässliches, schnaubendes Geräusch.

»Keine Frage. Einen Compound. Ich kann mir nicht vorstellen, warum heutzutage jemand mit einem alten hölzernen Recurvebogen und Pfeilen mit echten Federn jagen sollte. Das gehört endgültig der Vergangenheit an. Zum Scheibenschießen, okay. Aber um auf die Jagd zu gehen? Das doch lieber mit einer modernen Ausrüstung. Und wenn Sie jemanden absichtlich töten wollen? Einen Mord verüben wollen? Warum sollte man das mit einem Holzbogen verbundene Risiko eingehen? Nein, ein Compound ist da viel sicherer. Aber wenn Sie mich schon fragen, ich würde ein Gewehr benutzen.«

Und genau das ist die Frage, dachte Gamache. Warum? Warum ein Pfeil und nicht eine Kugel? Warum ein altmodischer Holzbogen und kein moderner Jagdbogen? Wenn die Ermittlungen erst einmal abgeschlossen waren, würde er die Antwort darauf wissen, wie immer. Eine Antwort, die vollkommen schlüssig war, zumindest in bestimmter Hinsicht und eine bestimmte Person betreffend. Jetzt erschien das Ganze allerdings noch völlig unsinnig. Jemand hatte eine betagte pensionierte Dorfschullehrerin mit einem altmodischen Holzpfeil mit echten Federn getötet. Warum?

»Mr. Croft, sind Sie noch im Besitz Ihrer Jagdausrüstung?«

»Ja, Sir.«

»Wäre es wohl möglich, dass Sie mir heute Nachmittag eine kleine Demonstration geben?«

»Gerne.« Crofts Antwort kam ohne Zögern, aber Gamache hatte den Eindruck, dass die Anspannung von Mrs. Croft zunahm. Er sah auf seine Uhr: halb eins.

»Hat noch jemand Fragen?«

»Ja, ich.« Ruth Zardo erhob sich mühsam. »Im Grunde ist

es eher eine Feststellung als eine Frage.« Gamache sah sie neugierig an. Innerlich wappnete er sich.

»Wenn Sie es wollen und er Ihren Erfordernissen entspricht, können Sie im alten Bahnhof Ihre Einsatzzentrale einrichten. Ich habe gehört, dass Sie nach einem geeigneten Ort suchen. Die freiwillige Feuerwehr wird Ihnen helfen, alle nötigen Vorkehrungen zu treffen.«

Gamache überlegte einen Moment. Es war nicht die perfekte Lösung, aber etwas Besseres gab es wohl nicht, nun, da das Schulhaus versiegelt war.

»Danke, wir nehmen Ihr Angebot gern an. Das ist sehr freundlich von Ihnen.«

»Ich möchte auch noch etwas sagen.« Yolande erhob sich. »Die Polizei wird mir mitteilen, wann der Leichnam von Tante Jane zur Beerdigung freigegeben wird. Ich werde Sie dann wissen lassen, wann und wo sie stattfindet.«

Die Frau tat Gamache plötzlich furchtbar leid. Sie war von Kopf bis Fuß in Schwarz gekleidet und schien sich in einem inneren Konflikt zu befinden zwischen ihrer Trauer und dem Bedürfnis, ihre Besitzansprüche an dieser Tragödie anzumelden. Er hatte schon oft erlebt, dass Leute für sich zu reklamieren versuchten, bei einem Todesfall die Hauptleidtragenden zu sein. Das war eine ganz menschliche, wenn auch nicht gerade sympathische Regung, die noch dazu oft irreführend war. Freiwillige Helfer, die Essen an Hungernde ausgaben, lernten schnell, dass diejenigen, die sich nach vorne drängelten, oft diejenigen waren, die es am wenigsten nötig hatten. Am dringendsten brauchten es meist die Menschen, die sich still im Hintergrund hielten und zu schwach zum Kämpfen waren. Und ähnlich verhielt es sich bei solchen Tragödien. Diejenigen, die ihre Trauer nicht zur Schau trugen, waren oft diejenigen, die am schwersten darunter litten. Aber auch dafür gab es keine festen Regeln, wie er wusste.

Gamache löste die Versammlung auf. Die meisten eilten durch den strömenden Regen ins Bistro, einige, um dort das Mittagessen zuzubereiten, andere, um es zu servieren, und wieder andere, um es zu verspeisen. Gamache war neugierig zu erfahren, was sich bei der Durchsuchung des Vereinshauses der Bogenschützen ergeben hatte.

5

Mit zitternden Händen griff Isabelle Lacoste in die Plastiktüte und zog vorsichtig die tödliche Waffe heraus. Sie hielt die Pfeilspitze mit klammen Fingern in die Höhe. Die anderen Mitarbeiter der Sûreté saßen schweigend da und starrten, die meisten mit zusammengekniffenen Augen, die kleine, tödliche Spitze an.

»Die haben wir zusammen mit ein paar anderen im Vereinshaus gefunden«, sagte sie und reichte sie herum. Sie war frühmorgens eingetroffen, nachdem sie die Kinder in der Obhut ihres Mannes gelassen hatte und bei Regen und Dunkelheit in Montréal losgefahren war. Sie genoss die Ruhe an ihrem Arbeitsplatz, und heute war das ein kaltes, stilles ehemaliges Schulhaus. Inspector Beauvoir hatte ihr einen Schlüssel gegeben, und nachdem sie unter dem gelben Absperrband durchgeschlüpft war, hatte sie ihre Thermoskanne mit Kaffee hervorgeholt, die Tasche mit den Utensilien, die sie zur Untersuchung des Tatorts brauchte, auf den Boden gestellt, das Licht eingeschaltet und sich umgesehen. An den holzverschalten Wänden waren überall Haken, an denen einstmals kleine Kindermäntel gehangen haben mochten und von denen jetzt Köcher baumelten. Das eine Ende des Raums beherrschte immer noch eine Tafel, die fest an der Wand verankert sein musste. Darauf hatte jemand eine Zielscheibe gezeichnet, daneben ein »X« und eine geschwungene Linie, die beide miteinander verband, darunter standen mehrere Ziffern. Agent Lacoste hatte ihre Hausaufgaben gemacht und am Abend zuvor im Internet recherchiert, daher war ihr sofort klar, dass sie eine der ersten Lektionen im Bogenschießen vor sich hatte, in der es um Wind, Distanz und Flugbahn ging. Sie holte ihre Kamera und fotografierte die Zeichnung. Dann schenkte sie sich einen Becher Kaffee ein, setzte sich und zeichnete sie in ihr Notizbuch ab. Sie war eine sehr gewissenhafte Frau.

Dann tat sie etwas, wovon keiner der Kollegen, die sicherlich bald zur Durchsuchung des Hauses eintreffen würden, wusste: Sie verließ das Schulhaus durch die Hintertür und ging im Dämmerlicht des frühen Morgens zu der Stelle, an der Jane Neal gestorben war. Und sie sagte Miss Neal, dass Chief Inspector Gamache herausfinden würde, wer ihr das angetan hatte.

Agent Isabelle Lacoste glaubte an das alte Prinzip, dass man sich seinen Mitmenschen gegenüber so verhalten sollte, wie man wollte, dass diese sich einem selbst gegenüber verhielten; und nichts anderes hätte sie selbst an Miss Neals Stelle erwartet.

Dann kehrte sie in das unbeheizte Schulhaus zurück. Mittlerweile waren ihre Kollegen eingetroffen, und gemeinsam machten sie sich an die Untersuchung des einzigen Raums, nahmen Fingerabdrücke, maßen Abstände, machten Fotos und sammelten Beweisstücke. Und dann fand Lacoste die Pfeilspitze, als sie in die Schublade des einzigen im Raum verbliebenen Tisches griff.

Gamache hielt sie in der ausgestreckten Hand, als wäre es eine Granate. Sie gehörte eindeutig zu einem Jagdpfeil. Die vier Schneiden bildeten eine scharfe Spitze. Endlich sah er vor sich, wovon bei der Versammlung die Rede gewesen war. Die Pfeilspitze schien sich in seine Hand bohren zu wollen. Wurde sie mit all der Kraft, die die Menschheit während ihres jahrtausendelangen Kampfs ums Dasein entwickelt hatte, von einem Bogen abgeschossen, konnte sie zweifellos einen Menschen geradewegs durchbohren. Er fragte sich, warum sich jemand überhaupt noch die Mühe gemacht hatte, das

Gewehr zu erfinden, wenn doch schon eine solch tödliche und nahezu lautlose Waffe zur Verfügung stand.

Agent Lacoste rubbelte sich mit einem Handtuch die nassen dunklen Haare. Sie stand mit dem Rücken zum prasselnden Kaminfeuer, spürte, wie zum ersten Mal seit Stunden die Kälte von ihr wich, roch die hausgemachte Suppe und das frisch gebackene Brot und sah zu, wie die tödliche Spitze von Hand zu Hand gereicht wurde.

Clara und Myrna standen in der Schlange vor dem Buffet, Tassen mit dampfender Erbsensuppe und Teller mit noch ofenwarmen Brötchen balancierend. Direkt vor ihnen schaufelte Nellie Essen auf einen Teller.

»Ich bringe auch gleich Wayne etwas mit«, erklärte sie unaufgefordert. »Er ist dort drüben, der arme Kerl.«

»Ich habe ihn husten gehört«, sagte Myrna. »Eine Erkältung?«

»Weiß nicht. Es sitzt ihm in der Brust. Heute haben wir uns zum ersten Mal seit Tagen getraut, das Haus zu verlassen. Aber Wayne hat doch immer Miss Neals Rasen gemäht und die schweren Arbeiten für sie verrichtet, und da wollte er unbedingt bei der Versammlung dabei sein.« Die beiden Frauen sahen zu, wie Nellie den voll beladenen Teller zu ihrem Mann trug, der zusammengekrümmt und erschöpft in einem Sessel saß. Sie wischte ihm über die Stirn und half ihm aus seinem Sitz. Die beiden verließen das Bistro, die besorgte Nellie vorneweg, Wayne zufrieden damit, ihr gefügig hinterherzutrotten. Clara hoffte, dass es ihm bald wieder besser ging.

»Was hältst du von der Versammlung?«, fragte sie Myrna, als sie ein paar Schritte vorrückten.

»Ich mag ihn, diesen Inspector Gamache.«

»Ich auch. Aber ist es nicht seltsam, dass Jane mit einem Pfeil getötet worden sein soll?«

»Wenn man es recht bedenkt, ist es gar nicht so seltsam.

Es ist schließlich Jagdsaison. Allerdings muss ich dir recht geben, die Vorstellung, dass es ein alter Holzpfeil war, jagt mir einen Schauer über den Rücken. Äußerst merkwürdig. Truthahn?«

»Ja, bitte. Brie?«

»Nur ein Eckchen. Vielleicht ein größeres als das.«

»Wann heißt ein Eckchen eigentlich Brocken?«

»Wenn man selbst ein Brocken ist, kommt es auf die Größe nicht so an«, erklärte Myrna.

»Daran werde ich mich erinnern, wenn ich das nächste Mal mit einem Brocken Stilton ins Bett gehe.«

»Du betrügst Peter?«

»Mit Essen? Täglich. Ich habe eine ganz besondere Beziehung zu einem Gummibärchen, dessen Namen ich lieber nicht verraten möchte. Na gut, er heißt Ramon. Er macht mich zu einer glücklichen Frau. Da, sieh mal.« Clara deutete auf das Blumenarrangement auf dem Buffet.

»Habe ich heute Morgen gemacht«, sagte Myrna und freute sich, dass Clara es bemerkt hatte. Clara bemerkte eigentlich fast alles, überlegte Myrna, und hatte stets ein gutes Wort dafür übrig, sofern es angebracht war – sonst überging sie es einfach taktvoll.

»Das hatte ich mir gedacht. Hast du etwas darin versteckt?«

»Du wirst schon sehen«, sagte Myrna mit einem Lächeln. Clara beugte sich über den Strauß aus Indianernessel, Sonnenbraut und Malerpinseln. Zwischen den Blättern war ein in braunes Wachspapier gewickeltes Päckchen verborgen.

»Es ist Salbei und Mariengras«, sagte Clara etwas später am Tisch, als sie das Päckchen auswickelte. »Bedeutet es das, was ich vermute?«

»Ein Ritual«, sagte Myrna.

»Ach, das ist eine schöne Idee.« Clara berührte Myrna sanft am Arm.

»Aus Janes Garten?«, fragte Ruth und atmete tief den unverkennbaren intensiven Geruch von Salbei und den honiggleichen Duft des Mariengrases ein.

»Der Salbei schon. Jane und ich haben ihn im August geschnitten. Das Mariengras hat mir Henri vor ein paar Wochen gegeben, als er Heu gemacht hat. Es wächst in der Nähe des Indian Rock.«

Ruth reichte das Bündel an Ben weiter, der es weit von sich hielt.

»Um Himmels willen, es wird dich schon nicht beißen.« Ruth riss ihm die Kräuter aus der Hand und wedelte damit unter seiner Nase herum. »Wenn ich mich recht erinnere, warst du doch sogar zur Sonnwendfeier im Sommer eingeladen.«

»Nur als Menschenopfer«, sagte Ben.

»Also Ben, jetzt lügst du aber«, sagte Myrna. »Wir hatten dir von vornherein gesagt, dass das möglicherweise gar nicht nötig ist.«

»Es war lustig«, schaltete sich Gabri ein und schluckte einen Bissen gefülltes Ei hinunter. »Ich hatte den Talar des Pfarrers an.« Dabei senkte er die Stimme und sah sich vorsichtig um, für den Fall, dass der Geistliche sich doch noch entschlossen haben sollte zu kommen.

»Hat dir gut gestanden«, sagte Ruth.

»Danke«, sagte Gabri.

»Das war nicht als Kompliment gemeint. Warst du eigentlich vor dem Ritual nicht noch hetero?«

»Ehrlich gesagt, ja.« Gabri wandte sich an Ben. »Es hat funktioniert. Die reinste Zauberei. Du solltest beim nächsten Mal unbedingt mitmachen.«

»Das ist wahr«, sagte Olivier, der hinter Gabri stand und dessen Nacken massierte. »Und warst du vor dem Ritual nicht noch eine Frau, Ruth?«

»Du nicht auch?«

»Sie sagen, dass Sie diese Pfeilspitze hier …«, Gamache hielt sie in die Höhe, »zusammen mit zwölf weiteren in einer unverschlossenen Schublade gefunden haben?« Er betrachtete die vier rasiermesserscharfen Schneiden, die in einer eleganten und tödlichen Spitze zusammenliefen. Es war ein perfektes, lautloses Tötungswerkzeug.

»Ja, Sir«, sagte Lacoste. Sie bewegte sich keinen Millimeter von ihrem Platz direkt vor dem Kamin im Hinterzimmer des Bistros. Von dort aus konnte sie sehen, wie Regen, fast ein Graupelschauer, gegen die Glastüren prasselte. Nun, da sie die tödlichen Waffen los war, hielt sie eine Tasse mit heißer Suppe und ein warmes Brötchen, das mit Schinken, schmelzendem Brie und ein paar Blättern Rauke belegt war.

Gamache legte die Pfeilspitze vorsichtig in Beauvoirs offene Hand. »Kann sie auf jeden Pfeil gesteckt werden?«

»Woran denken Sie?«, fragte Beauvoir seinen Chef.

»Na ja, im Vereinshaus gibt es doch jede Menge Pfeile zum Scheibenschießen, oder?«

Lacoste nickte mit vollem Mund.

»Die alle kleine runde Köpfe wie die Spitze einer Kugel haben?«

»Genau.«

»Kann man diese Spitzen entfernen und stattdessen eine solche draufsetzen?«

»Ja«, sagte Lacoste, nachdem sie den Bissen hinuntergewürgt hatte.

»Entschuldigen Sie die Frage«, Gamache lächelte. »Aber woher wissen Sie das?«

»Das habe ich gestern im Internet nachgelesen. Die Spitzen sind so gemacht, dass man sie austauschen kann. Natürlich muss man wissen, was man tut, weil man sich sonst in die Finger schneidet. Aber ja, man kann die Spitzen auswechseln. Das geht ohne Weiteres.«

»Auch bei den alten Holzpfeilen?«

»Ja. Ich denke mal, diese Pfeilspitzen stammen von den alten Holzpfeilen im Vereinshaus. Jemand hat sie abgenommen und durch die Spitzen fürs Scheibenschießen ersetzt.«

Gamache nickte. Ben hatte ihnen erzählt, dass er die alten Holzpfeile von Familien bekommen hatte, die ihre Jagdausrüstung modernisieren wollten. Die Pfeile waren ursprünglich mit Jagdspitzen versehen gewesen, die dann gegen solche zum Scheibenschießen ausgetauscht wurden.

»Gut. Schicken Sie sie zur Untersuchung ins Labor.«

»Sind schon auf dem Weg«, sagte Lacoste und setzte sich neben Nichol, die ihren Stuhl ein Stück wegrückte.

»Wann haben wir den Termin bei Notar Stickley wegen des Testaments?«, fragte Gamache Nichol. Yvette Nichol wusste ganz genau, dass der Termin um ein Uhr dreißig war, hielt die Situation jedoch für eine passende Gelegenheit zu zeigen, dass sie seine kleine Lektion vom Morgen beherzigte.

»Ich habe es vergessen.«

»Wie bitte?«

Ha, dachte sie, er kapiert's. Er hatte ihr gewissermaßen einen seiner Schlüsselsätze als Antwort gegeben. Sie klapperte im Geiste rasch die anderen Sätze herunter – die eines Tages zu einer Beförderung führen würden. Ich habe es vergessen, es tut mir leid, ich brauche Hilfe und wie lautete der vierte schnell wieder?

»Ich weiß nicht.«

Mittlerweile blickte Chief Inspector Gamache sie offen besorgt an.

»Ich verstehe. Vielleicht haben Sie es ja aufgeschrieben?«

Einen kurzen Moment erwog sie, den letzten Satz zu verwenden, konnte es aber nicht über sich bringen, »Ich brauche Hilfe« zu sagen. Stattdessen senkte sie errötend den Kopf und wurde das Gefühl nicht los, irgendwie reingelegt worden zu sein.

Gamache sah in seinen eigenen Notizen nach. »Der Termin ist um ein Uhr dreißig. Sobald wir Näheres über den Inhalt des Testaments wissen, können wir mit ein bisschen Glück vielleicht in das Haus von Miss Neal.«

Er hatte seinen alten Freund Superintendent Brébeuf angerufen, mit dem zusammen er die Polizeischule absolviert hatte. Michel Brébeuf war auf der Karriereleiter der Sûreté an Gamache vorbeigeklettert und bekleidete mittlerweile den Posten, für den sie sich beide beworben hatten, doch das hatte ihrer freundschaftlichen Beziehung nicht geschadet. Gamache respektierte Brébeuf und mochte ihn. Der Superintendent hatte Verständnis für Gamache gezeigt, konnte aber nichts versprechen.

»Mein Gott, Armand, Sie wissen doch, wie das läuft. Es war einfach Pech, dass sie tatsächlich einen Dummen gefunden hat, der die Verfügung unterschreibt. Ich bezweifle, dass wir einen Richter auftreiben werden, der bereit ist, die Entscheidung eines Kollegen zu revidieren.«

Gamache brauchte Beweise, entweder für einen Mord oder dafür, dass das Haus nicht Yolande Fontaine zufiel. Gerade als er über das Gespräch mit dem Notar nachdachte, klingelte sein Telefon.

»Oui, allô?« Er erhob sich, um sich ein ruhigeres Plätzchen zum Telefonieren zu suchen.

»Ich denke, ein Ritual wäre genau das Richtige«, sagte Clara, die an einem Stück Brot herumzupfte, ohne eigentlich hungrig zu sein. »Aber ich glaube, es sollten nur Frauen sein. Nicht unbedingt nur Janes engste Freundinnen, vielmehr alle Frauen, die gern daran teilnehmen würden.«

»Schade«, sagte Peter, der bei der Sommersonnwendfeier mitgemacht und das Ganze peinlich und äußerst befremdlich gefunden hatte.

»Wann möchtest du es machen?«, fragte Myrna Clara.

»Wie wäre es mit nächsten Sonntag?«

»Eine Woche nach Janes Tod«, sagte Ruth.

In diesem Moment sah Clara Yolande mit ihrer Familie das Bistro betreten und wusste, dass sie etwas sagen musste. Sie gab sich einen Ruck und ging zu ihnen. Schlagartig verstummten die Gespräche, und Chief Inspector Gamache, dem nach Beendigung seines Telefonats die plötzliche Stille auffiel, verließ leise den Nebenraum und schlich auf Zehenspitzen zu der Tür, die dem Personal vorbehalten war. Von hier aus konnte er alles sehen und hören, ohne selbst gesehen zu werden. Man erreicht in diesem Job nur etwas, wenn man ein Heimlichtuer ist, dachte er. Dann bemerkte er eine Bedienung, die geduldig mit einem Tablett mit Schnittchen hinter ihm stand.

»Die sind bestimmt gut«, flüsterte sie. »Schwarzwälder Schinken.«

»Danke.« Er nahm sich eins.

»Yolande«, sagte Clara und streckte die Hand aus. »Es ist furchtbar. Deine Tante war eine wunderbare Frau.«

Yolande blickte auf die ausgestreckte Hand, nahm sie kurz und ließ sie gleich wieder los, wobei sie hoffte, den Eindruck allertiefster Trauer zu hinterlassen. Das wäre ihr auch gelungen, hätte sie nicht ein Publikum gehabt, das ihr Empfindungsspektrum genau kannte. Gar nicht zu reden von ihrer wahren Beziehung zu Jane Neal.

»Mein herzliches Beileid«, fuhr Clara fort und kam sich steif und gekünstelt vor.

Yolande nickte knapp und betupfte mit einer trockenen Papierserviette ihre trockenen Augen.

»Zumindest können wir die Serviette wiederverwenden«, raunte Olivier, der inzwischen ebenfalls über Gamaches Schulter blickte. »Was für ein trostloses Schmierentheater. Ein Stück Gebäck?«

Olivier hielt ein Tablett mit Mille feuilles, Meringuen, Kuchenstücken und kleinen Sahnetörtchen mit glasierten

Früchten in der Hand. Gamache wählte ein Törtchen mit winzigen wilden Heidelbeeren aus.

»Danke.«

»Ich bin die offizielle Versorgungseinheit für die Schlacht, die uns hier erwartet. Ich verstehe nicht, warum Clara das tut, sie weiß ganz genau, was Yolande seit Jahren hinter ihrem Rücken über sie erzählt. Schreckliche Frau.«

Gamache, Olivier und die Bedienung starrten auf die Szene, die sich vor ihren Augen abspielte.

»Meine Tante und ich standen uns sehr nah, wie du weißt«, behauptete Yolande und zuckte bei diesen Worten nicht einmal mit der Wimper. Offensichtlich glaubte sie selbst jedes ihrer Worte. »Ich denke, du nimmst es mir nicht übel, wenn ich sage, dass du sie ihrer wahren Familie entfremdet hast. Das ist nicht allein meine Meinung, alle Leute, mit denen ich darüber gesprochen habe, geben mir darin recht. Aber vielleicht hast du ja gar nicht gemerkt, was du da getan hast.« Yolande lächelte nachsichtig.

»Oh mein Gott«, flüsterte Ruth Gabri zu, »jetzt kommt's.«

Peter umklammerte die Lehnen seines Stuhls und zwang sich dazu, nicht aufzuspringen und Yolande anzuschreien. Er wusste, dass Clara das allein durchstehen und sich endlich behaupten musste. Er wartete auf Claras Antwort. Und mit ihm der ganze Raum.

Clara holte tief Luft und sagte nichts.

»Ich werde alles Nötige für die Beerdigung meiner Tante veranlassen«, redete Yolande unverdrossen weiter. »Wahrscheinlich wird die Trauerfeier in der katholischen Kirche in Saint-Rémy stattfinden. Das ist Andrés Gemeinde.« Yolande wollte die Hand ihres Mannes ergreifen, aber dessen Hände waren vollauf damit beschäftigt, ein riesiges Sandwich zu umklammern, aus dem Mayonnaise und Fleischstücke quollen. Ihr Sohn Bernard gähnte mit vollem Mund, sodass alle den halb gekauten Bissen Brot und die Mayonnaisefäden sehen konnten, die von seinem Gaumen herunterhingen.

»Ich werde wahrscheinlich eine Anzeige in die Zeitung setzen, du wirst sie bestimmt sehen. Vielleicht fällt dir ein netter Spruch für ihren Grabstein ein. Nichts Ausgefallenes natürlich, das hätte meine Tante nicht gewollt. Denk doch mal darüber nach, und gib mir dann Bescheid.«

»Ich möchte dir noch einmal sagen, wie leid es mir wegen Jane tut.«

Schon bevor Clara zu Yolande gegangen war, hatte sie gewusst, was passieren würde. Gewusst, dass sie sich gegen Yolande aus einem unerklärlichen Grund nicht zur Wehr setzen würde. Dass Yolande sie auf eine Weise verletzte, wie es andere nicht konnten. Es war eines der kleinen Rätsel des Lebens, dass diese Frau, für die sie keinerlei Respekt empfand, ohne Weiteres in der Lage war, sie aus der Bahn zu werfen. Aber sie hatte gedacht, dieses Mal darauf vorbereitet zu sein. Sie hatte sogar zu hoffen gewagt, dass es dieses Mal anders kommen würde. Aber das tat es natürlich nicht.

Viele Jahre lang sollte sich Clara an ihr Gefühl erinnern, als sie dort stand. Dass sie sich wieder wie das kleine hässliche Mädchen auf dem Schulhof vorgekommen war. Das wenig geliebte, wenig liebenswerte Kind. Plattfüßig und unbeholfen, verträumt und von allen belächelt. Das Mädchen, das an den falschen Stellen lachte und dem man jede Lüge auftischen konnte und das sich so sehr nach jemandem sehnte, der sie mochte. Sie hatte sich nie etwas anmerken lassen, aber unter der Schulbank hatte sie die Faust geballt. Sie wollte zu Jane laufen, die sie in ihre warmen, weichen Arme nahm und die magischen Worte sagte: »Es wird schon wieder.«

Auch Ruth Zardo sollte sich an diesen Moment erinnern und ihn in einem Gedicht verarbeiten. Es würde in ihrem nächsten Gedichtband erscheinen, der den Titel *Mir geht's* GUT trug:

Du warst eine Motte,
die gegen meine Wange strich
im Dunkeln.
Ich tötete dich,
dabei
warst du nur eine Motte,
ohne Stachel.

Aber am deutlichsten würde sich Clara an Andrés gemeines Lachen erinnern, das in ihren Ohren hallte, als sie sich schweigend auf den langen, langen Rückweg zu ihrem Tisch machte. Ein Lachen, wie es ein gestörtes Kind von sich geben mochte, das ein Tier leiden sah. Sie kannte dieses Lachen.

»Wer war das?«, fragte Beauvoir, als Gamache sich wieder setzte. Er hatte keine Ahnung, dass sein Chef noch etwas anderes getan hatte, als bloß zu telefonieren.

»Dr. Harris. Ich habe gar nicht gewusst, dass sie hier in der Nähe wohnt, in einem Dorf namens Cleghorn Halt. Sie hat angeboten, dass sie uns ihren Bericht gegen fünf auf dem Nachhauseweg vorbeibringt.«

»Ich habe ein Team zusammengestellt, das die Einsatzzentrale vorbereitet, und ein zweites Team zurück in den Wald geschickt, um ihn noch einmal abzusuchen. Der Pfeil kann nur an einer von drei Stellen sein, entweder steckt er im Waldboden, oder er wurde vom Mörder wieder mitgenommen und möglicherweise inzwischen zerstört. Wenn wir Glück haben, befindet er sich unter den Pfeilen, die Lacoste im Vereinsheim gefunden hat.«

»Stimmt.«

Beauvoir verteilte die Aufgaben und schickte zwei Polizisten los, um Gus Hennessey und Claude LaPierre wegen des Vorfalls mit dem Entendreck zu befragen. Philippe Croft wollte er sich selbst vorknöpfen. Dann gesellte er sich zu

Gamache, der vor der Tür wartete, und die beiden spazierten um den Dorfanger, die Köpfe unter den Regenschirmen zusammengesteckt.

»Schreckliches Wetter«, sagte Beauvoir, schlug den Kragen seines Jacketts hoch und zog zum Schutz vor dem peitschenden Regen die Schultern zusammen.

»Angeblich wird es noch weiter regnen und kälter werden«, sagte Gamache automatisch und merkte plötzlich, wie viel Raum die Dorfbewohner mittlerweile in seinem Denken einnahmen oder zumindest ihr ständiges Gerede vom Wetter.

»Was halten Sie von Agent Nichol, Jean-Guy?«

»Es ist mir völlig rätselhaft, wie sie es mit einer solchen Einstellung in die Sûreté geschafft hat, gar nicht zu reden von der empfohlenen Versetzung zur Mordkommission. Keinerlei Teamfähigkeit, keinerlei soziale Kompetenz, unfähig, richtig zuzuhören. Es ist erstaunlich. Das bestätigt allerdings nur, was Sie seit Jahren sagen, dass nämlich die falschen Leute befördert werden.«

»Meinen Sie nicht, dass sie lernfähig ist? Sie ist jung. Um die fünfundzwanzig wahrscheinlich.«

»So jung ist das auch wieder nicht. Lacoste ist nicht viel älter. Aber ich glaube ohnehin, dass das nicht eine Sache des Alters, sondern der Persönlichkeit ist. Ich glaube, sie wird noch mit fünfzig so sein oder sogar schlimmer, wenn sie nicht aufpasst. Ob sie dazulernen kann? Gewiss. Aber die eigentliche Frage ist doch, ob sie verlernen kann. Kann sie ihre schlechten Angewohnheiten ablegen?« Er merkte, dass der Regen dem Chief Inspector übers Gesicht lief. Beinahe hätte er die Tropfen weggewischt, aber er widerstand dem Impuls.

Noch während er sprach, wusste Beauvoir, dass er einen Fehler machte. Das war nur Wasser auf die Mühlen seines Chefs. Er konnte sehen, wie sich dessen Miene veränderte, statt als Problem schien er Nichol plötzlich als jemanden zu betrachten, der seiner Hilfe bedurfte. Oje, da war es wieder mal so weit, dachte Beauvoir, er würde versuchen, sie auf den rechten Weg zu bringen. Er achtete Gamache mehr als jeden anderen Menschen, aber er hielt es für einen Fehler, möglicherweise einen sehr schlimmen Fehler, dass dieser immer den Wunsch hatte, anderen zu helfen, statt sie einfach rauszuschmeißen. Er war viel zu mitfühlend. Eine Eigenschaft, um die ihn Beauvoir manchmal beneidete, der er meist jedoch mit Misstrauen begegnete.

»Nun, vielleicht wird ihre Rechthaberei durch ihre Neugier in die richtigen Bahnen gelenkt.«

Und vielleicht wird der Skorpion seinen Stachel verlieren, dachte Beauvoir.

»Chief Inspector?« Die beiden Männer blickten auf und sahen Clara Morrow, die durch den Regen auf sie zulief, neben sich ihren Mann Peter, der versuchte, mit ihr Schritt zu halten, während er gleichzeitig mit dem Regenschirm kämpfte. »Mir ist etwas Seltsames eingefallen.«

»Ah, da will uns jemand helfen.« Gamache lächelte.

»Na ja, es ist wahrscheinlich eine ganz unbedeutende Sache, aber wer weiß. Es scheint mir einfach ein merkwürdiger Zufall zu sein, und ich dachte, Sie sollten davon wissen. Es geht um Janes Malerei.«

»Ich glaube nicht, dass es von besonders großer Bedeutung ist«, sagte Peter, völlig durchnässt und mürrisch. Gamache entging nicht der überraschte Blick, den Clara ihrem Mann zuwarf.

»Es ist so, dass Jane ihr Leben lang gemalt hat, aber niemals jemandem eines ihrer Bilder zeigte.«

»Ist das wirklich so ungewöhnlich?«, fragte Beauvoir. »Viele Künstler und Schriftsteller halten ihre Werke unter Verschluss. Davon liest man doch immer wieder. Nach ihrem Tod wird das Zeug dann auf irgendeinem Speicher gefunden und teuer verkauft.«

»Stimmt, aber das ist hier nicht der Fall. Letzte Woche hat

Jane sich entschlossen, eines ihrer Bilder auf der Arts Williamsburg zu zeigen. Am Freitagmorgen hat sie es entschieden, Freitagnachmittag war die Jurysitzung. Ihr Bild wurde angenommen.«

»Angenommen und ermordet«, murmelte Beauvoir. »Das ist allerdings seltsam.«

»Da wir gerade von Seltsamkeiten sprechen ...«, sagte Gamache. »Trifft es zu, dass Miss Neal nie irgendjemanden in ihr Wohnzimmer gebeten hat?«

»Das stimmt«, antwortete Peter. »Wir hatten uns so sehr daran gewöhnt, dass es uns gar nicht mehr auffiel. So wie wenn jemand humpelt oder einen chronischen Husten hat. Eine kleine Abnormität, die irgendwann zur Normalität wird.«

»Aber was steckte dahinter?«

»Ich weiß es nicht«, bekannte Clara, selbst verwundert. »Peter hat schon recht, auch ich war so sehr daran gewöhnt, dass es mir gar nicht mehr auffiel.«

»Haben Sie sie niemals danach gefragt?«

»Jane? Am Anfang wahrscheinlich, als wir hierher zogen. Wahrscheinlich haben wir auch Timmer und Ruth gefragt, aber soweit ich mich erinnern kann, haben wir niemals eine Antwort erhalten. Keiner schien es zu wissen. Gabri glaubt, sie hat einen orangefarbenen Plüschteppich im Wohnzimmer und pornografische Bilder an den Wänden.«

Gamache lachte. »Und was glauben Sie?«

»Ich weiß es einfach nicht.«

Schweigen breitete sich aus. Gamache wunderte sich über die Frau, die so lange mit so vielen Geheimnissen gelebt hatte und sich dann auf einmal entschloss, sie alle aufzudecken. Und deswegen gestorben war? Das war die Frage.

Maître Norman Stickley stand hinter seinem Schreibtisch und nickte den drei Polizeibeamten zur Begrüßung zu, dann ließ er sich auf seinem Stuhl nieder, ohne ihnen einen Platz anzubieten. Er setzte eine große Brille mit runden Gläsern auf, senkte seinen Blick auf die vor ihm liegenden Papiere und fing an zu sprechen.

»Dieses Testament ist vor zehn Jahren aufgesetzt worden. Die Verfügungen sind ganz klar. Mit Ausnahme einiger kleiner Vermächtnisse geht der gesamte Besitz an ihre Nichte und einzige Hinterbliebene Yolande Marie Fontaine. Dazu gehört das Haus in Three Pines, alles, was sich darin befindet, plus das gesamte Barvermögen nach Auszahlung der anderen Begünstigten und Abzug der Beerdigungskosten und aller übrigen Nachlassverbindlichkeiten durch die Testamentsvollstrecker. Plus Steuern, natürlich.«

»Wer sind die Testamentsvollstrecker?«, fragte Gamache und nahm den Rückschlag für ihre Ermittlungen äußerlich gelassen hin, wenn er auch innerlich fluchte. Irgendetwas stimmte hier nicht, das spürte er. Vielleicht ist es nur dein Stolz, dachte er, du bist zu stur zuzugeben, dass du unrecht hattest und diese ältere Dame ihr Haus tatsächlich ihrer einzigen lebenden Hinterbliebenen hinterlassen hat, was ja wohl absolut nachvollziehbar war.

»Ruth Zardo, geborene Kemp, und Constance Hadley, geborene Post, bekannt, glaube ich, unter dem Namen Timmer.«

Gamache irritierte irgendetwas an der Namensliste, wenn er auch nicht den Finger darauf legen konnte. War es einer von den Leuten, fragte er sich. Die Auswahl? Was war es?

»Hatte sie zuvor schon einmal ein Testament von Ihnen aufsetzen lassen?«, fragte Beauvoir.

»Ja. Fünf Jahre vor diesem hatte sie ein anderes Testament gemacht.«

»Haben Sie noch eine Kopie davon?«

»Nein. Glauben Sie vielleicht, ich habe so viel Platz, dass ich sämtliche alten Dokumente aufbewahren könnte?«

»Vielleicht erinnern Sie sich ja, was darin stand?«, fragte Beauvoir, darauf gefasst, eine weitere ausweichende, schnippische Antwort zu bekommen.

»Nein. Glauben Sie …« Aber Gamache unterbrach ihn.

»Wenn Sie sich nicht an den genauen Wortlaut des ersten Testaments erinnern können, erinnern Sie sich vielleicht noch in groben Zügen an die Gründe, weshalb sie es fünf Jahre später änderte?«, fragte er so ruhig und freundlich wie möglich.

»Es ist nicht ungewöhnlich, dass die Leute alle paar Jahre ein neues Testament machen«, sagte Stickley, und Gamache begann sich zu fragen, ob der leicht weinerliche Tonfall vielleicht seine normale Art zu sprechen war. »Wir empfehlen unseren Klienten sogar, das alle zwei bis fünf Jahre zu tun. Was selbstverständlich nichts mit unseren Gebühren zu tun hat, sondern damit, dass sich im Allgemeinen alle paar Jahre die Lebensumstände ändern. Kinder werden geboren, Enkel, Ehegatten sterben, man lässt sich scheiden …«

»Wie das Leben eben so spielt«, warf Gamache ein, um die Liste abzukürzen.

»Genau.«

»Und doch ist Jane Neals letzter Wille zehn Jahre alt, Maître Stickley. Wie kommt das? Ich denke, wir können davon ausgehen, dass sie es sich anders überlegt hatte. Aber …« Gamache beugte sich vor und tippte auf das Dokument auf dem Schreibtisch des Notars. »… dieses Testament ist auch schon veraltet. Sind Sie sicher, dass es nicht noch eins neueren Datums gibt?«

»Selbstverständlich. Die Leute haben immer so viel um die Ohren, und da kann das Testament leicht mal vergessen werden. Es ist ja auch nicht unbedingt immer angenehm. Es gibt viele Gründe, warum die Leute eine Testamentsänderung aufschieben.«

»Könnte sie zu einem anderen Notar gegangen sein?«

»Bestimmt nicht. Und ich möchte die implizite Unterstellung entschieden zurückweisen.«

»Woher können Sie so genau wissen, dass sie das nicht getan hat?«, beharrte Gamache. »Hätte sie Sie darüber in Kenntnis setzen müssen?«

»Ich weiß es ganz einfach. Das hier ist eine kleine Stadt, und ich hätte davon gehört.« Punktum.

Als sie, bewaffnet mit einer Kopie des Testaments, das Notariat verließen, wandte sich Gamache an Nichol: »Ich bin noch immer nicht ganz überzeugt, was dieses Testament angeht. Ich möchte, dass Sie etwas für mich tun.«

»Ja, Sir.« Nichol zeigte sofortigen Eifer.

»Finden Sie heraus, ob das tatsächlich das letzte Testament ist. Können Sie das?«

»Absolument.« Nichol schwebte wie auf Wolken.

»Hallo«, rief Gamache, als er den Kopf durch die Tür zu den Räumen der Arts Williamsburg steckte. Gleich nachdem sie den Notar verlassen hatten, waren sie hinüber zur Galerie gegangen, die sich in einem wunderschön renovierten alten Postgebäude befand. Das wenige Licht, das der Himmel bot, fiel durch die riesigen Fenster auf den abgetretenen Holzboden und die makellos weißen Wände des kleinen offenen Raums und ließ ihn geradezu gespenstisch leuchten.

»Bonjour«, rief er nochmals. In der Mitte des Zimmers stand ein alter, dickbauchiger Ofen. Er war schön. Einfach, nichts Besonderes, nur ein großer schwarzer Ofen, der die kanadische Kälte seit mehr als hundert Jahren in Schach hielt. Nichol hatte den Lichtschalter entdeckt und drückte ihn. Riesige Leinwände mit abstrakter Kunst schienen ihnen von den Wänden entgegenzuspringen. Sie überraschten Gamache. Er hatte hübsche Landschaftsaquarelle erwartet, gefälliges Zeug, das leicht einen Käufer fand. Stattdessen war er von grellbunten drei Meter hohen Streifen und Krei-

sen umgeben. Sie machten einen lebendigen und kraftvollen Eindruck.

»Hallo.«

Nichol zuckte zusammen, während Gamache sich gelassen umdrehte und Clara auf sie zukommen sah. Ihre Haare wurden von einer Klemme zurückgehalten, die jeden Augenblick herauszurutschen drohte.

»So sehen wir uns also hier wieder«, sagte sie lächelnd. »Nachdem wir so viel über Janes Bild gesprochen haben, wollte ich es mir noch einmal ansehen und ein bisschen bei ihm sitzen. Um ihr nahe zu sein.«

Nichol rollte mit den Augen und grunzte. Beauvoir bemerkte es und ärgerte sich darüber, er fragte sich, ob er ebenso überheblich und kleinlich reagiert hatte, als der Chef von seinen Empfindungen und Überzeugungen gesprochen hatte.

»Und der Geruch hier …« Clara schenkte Nichol keinerlei Beachtung und schnupperte in die Luft. »Jeder Künstler reagiert auf diesen Geruch. Es wird einem ganz warm ums Herz davon. Das ist so, wie wenn man zu seiner Großmutter kommt und es nach frisch gebackenen Schokoladenkeksen riecht. Auf uns hat diese Mischung aus Lack, Ölfarben und Fixativ die gleiche Wirkung. Selbst Acrylfarben haben einen besonderen Duft, wenn man einmal genau darauf achtet. Für Polizisten gibt es sicherlich auch solche Gerüche.«

»Aber ja«, sagte Gamache lachend und erinnerte sich an den Morgen des vorangegangenen Tages. »Als Agent Nichol mich zu Hause abholte, brachte sie mir Kaffee in einem Pappbecher mit. Einen großen Milchkaffee. Dieser Geruch bringt mein Herz zum Klopfen.« Er legte eine Hand auf seine Brust. »Ich bringe ihn immer sofort mit einem Mordfall in Zusammenhang. Egal, wo ich bin, und wenn es eine Konzerthalle ist, sobald ich diesen Kaffee rieche, fange ich an, den Boden nach einer Leiche abzusuchen.«

Clara lachte. »Wenn Sie etwas für Kreideumrisse übrig haben, werden Sie Janes Werk lieben. Es freut mich, dass Sie hergekommen sind, um es sich anzusehen.«

»Ist es das hier?« Gamache sah sich in dem in allen Farben leuchtenden Raum um.

»Aber nein. Diese Bilder stammen von einem anderen Künstler. Die Ausstellung dauert noch eine Woche, dann kommt die mit den Werken der Mitglieder. Sie wird in zehn Tagen eröffnet. Also nicht an diesem, sondern am nächsten Freitag.«

»Dann ist die Vernissage?«

»Ja. Zwei Wochen nach der Sitzung der Jury.«

»Kann ich Sie kurz sprechen?« Beauvoir lotste Gamache ein paar Schritte weg.

»Ich habe gerade mit Lacoste gesprochen. Sie hat mit Timmer Hadleys Arzt telefoniert. Laut dessen Aussage hatte ihr Tod mit Sicherheit eine natürliche Ursache. Nierenkrebs. Er hatte gestreut und auch Bauchspeicheldrüse und Leber befallen. Es war nur noch eine Frage der Zeit. Sie hat sogar länger gelebt, als er erwartet hatte.«

»Ist sie zu Hause gestorben?«

»Ja, am 2. September dieses Jahres.«

»Labour Day«, sagte Nichol, die zu ihnen getreten war und zugehört hatte.

»Mrs. Morrow!«, rief Gamache Clara zu, die sich in respektvoller Distanz gehalten hatte, augenscheinlich außer Hörweite, aber tatsächlich jedes ihrer Worte mitbekommen hatte. »Was meinen Sie dazu?«

Oh, oh. Erwischt. Es hatte wohl keinen Sinn, es zu leugnen.

»Wir hatten mit Timmers Tod gerechnet, aber als es dann so weit war, kam es doch etwas überraschend«, sagte Clara und gesellte sich zu ihrem kleinen Kreis. »Nun ja, das ist vielleicht etwas übertrieben. Wir haben abwechselnd bei ihr gesessen. An diesem Tag war Ruth dran. Sie hatten ausgemacht, dass sie den Jahrmarktsumzug ansehen würde, falls es Timmer gut genug ging. Ruth zufolge hat Timmer ihr erklärt, dass sie sich gut fühle. Ruth gab ihr ihre Medikamente, brachte ihr ein frisches Glas Wasser, und dann ließ sie sie allein.«

»Sie ließ einfach eine sterbende Frau allein?«, empörte sich Nichol. Clara antwortete ruhig.

»Ja, ich weiß, das klingt herzlos, sogar selbstsüchtig, aber wir kannten mittlerweile Timmers Hochs und Tiefs und verschwanden alle ab und an einmal für eine halbe Stunde, um Wäsche zu waschen, einzukaufen oder eine Kleinigkeit zu kochen. Es war also nichts Ungewöhnliches, auch wenn es jetzt womöglich so klingt. Ruth hätte sie niemals allein gelassen«, hier wandte sich Clara an Gamache, »hätte es auch nur den kleinsten Hinweis darauf gegeben, dass es Timmer nicht gut ging. Es war furchtbar für sie, als sie zurückkam und Timmer tot in ihrem Bett vorfand.«

»Insofern kam ihr Tod unerwartet«, sagte Beauvoir.

»Ja. Aber alle Ärzte, mit denen wir geredet haben, bestätigten uns, dass so etwas oft passiert. Das Herz hört einfach auf zu schlagen.«

»Wurde eine Autopsie vorgenommen?«, wollte Gamache wissen.

»Nein. Nein, niemand sah die Notwendigkeit dazu. Warum interessieren Sie sich eigentlich für Timmers Tod?«

»Nur um sicherzugehen«, sagte Beauvoir. »Wenn in einem kleinen Dorf zwei alte Frauen innerhalb von wenigen Wochen sterben, wirft das, nun ja, Fragen auf. Das ist alles.«

»Aber wie Sie selbst sagen, es waren alte Frauen. Da ist so etwas zu erwarten.«

»Wenn nicht eine von beiden mit einem Loch in der Brust gestorben wäre«, sagte Nichol. Clara zuckte zusammen.

»Kann ich Sie kurz mal sprechen?« Gamache führte Nichol nach draußen. »Agent, wenn Sie noch einmal jemanden so behandeln wie eben Mrs. Morrow, werde ich Ihnen Ihren Dienstausweis abnehmen und Sie mit dem Bus nach Hause schicken, ist das klar?«

»Was war denn falsch an dem, was ich gesagt habe? Es ist doch so gewesen.«

»Glauben Sie, dass sie nicht weiß, dass Jane Neal mit einem Pfeil getötet wurde? Ist Ihnen wirklich nicht klar, was Sie falsch gemacht haben?«

»Ich habe nur die Wahrheit gesagt.«

»Nein, Sie haben diese Frau behandelt, als ob sie minderbemittelt wäre, und ihr gleichzeitig wahrscheinlich auch noch wehgetan. Sie sollen sich Notizen machen und still sein. Wir werden heute Abend weiter darüber sprechen.«

»Aber ...«

»Ich habe Sie höflich und respektvoll behandelt, weil das meiner Art entspricht. Aber verwechseln Sie niemals Freundlichkeit mit Schwäche. Ich dulde keinen Widerspruch. Verstanden?«

»Ja, Sir.« Nichol schwor sich, ihre Gedanken in Zukunft für sich zu behalten, wenn das der Dank dafür war, dass sie aussprach, was alle anderen nur dachten. Und wenn man sie direkt nach ihrer Meinung fragte, würde sie möglichst einsilbig antworten. Das hatte er nun davon.

»Das ist Janes Bild«, sagte Clara, als sie mit einer mittelgroßen Leinwand aus dem Lager zurückkam und sie auf die Staffelei stellte. »Es stieß nicht auf einhellige Zustimmung.«

Nichol lagen die Worte schon auf der Zunge, dass man sich das gut vorstellen konnte, sie erinnerte sich aber noch rechtzeitig an ihr Gelöbnis.

»Hat es Ihnen gefallen?«, fragte Beauvoir.

»Erst nicht, aber je länger ich es angesehen habe, desto besser fand ich es. Irgendetwas geschah währenddessen mit dem Bild. Zuerst sah es wie Höhlenmalerei aus, aber dann bekam es etwas zutiefst Anrührendes. Von einer Sekunde auf die andere, einfach so.« Clara schnippte mit den Fingern.

Gamache dachte, dass es für ihn selbst dann noch lächerlich aussehen würde, wenn er es bis ans Ende seiner Tage anstarrte. Und doch hatte es einen ganz eigenen Reiz. »Da sind ja Olivier und Gabri«, sagte er und deutete erstaunt auf zwei lilafarbene Figuren auf der Tribüne.

»Und hier ist Peter.« Clara deutete auf einen Pfannkuchen mit Augen und Mund, aber ohne Nase.

»Wie hat sie das hingekriegt? Wie schafft sie es, die Leute mit nichts weiter als zwei Punkten als Augen und einer hingekritzelten Linie als Mund so genau darzustellen?«

»Ich weiß es nicht. Ich bin Künstlerin, mein ganzes Leben schon, aber das könnte ich nicht. Aber es ist nicht nur das. Es hat Tiefe. Allerdings habe ich jetzt mehr als eine Stunde darauf gestarrt, und es ist nicht wieder passiert. Vielleicht weil ich es zu sehr will. Vielleicht funktioniert der Zauber nur, wenn man ihn nicht heraufzubeschwören versucht.«

»Ist das Bild gut?«, fragte Beauvoir.

»Das ist die Frage. Ich weiß es nicht. Peter hält es für brillant, und die übrigen Juroren waren mit einer Ausnahme bereit, es zu riskieren.«

»Was zu riskieren?«

»Es mag Sie überraschen, aber Künstler sind von Natur aus Duckmäuser. Wenn die Arbeit des einen akzeptiert und ausgestellt wird, muss die eines anderen abgelehnt werden. Dieser Jemand wird wütend sein. Ebenso wie seine Verwandten und Freunde.«

»Wütend genug, um einen Mord zu begehen?«, fragte Beauvoir.

Clara lachte. »Ich kann Ihnen versichern, dass selbst ich schon einmal Mordgelüste hegte und dass sie zeitweise jeden Künstler überfallen. Aber jemanden zu töten, weil eine Arbeit von der Arts Williamsburg abgelehnt wurde?

Nein. Außerdem brächte man dann ja wohl die Juroren um und nicht Jane. Übrigens hat niemand außerhalb der Jury gewusst, dass ihr Bild angenommen worden war. Die Sitzung war erst letzten Freitag.« Es schien schon so lange her, dachte Clara.

»Selbst Miss Neal nicht?«

»Na ja, Jane habe ich es am selben Tag noch erzählt.«

»Sonst wusste also niemand davon?«

Clara fühlte sich ertappt. »Wir haben abends beim Essen darüber gesprochen. Es war eine Art vorzeitiges Thanksgiving-Dinner mit Freunden in unserem Haus.«

»Wer war dabei?«, fragte Beauvoir und zückte seinen Notizblock. Er wollte sich nicht mehr darauf verlassen, dass Nichol alles Wichtige mitschrieb. Diese bemerkte es und ärgerte sich darüber ebenso sehr, wie sie sich geärgert hatte, als man sie gebeten hatte, Notizen zu machen. Clara zählte die Namen der Gäste auf.

Währenddessen sah Gamache unablässig das Bild an.

»Was stellt es dar?«

»Den Umzug am letzten Tag des Jahrmarkts in diesem Jahr. Hier, das ist Ruth.« Und dabei deutete Clara auf eine grüngesichtige Ziege mit einem Schäferstab.

»Oh ja, unverkennbar«, sagte Gamache, und Beauvoir brach in lautes Lachen aus. Es war absolut treffend. Er musste blind gewesen sein, das zu übersehen. »Aber Moment mal …« Gamaches Belustigung war mit einem Schlag verflogen. »Es stellt genau den Tag und die Stunde dar, in der Timmer gestorben ist.«

»Ja.«

»Wie hat sie es genannt?«

»Fair Day.«

6

Selbst bei Regen konnte Gamache sehen, wie schön die Landschaft draußen war. Die Blätter der Ahornbäume hatten alle Schattierungen von Gelb bis Dunkelrot angenommen. Der Sturm hatte viele von ihnen von den Zweigen gerissen, sodass sie nun wie ein bunter Teppich die Straße und den Seitenstreifen bedeckten. Ihre Fahrt von Williamsburg nach Three Pines hatte sie über die Hügelkette geführt, die die beiden Orte voneinander trennte. Die schmale Straße, vermutlich die alte Postkutschenroute, folgte den Tälern und dem Fluss, was wie so oft ganz praktische Gründe hatte. Dann bog Beauvoir auf eine noch schmalere unbefestigte Straße mit riesigen Schlaglöchern ein. Bei dem Geholper konnte Gamache kaum seine Aufzeichnungen lesen. Sein Magen hatte sich schon seit langer Zeit daran gewöhnt, nicht aufzumucken, egal in welchem Fahrzeug er sich befand, aber seine Augen schienen weniger anpassungsfähig zu sein.

Beauvoir drosselte das Tempo, als sie einen großen Briefkasten erreichten. Auf das gelb gestrichene Metall waren mit weißer Farbe die Hausnummer und der Name »Croft« gemalt. Er bog in die Einfahrt. Auch hier säumten hohe Ahornbäume den Weg und bildeten einen gelb-rot gesprenkelten Tunnel.

Hinter der Windschutzscheibe, auf der die Scheibenwischer gegen den Regen ankämpften, sah Gamache ein weiß geschindeltes Farmhaus. Es machte einen behaglichen Eindruck. Schon fast verblühte Sonnenblumen und Stockrosen wuchsen dicht an den Mauern. Eine dünne Rauchfahne stieg aus dem Kamin und wurde sofort vom Wind in Richtung Waldrand getrieben.

Häuser waren nach Gamaches Erfahrung wie Selbstbildnisse ihrer Bewohner. Diese hatten die Farben, die Möbel, die Bilder ausgewählt. Der Teufel, oder Gott, steckte im Detail. Und auch der Mensch. War es ungepflegt oder blank gewienert? Sollte die Einrichtung beeindrucken, oder war es ein buntes Sammelsurium, das von einem abwechslungsreichen Leben Zeugnis ablegte? War es voll gestopft oder so gut wie leer? Wenn er im Laufe einer Ermittlung ein Haus betrat, überlief ihn jedes Mal ein Schauer. Er wollte endlich in Jane Neals Haus, aber das musste warten. Zuerst war die Reihe an den Crofts, sich ihm zu offenbaren.

Gamache wandte sich an Nichol. »Halten Sie die Augen offen, und schreiben Sie genau mit, was geredet wird. Und hören Sie nur zu, verstanden?«

Nichol starrte ihn an.

»Ich habe Sie etwas gefragt, Agent.«

»Verstanden.« Dann fügte sie nach einer kurzen Pause noch hinzu: »Sir.«

»Inspector Beauvoir, übernehmen Sie die Befragung?«

»Ja«, erwiderte Beauvoir und verließ das Auto.

Matthew Croft wartete hinter der Fliegengittertür. Nachdem er ihnen ihre durchnässten Mäntel abgenommen hatte, führte er sie direkt in die Küche. Sie war in fröhlichen Rot- und Gelbtönen gehalten. In einem Glasschrank konnte man hübsches Geschirr sehen. Die sauberen weißen Gardinen waren am Saum mit Blumen bestickt. Gamache sah über den Tisch hinweg zu Croft, der Salz- und Pfefferstreuer geraderückte. Seine klugen Augen wanderten nervös hin und her, er machte den Eindruck, als warte er auf etwas, als lausche er auf ein bestimmtes Geräusch. Das alles war nur zu erahnen hinter dem freundlichen Äußeren. Aber es war da, davon war Gamache überzeugt.

»Die Ausrüstung zum Bogenschießen steht auf der Veranda. Es regnet zwar, aber wenn Sie wollen, zeige ich Ihnen gern, wie man damit umgeht.« Croft hatte diese Worte an Gamache gerichtet und wandte sich nun Beauvoir zu, als dieser ihm antwortete.

»Das wäre uns eine große Hilfe, aber zuerst habe ich ein paar Fragen, bloß zur Orientierung.«

»Klar, schießen Sie los.«

»Erzählen Sie mir von Jane Neal und welche Beziehung Sie zu ihr hatten.«

»Wir standen uns nicht besonders nah. Ab und an habe ich sie besucht. Es war so ruhig und friedlich bei ihr. Sie war meine Lehrerin, aber das ist lange her, damals gab es noch die alte Dorfschule.«

»Wie war sie als Lehrerin?«

»Bemerkenswert. Sie hatte diese wirklich erstaunliche Fähigkeit, einen anzusehen und dabei das Gefühl zu vermitteln, man sei der einzige Mensch auf der ganzen Welt. Verstehen Sie, was ich meine?«

Beauvoir verstand ihn gut. Armand Gamache hatte dieselbe Fähigkeit. Die meisten Leute hatten den ganzen Raum im Blick, wenn sie sich unterhielten, und nickten oder winkten zwischendurch anderen zu. Gamache nie. Wenn er einen ansah, dann war man das Universum. Wobei Beauvoir nur zu bewusst war, dass der Chef jede Einzelheit dessen, was um ihn herum vorging, wahrnahm. Er zeigte es nur nicht.

»Womit verdienen Sie Ihren Lebensunterhalt?«

»Ich arbeite für die Verwaltung in Saint-Rémy, in der Straßenmeisterei.«

»Was tun Sie dort?«

»Ich bin für die Instandhaltung der Straßen zuständig. Ich verteile die Arbeit, überwache den Zustand der Straßen. Manchmal fahre ich nur herum und schaue, ob es irgendwelche Probleme gibt. Ich will nicht erst durch einen Unfall darauf gestoßen werden.«

Es passierte viel zu oft. Normalerweise kam der Tod nachts, erwischte die Menschen während des Schlafs, ließ ihr Herz stillstehen oder riss sie hoch, führte sie mit unerträglichen Kopfschmerzen ins Bad, bevor er sich auf sie stürzte und ihr Hirn mit Blut überflutete. Er wartete in Gassen und an Bushaltestellen. Nach Sonnenuntergang zogen weiß gewandete Pfleger einen Stecker und baten den Tod in die Zimmer der Krankenhäuser.

Aber auf dem Land kommt der Tod untertags und ohne dass ihn jemand eingeladen hätte. Er reißt Fischer in ihren Booten mit sich. Er greift nach den Beinen von Kindern, während sie im Wasser herumplanschen. Im Winter schickt er sie einen Abhang hinunter, der viel zu steil für ihre Fahrkünste ist, und überkreuzt die Spitzen ihrer Ski. Er wartet am Ufer, wo Schnee und Eis eben noch aneinanderstießen, sich jetzt aber, unbemerkt von leuchtenden Augen, ein wenig Wasser durch einen Riss drängt und der Eisläufer einen etwas größeren Bogen fährt als beabsichtigt. Der Tod steht im Morgennebel im Wald, Pfeil und Bogen in der Hand. Und er bringt bei hellem Sonnenschein Autos von der Straße ab, lässt die Reifen auf Eis und Schnee oder auf buntem Herbstlaub durchdrehen.

Jedes Mal, wenn sich ein Verkehrsunfall ereignet hatte, rief man Matthew Croft. Manchmal war er der Erste an der Unfallstelle. Während er den Leichnam aus dem Wrack zu befreien versuchte, zog sich sein Inneres in die Poesie zurück. Er sagte dann Gedichte auf, auswendig gelernt aus Büchern, die er sich von Jane Neal lieh. Die Gedichte von Ruth Zardo mochte er am liebsten.

Wenn er freihatte und es zu Hause nichts zu tun gab, besuchte er Miss Neal, und dann saß er auf einem alten Gartenstuhl, sah über den Phlox hinweg auf den Fluss und lernte Gedichte auswendig, mit denen er seine Albträume in Schach halten konnte. Während er so dasaß und las, bereitete Miss Neal rosafarbene Limonade zu und schnitt die abgeblühten Köpfe der Blumen ab. Es lag eine gewisse Ironie darin, dass sie die Pflanzen köpfte, während er versuchte, den Tod aus seinem Kopf zu verbannen. Aus irgendeinem Grund mochte Matthew Croft den Polizisten von all dem nichts erzählen, sie nicht an seinen Geheimnissen teilhaben lassen.

Bevor er weitersprechen konnte, zuckte er plötzlich kurz zusammen. Gleich darauf hörte es auch Gamache. Die Tür, die vom Keller in die Küche führte, öffnete sich, und Suzanne trat ein.

Suzanne Croft sah ganz und gar nicht so aus, als ginge es ihr gut. Sie hatte schon bei der Gemeindeversammlung angespannt gewirkt, aber das war nichts gewesen im Vergleich zu jetzt. Bis auf die nervösen roten Flecken auf ihren Wangen sah sie ganz durchsichtig aus. Eine feine Schweißschicht verlieh ihrer Haut einen reptilienhaften Schimmer. Die Hand, die sie Gamache zur Begrüßung reichte, war eiskalt. Sie hatte Angst, so viel war klar. Große Angst. Gamache blickte zu Croft, der es mittlerweile aufgegeben hatte, seine eigene Angst zu verbergen. Er sah seine Frau an, als sei sie ein Geist, ein Geist mit einer schrecklichen, nur an ihn gerichteten Botschaft.

Dann war der Moment vorbei. Matthew Crofts Gesicht wirkte auf einmal wieder ganz normal, und nur eine gewisse Blässe zeugte von dem, was sich hinter der gelassenen Miene verbarg. Gamache bot Mrs. Croft seinen Stuhl an, aber da hatte bereits ihr Mann ihr seinen Stuhl überlassen und sich einen anderen herangezogen und darauf niedergelassen. Alle schwiegen. Gamache bedeutete Beauvoir, bloß nicht das Wort zu ergreifen. Damit sich das Schweigen weiter ausdehnte. Diese Frau verbarg etwas Schreckliches, und sie würde es unter Druck nicht mehr lange für sich behalten können.

»Darf ich Ihnen ein Glas Wasser bringen?«, fragte Nichol.

»Nein, danke, aber ich werde uns einen Tee kochen.« Mit diesen Worten sprang Mrs. Croft von ihrem Stuhl auf, die gespannte Atmosphäre war mit einem Schlag verflogen. Gamache sah vollkommen perplex zu Nichol. Wenn sie den Fall und ihre Karriere sabotieren wollte, dann hätte sie es nicht geschickter anstellen können.

»Warten Sie, ich helfe Ihnen«, sagte Nichol, sprang ihrerseits auf und griff nach dem Wasserkessel.

Beauvoir hatte nicht verhindern können, dass Ärger in seinem Gesicht aufblitzte, als Nichol das Schweigen gebrochen hatte, aber er hatte sich gleich wieder im Griff und zeigte die gewohnt sachliche Miene.

Was für eine dumme Frau, fluchte er innerlich, während sich sein Mund zu einem freundlichen kleinen Lächeln verzog. Er erhaschte einen Blick auf Gamache und sah mit Befriedigung, dass auch sein Chef Nichol anstarrte, allerdings nicht verärgert. Zu seinem völligen Unverständnis erkannte er in Gamaches Blick etwas, das wie Nachsicht aussah. Würde er denn nie dazulernen? Was in Gottes Namen trieb ihn dazu, immer wieder solchen Idioten zu helfen?

»Womit verdienen Sie Ihren Lebensunterhalt, Mrs. Croft? Arbeiten Sie?« Da das Schweigen ohnehin gebrochen war, hielt es Beauvoir für besser, wieder die Kontrolle über das Gespräch zu übernehmen. Noch während er die Frage aussprach, merkte er, wie beleidigend sie klang. Die übliche Unterstellung, dass Kindererziehung keine Arbeit darstellt. Aber es war ihm egal.

»Ich helfe drei Tage die Woche in dem Kopierladen in Saint-Rémy aus. Damit kommen wir besser über die Runden.«

Beauvoir hatte ein schlechtes Gewissen wegen seiner

Frage und überlegte, ob er seinen Ärger über Nichol auf Mrs. Croft übertragen hatte. Er sah sich in der Küche um und stellte fest, dass hier vieles selbst gemacht war; sogar die Bezüge der Stühle, die ungeschickt festgetackert waren und sich an einigen Stellen schon wieder lösten. Diese Leute waren wirklich nicht reich.

»Soweit ich weiß, haben Sie zwei Kinder.« Beauvoir bemühte sich, die Scham zu überwinden, die ihn befallen hatte.

»Das stimmt«, mischte sich Matthew Croft ein.

»Und wie heißen sie?«

»Philippe und Diane.«

»Hübsche Namen«, sagte er in die plötzliche Stille hinein. »Wie alt sind die beiden?«

»Er ist vierzehn, sie acht.«

»Und wo halten sie sich im Moment auf?«

Die Frage hing bedrohlich im Raum, als hätte die Erde mit einem Mal aufgehört, sich zu drehen. Er war unerbittlich auf sie zugesteuert, die Crofts mussten sie vorausgeahnt haben. Er hatte sie keineswegs damit überraschen wollen, nicht etwa, um ihre elterlichen Gefühle zu schonen, sondern weil er wollte, dass sie die Frage schon aus großer Entfernung auf sich zukommen sahen, immer näher und näher. Bis ihre Nerven zum Zerreißen gespannt waren. Bis sie beide den Moment, in dem er sie aussprach, herbeisehnten und fürchteten.

»Sie sind nicht da«, sagte Suzanne und umklammerte ihre Teetasse noch fester.

Beauvoir wartete und ließ sie nicht aus den Augen. »Wann feiern Sie Thanksgiving?«

Der unvermittelte Themenwechsel brachte Suzanne Croft völlig aus dem Konzept, genauso gut hätte er sie fragen können, welche Farbe ihre Unterwäsche hatte.

»Wie bitte?«

»Was ich an Thanksgiving besonders mag, ist der Geruch

nach gebratenem Truthahn, der noch Tage später in der Wohnung hängt. Am Tag nach dem Thanksgiving-Dinner bereiten meine Frau und ich immer die traditionelle Suppe zu, und auch die hat ihren unverkennbaren Geruch.« Er holte tief Luft und dann ließ er langsam, ganz langsam den Blick durch die blitzblanke Küche wandern.

»Wir hatten das Thanksgiving-Essen für Sonntag, gestern also, geplant«, sagte Matthew Croft, »aber als wir die Nachricht von Miss Neals Tod erhielten, entschlossen wir uns, es abzublasen.«

»Aber doch nicht etwa ganz?«, fragte Beauvoir ungläubig. Gamache fand, dass er etwas übertrieb, aber die Crofts waren so mit den Nerven fertig, dass es ihnen nicht auffiel.

»Wo ist Diane, Mrs. Croft?«

»Sie ist bei einer Freundin. Nina Levesque.«

»Und Philippe?«

»Er ist nicht da, das habe ich doch schon gesagt. Er ist weggegangen. Ich weiß nicht, wann er zurückkommt.«

So, dachte Beauvoir, genug um den heißen Brei geredet.

»Mrs. Croft, wir werden gleich mit Ihrem Mann nach draußen gehen und uns die Bogen und Pfeile ansehen. Ich möchte, dass Sie währenddessen über etwas nachdenken. Wir müssen mit Philippe reden. Wir wissen, dass er an dem Zwischenfall mit dem Entendreck beteiligt war. Miss Neal hatte ihn erkannt.«

»Das war er aber nicht allein«, sagte sie trotzig.

»Zwei Tage später ist sie tot. Wir müssen mit ihm reden.«

»Er hat nichts damit zu tun.«

»Ich glaube Ihnen gern, dass Sie davon überzeugt sind. Und vielleicht haben Sie ja auch recht. Aber hätten Sie jemals gedacht, dass er fähig wäre, zwei Einwohner von Three Pines derart anzugreifen? Kennen Sie Ihren Sohn wirklich, Mrs. Croft?«

Wie erwartet hatte er damit einen wunden Punkt getroffen.

Nicht dass Beauvoir irgendwelche besonderen Kenntnisse über die Familie Croft gehabt hätte; er wusste einfach, dass alle Eltern mit einem heranwachsenden Sohn von dem Gefühl geplagt wurden, ein Fremder lebte unter ihrem Dach.

»Wenn wir vor unserem Aufbruch keine Gelegenheit mehr haben sollten, mit Ihrem Sohn zu sprechen, werden wir uns eine Vorladung besorgen und ihn auf das Polizeirevier in Saint-Rémy bringen lassen, um ihn dort zu vernehmen. Wir werden auf jeden Fall noch heute mit ihm sprechen. Entweder hier oder dort.«

Chief Inspector Gamache saß daneben, hörte zu und überlegte sich, dass sie irgendwie in den Keller kommen mussten. Diese Leute verbargen etwas oder jemanden. Und was es auch war, es befand sich im Keller. Aber seltsam kam ihm das Ganze doch vor. Er hätte schwören können, dass Matthew Croft bei der Gemeindeversammlung entspannt gewesen war und sich ganz ungezwungen verhalten hatte. Nur Suzanne Croft war aufgeregt gewesen. Und jetzt waren es beide. Was war in der Zwischenzeit geschehen?

»Mr. Croft, wären Sie so nett, uns jetzt die Bogen und die Pfeile zu zeigen?«, fragte Beauvoir.

»Wie können Sie es wagen …« Croft zitterte vor Wut.

»Das, Mr. Croft, sollte doch geklärt sein.« Beauvoir bedachte ihn mit einem unnachgiebigen Blick. »Bei dem Treffen heute Morgen hat Chief Inspector Gamache unmissverständlich klar gemacht, dass wir Ihnen allen unangenehme Fragen stellen werden. Das ist der Preis, den Sie zahlen müssen, wenn wir den Mörder von Miss Neal finden sollen. Ich verstehe, dass Sie aufgebracht sind. Sie wollen nicht, dass Ihre Kinder durch die ganze Sache verschreckt werden. Aber offen gestanden glaube ich, dass sie das schon sind. Ich überlasse Ihnen die Entscheidung. Wir können hier mit Ihrem Sohn sprechen, oder wir können das auf dem Revier in Saint-Rémy tun.«

Beauvoir hielt inne. Endloses Schweigen. Im Geiste warnte er Nichol davor, jetzt irgendwelche Kekse anzubieten. Schließlich fuhr er fort. »Die Regeln des täglichen Lebens sind ausgesetzt, wenn es einen gewaltsamen Tod gegeben hat. Sie beide und Ihre Kinder gehören zu den Ersten, die darunter leiden müssen. Ich bin mir durchaus darüber im Klaren, dass es nicht angenehm ist, was wir hier tun, aber wir geben uns Mühe, dass es mit so wenig Schmerzen wie möglich geschieht« – Matthew Croft lachte höhnisch auf –, »weshalb ich Ihnen die Wahl lasse. Und nun zu den Bogen, wenn es Ihnen recht ist.«

Matthew Croft holte tief Luft. »Hier entlang.«

Er führte sie durch die Küche auf die Veranda.

»Mrs. Croft«, sagte Gamache und steckte den Kopf noch einmal durch die Küchentür, gerade als Suzanne Croft auf die Kellertreppe zusteuerte, »würden Sie uns bitte begleiten?«

Suzanne Croft sackte in sich zusammen.

»Da drüben.« Mehr Höflichkeit konnte Matthew Croft nicht aufbringen. »Das ist ein Recurvebogen und das da ein Compound, und dort sind die Pfeile.«

»Sind das die einzigen Bogen, die Sie besitzen?«, fragte Beauvoir, nahm die Pfeile in die Hand und stellte fest, dass es welche zum Scheibenschießen waren.

»Ja«, sagte Croft ohne Zögern.

Sie sahen genauso aus, wie sie ihnen beschrieben worden waren, nur größer. Beauvoir und Gamache hoben abwechselnd die beiden Bogen hoch. Sie waren schwer, selbst der einfache Recurve.

»Würden Sie bitte die Sehne auf den Recurvebogen spannen?«, fragte Beauvoir.

Matthew Croft ergriff den Bogen, nahm eine lange Sehne mit Schlaufen an beiden Enden, befestigte die eine Schlaufe, klemmte sich den »Stecken« zwischen die Beine und bog ihn, bis er die andere Schlaufe über die zweite Einkerbung am oberen Ende des Bogens schieben konnte. Gamache sah, dass das relativ viel Kraft erforderte. Als Croft fertig war, hielt er einen Robin-Hood-Bogen in der Hand.

»Darf ich?«

Croft reichte Gamache den Bogen, der den Staub darauf bemerkte. Aber keinen Dreck. Gamache wandte sich dem Compoundbogen zu. Er sah überraschenderweise wie ein ganz traditioneller Bogen aus. Er nahm ihn in die Hand, nicht ohne die zarten Spinnweben zwischen den Sehnen zu registrieren. Auch dieser Bogen war schon seit einiger Zeit nicht mehr benutzt worden. Er drehte sich zu Mrs. Croft.

»Gehen Sie damit auch auf die Jagd oder benutzen Sie den Bogen nur zum Scheibenschießen?«

»Wenn, dann nur zum Scheibenschießen.«

»Und welchen Bogen?«

Nach kurzem Zögern deutete Suzanne Croft auf den Recurvebogen.

»Würde es Ihnen etwas ausmachen, die Sehne zu entfernen?«

»Warum?« Matthew Croft trat einen Schritt nach vorne.

»Ich möchte gerne sehen, wie Ihre Frau das macht.« Gamache wandte sich wieder an Mrs. Croft. »Bitte.«

Suzanne Croft nahm den Bogen, stellte ihn auf den Boden, stemmte ein Bein dagegen, drückte ihn nach unten und nahm die Sehne ab. Offensichtlich hatte sie das schon oft gemacht. Dann schoss Gamache ein Gedanke durch den Kopf.

»Würden Sie ihn bitte wieder spannen?«

Suzanne zuckte die Achseln, stemmte erneut ihr Bein gegen den Bogen und drückte mit der Hand gegen das obere Ende. Es passierte nicht viel. Dann wiederholte sie den Vorgang noch einmal mit voller Kraft und schob die Sehne über das obere Ende, fertig. Wortlos reichte sie ihn Gamache.

»Danke«, sagte er und runzelte die Stirn. Er hatte eine Vermutung gehabt, aber sie schien nicht zuzutreffen.

»Würde es Ihnen etwas ausmachen, wenn wir ein paar Pfeile abschießen?«, fragte Beauvoir.

»Keineswegs.«

Nachdem sie ihre Mäntel übergezogen hatten, marschierten alle fünf hinaus in den leichten Nieselregen. Glücklicherweise regnete es nicht mehr so stark wie zuvor. Matthew Croft hatte eine kleine Zielscheibe aufgehängt, die aus mit Leinen umspanntem Stroh bestand und auf der rote Ringe aufgemalt waren. Er nahm den Recurvebogen, legte einen neuen Holzpfeil zum Scheibenschießen auf die Pfeilauflage und zog die Sehne zurück. Croft nahm sein Ziel kurz ins Visier, dann schoss er den Pfeil ab. Er traf den zweiten Ring. Er reichte den Bogen Gamache, der ihn mit einem kleinen Lächeln an Beauvoir weitergab. Beauvoir ergriff ihn erfreut. Er war ganz begierig darauf, ihn auszuprobieren. In seiner Vorstellung traf er ein ums andere Mal ins Schwarze, bis das kanadische Bogenschützenteam nicht umhinkonnte, ihn zur Teilnahme an den Olympischen Spielen aufzufordern. Dieser sogenannte Sport sah für ihn wie ein Kinderspiel aus, zumal er mit der Pistole ein Meisterschütze war.

Aber kaum hatte er den Bogen in der Hand, stand er schon vor dem ersten Problem. Die Sehne ließ sich nur mit größter Anstrengung ganz ausziehen. Es war viel schwerer, als er gedacht hatte. Dann begann der Pfeil, den er vorsichtig mit zwei Fingern hielt, zu wackeln und ließ sich einfach nicht ruhig halten. Endlich war er schussbereit. Er ließ die Sehne los und der Pfeil flog in einem Affenzahn davon, verfehlte das Ziel allerdings um Längen. Die Sehne dagegen traf mitten ins Schwarze. Den Bruchteil einer Sekunde nachdem er sie losgelassen hatte, knallte sie mit einer solchen Wucht gegen seinen Ellbogen, dass er glaubte, sein Arm würde abgerissen. Er schrie auf und ließ den Bogen fallen. Er wagte kaum, sich den Schaden zu besehen. Der Schmerz war höllisch.

»Was ist passiert, Mr. Croft?«, fuhr Gamache den Mann an, während er zu Beauvoir trat. Croft lachte nicht gerade lauthals, aber Gamache konnte sehen, dass er eine gewisse Schadenfreude empfand.

»Keine Sorge, Chief Inspector. Das gibt nur einen blauen Fleck. Typischer Anfängerfehler. Die Sehne hat ihn am Ellbogen erwischt. Wie Sie schon sagten, wir müssen uns alle auf Unannehmlichkeiten gefasst machen.« Croft sah ihn grimmig an, und Gamache erinnerte sich, dass der Mann zuerst ihm den Bogen gereicht hatte. Dieser kleine Anschlag hatte ihm gegolten.

»Geht es Ihnen gut?« Beauvoir rieb sich den Arm und hielt Ausschau nach seinem Pfeil. Wenn er nicht Crofts Pfeil gespalten hatte, dann hatte er offenbar die Zielscheibe komplett verfehlt. Das schmerzte fast so sehr wie die Prellung.

»Danke, Sir. Es war mehr die Überraschung als der Schmerz.«

»Sicher?«

»Ja.«

Gamache drehte sich zu Croft um. »Können Sie mir zeigen, wie man einen Pfeil abschießt, ohne sich dabei den Arm zu verstauchen?«

»Ich denke schon. Wollen Sie es riskieren?«

Gamache sah Croft lediglich auffordernd an. Er hatte keine Lust auf irgendwelche Spielchen.

»Gut. Nehmen Sie den Bogen am besten so.« Croft stellte sich neben Gamache und hielt seinen Arm hoch, während Gamache den Bogen aufnahm. »Dann drehen Sie den Ellbogen, bis er senkrecht zum Boden steht. Ja, so ist es gut«, sagte Croft. »Jetzt wird die Sehne an Ihrem Ellbogen vorbeischießen, statt ihn zu treffen. Die Angriffsfläche ist dadurch viel kleiner. Wahrscheinlich.«

Gamache grinste. Wenn die Sehne traf, dann traf sie. Aber wenigstens war er darauf vorbereitet, anders als Beauvoir.

»Und was ist sonst noch zu beachten?«

»Also, Sie legen den Pfeil so auf, dass die Spitze auf der kleinen Auflage am Bogen liegt und spannen das hintere Ende des Pfeils mit der Kerbe auf die Sehne. Gut. Jetzt können Sie die Sehne zurückziehen. Sie sollten sie nicht zu lange gespannt halten, bevor Sie schießen. Sie werden gleich merken, warum. Stellen Sie sich richtig hin, so.« Er drehte Gamache, bis er seitlich zum Ziel stand. Der Bogen war schwer, und sein linker Arm begann jetzt schon zu ermüden.

»Hier ist das Visier.«

Croft deutete auf eine winzige Nadel, etwa so groß wie die, die Gamache nach der Reinigung immer aus seinen Hemden ziehen musste. »Der Kopf der Nadel muss auf einer Linie mit dem Schwarzen der Zielscheibe liegen. Dann ziehen Sie in einer fließenden Bewegung die Sehne zurück, nehmen nochmals das Ziel ins Visier und lassen los.«

Croft trat zurück. Gamache ließ den Bogen sinken, um seinen Arm einen Moment auszuruhen, dann ging er die einzelnen Schritte im Kopf noch mal durch und holte tief Luft. Er hob den linken Arm, und bevor er den Pfeil zurechtlegte, drehte er den Ellbogen so, dass ihn die Sehne nicht treffen konnte. Dann platzierte er den Pfeil auf der Auflage, legte das hintere Ende des Pfeils auf die Sehne, brachte die Nadel und das Schwarze der Zielscheibe auf eine Linie und zog die Sehne in einer fließenden Bewegung nach hinten. Nur dass sie nicht wirklich fließend war. Es war, als würde die kanadische Hockey-Nationalmannschaft Tauziehen mit ihm spielen und die Sehne ständig in die andere Richtung zerren. Sein rechter Arm fing an zu zittern, bevor er es schließlich geschafft hatte, die Sehne so weit zurückzuziehen, bis sie fast seine Nasenspitze berührte, und dann ließ er los. Mittlerweile war es ihm völlig egal, ob es ihn den

Ellbogen kosten würde, er wollte das verdammte Ding einfach nicht länger halten müssen. Der Pfeil schoss davon und verfehlte das Ziel mindestens so weit wie der von Beauvoir. Aber die Sehne dieses Mal auch. Sie schwirrte zurück, ohne Gamaches Arm auch nur zu streifen.

»Sie sind ein guter Lehrer, Mr. Croft.«

»Und Sie sind offenbar leicht zufriedenzustellen. Sehen Sie nur, wo Ihr Pfeil gelandet ist.«

»Keine Ahnung, ich sehe ihn nicht. Ich hoffe, wir finden ihn wieder.«

»Das tut man immer. Ich habe bisher noch jeden wiedergefunden.«

»Mrs. Croft«, sagte Gamache, »jetzt sind Sie dran.«

»Muss das sein?«

»Bitte, Mrs. Croft.« Chief Inspector Gamache reichte ihr den Bogen. Er war froh, dass er einen Pfeil abgeschossen hatte. Dabei war ihm eine Idee gekommen.

»Ich habe das schon eine ganze Weile nicht mehr gemacht.«

»Ich verstehe«, sagte Gamache. »Aber vielleicht wollen Sie es einfach mal versuchen.«

Suzanne Croft hob den Bogen, legte den Pfeil auf, nahm die Sehne und zog. Und zog. Und zog, bis sie anfing zu weinen und auf dem matschigen Boden zusammenbrach. Ihr Mann kniete sich neben sie und nahm sie in die Arme. Gamache packte Beauvoir am Ärmel und führte ihn ein paar Schritte beiseite. Er flüsterte ihm rasch etwas zu.

»Wir müssen in diesen Keller gelangen. Ich möchte, dass Sie ihnen einen Vorschlag unterbreiten. Wir werden Philippe nicht aufs Polizeirevier vorladen, wenn sie uns auf der Stelle in den Keller lassen.«

»Aber wir müssen mit Philippe reden.«

»Da gebe ich Ihnen recht, aber beides geht nun mal nicht, und wir kommen nur in den Keller, wenn wir ihnen im Tausch dafür etwas bieten, was ihnen wichtig ist. Und offenbar ist es ihnen wichtig, ihren Sohn zu schützen. Wir können nicht beides haben, mehr können wir fürs Erste vermutlich nicht herausholen.«

Beauvoir dachte darüber nach, während er Croft dabei beobachtete, wie er seine Frau tröstete. Der Chief Inspector hatte recht. Philippe konnte wahrscheinlich warten. Der Keller dagegen nicht. Nach dieser kleinen Demonstration war klar, dass Mrs. Croft es verstand, mit Pfeil und Bogen umzugehen, aber diesen speziellen Bogen hatte sie noch nie benutzt. Es musste irgendwo noch einen anderen geben, einen, mit dem sie früher einmal geschossen hatte. Und den auch Philippe benutzt haben könnte. Und der war womöglich im Keller. Plötzlich stieg Beauvoir der Geruch von verbranntem Holz in die Nase, den der Wind aus dem Kamin zu ihnen trug. Er hoffte, es war noch nicht zu spät.

Peter und Clara machten mit Lucy einen Spaziergang durch den Wald. Nachdem sie die kleine Brücke passiert hatten und auf der anderen Seite des Bella Bella waren, hatten sie die Hündin von der Leine gelassen. Sie trottete neben ihnen her und zeigte keinerlei Interesse an den vielen neuen Gerüchen. Es hatte aufgehört zu regnen, aber das dichte Gras und das Erdreich waren vollkommen durchweicht.

»Dem Wetterbericht zufolge soll es aufklaren«, sagte Peter und trat nach einem Stein.

»Aber angeblich wird es kälter«, erwiderte Clara. »Es soll Frost geben. Davor muss ich unbedingt noch ein paar Arbeiten im Garten erledigen.« Sie schlang die Arme um sich, ihr war kalt. »Ich muss dich etwas fragen. Ich brauche deinen Rat. Du hast doch gesehen, wie ich zu Yolande gegangen bin?«

»Beim Mittagessen? Ja. Warum hast du das eigentlich getan?«

»Na ja, weil sie Janes Nichte ist.«

»Ja und? Das kann doch nicht der wahre Grund gewesen sein.«

Ach, Peter, dachte Clara, du kennst mich einfach zu gut.

»Ich wollte höflich sein …«

»Aber du wusstest doch, was geschehen würde. Warum setzt du dich absichtlich einer solchen Situation aus, wenn du weißt, dass man dich verletzen wird? Ich kann es kaum ertragen, wenn ich dich so etwas tun sehe, und du tust es immer wieder. Das ist wie eine Krankheit bei dir.«

»Du nennst es Krankheit, ich nenne es Optimismus.«

»Ist es Optimismus, wenn man erwartet, dass die Leute in einer Weise reagieren, wie sie noch nie reagiert haben? Jedes Mal, wenn du auf Yolande zugegangen bist, hast du eins auf den Deckel bekommen. Jedes Mal. Und doch tust du es immer wieder. Warum?«

»Was willst du mir damit eigentlich sagen?«

»Hast du dir jemals überlegt, wie es mir geht, wenn ich dir dabei immer wieder zusehen muss und nichts tun kann, außer danach den Scherbenhaufen zusammenzukehren? Hör auf, von den Leuten etwas zu erwarten, zu dem sie nicht imstande sind. Yolande ist ein schrecklicher Mensch, verabscheuenswert und lächerlich. Akzeptier das endlich, und halt dich von ihr fern. Und wenn du dich ihr doch aussetzen willst, dann solltest du wissen, was dich erwartet.«

»Jetzt sei nicht so ungerecht. Hältst du mich etwa für irgendeine dumme Trine, die blind in ihr Unglück rennt? Ich wusste genau, wie sie reagieren wird. Und ich habe es trotzdem gemacht. Weil ich etwas in Erfahrung bringen wollte.«

»Und was soll das gewesen sein?«

»Ich wollte André lachen hören.«

»Lachen? Wozu das denn?«

»Eben darüber wollte ich mit dir sprechen. Erinnerst du dich, dass Jane dieses schreckliche Lachen beschrieben hat, als die Jungen Olivier und Gabri mit Entendreck bewarfen?«

Peter nickte. »Ein solches Lachen habe ich heute Morgen gehört, während der Versammlung. Es war André. Deshalb musste ich zu ihrem Tisch, um ihn noch einmal zum Lachen zu bringen. Und ich habe es geschafft. Eins muss man Yolande und André lassen, sie sind absolut vorhersehbar in ihren Reaktionen.«

»Aber Clara, André ist ein erwachsener Mann, er war keiner der maskierten Jungen.«

Clara wartete. Normalerweise war Peter nicht so schwer von Begriff, und es war amüsant zu beobachten, wie es ihm langsam dämmerte. Schließlich glättete sich seine gerunzelte Stirn.

»Es war Andrés Sohn. Bernard.«

»Na endlich.«

»Jane hatte sich vertan, es waren nicht Philippe, Gus und Claude. Einer von ihnen muss Bernard gewesen sein.«

»Soll ich Chief Inspector Gamache davon erzählen? Oder meint er dann möglicherweise, dass ich Yolande in Verruf bringen will?«, fragte Clara.

»Das ist doch egal. Gamache muss es wissen.«

»Gut. Ich gehe heute Nachmittag ins Bistro, wenn er ›Hof hält‹.« Clara hob einen Stock auf und warf ihn ein Stück den Weg entlang. Sie hoffte, Lucy würde hinterherlaufen. Aber sie tat es nicht.

Die Crofts ließen sich auf den Vorschlag ein. Es blieb ihnen allerdings auch kaum eine andere Wahl, und jetzt befanden sich Gamache, Beauvoir, Nichol und das Ehepaar Croft auf dem Weg in den Keller. Er machte einen sehr aufgeräumten Eindruck, nicht jenes labyrinthische Durcheinander wie in vielen anderen Häusern, durch das sich Gamache einen Weg hatte bahnen müssen. Als er eine entsprechende Bemerkung machte, erklärte Croft: »Es gehört zu Philippes Aufgaben, den Keller in Ordnung zu halten. Ein paar Jahre lang haben wir es gemeinsam gemacht, aber an seinem vierzehnten Geburtstag habe ich ihm gesagt, dass er von nun an allein dafür zuständig ist.« Dann fügte Croft noch hinzu, vielleicht weil er merkte, wie merkwürdig das klang: »Es war nicht sein einziges Geburtstagsgeschenk.«

Nachdem Gamache und Beauvoir zwanzig Minuten lang methodisch gesucht hatten, entdeckten sie zwischen den Skiern, Tennisschlägern und der Hockey-Ausrüstung einen Köcher, der halb verborgen hinter einem Paar Knieschützer an der Wand hing. Mithilfe eines Tennisschlägers hob Beauvoir ihn vorsichtig vom Haken und sah hinein. Fünf alte Jagdpfeile aus Holz. Was in dem Köcher völlig fehlte, waren Spinnweben. Dieser Köcher musste vor nicht allzu langer Zeit benutzt worden sein.

»Wem gehört dieser Köcher, Mr. Croft?«

»Der stammt von meinem Vater.«

»Es sind nur fünf Pfeile darin. Ist das üblich?«

»So habe ich ihn bekommen. Dad muss einen verloren haben.«

»Was nach Ihrer eigenen Aussage selten vorkommt. Ich meine mich zu erinnern, dass Sie gesagt haben, Jäger verlieren so gut wie nie einen Pfeil.«

»Das stimmt. Aber ›so gut wie nie‹ und ›nie‹ ist nicht dasselbe.«

»Darf ich?« Beauvoir reichte ihm den Tennisschläger mit dem Köcher. Gamache hielt den Schläger in die Höhe und beugte den Kopf, um den runden Lederboden des alten Köchers in Augenschein zu nehmen.

»Haben Sie vielleicht eine Taschenlampe?«

Matthew Croft nahm eine quietschgelbe Taschenlampe von einem Haken und reichte sie ihm. Gamache leuchtete damit ins Innere des Köchers und sah auf dem Boden sechs dunkle Punkte. Er zeigte sie Beauvoir.

»Da waren bis vor Kurzem noch sechs Pfeile drin«, sagte Beauvoir.

»Bis vor Kurzem? Wie können Sie das wissen, Inspector?« Gamache sah, wie Croft um Fassung rang, und er bekam Mitleid mit dem Mann. Er verstrickte sich immer mehr, tiefer und tiefer. Und er wusste es, seine Hände hatten leicht zu zittern angefangen, und seine Stimme war mit jedem Wort lauter geworden.

»Ich kenne mich mit Leder aus, Mr. Croft«, log Beauvoir. »Das ist feinstes Kalbsleder, man verwendet es, weil es weich und trotzdem widerstandsfähig ist. Die Pfeile, von denen ich annehme, dass es Jagdpfeile sind« – Croft zuckte die Achseln – »diese Pfeile also kann man mit der Spitze nach unten in den Köcher stecken, ohne dass die Spitzen stumpf werden oder das Leder durchstoßen. Und das Leder, das ist wichtig, Mr. Croft, behält nicht lange die Form des Gegenstands, der darauf gedrückt hat, egal was es war. Es ist so geschmeidig, dass es nach und nach wieder seine ursprüngliche Form annimmt. Diese sechs Eindrücke wurden von sechs Pfeilspitzen verursacht. Aber nur fünf Pfeile sind da. Wie erklären Sie sich das?«

Croft erwiderte nichts, sondern presste nur die Kiefer aufeinander.

Beauvoir reichte Nichol den Tennisschläger, von dem der Köcher baumelte, und wies sie an, ihn zu halten, während er und Gamache die Suche fortsetzten. Croft trat zu seiner Frau, und gemeinsam warteten sie auf das Unvermeidliche. Die beiden Männer verbrachten die nächste halbe Stunde damit, den Keller Zentimeter für Zentimeter abzugrasen. Sie wollten bereits aufgeben, als Beauvoir zum Heizkessel ging. Er war noch einige Schritte davon entfernt, als es ihm ins Auge sprang. Ganz offen und für jedermann sichtbar stand dort ein Recurvebogen. Und daneben eine Axt.

Ein Durchsuchungsbefehl wurde beantragt und bewilligt, und die Polizei durchstöberte die Farm der Crofts vom Dachboden bis zur Scheune und zum Hühnerhaus. Sie fanden Philippe in seinem Zimmer, die Stöpsel seines Discman in den Ohren. Beauvoir untersuchte den Aschenkasten unter dem Heizkessel und fand eine metallene Pfeilspitze darin, rußgeschwärzt, ansonsten aber unversehrt. Mit dieser Tatsache konfrontiert, spürte Matthew Croft seine Beine unter sich nachgeben, und er sank auf den kalten Betonboden, an einen Ort, der unerreichbar war für Reime und Verse. Diesen Schmerz konnte auch die Poesie nicht lindern.

Beauvoir veranlasste, dass alles, was sie eingesammelt hatten, in die Labors der Sûreté in Montréal gebracht wurde. Mittlerweile hatte sich das Team erneut im Kaminzimmer des Bistros versammelt.

»Was machen wir mit den Crofts?«, wollte Lacoste wissen, die an einem Pappbecher mit Kaffee nippte.

»Fürs Erste nichts«, erwiderte Gamache und biss in einen Schokoladen-Donut. »Wir warten erst mal ab, was der Laborbericht sagt.«

»Wir werden die Resultate morgen bekommen«, sagte Beauvoir.

»Was ist mit Matthew Croft? Sollten wir ihn nicht in Untersuchungshaft nehmen?«, meldete sich noch einmal Lacoste zu Wort und strich sich die glänzenden braunen Haare mit dem Handgelenk zurück, um nicht die Schokoladenglasur an ihren Fingern hineinzuschmieren.

»Was meinen Sie, Inspector Beauvoir?«

»Sie kennen mich, ich gehe gern auf Nummer sicher.«

Gamache fiel ein Cartoon ein, den er vor Jahren aus der *Montreal Gazette* ausgeschnitten hatte. Er zeigte einen Richter und den Angeklagten. Die Unterschrift lautete: »Die Jury hat Sie für nicht schuldig befunden, aber ich gebe Ihnen fünf Jahre, nur um sicherzugehen.« Er sah sie sich jeden Tag an und lachte, aber tief in seinem Innern wusste er, dass sie zutraf. Ein Teil von ihm strebte danach, auf Nummer sicher zu gehen, selbst wenn es auf Kosten anderer Leute Freiheit geschah.

»Welches Risiko gehen wir ein, wenn wir Matthew Croft nicht in Gewahrsam nehmen?« Gamache sah sich in der Runde um.

»Na ja«, wagte Lacoste vorzubringen, »in diesem Haus befinden sich möglicherweise noch mehr Beweise, Beweise, die er bis morgen vernichten könnte.«

»Stimmt, aber könnte Mrs. Croft sie nicht genauso gut vernichten? Sie war es schließlich, die den Pfeil in den Ofen gesteckt hat und dabei war, den Bogen in Stücke zu hacken. Das hat sie selbst zugegeben. Wenn wir also jemanden verhaften sollten, dann sie, weil sie Beweisstücke vernichtet hat. Ich werde Ihnen sagen, was ich denke.« Er nahm eine Papierserviette und wischte sich die Hände ab, dann beugte er sich vor, die Ellbogen auf den Tisch gestützt. Alle außer Nichol taten es ihm nach, wodurch ihre Unterredung etwas eindeutig Konspiratives bekam.

»Gehen wir einmal davon aus, dass dieser Bogen und die Pfeilspitze es waren, die Jane Neal getötet haben.«

Alle nickten. Soweit es sie betraf, war der Fall gelöst.

»Aber wer ist der Täter? Matthew Croft? Was meinen Sie, Inspector Beauvoir?«

Beauvoir wünschte sich inständig, dass Matthew Croft der Schuldige war. Aber es passte alles nicht zusammen, verdammt noch mal.

»Nein. Er war auf der Gemeindeversammlung viel zu entspannt. Die Panik hat ihn erst später ergriffen. Nein. Wenn er es gewesen wäre, dann hätte er sich schon früher abwehrend verhalten. Es fällt ihm schwer, seine Gefühle zu verbergen.«

Gamache stimmte ihm zu. »Dann streichen wir also Mr. Croft. Wie steht es mit Mrs. Croft?«

»Sie käme infrage. Sie stand während der Versammlung, als es um die Waffen ging, offenkundig unter starker Anspannung, weil sie Bescheid wusste. Und sie hat den Pfeil verbrannt und hätte das auch mit dem Bogen getan, wenn sie die Zeit dazu gehabt hätte. Aber auch das passt irgendwie nicht zusammen.«

»Wenn sie Jane Neal getötet hätte, dann hätte sie den Pfeil und den Bogen schon früher beseitigt«, sagte Nichol und beugte sich etwas vor. »Sie wäre schnurstracks nach Hause gegangen und hätte das Zeug verbrannt. Warum sollte sie warten, bis die Polizei auftaucht?«

»Das stimmt«, sagte Gamache, angenehm überrascht. »Fahren Sie fort.«

»Gut. Nehmen wir einmal an, es war Philippe. Er ist vierzehn, oder? Der Bogen ist alt, hat also nicht dieselbe Schusskraft wie ein moderner. Man braucht aber auch nicht so viel Kraft, um ihn zu spannen. Er schnappt sich also den alten Bogen und die alten Holzpfeile und geht auf die Jagd. Versehentlich erschießt er Miss Neal. Er sucht seinen Pfeil und läuft nach Hause. Aber Maman findet es heraus …«

»Wie?«, fragte Gamache.

»Wie?« Diese Frage brachte Nichol aus dem Konzept. Sie musste ein paar Sekunden nachdenken. »Vielleicht hatte er Blut an der Kleidung oder an den Händen, und sie hat ihn zum Reden gebracht, kurz vor der Versammlung beispielsweise. Sie ging hin, weil sie in Erfahrung bringen wollte, was die Polizei wusste, Philippe ließ sie zu Hause. Das würde ihre wachsende Unruhe während der Versammlung erklären.«

»Irgendwelche Löcher in dieser Theorie?«, fragte Beauvoir die anderen und versuchte, dabei nicht allzu hoffnungsvoll zu klingen. Er wollte zwar nicht, dass sich Nichol als komplette Null herausstellte, aber dieser Auftritt war für seinen Geschmack zu gut gewesen. Er mied ihren Blick, sah dann aber doch kurz zu ihr hin. Natürlich, sie blickte ihn direkt an, und ein kleines Lächeln umspielte ihre Lippen. Langsam und genüsslich lehnte sie sich auf ihrem Stuhl zurück.

»Gut gemacht, Nichol.« Gamache erhob sich und nickte ihr zu. »Die Crofts bleiben also, wo sie sind, bis wir den Laborbericht in Händen halten«, sagte er.

Die Versammlung löste sich auf, alle freuten sich, am nächsten Tag ihre Zelte hier abbrechen zu können. Nur Armand Gamache wusste, dass er sich nicht auf eine einzige Theorie verlassen durfte. Er wollte den Fall lieber noch nicht als abgeschlossen betrachten. Nur, um auf Nummer sicher zu gehen.

Es war fast fünf und an der Zeit, ins Bistro zu gehen. Aber zuerst musste er noch etwas anderes erledigen.

7

Auf dem Weg durchs Bistro nickte Gamache Gabri zu, der gerade die Tische für den Abend eindeckte. Von jedem Geschäft in diesem Häuserblock gab es einen Zugang zum nächsten, und im hinteren Teil des Bistros entdeckte er die Verbindungstür, die in den Laden nebenan führte. Myrnas Büchergalerie und Antiquariat.

Dort stand er nun mit einer zerfledderten Ausgabe von *Menschsein* in der Hand. Er hatte das Buch kurz nach seinem Erscheinen vor einigen Jahren gelesen. Der Titel weckte bei ihm jedes Mal wieder die Erinnerung an den Tag, an dem seine Tochter Annie in der zweiten Klasse als Hausaufgabe in Religion aufschreiben sollte, was sie von der Erschaffung des Menschen wusste. Sie hatte geschrieben: »Die beiden ersten Menschen waren Adam und Eva. Sie lebten in Paris.«

Er drehte das Buch um und überflog den Rückseitentext mit dem kurzen Lebenslauf des Autors, Dr. Vincent Gilbert, renommierter Arzt und Genetiker an der McGill University. Für einen Mann, der über Mitgefühl und andere derartige menschliche Empfindungen schrieb, erwiderte Dr. Gilbert seinen Blick ziemlich streng. In *Menschsein* berichtete er von seiner Arbeit mit Bruder Albert Mailloux in »La Porte«, einer Einrichtung, in der hauptsächlich Menschen mit Downsyndrom lebten. Im Grunde genommen war es eine Meditation darüber, was er durch die Beobachtung dieser Menschen gelernt hatte, über sie und über das Wesen des Menschseins und über sich selbst. Es war eine beeindruckende Studie über Überheblichkeit und Demut und vor allem über Vergebung.

Die Wände des Ladens waren gesäumt von Regalen, die voller Bücher standen, teils neu, teils antiquarisch, einige auf Französisch, die meisten auf Englisch und fein säuberlich nach Gebieten sortiert. Myrna war es gelungen, eine Atmosphäre zu schaffen, die eher an die Bibliothek auf dem Landsitz einer wohlhabenden Familie erinnerte als an einen Laden. Es gab einen offenen Kamin mit einem Sofa davor, das von zwei Schaukelstühlen flankiert wurde. Gamache ließ sich in einen der Schaukelstühle sinken und dachte darüber nach, wie wunderbar *Menschsein* war.

»Gutes Buch«, sagte Myrna, die mit einem Stapel antiquarischer Bücher und Preisschildern zu ihm getreten war, und setzte sich in den anderen Schaukelstuhl. »Wir sind uns noch nicht richtig vorgestellt worden. Ich bin Myrna Landers. Ich habe Sie auf der Gemeindeversammlung gesehen.«

Gamache erhob sich und schüttelte ihr die Hand. »Ja, ich erinnere mich an Sie.«

Myrna lachte. »Ich bin ja auch nicht so leicht zu übersehen. Die einzige Schwarze in Three Pines und nicht gerade eine Elfe.«

»Da passen wir gut zusammen«, sagte Gamache und strich sich lächelnd über den Bauch.

Sie nahm ein Buch von ihrem Stapel. »Haben Sie das hier gelesen?«, fragte sie und hielt eine leicht angestoßene Ausgabe von Bruder Alberts *Verlust* in die Höhe. Gamache schüttelte den Kopf und dachte dabei, dass es vermutlich nicht die heiterste Lektüre war. Myrna drehte das Buch so behutsam in ihren großen Händen, als würde sie es liebkosen.

»Er vertritt die Ansicht, dass Leben Verlust bedeutet«, sagte sie nach einem kurzen Moment des Schweigens. »Verlust der Eltern, Verlust geliebter Menschen, Verlust der Arbeit. Deshalb müssen wir etwas finden, das eine größere Bedeutung in unserem Leben hat als Dinge und Menschen. Sonst verlieren wir uns selbst.«

»Was halten Sie davon?«

»Ich glaube, dass er recht hat. Ich habe in Montréal als Therapeutin gearbeitet, bevor ich vor ein paar Jahren hierher gezogen bin. Die meisten meiner Patienten kamen zu mir, weil sie in einer Krise steckten, und die meisten dieser Krisen hatten letztlich etwas mit Verlust zu tun. Eine Ehe oder eine Beziehung, die in die Brüche gegangen war. Der Verlust von Sicherheit. Des Arbeitsplatzes, des Zuhauses, eines Elternteils. Irgendetwas brachte sie dazu, um Hilfe zu bitten und tief in ihr Inneres zu blicken. Und das auslösende Moment war häufig Veränderung und Verlust.«

»Ist das dasselbe?«

»Für jemanden, der Adaptionsschwierigkeiten hat, kann es das sein.«

»Kontrollverlust?«

»Das spielt natürlich eine große Rolle. Die meisten von uns kommen gut mit Veränderungen zurecht, wenn wir sie selbst herbeigeführt haben. Aber eine von außen aufgezwungene Veränderung kann einen Menschen völlig aus der Bahn werfen. Ich glaube, Bruder Albert hat das Problem im Kern erfasst. Leben bedeutet Verlust. Aber das bringt auch Freiheit mit sich, wie er in seinem Buch betont. Wenn wir akzeptieren können, dass nichts von Dauer ist, dass Veränderungen unvermeidlich sind, und damit umzugehen lernen, dann haben wir die Möglichkeit, ein glückliches Leben zu führen.«

»Was hat Sie hierher verschlagen? Ein Verlust?«

»Das ist gemein, Chief Inspector, jetzt haben Sie mich erwischt. Ja. Aber nicht im herkömmlichen Sinn, weil ich natürlich immer etwas Besonderes sein muss.« Myrna legte den Kopf in den Nacken und lachte. »Ich konnte für viele meiner Patienten kein Mitgefühl mehr aufbringen. Nachdem ich mir fünfundzwanzig Jahre lang ihre Klagen angehört hatte, war das Maß voll. Eines Morgens wachte ich mit einer

Stinkwut auf einen meiner Patienten auf, der dreiundvierzig war und sich wie sechzehn benahm. Jede Woche jammerte er mir die Ohren voll: ›Der und der hat mich verletzt. Das Leben ist ungerecht. Es ist nicht meine Schuld.‹ Drei Jahre lang hatte ich ihm Ratschläge gegeben, und drei Jahre lang hatte er nichts getan. Und als ich ihm an diesem Tag zuhörte, fiel plötzlich der Groschen bei mir. Er änderte sich nicht, weil er es nicht wollte. Er hatte überhaupt nicht die Absicht, sich zu ändern. Dieses Spielchen würde noch zwanzig Jahre so weitergehen. Und im gleichen Moment wurde mir klar, dass die meisten meiner Patienten so waren wie er.«

»Aber manche haben sich doch bestimmt bemüht.«

»Ja, natürlich. Und das waren auch die, denen es rasch besser ging. Weil sie hart an sich arbeiteten und es wirklich wollten. Die anderen behaupteten zwar immer, sie wollten, dass es ihnen besser ging, aber ich glaube, und diese Ansicht ist bei Psychologen nicht besonders populär« – sie beugte sich vor und senkte die Stimme zu einem verschwörerischen Flüstern – »ich glaube, viele Leute lieben ihre Probleme. Dadurch haben sie alle erdenklichen Ausreden, um nicht erwachsen zu werden und ihr Leben in den Griff zu bekommen.«

Myrna ließ sich wieder zurücksinken und holte tief Luft.

»Leben bedeutet Veränderung. Wenn man sich nicht verändert und weiterentwickelt, steht man still, und der Rest der Welt rast an einem vorbei. Die meisten dieser Leute sind sehr unreif. Sie verharren in Bewegungslosigkeit und warten.«

»Worauf?«

»Auf jemanden, der sie rettet. Sie erwarten, dass sie jemand rettet oder zumindest vor der großen bösen Welt beschützt. Der springende Punkt dabei ist jedoch, dass sie niemand anders retten wird, weil nur sie selbst ihr Problem lösen können. Nur sie selbst können sich davon befreien.«

»Nicht durch die Schuld der Sterne, lieber Brutus, durch eigne Schuld nur sind wir Schwächlinge.«

Myrna beugte sich vor. »Genau. Die Schuld liegt ganz allein bei uns. Das hat nichts mit Schicksal zu tun, nichts mit unseren Genen, nichts mit Pech und ganz bestimmt nichts mit unseren Eltern. Letzten Endes liegt es an uns und den Entscheidungen, die wir treffen. Aber« – ihre Augen begannen zu leuchten, und ihre Stimme bebte nahezu vor Aufregung – »aber das Tolle daran ist, dass die Lösung ebenfalls bei uns liegt. Wir sind die einzigen, die unser Leben ändern, das Ruder herumreißen können. Deshalb sind all die Jahre, in denen wir darauf warten, dass ein anderer es tut, vergeudete Zeit. Darüber habe ich früher oft mit Timmer geredet. Sie war eine kluge Frau. Ich vermisse sie sehr.« Myrna lehnte sich in ihrem Stuhl zurück. »Die meisten Leute, die in Schwierigkeiten stecken, kapieren das leider nicht. Das Problem und die Lösung liegen ganz nahe beieinander. Das ist das Wunderbare daran.«

»Aber dann müssten die Leute ja zugeben, dass mit ihnen etwas nicht stimmt. Geben nicht die meisten unglücklichen Menschen einem anderen die Schuld an ihrer Misere? Das macht diese Stelle in *Julius Cäsar* ja so düster, so unheimlich. Wer von uns will schon zugeben, dass er selbst das Problem ist?«

»Genau.«

»Sie haben gerade Timmer Hadley erwähnt. Wie war sie?«

»Ich habe sie erst näher kennengelernt, als es schon aufs Ende zuging. Ich kannte sie nur als kranke, alte Frau. Timmer war in jeder Hinsicht eine beeindruckende Erscheinung. Immer sorgfältig zurechtgemacht, geradezu elegant. Ich mochte sie.«

»Haben Sie an ihrem Bett gewacht?«

»Ja. Ich war am Tag vor ihrem Tod bei ihr. Ich hatte ein Buch mitgenommen, um ihr vorzulesen, aber sie wollte lieber alte Fotos anschauen, deshalb habe ich ihr Album geholt, und wir haben es durchgeblättert. Es war auch ein uraltes Foto von Jane drin. Sie muss damals sechzehn, siebzehn gewesen sein. Zusammen mit ihren Eltern. Timmer konnte die Neals nicht leiden. Sie sagte immer, sie wären kaltherzige Emporkömmlinge gewesen.«

Offensichtlich wollte Myrna noch mehr sagen, überlegte es sich jedoch im letzten Moment anders.

»Und weiter?«, fragte Gamache.

»Das war's schon.«

»Ich weiß, dass das nicht alles ist. Erzählen Sie es mir.«

»Ich kann nicht. Sie war mit Morphium vollgepumpt, und ich weiß, dass sie kein Wort davon hätte verlauten lassen, wenn sie bei klarem Verstand gewesen wäre. Außerdem hat es nichts mit Janes Tod zu tun. Es ist über sechzig Jahre her.«

»Das Seltsame bei Morden ist, dass der Grund für die Tat oft weit in der Vergangenheit zurückliegt. Irgendetwas passiert, und das führt Jahrzehnte später praktisch unausweichlich zum Tod eines Menschen. Die böse Saat ist gesät. Das ist wie in einem dieser alten Horrorfilme aus den Hammer-Studios, in denen das Monster niemals auf sein Opfer zurennt, sondern langsam und unbeirrbar darauf zusteuert, ohne Zögern oder Mitleid. Bei einem Mord ist es oft ähnlich. Der erste Schritt liegt weit in der Vergangenheit.«

»Ich erzähle Ihnen trotzdem nicht, was Timmer gesagt hat.«

Gamache wusste, dass er sie dazu überreden könnte. Aber weshalb? Wenn die Laborergebnisse die Crofts entlasteten, würde er wiederkommen, ansonsten hatte sie recht. Er brauchte es nicht zu wissen, auch wenn es ihn brennend interessierte.

»Wissen Sie was?«, meinte er. »Ich will jetzt nicht weiter in Sie dringen. Aber irgendwann werde ich Sie vielleicht wieder darauf ansprechen, und dann müssen Sie es mir sagen.«

»In Ordnung. Wenn Sie erneut danach fragen, erzähle ich es Ihnen.«

»Da ist noch etwas anderes, das mich interessiert. Was halten Sie von den Jungs, die den Entendreck durch die Gegend geworfen haben?«

»Alle Kinder machen dumme und grausame Dinge. Ich kann mich erinnern, dass ich einmal den Hund der Nachbarstochter in unserem Haus einsperrte und dann der Kleinen erzählte, der Hundefänger habe ihren Hund geholt und eingeschläfert. Manchmal wache ich noch heute mitten in der Nacht auf und sehe ihr Gesicht vor mir. Vor zehn Jahren habe ich mich auf die Suche nach ihr gemacht, um ihr zu sagen, dass es mir leidtut, aber sie war bei einem Autounfall ums Leben gekommen.«

»Sie müssen sich selbst verzeihen«, sagte Gamache und hielt *Menschsein* in die Höhe.

»Natürlich. Aber vielleicht will ich das nicht. Vielleicht ist das etwas, das ich nicht aufgeben will. Meine ganz persönliche Hölle. Sie mag furchtbar sein, aber es ist meine. Ich habe ein dickes Fell. Und das nicht nur im übertragenen Sinne.« Sie lachte und wischte ein paar unsichtbare Flusen von ihrem Kaftan.

»Oscar Wilde hat einmal gesagt, es gäbe keine Sünde außer der Dummheit.«

»Und wie stehen Sie dazu?« Myrnas Augen fingen an zu funkeln, offenbar war sie froh über die Gelegenheit, die Aufmerksamkeit von sich ablenken zu können. Er dachte einen Augenblick nach.

»Ich habe Fehler gemacht, die dazu führten, dass Mörder noch mehr Menschen umbringen konnten. Und rückblickend betrachtet, lag dem jedes Mal Dummheit zugrunde. Eine voreilige Schlussfolgerung, eine falsche Vermutung, an der ich festhielt. Jede falsche Entscheidung, die ich treffe, gefährdet die Gemeinschaft.«

»Haben Sie aus Ihren Fehlern gelernt?«

»Ja, Frau Lehrerin, ich glaube schon.«

»Mehr können Sie nicht von sich verlangen, Herr Polizist. Ich mache Ihnen einen Vorschlag. Ich verzeihe mir, wenn Sie sich verzeihen.«

»Abgemacht«, sagte Gamache und wünschte, es wäre so einfach.

Zehn Minuten später saß Armand Gamache im Bistro an dem Fenster, das auf den Dorfanger hinaussah. Er hatte nur ein Buch bei Myrna gekauft, und zwar weder *Menschsein* noch *Verlust*. Sie hatte ihn überrascht angesehen, als er das Buch neben die Kasse gelegt hatte. Jetzt saß er da und las, vor sich einen Martini und ein Schälchen mit Erdnüssen, und hin und wieder ließ er das Buch sinken, um durch das Fenster einen Blick auf die Häuser und den dahinter liegenden Wald zu werfen. Die Wolkendecke begann aufzubrechen, und die Hügel, die Three Pines umgaben, waren hier und da in den Schein der späten Nachmittagssonne getaucht. Gamache blätterte das Buch ein-, zweimal durch und suchte nach Abbildungen. Als er gefunden hatte, was er suchte, markierte er die Seite mit einem Eselsohr und las weiter. Eine sehr angenehme Art, die Zeit totzuschlagen.

Ein großer brauner Umschlag, der auf den Tisch geworfen wurde, holte ihn in die Wirklichkeit zurück.

»Der Autopsiebericht.« Die Gerichtsmedizinerin Sharon Harris setzte sich zu ihm und bestellte sich einen Drink.

Gamache legte das Buch zur Seite und nahm sich den Bericht vor. Nach ein paar Minuten sah er auf. »Hätte der Pfeil sie auch dann getötet, wenn er sie nicht direkt ins Herz getroffen hätte?«

»Wenn es nahe beim Herzen gewesen wäre, ja. Aber …«, Dr. Harris beugte sich vor und drückte die Blätter etwas nach unten, sodass sie einen Blick darauf werfen konnte, »der Pfeil ging mitten durchs Herz. Sehen Sie? Wer immer auf sie geschossen hat, muss ein sehr guter Schütze sein. Das war kein Zufallstreffer.«

»Und trotzdem vermute ich, dass wir genau zu diesem Ergebnis gelangen werden – dass es ein Zufallstreffer war. Ein Jagdunfall. Nicht der erste in der Geschichte Quebecs.«

»Das stimmt schon, in jeder Saison gibt es Jagdunfälle. Aber mit einem Pfeil? Es muss ein guter Jäger gewesen sein, wenn er sie genau ins Herz getroffen hat, und gute Jäger machen für gewöhnlich keine solchen Fehler. Zumindest nicht Bogenschützen. Die schießen nicht einfach wild drauflos.«

»Was wollen Sie damit sagen, Doktor?«

»Ich will damit sagen, dass der Täter ein sehr schlechtes Karma gehabt hat, wenn der Tod von Miss Neal ein Unfall war. Ich habe in meiner Eigenschaft als Gerichtsmedizinerin wirklich schon viele tödliche Jagdunfälle untersucht, aber kein einziges Mal war ein guter Bogenschütze daran beteiligt.«

»Sie meinen, wenn es ein guter Jäger war, dann muss er es mit Absicht getan haben?«

»Ich meine, dass es ein guter Bogenschütze war, und gute Bogenschützen machen keine Fehler. Die Schlussfolgerung haben Sie gezogen.« Sie lächelte und nickte den Leuten am Nachbartisch freundlich zu. Gamache erinnerte sich, dass sie in der Gegend wohnte.

»Sie haben ein Haus in Cleghorn Halt, nicht wahr? Ist das in der Nähe?«

»Ungefähr zwanzig Minuten von hier in Richtung Abbey. Ich kenne Three Pines ziemlich gut von den Tours des Arts her. Peter und Clara Morrow wohnen doch hier, oder? Gleich da drüben.« Sie deutete auf das rote Backsteinhaus der Morrows auf der anderen Seite des Dorfangers.

»Ja. Kennen Sie sie?«

»Nur ihre Arbeiten. Er ist Mitglied der Royal Academy of Canada, ein recht bekannter Künstler. Seine Werke sind ungemein beeindruckend, sehr streng. Auf den ersten Blick wirken sie abstrakt, aber in Wirklichkeit sind sie genau das Gegenteil, sie sind hyperrealistisch. Er nimmt einen Gegenstand, sagen wir ein Glas Martini«, sie hob es hoch, »und geht ganz nah ran.« Sie beugte sich nach vorne, bis ihre Wimpern die Tropfen außen am Glas berührten. »Dann nimmt er ein Mikroskop zu Hilfe und geht noch näher ran. Und das malt er dann.« Sie stellte das Glas zurück auf den Tisch. »Die Bilder sind absolut verblüffend. Er braucht offenbar eine Ewigkeit für jedes einzelne. Ich begreife nicht, wie er die Geduld aufbringt.«

»Was ist mit Clara Morrow?«

»Ich besitze eins ihrer Werke. Meiner Meinung nach ist sie fantastisch, aber ganz anders als er. Ihre Kunst ist ziemlich feministisch, viele weibliche Akte und Verweise auf Göttinnen. Es gibt von ihr einen wunderbaren Bilderzyklus über die drei christlichen Tugenden.«

»Glaube, Liebe, Hoffnung?«

»Sehr beeindruckend, Chief Inspector. Ich habe eine ihrer Arbeiten. Hoffnung.«

»Kennen Sie Ben Hadley?«

»Von Hadley's Mill? Nicht wirklich. Wir sind uns ein paarmal bei irgendwelchen gesellschaftlichen Anlässen begegnet. Arts Williamsburg veranstaltet einmal im Jahr eine Gartenparty, häufig auf dem Grund seiner Mutter, die er nie verpasst. Ich nehme an, dass das Land jetzt ihm gehört.«

»Er war nie verheiratet?«

»Nein. Ende vierzig und noch immer Junggeselle. Ich frage mich, ob er vielleicht jetzt heiratet.«

»Wie kommen Sie darauf?«

»So etwas scheint öfter vorzukommen. Keine Frau schaffte es, sich zwischen Mutter und Sohn zu drängen, obwohl ich bezweifle, dass Ben Hadley übermäßig an seiner Mutter hing. Wenn er von ihr gesprochen hat, dann waren es immer nur Geschichten, die zeigten, wie übel sie ihm mitgespielt hat. Einige davon waren furchtbar, was ihm jedoch offenbar gar nicht auffiel. Ich fand das immer faszinierend.«

»Was macht er?«

»Ben Hadley? Keine Ahnung. Ich hatte immer den Eindruck, dass er nichts tut, nicht aus dem Schatten seiner Mutter treten konnte. Ziemlich traurig.«

»Tragisch.« Gamache dachte an den ruhigen, liebenswürdigen Mann, der etwas von einem zerstreuten Professor an sich hatte. Sharon Harris nahm das Buch, in dem er gelesen hatte, und las den Text auf der Rückseite.

»Gute Idee.« Sichtlich beeindruckt legte sie es zurück auf den Tisch. Sah ganz danach aus, als hätte sie Gamache einen Vortrag über Dinge gehalten, die er bereits wusste. Wahrscheinlich nicht zum ersten Mal. Nachdem sie gegangen war, wandte Gamache seine Aufmerksamkeit wieder seiner Lektüre zu, blätterte bis zu der markierten Seite und betrachtete die Abbildung. Es war möglich. Durchaus. Er bezahlte seinen Martini, schlüpfte in seinen Mantel und begab sich in der hereinbrechenden Dämmerung aus der Wärme des Bistros hinaus in Kälte und Nässe.

Clara starrte den Kasten vor sich an, als könnte sie ihn auf diese Weise zum Sprechen bringen. Irgendeine innere Stimme hatte ihr gesagt, sie solle mit der Arbeit an einem großen hölzernen Kasten beginnen. Also hatte sie es getan. Und jetzt saß sie in ihrem Atelier, den Blick unverwandt auf ihr Werk gerichtet, und versuchte, sich zu erinnern, warum sie es eigentlich für eine so gute Idee gehalten hatte, einen großen Holzkasten zu bauen. Mehr noch. Warum hatte sie es für einen künstlerischen Einfall gehalten? Worin zum Teufel bestand überhaupt die Idee?

Sie wartete darauf, dass der Kasten zu ihr sprach. Dass er irgendetwas sagte. Egal was. Auch wenn es Unsinn war. Allerdings war es ebenfalls ein Rätsel, warum sie glaubte, dass der Kasten, wenn er sich entschließen sollte, zu ihr zu sprechen, etwas anderes als Unsinn von sich geben würde. Wer hörte schon einem Holzkasten zu?

Ihre Kunst basierte auf Intuition, was nicht hieß, dass Clara nicht auch über solide handwerkliche Fähigkeiten verfügte. Sie hatte die beste Kunstakademie Kanadas besucht, sogar eine Zeit lang dort unterrichtet, bis sie der enge Kunstbegriff, dem man dort anhing, die Flucht ergreifen ließ. Aus dem Zentrum Torontos ins Zentrum von Three Pines. Das war viele Jahre her, und bisher war es ihr noch nicht gelungen, die Kunstwelt zu revolutionieren. Was möglicherweise auch daran lag, dass sie auf Botschaften von Holzkästen wartete. Clara verdrängte alle anderen Gedanken aus ihrem Kopf und überließ sich der Inspiration. Vor ihrem geistigen Auge tauchte ein Croissant auf, anschließend ihr Garten, der dringend winterfest gemacht werden musste, danach hatte sie eine kleine Auseinandersetzung mit Myrna über den Preis, den diese ihr für ihre gebrauchten Bücher bieten würde. Der Kasten dagegen blieb stumm.

Im Atelier wurde es allmählich kalt, und Clara fragte sich, ob Peter, der am anderen Ende des Flurs in seinem Atelier saß, ebenfalls fror. Höchstwahrscheinlich arbeitete er so konzentriert, dass er es gar nicht merkte, dachte sie mit einem Anflug von Neid. Er schien nie unter dieser Unsicherheit zu leiden, die sie gelegentlich von innen heraus erstarren ließ, bis sie wie gelähmt war und gar nichts mehr zustande brachte. Er setzte einfach unbeirrbar einen Fuß vor den anderen und schuf seine unglaublich detailgetreuen Arbeiten, die in Montréal für eine Menge Geld den Besitzer wechselten. Er brauchte Monate für jedes seiner Bilder, weil er beim Malen so akribisch und methodisch vorging. In einem Jahr hatte sie ihm zum Geburtstag eine Farbwalze geschenkt und ihm gesagt, er solle ein bisschen schneller malen. Er hatte das nicht besonders witzig gefunden. Vielleicht weil es nicht nur ein Witz war. Sie waren permanent pleite. Selbst jetzt, da herbstliche Kälte durch die Ritzen in den Fensterrahmen drang, konnte Clara sich nicht dazu überwinden, den Ofen anzumachen. Sie würde stattdessen noch einen zusätzlichen Pullover überziehen, und auch der war vermutlich schon ganz löchrig. Sie sehnte sich nach frisch gestärkter neuer Bettwäsche, einer einzigen Dose in ihrer Küche, auf der ein Markenname stand, und genug Feuerholz, um ohne Sorgen über den Winter zu kommen. Sorgen. Sie machen einen einfach fertig, dachte Clara, während sie in einen weiteren Pullover schlüpfte und sich wieder vor dem großen schweigenden Kasten niederließ.

Erneut verscheuchte sie alle Gedanken aus ihrem Kopf und öffnete ihren Geist. Und schließlich tauchte eine Idee auf. Vollständig ausgeformt. Fix und fertig und beunruhigend. Innerhalb von Sekunden war Clara aus der Tür und lief die Rue du Moulin entlang. Als sie sich Timmers Haus näherte, wechselte sie instinktiv die Straßenseite und wandte den Blick ab. Nachdem sie es hinter sich gelassen hatte, überquerte sie die Straße erneut und setzte ihren Weg am alten Schulhaus vorbei fort, das immer noch mit dem gelben Band abgesperrt war. Danach betrat sie den Wald, wobei ihr kurz der Gedanke durch den Kopf schoss, wie unsinnig ihre Aktion war. Es fing bereits an zu dämmern. Die Zeit, zu der in den Wäldern der Tod lauerte. Nicht in Form eines Geistes, wie Clara hoffte, sondern in einer noch schrecklicheren Verkleidung. Ein Mann mit einer Waffe, die dazu gedacht war, Geister zu schaffen. In der Dämmerung strichen die Jäger durch die Wälder. Einer davon hatte Jane umgebracht. Clara verlangsamte ihren Schritt. Das war vermutlich nicht die klügste Idee, die ihr da gekommen war. Genau genommen war es allerdings die Idee des Kastens gewesen, also war er schuld, wenn ihr etwas zustieß. Plötzlich drang ein Geräusch an Claras Ohr. Sie erstarrte.

Im Wald war es dunkler, als Gamache erwartet hatte. Er hatte einen Weg eingeschlagen, den er nicht kannte, und blieb einen Moment stehen, um sich zu orientieren. Für den Fall, dass er sich verirrte, hatte er zwar sein Handy dabei, aber er wusste, dass der Empfang in den Bergen bestenfalls unzuverlässig war. Dennoch war es ein gewisser Trost. Er drehte sich einmal langsam um die eigene Achse und sah plötzlich etwas Gelbes aufblitzen. Das Absperrband, das die Stelle markierte, an der Jane gestorben war. Er ging darauf zu, der Boden war noch durchweicht vom Regen, der den ganzen Tag niedergegangen war, und die Nässe drang durch seine Schuhe und kroch ihm die Beine hoch. Vor der Absperrung blieb er stehen und horchte. Er wusste, dass um diese Zeit die abendliche Jagd begann, und er konnte nur hoffen, dass seine Stunde noch nicht geschlagen hatte. Hoffen und sehr, sehr vorsichtig sein. Es dauerte zehn Minuten, bevor Gamache gefunden hatte, was er suchte. Lächelnd bahnte er sich einen Weg zu dem Baum. Wie oft hatte seine Mutter mit ihm geschimpft, als er ein Kind war, weil er immer auf seine Füße starrte, statt geradeaus zu schauen. Nun ja, sie hätte wieder einmal recht gehabt. Als sie diese Stelle zum ersten Mal absuchten, hatte er stur auf den Boden geblickt, obwohl das, wonach er Ausschau hielt, nicht dort unten zu finden war. Es befand sich hoch oben in den Bäumen.

Eine Art Kasten.

Und jetzt stand Gamache am Fuß des Baums und musterte die hölzerne Konstruktion sieben Meter über seinem Kopf. Jemand hatte eine Reihe von Brettern an den Stamm genagelt, wie Sprossen. Die Nägel waren schon lange verrostet und hatten orangefarbene Spuren auf der Rinde hinterlassen. Gamache dachte an sein warmes Plätzchen am

Fenster des Bistros. An seinen bernsteinfarbenen Martini und die Erdnüsse. Und an den Kamin. Und fing an zu klettern. Während er sich mit zitternden Händen von Sprosse zu Sprosse hangelte, fiel ihm etwas anderes ein. Er litt an Höhenangst. Wie hatte er das bloß vergessen können? Oder hatte er vielleicht gehofft, dieses Mal wäre es anders? Er klammerte sich an die rutschigen, brüchigen Sprossen und sah ängstlich hinauf zu der Plattform, die eine Million Meter über ihm schwebte.

War das Geräusch von vorne oder von hinten gekommen? Clara hätte es nicht sagen können. Das war wie mit Sirenengeheul in der Stadt, es schien überall zu sein. Jetzt hörte sie es wieder. Sie blickte sich um. Hinter ihr standen überwiegend Kiefern, die ihre dunklen Nadeln in alle Richtungen streckten und den Wald düster und bedrohlich wirken ließen. In der anderen Richtung, auf den Sonnenuntergang zu, der rötlich durch die Wipfel schimmerte, war Mischwald mit Ahorn- und Wildkirschbäumen. Clara bewegte sich instinktiv auf das Licht zu, unentschlossen, ob sie absichtlich Lärm machen sollte, wie man es im Frühling tat, um die Bären zu vertreiben, oder ob es besser war, sich möglichst ruhig zu verhalten. Vermutlich hing das davon ab, wer oder was da außer ihr noch im Wald unterwegs war. Ein Bär, ein Hirsch, ein Jäger oder ein Geist. Sie wünschte, sie hätte einen Kasten, den sie fragen könnte. Oder Peter. Ja, Peter war meistens noch besser als ein Kasten.

Gamache zwang sich, nach der nächsten Sprosse zu greifen. Er erinnerte sich daran, Luft zu holen, und summte sogar eine kleine selbst erfundene Melodie vor sich hin. Um die Angst in Schach zu halten. Langsam bewegte er sich auf den dunklen Fleck über sich zu. Atmen, Arm ausstrecken, hochziehen. Atmen, Arm ausstrecken, hochziehen. Schließlich hatte er es geschafft und steckte den Kopf durch die schmale Öffnung im Boden der Plattform. Es war genauso, wie es in dem Buch beschrieben war. Ein Hochsitz. Man musste schon gewaltig einen sitzen haben, um so hoch oben sitzen zu wollen, dachte Gamache. Er zwängte sich durch die Öffnung und richtete sich auf. Bereits im nächsten Moment wich seine Erleichterung jedoch blankem Entsetzen. Er sank auf die Knie, kroch zum Stamm des Baums und umschlang ihn mit beiden Armen. Der wacklige Kasten hing sieben Meter über dem Erdboden und ragte fast zwei Meter hinaus ins Leere, und zwischen Gamache und dem Abgrund befand sich lediglich ein windschiefes altes Geländer. Er krallte die Finger in die Rinde, spürte, wie sie seine Handflächen aufriss, und war froh über den Schmerz, weil er damit etwas hatte, worauf er sich konzentrieren konnte. Was ihm am meisten Angst machte, war nicht die Vorstellung, dass er stolpern und fallen könnte, nicht einmal, dass das Ding auseinanderbrach und ihn mit in die Tiefe riss, sondern dass er sich hinunterstürzen könnte. Das war das Furchtbare an Höhenangst. Er hatte das Gefühl, zum Abgrund hingezogen zu werden und darüber hinaus in die Tiefe, als wäre ein Anker an seinem Bein befestigt. Ohne dass ihn jemand bedrohte oder nachhalf, würde er sich praktisch selbst umbringen. Er sah es förmlich vor sich, und vor Entsetzen stockte ihm der Atem. Den Stamm weiterhin umklammernd, schloss er kurz die Augen und zwang sich, tief und gleichmäßig zu atmen.

Es funktionierte. Langsam ließ die Furcht nach, die Gewissheit, dass er sich gleich zu Tode stürzen würde. Er öffnete die Augen. Und da sah er es. Weswegen er hierher gekommen war. Worüber er im Bistro in dem bei Myrna erstandenen Buch gelesen hatte. *Das große Jagdbuch für Jungen.* Darin wurden Hochsitze beschrieben, die sich Jäger bauten, um das Wild zu beobachten und es im geeigneten

Moment mit einem Schuss zu erlegen. Aber das war es nicht, was Gamache aus der Sicherheit und der Wärme des Bistros weggelockt hatte. Er war auf der Suche nach etwas anderem, von dem in dem Buch die Rede gewesen war. Und von dort, wo er jetzt saß, sah er es in mittlerer Entfernung vor sich.

Doch plötzlich vernahm er ein Geräusch. Mit ziemlicher Sicherheit stammte es von einem Menschen. Wagte er es, nach unten zu sehen? Wagte er es, den Stamm loszulassen und zum Rand des Hochsitzes zu kriechen, um sich darüber zu beugen und einen Blick in die Tiefe zu werfen? Da war es wieder. Eine Art Summen. Eine vertraute Melodie. Wie hieß dieses Lied gleich noch mal? Vorsichtig löste er sich von dem Stamm, legte sich bäuchlings auf die Plattform und robbte zum Rand. Er sah hinunter auf einen bekannten Kopf. Genau genommen sah er hinunter auf einen strubbeligen Haarschopf.

Clara hatte beschlossen, vom schlimmsten Fall auszugehen, allerdings konnte sie sich nicht recht entscheiden, was der schlimmste Fall war. Ein Bär, ein Jäger oder ein Geist? Der Gedanke an einen Bären weckte die Assoziation mit Winnie Pooh und Balu. Sie fing an zu summen. Eine Melodie, die Jane immer summte.

»What shall we do with a drunken sailor?«, sang Gamache von oben.

Unten erstarrte Clara mitten in der Bewegung. War das Gott? Aber Gott wusste doch sicher, was mit einem betrunkenen Matrosen zu tun war. Außerdem konnte sich Clara nicht vorstellen, dass die ersten Worte, die Gott an sie richtete, etwas anderes sein könnten als die Frage: »Was in aller Welt hast du dir dabei gedacht?«

Sie blickte nach oben und entdeckte den Kasten. Ein sprechender Kasten. Ihre Knie gaben nach. Sie sprachen also doch.

»Clara? Ich bin's, Armand Gamache. Ich bin hier oben auf dem Hochsitz.« Trotz der Höhe und des dämmrigen Lichts konnte er erkennen, dass sie verwirrt war. Doch gleich darauf zog ein breites Lächeln über ihr Gesicht.

»Ein Hochsitz? Den hatte ich völlig vergessen. Darf ich raufkommen?« Und schon erklomm sie die Sprossen, so unbekümmert von der eigenen Unsterblichkeit überzeugt wie eine Sechsjährige. Gamache sah ihr gleichzeitig bewundernd und bestürzt dabei zu. Ein zweiter Mensch, egal wie leicht, konnte unter Umständen die ganze Konstruktion zum Einsturz bringen.

»Wow, das ist toll.« Clara sprang auf die Plattform. »Was für ein Ausblick. Gut, dass es aufgeklart hat. Morgen soll wieder die Sonne scheinen. Was machen Sie hier?«

»Was machen Sie denn hier?«

»Ich konnte mich nicht mehr konzentrieren, und auf einmal war mir klar, dass ich hierher kommen musste. Na ja, nicht hier rauf, sondern zu der Stelle, wo sie gestorben ist. Ich habe das Gefühl, das bin ich Jane schuldig.«

»Es ist schwierig, weiterzuleben und sich nicht schuldig zu fühlen.«

»So ist es wohl.« Sie drehte sich um und sah ihn beeindruckt an. »Und was hat Sie hierher geführt?«

»Ich habe das da gesucht.« Er deutete über den Rand der Plattform, bemüht, möglichst gelassen zu klingen. Vor seinen Augen tanzten weiße Flecken, das vertraute Vorzeichen eines Schwindelanfalls. Dennoch zwang er sich hinunterzusehen. Je schneller er es hinter sich brachte, desto besser.

»Was?« Clara starrte zu der Stelle, an der Jane umgebracht worden war. Gamache spürte Ärger in sich aufsteigen. Sie musste es doch auch sehen. Oder spielte ihm seine Vorstellungskraft einen Streich? Die Sonne warf lange Schatten und hüllte alles in ein merkwürdiges Licht, einige Strahlen streiften gerade noch den Waldrand, und da entdeckte sie es.

»Die Lücke zwischen den Bäumen da drüben. Meinen Sie das?«

»Das ist ein Wildwechsel«, sagte Gamache, während er langsam von der Kante zurückwich und nach dem Baumstamm in seinem Rücken tastete. »Über die Jahre von den Tieren getreten. Die sind wie die Schweizer Eisenbahn. Äußerst zuverlässig. Sie benutzen immer die gleichen Pfade, über Generationen hinweg. Aus diesem Grund wurde auch der Hochsitz hier errichtet.« Beinahe vergaß er, Angst zu haben. »Um das Wild zu beobachten und zu schießen. Aber der Pfad ist nahezu unsichtbar. Wir haben gestern das ganze Gebiet hier von Spezialisten durchkämmen lassen, und keiner von ihnen hat ihn entdeckt. Keinem ist aufgefallen, dass hier ein schmaler Pfad durch den Wald führt. Mir auch nicht. Sie müssen gewusst haben, dass es ihn gibt.«

»Ja, schon, aber ich habe überhaupt nicht daran gedacht«, sagte Clara. »Peter hat mich vor langer Zeit einmal hierher mitgenommen. Auf diesen Hochsitz. Und Sie haben recht. Nur die Einheimischen wissen, dass das Wild hier entlangkommt. Hat Janes Mörder sie von hier oben erschossen?«

»Nein, der Stand wurde seit Jahren nicht benutzt. Ich werde das noch von Beauvoir überprüfen lassen, aber ich bin mir ziemlich sicher. Der Mörder hat sie aus dem Unterholz heraus erschossen. Er war entweder dort, weil er auf Wild gewartet hat …«

»Oder er war dort, weil er auf Jane gewartet hat. Man hat wirklich einen unglaublichen Blick von hier oben.« Clara drehte dem Wildwechsel den Rücken zu und sah in die entgegengesetzte Richtung. »Man kann sogar Timmers Haus sehen.«

Verblüfft über den abrupten Themenwechsel, drehte Gamache sich ebenfalls um, sehr langsam, sehr vorsichtig. Ja, das da hinten war das Schieferdach des alten viktorianischen Hauses. Mit seinem roten Gemäuer und den riesigen Fenstern strahlte es auf eine ganz eigene Art Geborgenheit und Würde aus.

»Grässlich.« Clara schüttelte sich und ging zur Leiter. »Ein furchtbares Haus. Und falls Sie sich das fragen sollten ...« Sie drehte sich um, um hinunterzuklettern, und sah Gamache an, das Gesicht im Schatten verborgen. »Ich habe verstanden, was Sie sagen wollten. Wer auch immer Jane umgebracht hat, es war ein Einheimischer. Aber das ist noch nicht alles.«

»›Hast du's getan, getan ist's nicht sodann, denn ich tat mehr‹«, zitierte Gamache. »John Donne«, setzte er erklärend hinzu. Die Vorstellung, dem Hochsitz endlich zu entfliehen, war beinahe zu schön, um wahr zu sein.

Clara war schon halb durch die Öffnung. »Ich kann mich von der Schule her daran erinnern. Wenn ich ehrlich bin, muss ich allerdings eher an ein Gedicht von Ruth Zardo denken:

Ich verschließe alles in meinem Innern;
wo es schwärt und fault; aber ich bin wirklich ein netter
Mensch, freundlich, rücksichtsvoll.
›Geh mir aus dem Weg, Arschloch.‹
Oh, tut mir leid –«

»Sagten Sie Ruth Zardo?«, fragte Gamache erstaunt. Clara hatte soeben eines seiner Lieblingsgedichte rezitiert. Er kniete sich neben die Öffnung und fuhr fort:

»das ist mir nur so rausgerutscht, ich
geb mir mehr Mühe, wirst schon sehen. Du kannst mich
nicht dazu bringen, irgendwas zu sagen. Ich geh einfach noch
weiter weg, dahin, wo du mich niemals finden, verletzen kannst oder dazu bringen, was zu sagen.

Sie meinen, das ist von Ruth Zardo? Moment mal …« Er dachte zurück an das Treffen in der Kanzlei des Notars einige Stunden zuvor und an sein kurzes Stutzen, als er die Namen von Janes Testamentsvollstreckern vernommen hatte. Ruth Zardo, geborene Kemp. Ruth Zardo war die preisgekrönte Dichterin Ruth Kemp? Die begnadete Schriftstellerin, die in ihrer Lyrik die typisch kanadische Zwiespältigkeit von Freundlichkeit und Aggression zum Ausdruck brachte? Die dem Unaussprechlichen eine Stimme verlieh? Ruth Zardo.

»Warum fällt Ihnen bei dem, was wir gesehen haben, gerade dieses Gedicht von Ruth Zardo ein?«

»Weil meines Wissens in Three Pines gute Menschen leben. Aber dieser Wildwechsel deutet darauf hin, dass in einem von uns etwas schwärt. Wer auch immer Jane erschossen hat, wusste, dass er auf einen Menschen zielt, und er wollte, dass es wie ein Jagdunfall aussieht, so als habe er Jane versehentlich für ein Stück Wild gehalten. Das Problem dabei ist nur, dass man mit Pfeil und Bogen nah rangehen muss. Nah genug, um zu erkennen, worauf man zielt.«

Gamache nickte. Sie hatte es also verstanden. Seltsam, dass man erst auf einen Hochsitz klettern musste, um zu sehen, was man vorher direkt vor der Nase gehabt hatte.

Zurück im Bistro, bestellte Gamache sich einen heißen Apfelwein und suchte die Toilette auf. Er ließ warmes Wasser über seine steif gefrorenen Hände laufen und entfernte den Dreck von der Rinde, der in den Schrammen haftete. Dann gesellte er sich wieder zu Clara, die es sich in einem der Sessel am Kamin bequem gemacht hatte. Sie nippte an ihrem Bier und blätterte in *Das große Jagdbuch für Jungen*. Als er zu ihr trat, legte sie es zurück auf den Tisch und schob es ihm zu.

»Kluger Einfall. Ich hatte solche Dinge wie Hochsitze und Wildwechsel und so weiter komplett vergessen.«

Gamache legte die Hände um den Becher mit dem dampfenden, köstlich duftenden Apfelwein und wartete. Er spürte, dass sie das Bedürfnis hatte zu reden. Nach einer Weile einträchtigen Schweigens deutete sie mit dem Kopf in Richtung des anderen Raums. »Da drüben ist Peter mit Ben. Ich bin mir nicht sicher, ob er überhaupt mitbekommen hat, dass ich weggegangen bin.«

Gamache folgte ihrem Blick. Peter sprach mit der Kellnerin, und Ben schaute zu ihnen herüber. Aber er sah nicht sie beide an. Sein Blick ruhte allein auf Clara. Als er merkte, dass Gamache ihn beobachtete, drehte er sich rasch weg und wandte seine Aufmerksamkeit wieder Peter zu.

»Ich muss Ihnen etwas sagen«, begann Clara.

»Ich hoffe, es hat nichts mit dem Wetter zu tun.« Gamache grinste. Clara blickte verwirrt drein. »Reden Sie weiter«, sagte er aufmunternd. »Geht es um den Hochsitz oder den Wildwechsel?«

»Nein, darüber muss ich erst noch ein bisschen nachdenken. Mir ist da oben ganz schön mulmig geworden, und dabei leide ich nicht einmal unter Höhenangst.« Sie lächelte ihn freundlich an, und er hoffte, dass er nicht rot wurde. Er hatte wirklich gedacht, er wäre noch einmal davongekommen. Na ja, ein Mensch weniger, der ihn für vollkommen hielt. »Was wollten Sie sagen?«

»Es geht um André Malenfant. Sie wissen schon, Yolandes Mann. Beim Mittagessen bin ich zu Yolande gegangen, um mit ihr zu reden, und er hat mich ausgelacht. Ein eigenartiges Lachen. Es klang irgendwie hohl und durchdringend. Abstoßend. Jane hat mir erzählt, dass einer der Jungen, die den Entendreck geworfen haben, so gelacht hat.« Gamache dachte über das soeben Gehörte nach, während er in die Flammen sah und an seinem Apfelwein nippte. Die warme Flüssigkeit rann durch seine Kehle und breitete sich wohltuend in seinem Magen aus.

»Sie denken, dass sein Sohn Bernard einer der Jungen war.«

»Ja. Jane hat sich in der Identität eines der Jungen getäuscht. Stattdessen war Bernard dabei.«

»Wir haben mit Gus und Claude geredet. Beide bestreiten, etwas mit der Sache zu tun zu haben, was mich allerdings nicht besonders überrascht.«

»Philippe hat sich für die Sache entschuldigt, aber das muss nichts heißen. Alle Kinder haben Angst vor Bernard. Ich glaube, Philippe hätte sogar einen Mord gestanden, wenn ihn das davor bewahren würde, von Bernard verprügelt zu werden. Er hat sie alle unter seiner Fuchtel.«

»Wäre es möglich, dass Philippe gar nicht dabei war?«

»Möglich, wenn auch nicht sehr wahrscheinlich. Aber ich weiß mit absoluter Sicherheit, dass Bernard Malenfant Olivier und Gabri mit Entendreck beworfen hat und dass es ihm Spaß gemacht hat.«

»Bernard Malenfant war Jane Neals Großneffe«, sagte Gamache langsam und bemühte sich, die Zusammenhänge im Auge zu behalten.

»Ja«, bestätigte Clara und nahm sich eine Handvoll Erdnüsse. »Aber sie standen sich nicht nahe, wie Sie wissen. Ich habe keine Ahnung, wann sie Yolande das letzte Mal getroffen hat. Die beiden waren zerstritten.«

»Was ist passiert?«

»Ich kenne keine Einzelheiten«, sagte Clara zögernd. »Ich weiß nur, dass es etwas mit dem Haus zu tun hat. Janes Haus. Es hatte ihren Eltern gehört, und es gab irgendeinen Streit. Jane sagte, sie und Yolande hätten sich früher mal nahe gestanden. Yolande hat sie oft besucht, als sie ein Kind war. Sie haben Rommé und Canasta gespielt. Und dann hatte Jane sich noch ein Spiel mit der Herzdame ausgedacht. Jeden Abend legte sie die Karte auf den Küchentisch und sagte zu Yolande, sie solle sich genau merken, wie sie aussieht, weil sie sich am nächsten Morgen verändert haben würde.«

»Und tat sie das?«

»Genau das ist der Punkt. Ja. Jeden Morgen kam Yolande nach unten und war sicher, dass sich die Karte verändert hatte. Es war zwar immer noch die Herzdame, aber irgendwie war das Muster anders.«

»Aber hatte sich die Karte denn wirklich verändert? Ich meine, hat Jane sie ausgetauscht?«

»Nein. Aber Jane wusste, dass sich auch ein Kind unmöglich jede Einzelheit merken kann. Und, was noch wichtiger ist, sie wusste, dass alle Kinder an Zauberei glauben wollen. Traurig.«

»Was?«, fragte Gamache.

»Yolande. Woran sie wohl heute glaubt?«

Gamache erinnerte sich an sein Gespräch mit Myrna und fragte sich, ob Jane der jungen Yolande womöglich noch eine andere Botschaft übermittelt hatte. Veränderungen passieren, und man muss keine Angst vor ihnen haben.

»Wann könnte Jane Bernard begegnet sein? Hätte sie ihn erkannt?«

»Vermutlich hat sie ihn im vergangenen Jahr recht häufig gesehen, aber nur aus der Ferne«, sagte Clara. »Bernard und die anderen Kinder aus der Gegend steigen in Three Pines in den Schulbus ein.«

»Wo?«

»Oben beim alten Schulhaus, damit der Bus nicht durch den Ort zu fahren braucht. Manche Eltern liefern ihre Kinder ziemlich früh dort ab, weil es ihnen gerade so passt, und dann müssen die Kinder warten. Deshalb kommen sie manchmal herunter ins Dorf.«

»Was ist, wenn es kalt ist oder stürmt?«

»Die meisten Eltern bleiben mit ihren Kindern im Auto sitzen, bis der Bus kommt. Aber irgendwann stellte sich heraus, dass manche Eltern ihre Kinder auch bei schlechtem Wetter einfach absetzten. Timmer Hadley hat sie dann zu sich ins Haus geholt, bis der Bus kam.«

»Das war nett von ihr«, sagte Gamache. Die Bemerkung schien Clara zu erstaunen. »Finden Sie? Ja, wahrscheinlich war es das, wenn ich jetzt so darüber nachdenke. Aber ich nehme an, es gab noch einen anderen Grund dafür. Sie hatte Angst davor, dass man sie zur Verantwortung ziehen könnte, falls ein Kind an Unterkühlung starb oder etwas in der Art. Ich persönlich würde allerdings lieber erfrieren, als dieses Haus zu betreten.«

»Warum?«

»Timmer Hadley war eine hasserfüllte Frau. Sehen Sie sich doch nur einmal den armen Ben an.« Clara nickte mit dem Kopf in Bens Richtung, und als Gamache ihrer Aufforderung folgte, ertappte er Ben erneut dabei, wie er sie anstarrte. »Sie hat ihn kaputtgemacht. Eine kranke, herrschsüchtige Frau. Selbst Peter hatte Angst vor ihr. Er hat früher immer die Schulferien bei Ben verbracht. Um Ben Gesellschaft zu leisten und ihn vor dieser Frau in dem gruseligen Haus zu beschützen. Kein Wunder, dass ich ihn liebe, oder?« Einen Moment lang war er nicht sicher, ob sie Peter oder Ben meinte. »Peter ist der wunderbarste Mann der Welt, und wenn selbst er Timmer hasste und fürchtete, dann zeigt das, dass mit ihr irgendetwas nicht in Ordnung war.«

»Wo haben er und Ben sich kennengelernt?«

»In Abbott, dem Jungeninternat in der Nähe von Lennoxville. Ben wurde dorthin geschickt, als er sieben war. Peter war auch sieben. Sie waren die beiden Jüngsten.«

»Was hat Timmer denn so Schlimmes getan?« Gamache runzelte die Stirn, als er sich die beiden verschreckten Jungen vorstellte.

»Zum einen hat sie ihren verängstigten kleinen Sohn aus seinem Zuhause herausgerissen und ins Internat gesteckt.

Der arme Ben war überhaupt nicht darauf vorbereitet, was ihn dort erwartete. Sind Sie jemals in einem Internat gewesen, Inspector?«

»Nein, nie.«

»Da haben Sie Glück gehabt. Das ist Darwinismus in Reinform. Entweder man passt sich an, oder man geht zugrunde. Um zu überleben, muss man hinterhältig sein, lügen, betrügen und andere einschüchtern. Entweder das, oder man versteckt sich. Aber selbst das funktionierte nicht sehr lange.«

Peter hatte Clara ein klares Bild von dem Leben in Abbot vermittelt. Sie sah, wie sich ganz langsam der Türknopf drehte. Und wie sich ganz langsam die Tür zum Schlafsaal öffnete. Und wie sich auf Zehenspitzen ein paar Jungen aus den höheren Klassen hereinschlichen, um die Kleineren wieder einmal zu schikanieren. Peter hatte früh gelernt, dass die Monster nicht unter dem Bett lauerten. Es brach Clara jedes Mal das Herz, wenn sie sich die kleinen Jungen von damals vorstellte. Sie blickte zu ihrem Tisch hinüber und sah zwei erwachsene Männer mit ergrauenden Haaren und Falten im Gesicht, die sich so weit zueinander beugten, dass sich ihre Köpfe fast berührten. Und sie verspürte den Wunsch, zu ihnen zu eilen und alles Böse von ihnen fernzuhalten.

»Matthäus 10,36.«

Clara zwang sich, in die Gegenwart zurückzukehren und ihre Aufmerksamkeit wieder Gamache zuzuwenden, der sie mit so viel Wärme ansah, dass sie sich zugleich ertappt und beschützt vorkam. Die Tür des Schlafsaals schloss sich.

»Verzeihung?«

»Ein Bibelzitat. Mein erster Chef, Inspector Comeau, hat diese Stelle immer zitiert. Matthäusevangelium Kapitel 10, Vers 36.«

»Ich kann Timmer Hadley das, was sie Ben angetan hat, einfach nicht vergeben«, sagte Clara leise.

»Aber Peter war doch auch dort«, erwiderte Gamache

ebenso leise. »Seine Eltern haben ihn ebenfalls dorthin geschickt.«

»Richtig. Seine Mutter ist auch so ein Kapitel für sich, er war jedoch besser darauf vorbereitet. Trotzdem war es ein Albtraum für ihn. Und dann ist da noch die Geschichte mit den Schlangen. Einmal spielten Ben und Peter in den Ferien im Keller Cowboy und Indianer, als sie auf ein Schlangennest stießen. Ben meinte, sie wären überall im Keller. Mäuse auch. Aber Mäuse hat hier jeder. Schlangen nicht.«

»Sind die Schlangen immer noch da?«

»Keine Ahnung.« Jedes Mal, wenn Clara in Timmers Haus gekommen war, meinte sie, Schlangen zu sehen, die sich in dunklen Ecken zusammenringelten, unter Sesseln verschwanden, von Deckenbalken hingen. Es konnte reine Einbildung gewesen sein. Oder auch nicht. Schließlich hatte Clara sich geweigert, das Haus überhaupt noch einmal zu betreten, bis man in den letzten Wochen vor Timmers Tod Freiwillige gesucht hatte, die bei ihr Wache saßen. Aber selbst dann ging sie nur dorthin, wenn Peter sie begleitete, und sie wagte sich nie ins Badezimmer. Sie wusste, dass sich Schlangen hinter dem Boiler versteckten. Und unter gar keinen Umständen ging sie in den Keller, niemals. Nicht einmal in die Nähe der Tür, die von der Küche aus hinunterführte und von wo aus sie das Schlängeln und Gleiten hören und den modrigen Geruch wahrnehmen konnte.

Clara bestellte sich einen Scotch, und sie blickten beide aus dem Fenster auf die viktorianischen Türmchen, die über den Baumwipfeln auf dem Hügel gerade noch zu erkennen waren.

»Dennoch waren Jane und Timmer die besten Freundinnen«, sagte Gamache.

»Ja. Allerdings kam Jane auch mit jedem aus.«

»Außer mit ihrer Nichte Yolande.«

»Das bedeutet überhaupt nichts. Nicht einmal Yolande kommt mit Yolande aus.«

»Wissen Sie, warum Jane niemanden weiter in ihr Haus ließ als bis in die Küche?«

»Ich habe nicht die geringste Ahnung«, bekannte Clara, »aber sie hatte vor, uns nach der Vernissage der Arts Williamsburg auf einen kleinen Umtrunk in ihr Wohnzimmer einzuladen, um auf *Fair Day* anzustoßen.«

»Wann war das?«, fragte Gamache und beugte sich interessiert vor.

»Freitag, beim Essen, nachdem sie erfahren hatte, dass ihr Bild für die Ausstellung angenommen worden war.«

»Einen Augenblick«, sagte Gamache und lehnte sich auf die Ellbogen gestützt so weit über den Tisch, dass man meinen konnte, er wolle im nächsten Augenblick in Claras Kopf kriechen. »Wollen Sie damit sagen, dass sie am Freitag vor ihrem Tod alle zu einer Party in ihr Haus eingeladen hat? Zum ersten Mal in ihrem Leben?«

»Ja. Wir waren zwar schon hundertmal zum Essen und auf Partys bei ihr, aber eben immer nur in der Küche. Dieses Mal sprach sie ausdrücklich vom Wohnzimmer. Spielt das eine Rolle?«

»Ich weiß nicht. Wann ist die Ausstellungseröffnung?«

»Übernächstes Wochenende.« Sie saßen eine Weile schweigend da und hingen jeder seinen Gedanken nach. Dann bemerkte Clara, wie spät es schon war. »Ich muss los. Wir erwarten Gäste zum Abendessen.« Er erhob sich mit ihr, und sie sah ihn lächelnd an. »Danke, dass Sie den Hochsitz entdeckt haben.« Er deutete eine Verbeugung an und sah zu, wie sie sich einen Weg zwischen den Tischen hindurch bahnte und hier und da jemandem zunickte, bis sie schließlich bei Peter und Ben anlangte. Sie gab Peter einen Kuss auf den Scheitel, und die beiden Männer standen gleichzeitig auf und verließen zusammen mit ihr das Bistro, als seien sie eine Familie.

Gamache nahm *Das große Jagdbuch für Jungen* vom Tisch und schlug es auf der ersten Seite auf. Dort stand in einer runden, ungelenken Handschrift »B. Malenfant« geschrieben.

Als Gamache in der Pension eintraf, befanden sich Olivier und Gabri gerade im Aufbruch zu einem improvisierten Abendessen bei den Morrows.

»In der Röhre steht eine Shepherd's Pie für Sie, wenn Sie mögen«, rief Gabri im Weggehen über die Schulter.

Im ersten Stock klopfte Gamache an die Tür von Agent Nichol und schlug vor, dass sie sich in zwanzig Minuten unten trafen, um ihr Gespräch vom Vormittag fortzusetzen. Nichol war einverstanden. Er sagte ihr außerdem, dass sie in der Pension zu Abend essen würden, sie brauche sich also nicht extra umzuziehen. Sie nickte, dankte ihm und schloss die Tür, um sich wieder der Beschäftigung zu widmen, mit der sie bereits die letzte halbe Stunde verbracht hatte, nämlich sich den Kopf darüber zu zerbrechen, was sie anziehen sollte. Welches der Outfits, die sie sich von ihrer Schwester Angelina geliehen hatte, war am besten? Welches vermittelte die Botschaft: Ich bin klug, stark, mit mir ist nicht zu spaßen, irgendwann bin ich selbst Chief Inspector. Welches sagte: Sei lieb zu mir? Welches war das Richtige?

Gamache begab sich zu seinem Zimmer einen Stock höher, öffnete die Tür und fühlte sich sofort unwiderstehlich von dem Messingbett mit dem blütenweiß bezogenen Federbett und den weißen Daunenkissen angezogen. Er wünschte sich nichts sehnlicher, als sich hineinsinken zu lassen, die Augen zu schließen und tief und fest zu schlafen. Das Zimmer war einfach eingerichtet, die Wände waren in schlichtem Weiß gestrichen, und in der Ecke stand eine wuchtige Kommode aus Kirschbaum. An der Wand prangte ein altes Ölporträt, und auf dem Holzfußboden lag ein ausgeblichener und etwas abgetretener Perserteppich. Es strahlte Ruhe und Behaglichkeit aus, und das war beinahe mehr, als Gamache im Moment ertragen konnte. Er blieb zögernd in der Mitte des Raums stehen und ging dann entschlossen in das angrenzende Badezimmer. Die Dusche weckte seine Lebensgeister, und nachdem er etwas Bequemes angezogen hatte, rief er Reine-Marie an, ordnete seine Aufzeichnungen und fand sich nach genau zwanzig Minuten wieder im Salon ein.

Yvette Nichol erschien eine halbe Stunde später. Sie hatte sich für das Outfit mit der Botschaft »Ich bin stark« entschieden. Gamache blickte nicht auf, als sie den Raum betrat.

»Wir haben ein Problem.« Gamache ließ sein Notizbuch sinken und sah sie an. Sie saß ihm mit übereinandergeschlagenen Beinen und vor der Brust gekreuzten Armen gegenüber. Die reinste Kreuzwegstation. »Genau genommen haben Sie ein Problem. Aber es wird zu meinem Problem, sobald es sich nachteilig auf diese Ermittlung auswirkt.«

»Tatsächlich, Sir? Und worum handelt es sich?«

»Sie haben einen scharfen Verstand, Agent.«

»Und das ist ein Problem?«

»Nein, es ist exakt das Problem. Sie sind klug, und Sie sind arrogant.« Die leise gesprochenen Worte trafen sie wie Peitschenhiebe. Noch nie hatte jemand gewagt, so mit ihr zu reden. »Ich möchte es noch einmal wiederholen: Sie haben einen scharfen Verstand. Sie haben heute Nachmittag gezeigt, dass Sie zu logischen Schlussfolgerungen in der Lage sind.«

Nichol richtete sich etwas höher auf, geschmeichelt, aber nichtsdestoweniger auf der Hut.

»Aber ein scharfer Verstand allein reicht nicht«, fuhr Gamache fort. »Sie müssen ihn auch benutzen. Und das tun Sie nicht. Sie sehen, aber Sie erkennen nichts. Sie hören, aber Sie verstehen nichts.«

Nichol war sich ziemlich sicher, dass sie diesen Spruch

schon einmal auf einem Kaffeebecher in der Verkehrsabteilung gelesen hatte. Der arme Gamache vertrat Philosophien, die unbedeutend genug waren, um auf einem Kaffeebecher Platz zu finden.

»Ich sehe und höre gut genug hin, um den Fall zu lösen.«

»Vielleicht. Das wird sich zeigen. Wie gesagt, das war gute Arbeit, und Sie haben einen scharfen Verstand. Aber etwas fehlt Ihnen. Das haben Sie sicher auch schon gemerkt. Kommen Sie sich nicht manchmal verloren vor, so als würden alle Leute um Sie herum eine fremde Sprache sprechen, als würde etwas geschehen, das alle anderen verstehen, nur Sie nicht?«

Nichol hoffte, dass er ihr ihre Betroffenheit nicht ansah. Wie konnte er das wissen?

»Das Einzige, was ich nicht verstehe, Sir, ist, warum Sie mir eine Rüge dafür erteilen, dass ich einen Fall löse.«

»Es fehlt Ihnen an Disziplin«, sagte er im Bemühen, ihr begreiflich zu machen, was er meinte. »Ein Beispiel: Bevor wir zu den Crofts gegangen sind, was habe ich Ihnen da gesagt?«

»Ich erinnere mich nicht.« Sie hatte das vage Gefühl, dass sie möglicherweise tatsächlich in Schwierigkeiten steckte.

»Ich habe Sie angewiesen, nur zuzuhören und nichts zu sagen. Und dennoch haben Sie Mrs. Croft angesprochen, als sie in die Küche kam.«

»Na ja, irgendjemand musste schließlich freundlich zu ihr sein. Sie hatten mir vorgeworfen, unfreundlich zu sein, und das stimmt einfach nicht.« Lieber Gott, bitte lass mich nicht weinen, dachte sie, als sie merkte, dass ihr die Tränen in die Augen stiegen. Sie ballte die Hände in ihrem Schoß zu Fäusten. »Ich bin freundlich.«

»Und das ist es, worum es in diesem Augenblick ging? Wir ermitteln hier in einem Mordfall. Sie tun das, was ich Ihnen sage. Für Sie gelten die gleichen Regeln wie für alle anderen. Haben Sie das verstanden? Wenn ich Ihnen sage, Sie sollen den Mund halten und sich Notizen machen, dann tun Sie das auch.« Die letzten Worte sprach er langsam, betont, kühl. Er fragte sich, ob sie überhaupt wusste, wie sehr sie zu Rechthaberei neigte. Er bezweifelte es. »Heute Morgen habe ich Ihnen drei der vier Regeln genannt, die uns zur Weisheit führen.«

»Sie haben mir heute Morgen alle vier genannt.« Nichol machte sich jetzt ernsthaft Sorgen um seine geistige Gesundheit. Er sah sie ernst an, nicht ärgerlich, aber ganz gewiss auch nicht wohlwollend.

»Wiederholen Sie sie bitte.«

»Es tut mir leid, ich weiß nicht, ich brauche Hilfe und ich habe es vergessen.«

»Ich habe es vergessen? Wo haben Sie das denn her?«

»Von Ihnen. Das haben Sie heute Morgen gesagt: ›Ich habe es vergessen.‹«

»Wollen Sie mir allen Ernstes erzählen, dass Sie ›Ich habe es vergessen‹ für eine Lebensweisheit halten? Ich habe damit doch ganz offensichtlich gemeint, dass mir die vierte Regel entfallen ist. Ja, ich bin sicher, dass ich ›Ich habe es vergessen‹ gesagt habe. Aber Sie müssen doch den Zusammenhang berücksichtigen. Das ist ein Paradebeispiel dafür, was mit Ihrem scharfen Verstand nicht stimmt. Sie benutzen ihn nicht. Sie denken nicht nach. Es reicht nicht, nur die Worte aufzunehmen.«

Jetzt kommt's, dachte Nichol. Bla bla bla. Sie müssen zuhören.

»Sie müssen zuhören. Worte fallen nicht einfach in irgendeinen sterilen Behälter, aus dem man sie später wieder herausholen kann. Als Mrs. Croft sagte, im Keller sei nichts, ist Ihnen da aufgefallen, wie sie es sagte, ihre Betonung, was ihrer Aussage vorausging, ihre Körpersprache, ihre Hände und ihre Augen? Erinnern Sie sich an frühere Ermittlungen, bei denen Verdächtige das Gleiche gesagt haben?«

»Das ist meine erste Ermittlung«, erwiderte Nichol triumphierend.

»Und warum, meinen Sie, habe ich gesagt, dass Sie nur zuhören und sich Notizen machen sollen? Weil Sie keine Erfahrung haben. Können Sie sich denken, wie die letzte Regel lautet?«

Nichol war inzwischen nur noch auf Abwehr eingestellt.

»Ich habe mich getäuscht.« Gamache hatte den Verdacht, dass er nur noch mit sich selbst sprach, aber er musste es wenigstens versuchen. Den Vortrag, den er Nichol gerade hielt, hatte er sich als fünfundzwanzigjähriger Neuling in der Mordkommission selbst anhören müssen. Inspector Comeau hatte sich mit ihm hingesetzt und ihm all diese Dinge erklärt, um dann nie mehr darauf zurückzukommen. Es war ein großes Geschenk, und es war eines, das Gamache jeden Tag von neuem auspackte. Und außerdem war es ein Geschenk, das man nicht für sich behalten durfte. Deshalb hatte er damit begonnen, es an die nächste Generation von Polizisten weiterzugeben, als er Inspector geworden war. Gamache wusste, dass er nicht mehr tun konnte, als es zu versuchen. Was sie damit anfingen, war ihre Sache. Es gab noch ein Letztes, das er weitergeben musste.

»Ich habe Sie heute Morgen gebeten, darüber nachzudenken, wie Sie lernen. Was ist Ihnen dazu eingefallen?«

»Ich weiß nicht.«

Unwillkürlich rezitierte er wieder die Verse aus Ruth Zardos Gedicht:

»Ich geh einfach noch weiter weg, dahin,
wo du mich niemals finden, verletzen kannst, oder
dazu bringen, was zu sagen.«

»Was?«, sagte Nichol. Das war so ungerecht. Sie tat wirklich ihr Bestes. Sie folgte ihm auf Schritt und Tritt, war sogar bereit, in dieser Einöde zu übernachten, wenn es der Ermittlung diente. Und sie hatte den Fall gelöst, verdammt noch mal. Aber erntete sie dafür irgendeine Form von Dank? Nein. Vielleicht wurde Gamache allmählich alt, und dass sie den Fall gelöst hatte, führte ihm vor Augen, was für eine lächerliche Figur er mittlerweile abgab. Das ist es, dachte sie, plötzlich das rettende Ufer vor Augen. Er ist eifersüchtig. Es ist gar nicht meine Schuld. Sie kroch aus der aufgewühlten See ans Ufer, ließ sich in den weichen Sand sinken und brachte sich gerade noch zur rechten Zeit in Sicherheit. Sie spürte die Hände, die nach ihren Füßen griffen, um sie zurückzuziehen. Aber sie hatte es geschafft.

»Wir lernen aus unseren Fehlern, Agent Nichol.«

Na, und wenn schon.

8

»Wie nett«, sagte Ruth, als sie den Kopf aus der Tür von Peters und Claras Haus streckte. »Siegfried und Roy.«

»*Bonjour, mes amours*«, rief Gabri und tänzelte ins Haus, »und Ruth.«

»Wir haben den Bioladen geplündert.« Olivier bahnte sich einen Weg in die Küche und stellte zwei Shepherd's Pies und zwei große Papiertüten auf der Arbeitsfläche ab.

»Ich habe mich getäuscht«, sagte Ruth. »Es sind doch nur Dick und Doof.«

»Miststück«, zischte Gabri.

»Schlampe«, fauchte Ruth. »Was ist da drin?«

»Extra für dich, meine kleine Kratzbürste …« Gabri packte die Tüten und drehte sie wie ein Zauberkünstler mit großer Geste um. Heraus fielen mehrere Packungen Kartoffelchips, gesalzene Cashewkerne, Pralinen aus dem Maison du Chocolat Marielle in Saint-Rémy, außerdem noch Roquefort und ein gemischtes Sortiment Lakritze, Geleefrüchte und Schokoladenmuffins. Ein paar Lune Moons machten sich selbstständig und kullerten auf den Fußboden.

»Ein Schatz!«, kreischte Clara und warf sich auf die Knie, um die halbmondförmigen, mit furchtbar süßer Vanillecreme gefüllten kleinen Kuchen einzusammeln. »Meins, alles meins.«

»Ich dachte, du bist süchtig nach Schokolade«, sagte Myrna, während sie nach den köstlichen Trüffeln griff, die Madame Marielle in liebevoller Handarbeit herstellte.

»In der Not darf man nicht wählerisch sein.« Clara riss die Verpackung auf und schaffte es erstaunlicherweise, sich mindestens einen halben Kuchen in den Mund zu stopfen. Der Rest verteilte sich auf ihrem Gesicht und in ihren Haaren. »Davon habe ich seit Jahren keinen mehr gegessen. Seit Jahrzehnten.«

»Und dabei stehen sie dir so gut«, sagte Gabri, den Blick unverwandt auf Clara gerichtet, die aussah, als sei eine Backstube in ihrem Gesicht explodiert.

»Ich habe meine eigenen Papiertüten mitgebracht.« Ruth deutete auf die Arbeitsfläche. Davor stand Peter. Er hatte den Gästen den Rücken zugewandt, und seine Haltung wirkte selbst für seine Verhältnisse merkwürdig steif. Seine Mutter wäre stolz auf ihn gewesen, weil er sich endlich einmal gerade hielt, physisch und psychisch.

»Wer will was?« Peters knappe Frage war an das Küchenregal gerichtet. Seine Gäste wechselten hinter seinem Rücken verstohlene Blicke. Gabri wischte die Kuchenkrümel aus Claras Haaren und deutete mit dem Kopf in Peters Richtung. Clara zuckte mit den Schultern, und im gleichen Augenblick wurde ihr klar, dass sie damit Verrat an ihrem Mann beging. Mit einer kleinen Bewegung distanzierte sie sich ohne zu zögern von ihm und seinem schlechten Benehmen, obwohl sie selbst dafür verantwortlich war. Kurz bevor die anderen gekommen waren, hatte sie Peter von ihrer Begegnung mit Gamache erzählt. Aufgeregt hatte sie ihm von ihrem Kasten berichtet und von dem Erlebnis im Wald und der abenteuerlichen Kletterpartie hinauf auf den Hochsitz. Dabei entging ihr, dass Peter immer stiller wurde. Ihr fiel nicht auf, wie schweigsam er war, wie abweisend, bis es zu spät war und er sich auf seine Insel zurückgezogen hatte. Sie hasste das. Er stand dann immer da und musterte sie mit kühlem Blick, fällte sein Urteil und ließ sarkastische Bemerkungen fallen.

»Dann werdet ihr Janes Tod ja bald aufgeklärt haben, du und dein Held?«

»Ich dachte, du freust dich«, sagte sie halbherzig. Eigentlich hatte sie überhaupt nichts gedacht, und wenn sie es getan hätte, dann hätte sie seine Reaktion wahrscheinlich vorhergesehen. Aber da er sich auf seine Insel zurückgezogen hatte, zog sie sich jetzt auf die ihre zurück, aufrichtig empört und bestärkt von dem Gefühl, moralisch im Recht zu sein. Sie warf große Scheite mit der Botschaft »Ich wusste ja, dass du ein gefühlloser Rohling bist« ins Feuer und fühlte sich sicher und getröstet.

»Warum hast du mir nichts davon erzählt?«, fragte er. »Warum hast du mich nicht gefragt, ob ich mitkommen will?«

Da war sie. Eine ganz einfache Frage. Peter hatte schon immer die Fähigkeit besessen, den Finger genau auf den wunden Punkt zu legen. Nur dass es heute leider ihr wunder Punkt war. Er hatte die eine Frage gestellt, die sie nicht einmal sich selbst zu stellen wagte. Warum hatte sie ihn nicht gefragt? Plötzlich begann ihre schützende Insel zu sinken.

In diesem Augenblick waren die ersten Gäste erschienen. Und jetzt verkündete Ruth zur Verblüffung aller, dass sie ebenfalls etwas mitgebracht hatte. Janes Tod musste sie zutiefst erschüttert haben, dachte Clara. Auf der Arbeitsfläche standen die Symbole ihrer Trauer. Gin, Martini und schottischer Whisky. Ein kleines Vermögen in Alkohol, und Ruth schwamm nicht gerade in Geld. Mit herausragender Lyrik ließen sich nun mal keine Rechnungen bezahlen. Tatsächlich konnte Clara sich nicht daran erinnern, wann Ruth zum letzten Mal selbst für einen Drink bezahlt hatte. Und heute hatte sie den ganzen langen Weg bis zur Societé des Alcools in Williamsburg auf sich genommen, diese Batterie an Flaschen erstanden und sie quer durchs Dorf hierher geschleppt.

»Halt!«, blaffte Ruth und schwang ihren Stock in Richtung Peter, der gerade dabei war, den Verschluss der Ginflasche abzuschrauben. »Das ist meiner. Finger weg. Habt ihr selbst nichts Alkoholisches im Haus, was ihr euren Gästen anbieten könnt?« Sie drängte Peter mit dem Ellbogen zur Seite und stülpte die Papiertüten wieder über die Flaschen. Dann klemmte sie sie sich unter den Arm, humpelte in den Vorraum und legte sie unter ihrem dort aufgehängten Regenmantel so behutsam auf den Boden, als würde sie ein besonders geliebtes Kind zu Bett bringen.

»Gieß mir einen Scotch ein«, rief sie über die Schulter.

Merkwürdigerweise war Clara diese Ruth lieber als die für einen kurzen Moment großzügige. Dieses Biest kannte sie wenigstens.

»Sagtest du nicht, du wolltest einige deiner Bücher verkaufen?«, fragte Myrna und schlenderte ins Wohnzimmer, in der einen Hand ein Glas Rotwein, in der anderen ein paar Stücke Lakritze.

Clara folgte ihr und war dankbar, Peters beredtem Rücken zu entkommen. »Ja, die Krimis. Ich will ein paar neue kaufen, aber dafür muss ich zuerst die alten loswerden.« Die beiden Frauen schritten langsam an den deckenhohen Bücherregalen entlang, die an der Wand gegenüber dem Kamin standen, und Myrna nahm hin und wieder eins der Bücher heraus. Clara hatte einen ganz eigenen Geschmack. Die meisten Bücher waren von englischen Autoren und die Handlung spielte in hübschen kleinen Städtchen. Myrna konnte viele glückliche Stunden damit verbringen, in Bücherregalen zu stöbern. Sie hatte immer das Gefühl, sehr viel über einen Menschen zu erfahren, indem sie einen ausführlichen Blick auf seine Bücherregale oder in seinen Einkaufswagen warf.

Es war nicht das erste Mal, dass sie vor diesen Büchern stand. Alle paar Monate verkaufte das sparsame Paar einige aus seinem Bestand und erwarb dafür andere, ebenfalls gebraucht und ebenfalls aus Myrnas Laden. Die Titel zogen an ihr vorüber. Spionageromane, Gartenbücher, Biographien, Klassiker, aber hauptsächlich Krimis. Es war ein einziges Durcheinander. Irgendwann einmal war der Versuch unternommen worden, eine gewisse Ordnung hineinzubringen, die Kunstbücher waren alphabetisch geordnet, obwohl auch hier eines davon an der falschen Stelle stand. Ohne nachzudenken nahm Myrna es und stellte es an den richtigen Platz. Sie konnte sich denken, wer den zaghaften Versuch unternommen hatte, Ordnung zu schaffen, aber diese Bemühungen waren schon bald wieder der Lust am Schmökern zum Opfer gefallen.

»Gut«, sagte Myrna mit einem Blick auf den Stapel in ihrer Hand, als sie am Ende der Regale anlangten. Aus der Küche roch es viel versprechend. Claras Gedanken folgten ihrer Nase, und wieder sah sie Peter vor sich, abweisend und wütend. Warum hatte sie ihm nicht gleich von dem Hochsitz und dem Wildwechsel erzählt?

»Ich gebe dir einen Dollar pro Stück«, sagte Myrna.

»Wie wär's, wenn wir tauschen?« So machten sie es letztlich immer, und beide Frauen waren zufrieden damit. Mittlerweile hatte sich Ruth zu ihnen gesellt und las den Klappentext eines Buchs von Michael Innes.

»Ich wäre eine gute Detektivin.« In das verblüffte Schweigen hinein fuhr Ruth fort: »Im Gegensatz zu dir, Clara, sehe ich die Leute so, wie sie wirklich sind. Ich sehe das Abgründige, den Zorn, die Eitelkeit.«

»Du siehst es nicht, du erfindest es, Ruth«, stellte Clara richtig.

»Stimmt.« Ruth brach in dröhnendes Gelächter aus und drückte Clara an sich, bevor diese wusste, wie ihr geschah. Ihre Umarmung war erstaunlich fest. »Ich bin ein unangenehmer Zeitgenosse, unausstehlich …«

»Das ist mir neu«, sagte Myrna.

»Es lässt sich nicht leugnen. Und das sind noch meine

besten Eigenschaften. Der Rest ist nur schöner Schein. Das eigentliche Rätsel ist, warum die Mehrheit keinen Mord begeht. Es ist doch sicher grässlich, ein Mensch zu sein. Wie ich in der Societé des Alcools gehört habe, hat dieser Trottel Gamache tatsächlich das Haus der Crofts durchsuchen lassen. Einfach lächerlich.«

Sie gingen zurück in die Küche. Auf dem Tisch standen mehrere dampfende Töpfe, aus denen sich jeder selbst bediente. Ben schenkte Clara ein Glas Wein ein und setzte sich neben sie. »Worüber habt ihr geredet?«

»Das kann ich dir gar nicht so genau sagen.« Clara erwiderte Bens freundliches Lächeln. »Ruth sagte, Gamache hätte das Haus der Crofts durchsuchen lassen. Stimmt das?«

»Hat er dir das heute Nachmittag etwa nicht erzählt?«, knurrte Peter am unteren Ende des Tischs.

»Oh ja, ein Riesentheater«, sagte Olivier und versuchte zu ignorieren, wie Peter das Essen auf seinen Teller klatschen ließ. »Er hat das ganze Haus auf den Kopf stellen lassen und offenbar etwas gefunden.«

»Aber sie werden Matthew doch wohl nicht verhaften?«, sagte Clara, und ihre Hand mit der Gabel blieb auf halbem Weg zum Mund in der Luft stehen.

»Könnte Matthew Jane getötet haben?«, fragte Ben und bot der Runde einen Nachschlag Chili con Carne an. Die Frage war an alle gerichtet, aber instinktiv drehte er sich zu Peter um.

»Das glaube ich nicht«, sagte Olivier, als Peter keine Antwort gab.

»Warum nicht?« Ben sah Olivier kurz an, um sich dann sofort wieder Peter zuzuwenden. »Unfälle passieren nun mal.«

»Das ist richtig«, pflichtete ihm Peter bei. »Allerdings glaube ich, dass er es gestanden hätte.«

»Das war doch nicht irgendein Lapsus! Meiner Meinung

nach wäre es eine ganz natürliche Reaktion, in so einem Fall davonzulaufen.«

»Meinst du?«, fragte Myrna.

»Ja«, erwiderte Ben. »Also ich weiß nicht, wie ich reagieren würde, wenn ich, sagen wir mal, einen Stein werfen und damit jemanden am Kopf treffen und umbringen würde, und keiner hätte es gesehen. Kann ich wirklich mit Gewissheit sagen, dass ich das gestehen würde? Versteht mich nicht falsch, ich hoffe natürlich, dass ich Hilfe holen und die Konsequenzen tragen würde. Aber kann ich es, so wie ich jetzt hier sitze, mit Gewissheit behaupten? Nein. Nicht, bevor es tatsächlich passiert.«

»Ich glaube, du würdest es tun«, sagte Peter ruhig. Ben spürte einen Kloß im Hals. Komplimente weckten in ihm immer das Bedürfnis zu weinen und machten ihn furchtbar verlegen.

»Damit wären wir wieder bei dem, worüber wir Freitagabend geredet haben. Dieser Spruch von dir, Clara«, sagte Myrna. »Dass Gewissen und Feigheit ein und dasselbe sind.«

»Der ist von Oscar Wilde, um genau zu sein. Er war ein größerer Zyniker als ich. Ich glaube, auf einige Leute trifft das zu, aber glücklicherweise nicht auf die Mehrheit. Ich glaube, dass die meisten Leute über ein gut entwickeltes moralisches Empfinden verfügen.« Zu ihrer Linken hörte sie Ruth schnauben. »Aber manchmal dauert es eben eine Weile, bis man wieder zu Sinnen kommt, gerade nach einem Schock. Wenn ich versuche, es von Gamaches Standpunkt aus zu betrachten, ist das durchaus nachvollziehbar. Matthew ist ein guter Bogenschütze. Er wusste, dass es in dieser Ecke viel Wild gibt. Er verfügte über die erforderlichen Fähigkeiten und das nötige Wissen.«

»Aber warum gibt er es dann nicht zu?«, fragte Myrna. »Klar, ich gebe dir natürlich Recht, Ben. Es wäre verständlich, wenn Matthew erst mal weggelaufen wäre, aber würde er sich nicht nach einiger Zeit stellen? Ich könnte auf Dauer kein solches Geheimnis mit mir herumtragen.«

»Du musst eben lernen, ein Geheimnis zu bewahren«, neckte Gabri sie.

»Ich denke, dass es ein Fremder gewesen ist«, sagte Ben. »Die Wälder wimmeln doch zurzeit nur so von ihnen. Diese ganzen Jäger aus Toronto und Boston und Montréal, die wie die Irren durch die Gegend ballern.«

»Schon«, sagte Clara und drehte sich zu ihm, »aber woher sollte ein Jäger aus Toronto wissen, wo er sich hinstellen muss?«

»Was meinst du damit? Die gehen in den Wald und stellen sich irgendwohin. Dazu gehört nicht viel, deshalb gehen ja auch so viele Idioten auf die Jagd.«

»Aber in diesem Fall wusste der Jäger ganz genau, wohin er sich stellen musste. Ich war heute Nachmittag am Hochsitz, ihr wisst schon, der hinter dem Schulhaus, an der Stelle, wo Jane umgebracht wurde. Ich bin hinaufgeklettert und habe mich von dort oben umgesehen. Und was sehe ich? Den Wildwechsel. Deshalb wurde der Hochsitz ja auch an dieser Stelle errichtet ...«

»Ja, von Matthew Crofts Vater«, warf Ben ein.

»Wirklich?« Clara sah ihn verblüfft an. »Das habe ich nicht gewusst. Ihr vielleicht?«, fragte sie den Rest ihrer Gäste.

»Was war die Frage? Ich habe nicht zugehört«, gestand Ruth.

»Tolle Detektivin«, murmelte Myrna.

»Matthews Vater hat den Hochsitz errichtet«, sagte Clara wie zu sich selbst. »Gamache ist ziemlich sicher, dass er eine ganze Weile nicht benutzt wurde ...«

»Bogenschützen gehen normalerweise ja auch nicht auf einen Hochsitz«, sagte Peter mit ausdrucksloser Stimme. »Nur Jäger mit Gewehren.«

»Also, worauf willst du hinaus?« Ruth fand diese ganze Diskussion allmählich langweilig.

»Ein Fremder, ein Jäger von außerhalb, hätte nicht gewusst, wohin er gehen muss.«

Clara ließ den anderen Zeit, sich über die Bedeutung ihrer Worte klar zu werden.

»Du meinst, Jane wurde von einem Einheimischen umgebracht?«, fragte Olivier schließlich. Bis zu diesem Moment hatten alle angenommen, dass es sich bei dem Schützen um einen Jäger von außerhalb handelte, der nach seinem tödlichen Schuss das Weite gesucht hatte. Jetzt sah die Sache auf einmal ganz anders aus.

»Also könnte es letzten Endes doch Matthew Croft gewesen sein«, sagte Ben.

»Das glaube ich nicht«, erwiderte Clara. »Genau das, was dafür spricht, dass es Matthew war, spricht auch dagegen. Ein erfahrener Bogenschütze erschießt niemanden aus Versehen. Ein solcher Unfall wäre ihm einfach nicht passiert. Wenn ein Bogenschütze am Wildwechsel Posten bezieht, bekommt er mit, ob sich ein Reh oder ein Hirsch nähert oder … oder nicht.«

»Oder Jane, meinst du.« Ruth' normalerweise schon nicht gerade sanfte Stimme klang jetzt so hart wie Stahl. Clara nickte. »Scheißkerl«, sagte Ruth. Gabri nahm ihre Hand, und zum ersten Mal im Leben zog Ruth sie nicht zurück.

Auf der anderen Seite des Tisches legte Peter sein Besteck weg und sah Clara an. Sie wurde aus seinem Gesichtsausdruck nicht recht schlau, aber was sie da sah, war jedenfalls keine Bewunderung.

»Eins steht fest: Wer auch immer Jane umgebracht hat, war ein guter Bogenschütze«, sagte sie. »Ein schlechter hätte einen solchen Schuss nämlich nicht zustande gebracht.«

»Leider gibt es hier in der Gegend eine Menge guter Bogenschützen«, sagte Ben. »Dank des Bogenschützenvereins.«

»Mord«, sagte Gabri.

»Mord«, bestätigte Clara.

»Aber wer hätte sich Janes Tod wünschen können?«, fragte Myrna.

»Für gewöhnlich hat man doch irgendeinen Vorteil davon, oder?«, fragte Gabri. »Geld, Macht.«

»Entweder das oder es ist der Versuch, etwas zu schützen, das man zu verlieren fürchtet«, sagte Myrna. Bislang hatte sie das Gefühl gehabt, dass das ganze Gespräch nichts weiter als der verzweifelte Versuch trauernder Freunde war, nicht mehr an den erlittenen Verlust denken zu müssen, indem sie ein intellektuelles Spiel daraus machten. Doch jetzt überkamen sie Zweifel. »Wenn etwas, an dem einem viel liegt, in Gefahr ist, wie die Familie, ein großes Erbe, der Arbeitsplatz, das Zuhause ...«

»Wir haben es kapiert«, unterbrach sie Ruth.

»... dann kommt man möglicherweise zu dem Schluss, dass es gerechtfertigt ist, jemanden umzubringen.«

»Falls es also Matthew Croft war«, sagte Ben, »dann hat er es mit Absicht getan.«

Suzanne Croft sah hinunter auf ihren Teller. Die kalt gewordenen Miniravioli aus der Dose bildeten klebrige Klumpen in der dicken, erstarrten Sauce. Eine Scheibe Toastbrot lag auf dem Tellerrand, mehr aus Hoffnung als aus Überzeugung. Hoffnung, dass ihre Übelkeit lange genug nachlassen würde, um es ihr zu erlauben, einen Bissen zu essen.

Aber sie hatte nicht nachgelassen.

Ihr gegenüber reihte Matthew seine vier Ravioli quer über seinen Teller aneinander, als baue er einen Steg über den kleinen See aus Sauce. Zuerst bekamen immer die Kinder eine große Portion Essen, dann Matthew, und zum Schluss nahm sich Suzanne das, was übrig blieb. Sie sagte sich, dass sie damit einem ehrenwerten mütterlichen Instinkt folgte. Tief in ihrem Innern wusste sie jedoch, dass sie bei der Aufteilung der Portionen eher dem persönlichen Instinkt einer Märtyrerin folgte. Es war ein stillschweigendes Übereinkommen mit ihrer Familie. Sie waren ihr dafür etwas schuldig.

Philippe saß auf seinem gewohnten Platz neben Matthew. Sein Teller war leer, er hatte in Rekordgeschwindigkeit alle Ravioli verputzt und die Sauce bis zum letzten Tropfen mit Brot aufgewischt. Suzanne überlegte, ob sie seinen Teller gegen ihren austauschen sollte, aber irgendetwas ließ sie zögern. Sie betrachtete Philippe, der mit den Stöpseln seines Discman in den Ohren dasaß und mit geschlossenen Augen Musik hörte, das Gesicht zu der abweisenden Miene verzogen, die er sich im vergangenen halben Jahr angewöhnt hatte, und beschloss, es bleiben zu lassen. Dabei verspürte sie eine seltsame Regung, die ihr sagte, dass sie ihren Sohn eigentlich nicht mochte. Lieben ja. Nun ja, wahrscheinlich. Aber mögen?

In den vergangenen sechs Monaten hatten sie jedes Mal erst mit Philippe herumstreiten müssen, bevor er die Stöpsel aus den Ohren nahm. Matthew hatte auf Englisch auf ihn eingeredet und Suzanne in ihrer Muttersprache Französisch. Philippe war bilingual und bikulturell aufgewachsen, aber in beiden Sprachen gleichermaßen taub.

»Wir sind eine Familie«, hatte Matthew erklärt, »und N'SYNC sind nicht zum Essen eingeladen.«

»Wer?«, hatte Philippe spöttisch gefragt. »Das ist Eminem.« Als ob das irgendeine Rolle gespielt hätte. Und dabei hatte er seinen Vater mit diesem ganz bestimmten Blick angesehen, nicht wütend oder trotzig, sondern einfach nur gleichgültig. Matthew hätte genauso gut irgendein Möbelstück sein können. Allerdings nicht der Kühlschrank. Zum Kühlschrank schien Philippe ein gutes Verhältnis haben, ebenso zu seinem Bett, zum Fernseher und zu seinem Computer. Nein, er sah seinen Vater an, als sei er genauso uninteressant wie N'SYNC. Passé, megaout, ein Nichts.

Zu guter Letzt legte Philippe im Austausch gegen Essen den Discman für gewöhnlich weg. Aber heute Abend nicht. Heute Abend waren seine Eltern froh, dass er sich die Stöpsel in die Ohren gesteckt und sich ausgeklinkt hatte. Er hatte das Essen so gierig hinuntergeschlungen, als wäre diese Pampe das Beste, was er jemals bekommen hatte. Auch darüber hatte sich Suzanne geärgert. Abend für Abend gab sie sich die größte Mühe, ihren Kindern ein gutes, nahrhaftes Essen vorzusetzen. Heute Abend hatte sie es lediglich geschafft, zwei Dosen aus ihrem eisernen Vorrat zu öffnen und den Inhalt aufzuwärmen. Und Philippe verschlang es, als wäre es ein Menü aus einem Gourmettempel. Sie betrachtete ihren Sohn und fragte sich, ob er das absichtlich machte, um sie zu verletzen.

Matthew beugte sich tiefer über seinen Teller und nahm die letzten Feinarbeiten an seinem Ravioli-Steg vor. Die Zacken am Rand der Nudeln mussten genau ineinander passen. Sonst? Sonst würde das Universum explodieren, und sie würden in einem Feuerball verglühen, und seine gesamte Familie würde vor seinen Augen sterben, den Bruchteil einer Sekunde, bevor er selbst den Tod fände. Dosenravioli waren eine heiklere Angelegenheit, als man glauben mochte.

Er sah hoch und fing den Blick seiner Frau auf. Gebannt von der Präzision seiner Bewegungen. Klebte auf dem Gestotter einer Dezimalstelle. Urplötzlich kam ihm dieser Vers in den Sinn. Er hatte ihm immer gefallen, schon, als er ihn in Miss Neals Klasse zum ersten Mal gehört hatte. Er stammte aus dem Weihnachtsoratorium von Auden. Miss Neal hatte darauf bestanden, dass sie es lasen. Sie war zeit ihres Lebens eine große Bewunderin Audens gewesen. Sie schien sogar dieses schwierige und ziemlich merkwürdige Werk zu mögen. Und zu verstehen. Er hatte sich aus Respekt für Miss

Neal durchgequält. Aber es hatte ihm überhaupt nicht gefallen. Bis auf diesen einen Vers. Er hätte nicht sagen können, was ihn von den anderen Versen in Audens Großgedicht unterschied. Er wusste nicht einmal, was er bedeutete. Bis jetzt. Auch er klebte auf dem Gestotter einer Dezimalstelle. Es war alles, was von seiner Welt übrig geblieben war. Wenn er aufblickte, würde er der Katastrophe ins Gesicht sehen. Und darauf war er noch nicht vorbereitet.

Er wusste, was der morgige Tag bringen würde. Er wusste es, weil er es schon lange hatte kommen sehen. Ohne jede Hoffnung auf ein Entrinnen hatte er darauf gewartet. Und jetzt war es beinahe so weit. Es stand unmittelbar bevor. Er blickte zu seinem Sohn, seinem kleinen Jungen, der sich in den letzten Monaten so sehr verändert hatte. Zuerst hatten sie gedacht, es hätte etwas mit Drogen zu tun. Seine Wutausbrüche, seine schlechten Noten, die ablehnende Haltung allem gegenüber, was ihm vorher wichtig gewesen war, wie Fußball und Kino und N'SYNC. Und gegenüber seinen Eltern. Vor allem ihm gegenüber, wie Matthew deutlich spürte. Aus irgendeinem Grund richtete sich Philippes Zorn hauptsächlich gegen ihn. Matthew fragte sich, was hinter diesem verzückten Gesicht vor sich gehen mochte. Konnte Philippe wissen, was auf sie zukam? War er etwa glücklich darüber?

Matthew richtete die Ravioli gerade noch rechtzeitig aus, bevor seine Welt explodierte.

Jedes Mal, wenn in der Einsatzzentrale das Telefon klingelte, hielten alle inne. Und es klingelte oft. Polizeibeamte, die sich zum Dienst meldeten. Ladenbesitzer, Nachbarn, Verwaltungsangestellte, die erbetene Rückrufe tätigten.

Es hatte sich gezeigt, dass das alte Bahnhofsgebäude der Canadian National Railway wie geschaffen war für ihre Bedürfnisse. Es waren ein paar Leute dazu abgestellt worden, gemeinsam mit der freiwilligen Feuerwehr im ehemaligen

Wartesaal Platz zu schaffen. Die Wände waren rundum bis in gut ein Meter Höhe mit Holz vertäfelt, und darüber hingen Plakate mit Hinweisen zum Verhalten im Fall eines Brandes oder den Konterfeis der Gewinner vergangener Literaturwettbewerbe des Generalgouverneurs, was einige Rückschlüsse auf die Person des Leiters der freiwilligen Feuerwehr zuließ. Die Beamten der Sûreté hatten die Plakate abgenommen, sorgfältig zusammengerollt und an ihrer Stelle Magnettafeln und Karten und Listen mit den Namen der Verdächtigen aufgehängt. Mittlerweile sah es hier aus wie in jeder x-beliebigen Einsatzzentrale, mit dem Unterschied, dass diese sich in einem idyllischen alten Bahnhof befand. Es war ein Raum, der das Warten kannte. Hunderte, Tausende von Leuten hatten hier gesessen und gewartet. Auf Züge, die sie an einen anderen Ort brachten oder ihre Lieben zurück zu ihnen nach Hause. Und jetzt saßen wieder Männer und Frauen in diesem Raum und warteten. Dieses Mal auf einen Bericht des Labors der Sûreté in Montréal. Der Bericht, der sie zurück nach Hause bringen würde. Der Bericht, der das Leben der Crofts zerstören würde. Gamache erhob sich von seinem Stuhl, streckte sich und ging ein paar Schritte auf und ab. Das tat er stets, wenn er ungeduldig wurde, und zwar immer in der gleichen Haltung, mit auf dem Rücken verschränkten Händen und gesenktem Kopf, den Blick auf die Füße gerichtet. Während die anderen so taten, als würden sie telefonieren und weitere Informationen einholen, umkreiste Chief Inspector Gamache sie mit langsamen, gemessenen Schritten. Ohne Hast, unbeirrbar, unaufhaltsam.

An diesem Morgen war Gamache bereits vor Sonnenaufgang aufgestanden. Sein kleiner Reisewecker zeigte fünf Uhr fünfundfünfzig an. Er freute sich immer, wenn eine Digitaluhr lauter gleiche Ziffern anzeigte. Eine halbe Stunde später schlich er dick vermummt auf Zehenspitzen die Treppe hinunter in Richtung Ausgang, als er aus der Küche ein Geräusch hörte.

»Bonjour, Monsieur l'Inspecteur«, rief Gabri und erschien in einen dunkelroten Bademantel gehüllt, mit flauschigen Pantoffeln an den Füßen und einer Thermoskanne in der Hand in der Tür. »Ich dachte, Sie wollen vielleicht einen Café au lait mitnehmen.«

Gamache hätte ihn am liebsten geküsst.

»Und ein paar Croissants.« Gabri zog eine Papiertüte hinter seinem Rücken hervor.

Gamache hätte ihn am liebsten auf der Stelle geheiratet. *»Merci infiniment, patron.«*

Wenige Minuten später saß Armand Gamache auf der von Reif überzogenen Holzbank am Dorfanger. Eine halbe Stunde lang verweilte er in der stillen, friedlichen Morgendämmerung und beobachtete, wie sich der Himmel veränderte. Aus Schwarz wurde Königsblau, und schließlich kam ein Schimmer Gold dazu. Die Wettervorhersage hatte also doch Recht behalten. Ein wunderbarer wolkenloser Tag zog herauf, klar und kalt. Und langsam erwachte das Dorf. Nach und nach gingen in den Häusern die Lichter hinter den Fenstern an. Gamache genoss jede einzelne dieser ruhigen Minuten auf der Bank, goss aus der Thermoskanne aromatisch duftenden Café au lait in den kleinen Metallbecher und angelte in der Papiertüte nach einem knusprigen, noch ofenwarmen Croissant.

Er nippte an seinem Kaffee und kaute. Aber vor allem beobachtete er.

Um zehn vor sieben ging in Ben Hadleys Haus das Licht an. Kurze Zeit später sah er Daisy schwanzwedelnd im Garten herumhumpeln. Gamache wusste aus Erfahrung, dass für die meisten Hunde dies die letzte Tat auf Erden war: ihrem Herrchen die Hand zu lecken und mit dem Schwanz zu wedeln. Durch das Fenster konnte er die schemenhaften Bewegungen von Ben erkennen, der sich Frühstück machte.

Gamache wartete.

Um halb acht waren die Bewohner der meisten Häuser im Dorf wach. Die Morrows hatten Lucy aus dem Haus gelassen. Sie lief schnüffelnd herum, dann hielt sie die Schnauze in die Luft, machte kehrt und steuerte, zuerst mit langsamen Schritten, dann in gemächlichem Trab und schließlich in großen Sprüngen auf den Pfad durch den Wald zu, der sie nach Hause bringen würde. Zurück zu ihrem Frauchen. Gamache beobachtete, wie der golden schimmernde Schwanz zwischen den Bäumen verschwand, und das Herz wurde ihm schwer. Wenig später trat Clara vor die Tür und rief nach Lucy. Als Antwort war ein kurzes trauriges Bellen zu vernehmen, und Gamache sah Clara in den Wald gehen und kurze Zeit später wieder auftauchen, gefolgt von Lucy, die mit gesenktem Kopf und hängendem Schwanz langsam hinter ihr hertrottete.

Clara hatte in der vergangenen Nacht schlecht geschlafen, sie war jede Stunde mit jenem bedrückenden Gefühl aufgewacht, das allmählich zu ihrem ständigen Begleiter wurde. Tiefe Trauer. Inzwischen kein stechender Schmerz mehr wie am Anfang, sondern eher ein ständiges leises Ziehen tief in ihrem Innern. Beim Geschirrspülen am Abend zuvor hatten sie und Peter angefangen, wieder miteinander zu reden, während die anderen im Wohnzimmer saßen und über die Möglichkeit diskutierten, dass Jane ermordet worden war.

»Es tut mir leid«, sagte Clara mit dem Geschirrtuch in der Hand, als sie Peter die warmen, tropfenden Teller abnahm. »Ich hätte dir von meinem Gespräch mit Gamache erzählen sollen.«

»Warum hast du es nicht getan?«

»Ich weiß nicht.«

»Das reicht mir nicht, Clara. Kann es sein, dass du mir nicht vertraust?«

Er sah ihr forschend ins Gesicht, seine eisblauen Augen blickten ernst und kalt. Sie wusste, dass sie ihn in den Arm nehmen sollte, ihm sagen sollte, wie sehr sie ihn liebte und brauchte und ihm vertraute. Aber irgendetwas hielt sie davon ab. Da war es wieder. Dieses Schweigen zwischen ihnen. Wieder etwas, das nicht ausgesprochen wurde. Fing es so an? Die Kluft zwischen Paaren, die nicht mit Vertrauen und gegenseitiger Unterstützung gefüllt wurde, sondern mit zu vielem Unausgesprochenen und zu vielem Ausgesprochenen?

Und erneut verschloss sich ihr Mann. Versteinerte. Wurde stumm und unnahbar.

In diesem Augenblick war Ben in die Küche gekommen und hatte sie bei etwas überrascht, das noch intimer war als Sex. Ihr Zorn und ihr Schmerz lagen vollkommen offen. Ben murmelte etwas und trat verlegen von einem Fuß auf den anderen, und dann verließ er die Küche wieder, mit dem Gesichtsausdruck eines Kindes, das überraschend ins Elternschlafzimmer gestolpert war.

In dieser Nacht, als alle gegangen waren, hatte Clara die Worte gefunden, von denen sie wusste, dass Peter sie hören wollte. Sie hatte ihm gesagt, wie sehr sie ihn liebte und ihm vertraute. Wie leid es ihr tat und wie dankbar sie ihm dafür war, dass er so viel Geduld für ihren Kummer über Janes Tod aufbrachte. Und sie bat ihn um Verzeihung. Und er verzieh ihr, und sie hielten einander umschlungen, bis sie tief und gleichmäßig im selben Rhythmus atmeten.

Trotzdem war irgendetwas ungesagt geblieben.

Am nächsten Morgen stand Clara früh auf, ließ Lucy hinaus und machte für Peter Pfannkuchen mit Ahornsirup und Speck. Der verführerische Duft von geräuchertem kanadischem Speck, frischem Kaffee und Holzfeuer weckte Peter. Noch im Bett beschloss er, seinen Groll vom vergangenen Tag zu vergessen. Aber das Ganze hatte ihm wieder einmal vor Augen geführt, wie gefährlich es war, Gefühle zu deutlich zu zeigen. Er duschte, zog saubere Sachen an, setzte eine gelassene Miene auf und ging nach unten.

»Was glaubst du, wann Yolande einzieht?«, fragte Clara beim Frühstück.

»Ich schätze mal, gleich nach Verlesen des Testaments. In ein paar Tagen, spätestens einer Woche.«

»Ich kann nicht glauben, dass Jane ihr das Haus hinterlassen haben soll. Sie wusste doch, wie sehr ich Yolande verabscheue.«

»Vielleicht ging es dabei nicht um dich, Clara.«

Peng. Und vielleicht, dachte Clara, ist er immer noch sauer. »Ich habe Yolande in den letzten Tagen beobachtet. Sie schleppt dauernd irgendwelche Sachen in Janes Haus.«

Peter zuckte mit den Schultern. Er hatte es allmählich satt, Clara zu trösten.

»Hat Jane nicht ein neues Testament gemacht?«, setzte sie erneut an.

»Nicht, dass ich wüsste.« Peter kannte Clara gut genug, um zu ahnen, dass das ein Trick von ihr war, der Versuch, ihn auf ihre Seite zu ziehen und davon abzulenken, dass sie ihn verletzt hatte. Aber er hatte keine Lust, sich darauf einzulassen.

»Im Ernst«, sagte Clara, »ich glaube mich erinnern zu können, dass sie und Timmer davon geredet haben, ihr Testament zu ändern, als Timmer ihre Diagnose erfuhr und feststand, dass es auf das Ende zuging. Ich bin sicher, dass Jane und Timmer zu dieser Notarin in Williamsburg gegangen sind. Wie war gleich noch mal ihr Name? Du weißt schon. Sie hat erst vor Kurzem ein Baby bekommen. Wir waren miteinander im Gymnastik-Kurs.«

»Wenn Jane ein neues Testament gemacht hat, dann wird es die Polizei herausfinden. Das ist ihr Job.«

Gamache erhob sich von der Bank. Jetzt wusste er, was er wissen wollte. Was er erwartet hatte. Es brachte ihn zwar nicht wesentlich weiter, aber es war interessant. Das waren Lügen immer. Bevor er sich nun seinen täglichen Aufgaben zuwandte, wollte er rasch noch einmal dem Hochsitz einen Besuch abstatten. Wenn auch vielleicht nicht unbedingt noch einmal hinaufklettern. Er überquerte den Dorfanger, wobei er mit seinen Gummistiefeln tiefe Abdrücke in dem mit Reif überzogenen Gras hinterließ. Dann erklomm er den Hügel, vorbei am alten Schulhaus, und schlug den Weg durch den Wald ein. Wieder fand er sich am Fuß des Baums wieder. Von seinem ersten und, wie er hoffte, einzigen Ausflug in die Höhe her war ihm klar, dass der Mörder den Hochsitz nicht benutzt hatte. Trotzdem …

»Peng, Sie sind tot.«

Gamache fuhr herum, wusste jedoch bereits, wem die Stimme gehörte, bevor er ihren Besitzer vor sich sah.

»Ich habe Sie gar nicht gehört, Jean-Guy. Demnächst werde ich Ihnen eine Kuhglocke umhängen müssen.«

»Ich werd's nie wieder tun.« Es passierte nicht oft, dass er seinen Chef überrumpeln konnte, und jetzt überkamen Beauvoir Bedenken. Angenommen, er schlich sich irgendwann an Gamache an, und dem blieb vor Schreck das Herz stehen? Lustig wäre das nicht. Er machte sich wirklich Sorgen um den Chief Inspector. Sein Verstand, der normalerweise immer die Oberhand gewann, sagte ihm, dass das albern war. Der Chef hatte ein bisschen Übergewicht, und er war über fünfzig, aber das traf auf viele Leute zu, und die meisten kamen ganz gut ohne Beauvoirs Hilfe zurecht. Trotzdem. Der Chief Inspector hatte einen anstrengenden Beruf, der ihm viel abverlangte. Und er arbeitete hart. Im Grunde genommen gab es für Beauvoirs Gefühle jedoch keine vernünftige Erklärung. Er wollte den Chief Inspector einfach nicht verlieren. Gamache klopfte ihm auf die Schulter und bot ihm den Rest des Café au lait aus der Thermoskanne an, aber Beauvoir hatte bereits in der Pension gefrühstückt.

»Sie meinen, Sie haben Ihren Brunch eingenommen.«

»Hmm. Eier Benedict, Croissants, selbst gemachte Marmelade.« Beauvoir sah auf die zerknüllte Papiertüte in Gamaches Hand. »Es war schrecklich. Sie können sich glücklich schätzen, dass Sie es verpasst haben. Nichol ist noch dort. Sie kam nach mir nach unten und setzte sich an einen anderen Tisch. Merkwürdiges Mädchen.«

»Frau, Jean-Guy.«

Beauvoir schnaubte. Dass Gamache immer politisch korrekt sein musste, ging ihm auf die Nerven. Gamache lächelte. »Darum geht es nicht.« Er konnte sich denken, was der Grund für das Schnauben war. »Verstehen Sie denn nicht? Sie will, dass wir sie als Mädchen betrachten, als Kind, jemanden, der zartfühlend behandelt werden muss.«

»Sie ist ja auch nichts weiter als eine verwöhnte Göre. Sie treibt mich in den Wahnsinn.«

»Lassen Sie sich bloß nicht von ihr aus der Ruhe bringen. Sie ist eingebildet und scheint gegen jedermann Groll zu hegen. Behandeln Sie sie einfach wie jeden anderen Mitarbeiter. Das wird sie verrückt machen.«

»Warum ist sie überhaupt dabei? Sie bringt nichts.«

»Sie hat gestern eine ziemlich gute Analyse geliefert, die den Verdacht erhärtet hat, dass Philippe Croft der Täter ist.«

»Na gut, das stimmt, aber sie ist gefährlich.«

»Gefährlich, Jean-Guy?«

»Nicht in dem Sinn, dass sie ihre Pistole ziehen und die ganze Mannschaft erschießen wird. Wahrscheinlich nicht.«

»Nicht bis auf den letzten Mann. Einer von uns würde sie überwältigen, bevor sie uns alle erledigt hätte, hoffe ich.« Gamache lächelte.

»Und ich hoffe, dass ich das bin. Sie ist gefährlich, weil sie Unfrieden stiftet.«

»Ja, das verstehe ich. Ich habe darüber nachgedacht. Als sie mich am Sonntagmorgen abgeholt hat, war ich ziemlich beeindruckt. Sie war respektvoll, überlegt, gab vernünftige Antworten, wenn man sie etwas fragte, aber sie versuchte nicht, Eindruck zu schinden. Ich dachte wirklich, sie wäre ein Glücksfall.«

»Sie hat Ihnen auch Kaffee und Donuts mitgebracht, oder?«

»Brioches, um genau zu sein. Ich hätte sie am liebsten auf der Stelle zum Sergeant befördert.«

»Auf die Art und Weise bin ich Inspector geworden. Jenes Eclair damals gab den Ausschlag. Aber mit Nichol ist in der Zwischenzeit irgendetwas passiert«, gab Beauvoir zu Bedenken.

»Ich kann mir nur vorstellen, dass sie mit dem Team nicht zurechtkommt, dass die anderen sie verunsichern. Bei manchen Leuten ist das so. Sie sind gut, solange sie auf sich gestellt sind. Fantastische Einzelkämpfer. Brillant. Aber steck sie in ein Team, und es gibt ein Desaster. Ich glaube, das ist bei Nichol der Fall, sie betrachtet das hier als Konkurrenzkampf statt als gemeinsam zu bewältigende Aufgabe.«

»Ich glaube, sie versucht verzweifelt, sich selbst etwas zu beweisen und Ihre Anerkennung zu gewinnen. Gleichzeitig fasst sie jeden Rat als Kritik auf und jede Kritik als Katastrophe.«

»Na, dann hat sie auf jeden Fall eine katastrophale Nacht hinter sich.« Gamache setzte Beauvoir über seine Unterhaltung mit der jungen Polizistin ins Bild.

»Lassen Sie es gut sein, Sir. Sie haben Ihr Bestes getan. Kommen Sie mit rauf?« Beauvoir begann die Leiter zum Hochsitz zu erklimmen. »Das ist toll. Wie ein Baumhaus.« Gamache hatte Beauvoir selten so begeistert erlebt. Trotzdem verspürte er nicht das geringste Bedürfnis, seine Begeisterung aus der Nähe mitzuerleben.

»Ich war gestern schon oben. Sehen Sie den Wildwechsel?« In der vergangenen Nacht hatte er Beauvoir von dem Hochsitz und dem Wildwechsel berichtet und ihn gebeten, sich um die Sicherung von Spuren zu kümmern. Er hatte allerdings nicht damit gerechnet, den Inspector so früh zu Gesicht zu bekommen.

»*Mais oui.* Von hier oben sticht er ja geradezu ins Auge. Aber mir ist letzte Nacht etwas eingefallen.« Beauvoir sah auf ihn herunter. Du lieber Gott, ich muss wirklich da rauf, dachte Gamache. Er griff nach einer der rutschigen Sprossen und begann, nach oben zu klettern. Sobald er sich durch die Öffnung auf die Plattform gestemmt hatte, presste er den Rücken gegen den Baumstamm und umklammerte das Geländer.

»Sie wollten ihr kleines Geheimnis wohl für sich behalten.«

»Verzeihung?« Einen Augenblick lang dachte Gamache, Beauvoir sei ihm auf die Schliche gekommen und mache sich über ihn lustig.

»Drogenhändler. Cannabis, Pot, Marihuana. Zurzeit werden nicht nur Kürbisse geerntet. In den Townships ist Drogensaison. Möglicherweise ist Jane Neal von Cannabiszüchtern umgebracht worden, weil sie ihre Anpflanzung entdeckt hat. Sie war hier doch ständig unterwegs, richtig? Das ist weiß Gott ein millionenschweres Geschäft, und schon manch einer ist deswegen umgebracht worden.«

»Da haben Sie recht.« Gamache war beeindruckt von Beauvoirs Überlegungen, abgesehen von einer Kleinigkeit. »Aber das Zeug wird meistens von Leuten wie den Hells Angels und Rock Machine angebaut, von Motorradgangs eben.«

»Richtig. Das hier ist das Gebiet der Hells Angels. Ich möchte denen nicht in die Quere kommen. Die fackeln nicht lange. Vielleicht schaffen wir es ja, dass Nichol ins Drogendezernat versetzt wird.«

»Denken Sie mal nach, Beauvoir. Jane Neal wurde mit einem vierzig Jahre alten Pfeil erschossen. Wann haben Sie das letzte Mal einen Motorradfahrer mit Pfeil und Bogen gesehen?«

Das war ein gutes Argument, noch dazu eines, das Beauvoir nicht bedacht hatte. Er war froh, dass er das Ganze hier vor dem Chef zur Sprache gebracht hatte, ein paar Meter über dem Boden schwebend, und nicht in der überfüllten Einsatzzentrale. Gamache klammerte sich an das Geländer und fragte sich, wie er jemals wieder nach unten gelangen sollte. Plötzlich musste er dringend aufs Klo. Beauvoir schwang ein Bein über den Rand der Öffnung, tastete nach der Leiter und begann mit dem Abstieg. Gamache sprach im Stillen ein kleines Gebet, schob sein Bein über den Rand und tastete ins Leere. Dann packte eine Hand seinen Knöchel und platzierte seinen Fuß auf der obersten Sprosse.

»Selbst Sie können von Zeit zu Zeit ein wenig Hilfe brauchen«, sagte Beauvoir und sah von unten zu ihm hoch, bevor er eilig hinabkletterte.

»Gut, lassen Sie uns Ihre Berichte hören«, sagte Beauvoir kurze Zeit später, um die Besprechung in geordnete Bahnen zu lenken. »Lacoste, fangen Sie an.«

»Matthew Croft. Achtunddreißig«, sagte sie und nahm den Stift aus dem Mund. »Leiter der Straßenmeisterei für den Bezirk Saint-Rémy. Ich habe mit seinem Vorgesetzten gesprochen, und der war des Lobes voll über ihn. Ehrlich gesagt habe ich seit meiner letzten Beurteilung keine solchen Lobeshymnen mehr gehört.«

Sie erntete brüllendes Gelächter. Jean-Guy Beauvoir, der diese Beurteilungen schrieb, war als unerbittlich verschrien.

»Aber ein Arbeiter hat vor einiger Zeit eine Beschwerde

gegen ihn eingereicht. Er behauptete, Croft hätte ihn geschlagen.«

»Wie heißt er?«, fragte Gamache.

»André Malenfant.« Aufgeregtes Gemurmel. »Croft hat die Auseinandersetzung gewonnen, auf ganzer Linie. Malenfant wurde gefeuert. Aber vorher hat er sich noch an die Lokalzeitungen gewandt. Ein unangenehmer Zeitgenosse, dieser Mann. Weiter. Suzanne Belanger. Ebenfalls achtunddreißig. Seit fünfzehn Jahren mit Croft verheiratet. Arbeitet Teilzeit bei Les Réproductions Doug in Saint-Rémy. Mal sehen, was ich sonst noch habe.« Lacoste blätterte in ihren Notizen auf der Suche nach etwas Erwähnenswertem über diese Frau, die bisher ein unauffälliges, ruhiges Leben geführt hatte.

»Keine Verhaftungen?«, fragte Nichol.

»Nur die eine wegen des Mordes an einer alten Frau im vergangenen Jahr.«

Nichol verzog säuerlich das Gesicht.

»Was ist mit Philippe?«

»Er ist vierzehn und geht in die neunte Klasse. Bis zu den letzten Weihnachtsferien hatte er einen Notendurchschnitt von eins Komma fünf. Dann ist irgendetwas passiert. Seine Noten rutschten nach unten, und er war auch sonst plötzlich nicht mehr wiederzuerkennen. Ich habe mit der Schulpsychologin gesprochen. Sie hat keine Ahnung, was mit ihm los ist. Vielleicht Drogen. Vielleicht Probleme zu Hause. Sie meint, mit vierzehn fangen alle Jungen an zu spinnen. Sie wirkte nicht besonders besorgt.«

»Wissen Sie, ob er irgendwelchen Sport treibt?«, erkundigte sich Gamache.

»Er ist in der Basketball- und in der Hockeymannschaft der Schule, ist in diesem Schuljahr allerdings kein einziges Mal zum Basketballtraining erschienen.«

»Wird Bogenschießen angeboten?«

»Ja, Sir. Aber das hat er nie gemacht.«

»Gut«, sagte Beauvoir. »Nichol, was ist mit dem Testament?«

Yvette Nichol zog ihr Notizbuch zu Rate. Zumindest tat sie so. Das hatte sie völlig vergessen. Na ja, nicht völlig. Sie hatte gestern am späten Nachmittag daran gedacht, aber zu diesem Zeitpunkt hatte sie den Fall ja bereits gelöst und betrachtete die Angelegenheit deswegen als reine Zeitverschwendung. Außerdem hatte sie keine Ahnung, wie sie herausfinden sollte, ob ein weiteres Testament existierte, und sie hatte nicht die Absicht, ihre Unkenntnis ausgerechnet vor den sogenannten Kollegen einzugestehen, die ihr bisher nicht im Geringsten geholfen hatten.

»Das Testament von Stickley ist das letzte«, sagte Nichol und sah Beauvoir fest in die Augen. Beauvoir zögerte kurz, bevor er den Blick senkte.

Und so ging es weiter, Bericht für Bericht. Die Spannung im Raum wurde umso größer, je beharrlicher das Telefon in Gamaches großer Hand, von dem alle wollten, dass es klingelte, stumm blieb.

Den Berichten zufolge war Jane Neal eine gute und allseits respektierte Lehrerin gewesen. Ihre Schüler hatten ihr am Herzen gelegen, und zwar so sehr, dass sie sie gelegentlich auch einmal durchfallen ließ. Sie hatte keine Schulden. Sie gehörte dem Kirchenvorstand der Gemeinde St. Thomas an und war aktives Mitglied des Vereins anglikanischer Frauen, der Flohmärkte und Wohltätigkeitsveranstaltungen organisierte. Sie spielte Bridge und war eine leidenschaftliche Gärtnerin.

Ihre Nachbarn hatten am Sonntagmorgen nichts gehört und nichts gesehen.

Im Westen nichts Neues, dachte Gamache, während er sich die Berichte über dieses beschauliche Leben anhörte. Sein Hang zum Übersinnlichen ließ ihn darüber erstaunen, dass es niemand gemerkt hatte, als eine solch gute Seele gestorben war. Die Kirchenglocken hatten nicht von selbst zu läuten begonnen. Die Mäuse und die anderen Tiere des Waldes waren still geblieben. Die Erde hatte nicht gebebt. Das hätte sie tun sollen. Wenn er Gott wäre, hätte sie es getan. Stattdessen würde es im offiziellen Bericht heißen: »Den Nachbarn ist nichts Ungewöhnliches aufgefallen.«

Nachdem alle Berichte vorgetragen worden waren, kehrten die Mitarbeiter des Teams zu ihren Telefonen und Papierbergen zurück. Armand Gamache begann wieder auf und ab zu gehen. Clara Morrow rief an, um Gamache mitzuteilen, dass Matthew Crofts Vater den Hochsitz gebaut hatte, was in Anbetracht ihres Verdachts von einem gewissen Interesse war.

Um Viertel nach zehn läutete das Telefon in seiner Hand. Es war das Labor.

9

Matthew Croft sollte sich für den Rest seines Lebens daran erinnern, was er gerade getan hatte, als die Streifenwagen vorfuhren. Die Küchenuhr zeigte drei Minuten nach elf. Er hatte viel früher mit ihnen gerechnet. Seit sieben Uhr morgens hatte er auf sie gewartet.

Jeden Herbst zur Einmachzeit rückte Suzannes Mutter Marthe mit einer ganzen Einkaufstasche voll alter Familienrezepte bei ihnen an. Die beiden Frauen waren dann tagelang damit beschäftigt, den Vorrat an Eingemachtem aufzustocken, und irgendwann stellte Marthe die unvermeidliche Frage: »Wann werden aus Gurken eigentlich Pickles?«

Zuerst hatte er versucht, diese Frage zu beantworten, so als habe sie sie ernst gemeint. Aber über die Jahre war ihm klar geworden, dass es keine Antwort darauf gab. Wann findet eine Veränderung statt? Manchmal geschieht es von einem Augenblick auf den anderen. Das sind die Aha-Momente in unserem Leben, wenn uns plötzlich die Erkenntnis überfällt. Aber oft handelt es sich um eine schleichende Veränderung, eine langsame Entwicklung.

Während der vier Stunden, die Matthew wartete, fragte er sich immer wieder, was eigentlich passiert war. Wann hatte sein Leben angefangen, aus dem Ruder zu laufen? Auch auf diese Frage fand er keine Antwort.

»Guten Morgen, Mr. Croft.« Chief Inspector Gamache machte einen ruhigen, vertrauenerweckenden Eindruck. Neben ihm stand Jean-Guy Beauvoir, daneben wiederum diese Polizistin, und hinter den dreien stand ein Mann, dem Croft bisher noch nicht begegnet war. Mittleren

Alters, mit Anzug und Krawatte, die kurz geschnittenen Haare von grauen Strähnen durchzogen. Gamache folgte Crofts Blick.

»Das ist Claude Guimette. Monsieur Guimette ist Jugend- und Verfahrenspfleger. Uns liegen mittlerweile die Ergebnisse der Untersuchung des Bogens und der Pfeile vor. Dürfen wir reinkommen?«

Croft ging einen Schritt zur Seite, um sie eintreten zu lassen. Ohne nachzudenken führte er sie in die Küche.

»Es wäre gut, wenn auch Ihre Frau dabei wäre.«

Croft nickte und ging nach oben. Suzanne saß im Schlafzimmer auf der Bettkante. Sie hatte den ganzen Morgen gebraucht, um sich anzuziehen, nach jedem Kleidungsstück hatte sie sich wieder erschöpft zurück aufs Bett sinken lassen. Schließlich, etwa vor einer Stunde, war sie vollständig angezogen. Vom Kopf abwärts sah sie gut aus, aber ihr Gesicht bot einen erschreckenden Anblick, und das ließ sich nicht verbergen.

Sie hatte versucht zu beten, aber die Worte waren ihr entfallen. Stattdessen wiederholte sie immer wieder die einzigen Zeilen eines Gedichts, an das sie sich erinnern konnte:

Kleiner Hirtenjunge, komm, blas dein Horn,
das Schaf steht auf der Weide, die Kuh im Korn.

Sie hatte es Philippe unzählige Male vorgelesen, als er noch klein war, aber an den Rest konnte sie sich nicht mehr erinnern. Es erschien ihr wichtig, auch wenn es kein Gebet war. Es war mehr als das. Es war der Beweis, dass sie eine gute Mutter gewesen war. Der Beweis, dass sie ihre Kinder geliebt hatte. Der Beweis, flüsterte die Stimme des kleinen Mädchens in ihrem Kopf, dass es nicht deine Schuld ist. Aber an den Rest des Gedichts konnte sie sich nicht erinnern. Also war es vielleicht doch ihre Schuld.

»Sie sind da«, sagte Matthew Croft beim Eintreten. »Sie wollen, dass du nach unten kommst.«

Als sie neben ihrem Mann die Küche betrat, erhob sich Gamache und schüttelte ihr die Hand. Sie setzte sich auf den angebotenen Stuhl, als sei sie in ihrem eigenen Haus zu Gast. In ihrer eigenen Küche.

»Die Ergebnisse der Laboruntersuchung liegen vor.« Gamache kam ohne Umschweife zur Sache. Es wäre grausam gewesen, lange um den heißen Brei herumzureden. »Jane Neals Blut befand sich auf dem Bogen, den wir in Ihrem Keller gefunden haben. Darüber hinaus befand es sich an einigen von Philippes Kleidungsstücken. Die Pfeilspitze passt zu der Wunde. Die Federn, die in der Wunde gefunden wurden, stimmen, was Art und Alter angeht, mit den Federn an den übrigen Pfeilen im Köcher überein. Wir glauben, dass Ihr Sohn Jane Neal aus Versehen erschossen hat.«

Jetzt war es heraus.

»Was geschieht nun mit ihm?«, fragte Matthew Croft mit tonloser Stimme.

»Ich würde gern mit ihm reden«, sagte Monsieur Guimette. »Ich werde ihn vertreten. Ich bin zwar zusammen mit der Polizei hergekommen, aber ich arbeite nicht für sie. Das Québec Guardians Office ist nicht der Polizei unterstellt. Genau genommen arbeite ich für Philippe.«

»Ich verstehe«, sagte Croft. »Muss er ins Gefängnis?«

»Wir haben auf dem Weg hierher darüber gesprochen. Chief Inspector Gamache hat nicht die Absicht, Philippe wegen Totschlags vor Gericht zu bringen.«

»Was geschieht dann mit ihm?«

»Er wird aufs Polizeirevier in Saint-Rémy gebracht und muss sich wegen groben Unfugs verantworten.« Croft zog die Augenbrauen hoch. Wenn er gewusst hätte, dass man wegen eines solchen Deliktes angezeigt werden konnte, wäre seine Jugend vermutlich ganz anders verlaufen. Er hatte wie sein Sohn ständig groben Unfug getrieben. Doch plötzlich bekamen diese Wörter eine ganz neue Bedeutung.

»Aber er ist doch noch ein Kind«, sagte seine Frau, die das Gefühl hatte, sie müsste etwas zur Verteidigung ihres Sohnes vorbringen.

»Er ist vierzehn. Alt genug, um Recht und Unrecht voneinander unterscheiden zu können«, sagte Gamache freundlich, aber bestimmt. »Er muss begreifen, dass er die Folgen tragen muss, wenn er etwas Unrechtes tut, sei es auch unabsichtlich. War Philippe einer der Jungen, die Monsieur Dubeau und Monsieur Brulé mit Entendreck beworfen haben?«

Der Themenwechsel schien Matthew Crofts Lebensgeister zu wecken.

»Ja. Er kam nach Hause und hat damit angegeben.« Er dachte daran, wie er in der Küche gestanden und seinen Jungen angestarrt hatte, als sei er ein Fremder.

»Sind Sie ganz sicher? Ich weiß, dass Miss Neal drei Namen gerufen hat, und der von Philippe war einer davon, aber sie hat sich möglicherweise bei mindestens einem der Jungen geirrt.«

»Wirklich?«, sagte Mrs. Croft mit neu erwachter Hoffnung, bevor ihr einfiel, dass es keine Rolle mehr spielte. Vor ein paar Tagen noch war ihr die Vorstellung unerträglich gewesen, dass ihr Sohn so etwas getan hatte und dabei erwischt worden war. Jetzt war es nichts im Vergleich zu dem, was er wenig später angerichtet hatte.

»Kann ich mit ihm reden?«, fragte Monsieur Guimette. »Nur ich und Chief Inspector Gamache?«

Matthew Croft zögerte.

»Denken Sie daran, Mr. Croft, ich arbeite nicht für die Polizei.«

Im Grunde hatte Croft keine Wahl, und das wusste er auch. Er führte sie nach oben und klopfte an die geschlossene Tür. Keine Antwort. Er klopfte noch einmal. Immer noch keine Antwort. Er legte die Hand auf den Türknauf, ließ sie dann jedoch wieder sinken und klopfte ein drittes Mal. Dieses Mal rief er zusätzlich den Namen seines Sohnes. Gamache verfolgte das Ganze mit großem Interesse. Zu guter Letzt streckte er die Hand aus, drehte den Türknauf und betrat Philippes Zimmer.

Philippe saß mit dem Rücken zur Tür und nickte mit dem Kopf. Selbst aus der Entfernung hörte Gamache die dumpfen, hämmernden Töne, die aus dem Kopfhörer drangen. Philippe trug die derzeit bei Jugendlichen angesagte Uniform, ein viel zu weites T-Shirt und eine viel zu weite Hose. Die Wände waren ringsum mit Postern von Rock- und Rapbands bedeckt, allesamt missmutig dreinblickende junge Männer. Dazwischen blitzte hier und da ein Stück Tapete hervor. Kleine Hockeyspieler in dem roten Trikot der kanadischen Nationalmannschaft.

Guimette berührte Philippe an der Schulter. Philippe riss die Augen auf und sah sie mit so viel Verachtung an, dass die beiden Männer sich fast körperlich bedroht fühlten. Gleich darauf verschwand der Ausdruck aus seinen Augen. Philippe hatte sich im Ziel geirrt, nicht zum ersten Mal.

»Ja? Was ist?«

»Philippe, ich bin Claude Guimette vom Guardians Office, und das ist Chief Inspector Gamache von der Sûreté.«

Gamache hatte erwartet, einen verängstigten Jungen vorzufinden, und er wusste, dass Angst viele Gesichter hatte. Aggression war nicht ungewöhnlich. Leute, die wütend waren, hatten fast immer auch Angst. Überheblichkeit, Tränen, scheinbare Gelassenheit, dabei aber zitternde Hände und ein unsteter Blick. Irgendetwas verriet fast immer ihre Angst. Aber Philippe Croft machte nicht den Eindruck, als hätte er Angst. Er wirkte … ja, wie? Triumphierend.

»Und?«

»Wir sind wegen des Todes von Jane Neal hier.«

»Ja. Ich hab davon gehört. Was hab ich damit zu tun?«

»Wir glauben, dass du es warst.«

»Ach ja? Wie kommen Sie denn darauf?«

»Ihr Blut befand sich an dem Bogen in eurem Keller, zusammen mit deinen Fingerabdrücken. Auch auf einigen deiner Sachen waren Blutflecken.«

»Ist das alles?«

»An deinem Fahrrad war auch Blut. Miss Neals Blut.«

Auf Philippes Gesicht lag ein selbstzufriedener Ausdruck.

»Ich war's nicht.«

»Und wie erklärst du das alles dann?«, fragte Gamache.

»Wie erklären Sie's denn?«

Gamache setzte sich. »Willst du es wissen? Meiner Meinung nach ist Folgendes passiert: Du bist am Sonntag in aller Frühe losgezogen. Aus irgendeinem Grund hast du den alten Bogen und die Pfeile mitgenommen und bist mit deinem Fahrrad zu einer bestimmten Stelle im Wald gefahren. Wir wissen, dass dein Großvater dort früher gejagt hat. Er hat sogar den Hochsitz in dem alten Ahornbaum gebaut, nicht wahr?«

Philippe starrte ihn einfach nur an. Oder durch ihn hindurch, dachte Gamache.

»Dann ist irgendetwas geschehen. Entweder ist dir die Sehne aus der Hand gerutscht, und der Pfeil löste sich versehentlich, oder du hast absichtlich geschossen, weil du dachtest, es sei ein Reh. Das furchtbare Ergebnis kennen wir jedenfalls. Aber was ist dann passiert, Philippe?«

Gamache sah ihn an und wartete, ebenso Monsieur Guimette. Philippe zeigte jedoch nicht die geringste Reaktion. Sein Gesicht blieb ausdruckslos, als ginge es in dieser Geschichte um einen anderen. Schließlich hob er die Augenbrauen und lächelte.

»Erzählen Sie weiter. Langsam wird's interessant. Die alte

Dame nibbelt also ab, und ich sollte eigentlich außer mir vor Verzweiflung sein. Nur war ich gar nicht dort, schon vergessen?«

»Ach ja, richtig«, sagte Gamache. »Also weiter. Du bist ein kluger Junge.« Diese Bemerkung rief bei Philippe ein Stirnrunzeln hervor. Offensichtlich ging ihm dieser väterliche Ton gegen den Strich. »Du hast gesehen, dass sie tot war. Du hast dich auf die Suche nach dem Pfeil gemacht und ihn schließlich auch gefunden, und dabei hast du dich mit Blut beschmiert. Danach bist du nach Hause gefahren und hast Pfeil und Bogen im Keller versteckt. Aber deiner Mutter sind die Flecken auf deinen Sachen aufgefallen, und sie hat dich danach gefragt. Du hast ihr wahrscheinlich irgendeine Geschichte aufgetischt. Aber dann hat sie im Keller auch noch den Pfeil und den Bogen gefunden. Und als die Nachricht von Jane Neals Tod die Runde machte, zählte sie eins und eins zusammen. Sie hat den Pfeil verbrannt, aber mit dem Bogen konnte sie das nicht machen, weil er zu groß war und nicht in den Ofen passte.«

»Hören Sie, Mann. Weil Sie so alt sind, wiederhole ich es noch mal ganz langsam. Ich … war … nicht … dort. Ich habe es nicht getan. *Comprends?*«

»Wer war es dann?«, fragte Guimette.

»Tja, wer könnte es gewesen sein? Mal sehen, wer hier im Haus ist denn der große Jäger?«

»Willst du damit sagen, dass dein Vater Miss Neal erschossen hat?«, erkundigte sich Guimette.

»Sind Sie beide schwer von Begriff? Klar war er es.«

»Und wie kommt das Blut an dein Fahrrad? An deine Sachen?«, fragte Guimette erstaunt.

»Hören Sie, ich erzähle Ihnen, was passiert ist. Vielleicht sollten Sie mitschreiben.«

Gamache rührte sich keinen Millimeter von der Stelle und sah Philippe nur weiterhin ruhig an.

»Mein Vater kam ganz aufgeregt nach Hause. Seine Handschuhe waren voll Blut. Ich bin zu ihm rausgegangen, um zu fragen, ob ich ihm helfen kann. Er hat mich umarmt und meine Hände genommen, er war völlig daneben. Dann hat er mir den blutverschmierten Pfeil und den Bogen gegeben und gesagt, ich soll sie in den Keller bringen. Irgendwie kam mir das verdächtig vor.«

»Was hast du gedacht?«, fragte Guimette.

»Wenn mein Vater früher auf die Jagd ging, hat er seine Ausrüstung hinterher immer gereinigt. Das war schon irgendwie komisch. Und er hatte auch kein Reh auf dem Laster. Da wurde mir klar, dass er jemanden umgebracht haben musste.«

Guimette und Gamache wechselten einen Blick.

»Für den Keller bin ich zuständig«, fuhr Philippe fort. »Als er sagte, ich soll das blutige Zeug runterbringen, begann ich mich zu fragen, ob er, na ja, ob er mich mit in die Sache reinziehen will. Aber ich hab's trotzdem runtergebracht. Und dann hat er mich plötzlich angebrüllt. ›Du Idiot, schaff dein blödes Fahrrad aus der Einfahrt weg.‹ Bevor ich mir die Hände waschen konnte, musste ich das Fahrrad wegbringen. Deswegen ist Blut dran.«

»Würdest du mir bitte mal deinen linken Arm zeigen«, sagte Gamache.

Guimette drehte sich zu Philippe um. »Ich rate dir, das nicht zu tun.«

Philippe zuckte die Achseln und schob den Ärmel seines T-Shirts zurück. Zum Vorschein kam ein dunkelroter Bluterguss. Er sah genauso aus wie der von Beauvoir.

»Wo hast du dir den geholt?«, fragte Gamache.

»Wie kriegt man wohl blaue Flecken?«

»Bist du hingefallen?«

Philippe verdrehte die Augen. »Sie dürfen noch mal raten.«

Guimette sagte traurig: »War das dein Vater?«
»Bingo.«

»Das hat er nicht gesagt. Das kann einfach nicht sein.« Matthew Croft schwieg, als hätte ihn plötzlich jegliche Kraft verlassen. Es war seine Frau, die schließlich ihre Stimme wiederfand und Einspruch erhob. Sie mussten sich verhört haben, etwas falsch verstanden haben, sich irren. »Das kann Philippe nicht gesagt haben.«

»Wir sind beide Zeugen, Mrs. Croft. Philippe sagt, dass sein Vater ihn misshandelt und dass er ihm aus Angst davor, verprügelt zu werden, geholfen hat, seine Tat zu vertuschen. Auf diese Weise sind die Blutflecken auf seine Sachen gekommen und seine Fingerabdrücke auf den Bogen. Er sagt, dass sein Vater Jane Neal getötet hat.« Claude Guimette erklärte das alles bereits zum zweiten Mal und wusste, dass er es wahrscheinlich noch ein paar Mal würde tun müssen.

Verblüfft fing Beauvoir Gamaches Blick auf, und er sah in seinen Augen etwas, das er bei Armand Gamache bisher noch selten gesehen hatte. Zorn. Gamache wandte den Blick von Beauvoir ab und richtete ihn auf Croft. Matthew Croft erkannte zu spät, dass er sich geirrt hatte. Er hatte gedacht, dass das, was sein Zuhause und seine Familie zerstören würde, noch in weiter Ferne läge. Er wäre nie auf die Idee gekommen, dass es bereits unter ihnen weilte.

»Er hat recht«, sagte er. »Ich habe Jane Neal getötet.«

Gamache schloss die Augen.

»Oh, Matthew, bitte. Nein. Tu das nicht.« Suzanne Croft drehte sich zu den anderen um und packte Gamache am Arm. »Sagen Sie ihm, er soll damit aufhören. Er lügt.«

»Ich glaube, Ihre Frau hat recht, Mr. Croft. Ich bin nach wie vor davon überzeugt, dass Philippe Miss Neal getötet hat.«

»Sie irren sich. Ich war es. Es war alles genauso, wie Philippe sagt.«

»Einschließlich der Prügel?«

Matthew Croft sah auf seine Füße und schwieg.

»Ich möchte, dass Sie uns aufs Polizeirevier nach Saint-Rémy begleiten«, sagte Gamache. Beauvoir registrierte ebenso wie alle anderen, dass es eine Bitte war, keine Aufforderung. Und ganz gewiss keine Festnahme.

»Ja.« Croft wirkte erleichtert.

»Ich komme mit«, sagte seine Frau sofort.

»Was ist mit Philippe?«, fragte Claude Guimette.

Suzanne kämpfte gegen den Drang an zu schreien. »Was soll mit ihm sein?« Sie atmete ein paarmal tief durch.

Gamache trat zu ihr und sagte mit ruhiger, sanfter Stimme: »Er ist erst vierzehn, und er braucht seine Mutter, auch wenn er es nicht zeigt.«

Sie zögerte kurz, und dann nickte sie stumm, weil sie es nicht wagte, noch etwas zu sagen.

Gamache wusste, dass nicht nur die Angst viele Gesichter hatte, sondern auch der Mut.

Gamache, Beauvoir und Croft saßen in dem kleinen Vernehmungszimmer auf dem Revier der Sûreté in Saint-Rémy. Auf dem Metalltisch zwischen ihnen standen ein Teller mit Schinkensandwiches und mehrere Cola-Dosen. Croft hatte nichts davon angerührt. Genauso wenig Gamache. Beauvoir hielt es nicht länger aus, griff lässig, als sei es nicht sein Magen, der vernehmlich knurrte, nach einem der Sandwiches und biss hinein.

»Erzählen Sie uns, was am Sonntagmorgen passiert ist«, forderte Gamache Matthew Croft auf.

»Ich bin früh aufgestanden, wie immer. Sonntags darf Suzanne immer ausschlafen. Ich habe den Kindern ihr Frühstück gemacht und bin losgegangen. Zum Jagen.«

»Sie haben uns doch erzählt, Sie würden nicht mehr jagen«, sagte Beauvoir.

»Ich habe gelogen.«

»Warum sind Sie in den Wald hinter dem Schulhaus gegangen?«

»Keine Ahnung. Wahrscheinlich weil mein Vater dort immer gejagt hat.«

»Ihr Vater hat filterlose Zigaretten geraucht und Milchkühe gehalten. Sie tun das nicht«, sagte Gamache. »Sie haben gezeigt, dass Sie nicht alles ganz genauso machen wie Ihr Vater. Es muss also einen anderen Grund geben.«

»Nein, es gibt keinen. Es war Thanksgiving, und ich habe ihn vermisst. Also habe ich seinen alten Recurvebogen und seine alten Pfeile genommen und bin in sein altes Jagdrevier gegangen. Um ihm nahe zu sein. *Point final.*«

»Was ist dann passiert?«

»Ich hörte ein Geräusch, etwas kam durch die Bäume, es klang wie ein Reh. Langsam und vorsichtig. Fast wie auf Zehenspitzen. Rehe bewegen sich so. Ich habe also den Bogen gespannt, und als ich eine Bewegung sah, habe ich geschossen. Bei Rehen muss man schnell sein, weil sie beim geringsten Anlass flüchten.«

»Aber es war kein Reh.«

»Nein, es war Miss Neal.«

»Wie lag sie da?«

Croft erhob sich, stellte sich breitbeinig hin, breitete die Arme aus und riss die Augen auf.

»Was haben Sie getan?«

»Ich bin zu ihr hin, aber ich sah sofort, dass sie tot war. Da bin ich in Panik geraten. Ich habe den Pfeil gesucht, ihn eingesteckt und bin zum Laster gerannt. Ich habe alles auf die Ladefläche geworfen und bin nach Hause gefahren.«

»Was ist dann passiert?« Beauvoirs Erfahrung nach bestand ein Verhör tatsächlich nur darin, »und was ist dann passiert« zu fragen und auf die Antwort achtzugeben. Der Trick bestand im genauen Zuhören.

»Ich weiß nicht.«

»Was soll das heißen?«

»Ich kann mich nicht mehr daran erinnern, was passiert ist, nachdem ich in den Laster gestiegen und nach Hause gefahren bin. Aber reicht das denn nicht? Ich habe Miss Neal umgebracht. Mehr brauchen Sie doch nicht zu wissen.«

»Warum haben Sie es nicht gemeldet?«

»Na ja, ich habe nicht damit gerechnet, dass Sie es herausfinden. In den Wäldern wimmelt es doch von Jägern, da habe ich einfach nicht gedacht, dass Sie ausgerechnet auf mich kommen. Als Sie es dann doch taten, wollte ich den alten Bogen meines Vaters nicht verbrennen. Ich hänge sehr daran. Es ist, als wäre er noch im Haus. Als mir klar wurde, dass ich ihn vernichten muss, war es bereits zu spät.«

»Schlagen Sie Ihren Sohn?«

Croft sah im ersten Moment aus, als wolle er protestieren, verzichtete dann jedoch auf eine Erwiderung.

»Heute Morgen saß ich in Ihrer Küche und erzählte Ihnen, dass wir Philippe für denjenigen hielten, der Miss Neal umgebracht hat.« Gamache beugte sich so weit vor, dass sein Kopf über den Sandwiches schwebte, hielt den Blick jedoch unverwandt auf Croft gerichtet. »Warum haben Sie es da nicht zugegeben?«

»Ich war zu verwirrt.«

»Kommen Sie, Mr. Croft. Sie haben uns erwartet. Sie wussten, was bei der Untersuchung im Labor herauskommen würde. Und trotzdem wollen Sie uns jetzt weismachen, dass Sie seelenruhig zugesehen hätten, wie Ihr Sohn wegen eines Verbrechens verhaftet wird, das Sie begangen haben? Ich glaube nicht, dass Sie dazu fähig wären.«

»Sie haben keine Ahnung, wozu ich fähig bin.«

»Da haben Sie vermutlich recht. Ich meine, wenn Sie es

fertig bringen, Ihren Sohn zu schlagen, bringen Sie wahrscheinlich auch alles Mögliche andere fertig.«

Crofts Nasenflügel blähten sich, und er presste die Lippen aufeinander. Gamache nahm an, dass Croft ihm jetzt einen Schlag verpasst hätte, wenn er tatsächlich gewalttätig wäre.

Sie ließen Croft im Vernehmungszimmer zurück. »Was sagen Sie zu all dem, Jean-Guy?«, fragte Gamache, sobald sie das Büro des Revierleiters erreicht hatten, wo sie ungestört waren.

»Ich weiß nicht, was ich davon halten soll, Sir. Hat Croft es getan? Philippes Geschichte ist nicht unplausibel. Es wäre möglich.«

»Wir haben nicht die geringste Spur von Jane Neals Blut in Crofts Laster oder in Mrs. Crofts Wagen gefunden. Nirgendwo seine Fingerabdrücke ...«

»Stimmt, aber Philippe sagte, er hätte Handschuhe getragen«, wandte Beauvoir ein.

»Man kann nicht gleichzeitig Handschuhe tragen und mit einem Bogen schießen.«

»Er könnte sie nach dem Schuss angezogen haben, als er sah, was er getan hat.«

»Er besaß also so viel Geistesgegenwart, Handschuhe überzustreifen, aber nicht so viel, um die Polizei anzurufen und den Unfall zu melden? Nein. In einem Krimi mag das Sinn ergeben. Aber nicht im wirklichen Leben.«

»Da bin ich anderer Meinung, Sir. Sie haben mir immer eingeschärft, dass wir nicht wissen können, was hinter verschlossenen Türen vor sich geht. Was geht im Haus der Crofts tatsächlich vor sich? Sicher, Matthew Croft wirkt vernünftig und umsichtig, aber haben wir in der Vergangenheit nicht immer wieder feststellen müssen, dass Kinderschänder genau diesen Eindruck auf ihre Mitmenschen machen? Sie müssen es. Das ist ihr Schutz. Es ist durchaus möglich, dass Matthew Croft seinen Sohn misshandelt.« Beauvoir kam sich zwar etwas albern dabei vor, Gamache einen Vortrag über Dinge zu halten, die er überhaupt erst von ihm gelernt hatte, aber andererseits fand er, dass es auch nicht schaden konnte, sie zu wiederholen.

»Was ist mit der Gemeindeversammlung, auf der er sich so hilfsbereit zeigte?«

»Arroganz. Er hat nicht damit gerechnet, dass wir ihm auf die Spur kommen, das hat er selbst zugegeben.«

»Tut mir leid, Jean-Guy. Das kaufe ich ihm einfach nicht ab. Es gibt nicht den kleinsten konkreten Hinweis, der auf ihn deuten würde. Nur die Anschuldigungen eines übellaunigen Teenagers.«

»Seines Sohns, mit einem verdächtigen blauen Fleck.«

»Ja. Ein blauer Fleck, der genauso aussieht wie Ihrer.«

»Aber er ist doch früher schon mit Pfeil und Bogen umgegangen. Croft sagte, nur Anfänger würden sich solche blauen Flecken holen.«

»Richtig, aber Croft sagte außerdem, er hätte vor ein paar Jahren mit dem Jagen aufgehört, demzufolge hat er wohl auch seinen Sohn seither nicht mehr mitgenommen«, erklärte Gamache. »Für ein Kind ist das eine lange Zeit. Wahrscheinlich war er völlig aus der Übung. Glauben Sie mir, der Junge hat in den vergangenen zwei Tagen einen Pfeil abgeschossen.«

Sie hatten ein Problem, und sie wussten es. Was sollten sie mit Matthew Croft machen?

»Ich habe bei der Staatsanwaltschaft in Granby angerufen«, sagte Gamache. »Sie schicken jemanden her. Sollte bald eintreffen. Wir werden es ihm überlassen.«

»Ihr.«

Beauvoir deutete mit dem Kopf zur Glastür des Büros, hinter der eine Frau mittleren Alters mit einer Aktentasche in der Hand stand und geduldig wartete. Er erhob sich und ließ sie eintreten. Sofort wirkte das Büro überfüllt.

»Maître Brigitte Cohen«, stellte Beauvoir vor.

»Bonjour, Maître Cohen. Es ist fast eins. Haben Sie schon zu Mittag gegessen?«

»Nur ein Brioche auf dem Weg hierher. Das betrachte ich als Horsd'œuvre.«

Zehn Minuten später saßen sie in einem gemütlichen Restaurant gegenüber dem Revier und gaben ihre Bestellung auf. Beauvoir erläuterte Maître Cohen mit knappen Worten die Situation. Sie erfasste sofort den wesentlichen Punkt.

»Also derjenige, auf den alle Ihre Beweise hindeuten, leugnet es, und derjenige, gegen den Sie nichts in der Hand haben, überschlägt sich regelrecht mit einem Geständnis. Oberflächlich betrachtet sieht es so aus, als wolle der Vater den Sohn schützen. Aber als Sie das erste Mal bei ihm waren, Chief Inspector, schien es so, als ließe er es zu, dass man seinem Sohn die Tat zur Last legt.«

»Das ist richtig.«

»Warum hat er seine Meinung geändert?«

»Ich glaube, die Anschuldigungen seines Sohnes haben ihn überrascht und zutiefst verletzt. Er hat das alles wohl nicht kommen sehen. Ich möchte nicht die Hand dafür ins Feuer legen, aber ich habe den Eindruck, dass die Crofts früher einmal eine glückliche Familie waren, seit geraumer Zeit allerdings nicht mehr. Nachdem ich Philippe kennengelernt habe, glaube ich, dass die Ursache für die Probleme bei ihm liegt. Das habe ich schon öfter erlebt. Der übellaunige Sprössling hat im Haus das Sagen, weil die Eltern Angst vor ihm haben.«

»Ja, das kenne ich auch. Sie wollen damit aber nicht sagen, dass sie in physischer Hinsicht Angst vor ihm haben, oder?«, fragte Cohen.

»Nein, emotional. Ich glaube, Croft hat gestanden, weil er die Vorstellung nicht erträgt, was Philippe von ihm denken könnte. Es war ein verzweifelter, in dem Moment sogar verrückter Versuch, seinen Sohn zurückzugewinnen. Er wollte Philippe damit zeigen, dass er ihn liebt. Es hatte gleichzeitig etwas von … wie soll ich sagen?« Gamache erinnerte sich an den Ausdruck auf Crofts Gesicht, als er ihm am Küchentisch gegenübergesessen hatte. »Es hatte etwas von einem Selbstmord. Er hat resigniert. Ich glaube, die Anschuldigungen seines Sohnes waren so schmerzhaft für ihn, dass er es nicht mehr ertragen und aufgegeben hat.«

Gamache sah seine beiden Begleiter an und verzog das Gesicht zu einem leichten Lächeln.

»Das sind natürlich alles nur Mutmaßungen. Nur ein Eindruck, den ich gewonnen habe. Ein starker Mann, der letztlich zusammenbricht und sich ergibt. Er gesteht ein Verbrechen, das er nicht begangen hat. Und genau das ist Matthew Croft. Ein starker Mann. Ein Mann mit Grundsätzen. Er wird es eines Tages bereuen, bald, hoffe ich. Soweit ich es beurteilen kann, befindet sich Philippe in einem Zustand ständiger Wut, und er hat seine Familie darauf gedrillt, ihn mit Samthandschuhen anzufassen.« Gamache dachte daran, wie Croft die Hand auf den Türknauf gelegt und ihn gleich wieder losgelassen hatte. Er hatte den Eindruck gehabt, dass Philippe seinem Vater in der Vergangenheit einmal die Hölle heiß gemacht hatte, weil es ihm eingefallen war, die Tür ohne seine Erlaubnis zu öffnen, und Croft hatte seine Lektion gelernt.

»Aber warum ist Philippe so wütend?«, wollte Beauvoir wissen.

»Warum ist irgendein Vierzehnjähriger wütend?«, gab Cohen zurück.

»Es gibt eine normale Wut, und dann gibt es eine Wut, die sich gegen alles und jeden richtet. Völlig unterschiedslos.« Beauvoir berichtete von dem Zwischenfall mit dem Entendreck, bei dem Olivier und Gabri als Zielscheibe gedient hatten.

»Ich bin keine Psychologin, aber für mich klingt das so, als würde der Junge Hilfe brauchen.«

»Da kann ich Ihnen nur zustimmen«, sagte Gamache. »Aber Beauvoir hat da eine gute Frage gestellt. Warum ist Philippe so wütend? Kann es sein, dass er misshandelt wurde?«

»Möglich. Die typische Reaktion eines Kindes in einer solchen Situation besteht allerdings darin, nett zu dem Elternteil zu sein, der es misshandelt, und seine Aggressionen gegen den anderen zu richten. Philippe scheint beide Eltern zu hassen, wenn auch seinen Vater etwas stärker. Er passt also nicht ins Bild, aber Ausnahmen bestätigen ja bekanntlich die Regel. Ich kann Ihnen gar nicht sagen, wie oft ich Kinder anklagen musste, die ihre Eltern umgebracht haben, nachdem sie jahrelang von ihnen misshandelt worden waren. Irgendwann setzen sie sich letztlich zur Wehr. Die meisten tun das allerdings nicht mit einem Mord.«

»Könnte er von jemand anderem misshandelt worden sein und das jetzt auf seinen Vater projizieren?« Gamache erinnerte sich an Claras Bemerkungen über Bernard Malenfant. Sie hatte ihn als Rohling beschrieben und gesagt, alle Jungen hätten Angst vor ihm. Sie hatte außerdem gesagt, Philippe würde wahrscheinlich sogar einen Mord gestehen, um Bernards Schlägen zu entgehen. Er teilte Maître Cohen seine Überlegungen mit.

»Durchaus möglich. Wir fangen gerade erst an zu begreifen, welche Schäden auch psychischer Natur gewalttätige Menschen verursachen. Philippe könnte ein Opfer von Gewalt sein, was ihn auf jeden Fall wütend machen würde, es würde ihm das Gefühl vermitteln, hilflos und wehrlos zu sein. Und das könnte dazu führen, dass er sich zu Hause übermäßig aggressiv verhält. Es ist ein Klischee, aber deshalb leider nicht weniger wahr. Das Opfer wird zum Täter. Aber in diesem Fall wissen wir das nicht.«

»Stimmt. Wir wissen es nicht, aber eines ist sicher: Im Fall von Miss Neals Tod gibt es keinen einzigen Hinweis, der auf Croft deutet.«

»Wir haben immerhin sein Geständnis.«

»Das Geständnis eines Mannes, der nicht ganz bei sich ist. Das ist nicht genug. Wir brauchen Beweise. Manchmal gehört es zu unseren Aufgaben, die Leute vor sich selbst zu schützen.«

»Was meinen Sie, Inspector Beauvoir?«

Die Frage zwang Beauvoir, einen Standpunkt einzunehmen, den er eigentlich nicht vertreten wollte.

»Meiner Meinung nach spricht einiges dafür, Matthew Croft hinsichtlich des Todes von Jane Neal ernsthaft als Täter in Betracht zu ziehen.« Während Beauvoir das sagte, ließ er Gamache nicht aus den Augen. Gamache nickte. »Wir haben Philippes Aussage«, fuhr Beauvoir fort, »die von den bisher sichergestellten Beweismitteln untermauert wird, und es gibt deutliche Hinweise darauf, dass Miss Neals Tod auf das Konto eines erfahrenen Bogenschützen geht, und das ist Philippe nicht. Croft hat den Tathergang detailliert beschrieben. Er hat uns sogar gezeigt, wie Jane Neal dalag. Und er kannte den Wildwechsel. All das zusammen mit Crofts Geständnis dürfte reichen, um Anklage zu erheben.«

Maître Cohen spießte mit ihrer Gabel ein Salatblatt auf. »Ich werde mir Ihre Berichte ansehen und gebe Ihnen dann heute Nachmittag Bescheid.«

Auf dem Rückweg zum Revier wollte Beauvoir sich bei Gamache dafür entschuldigen, dass er ihm widersprochen hatte.

»Na na, jetzt fangen Sie bloß nicht an, mich in Watte zu packen«, sagte Gamache lachend und legte Beauvoir den Arm um die Schultern. »Ich bin froh, dass Sie mit Ihrer Meinung nicht hinter dem Berg halten. Es gefällt mir nur nicht, dass Sie so überzeugend argumentiert haben. Maître Cohen wird sich wahrscheinlich Ihrer Auffassung anschließen.«

Gamache hatte recht. Cohen rief um halb vier aus Granby an und gab dem Chief Inspector die Anweisung, Croft wegen Totschlags, Verlassen des Tatorts, Behinderung der Ermittlungen und Vernichtung von Beweismitteln zu verhaften.

»Mein Gott, die hat es wirklich auf ihn abgesehen«, kommentierte Beauvoir. Gamache nickte und bat Beauvoir, ihn ein paar Minuten im Büro des Revierleiters allein zu lassen. Erstaunt leistete Beauvoir seiner Bitte Folge. Armand Gamache rief zu Hause an und sprach mit Reine-Marie, anschließend rief er seinen Vorgesetzten an, Superintendent Brébeuf.

»Ach kommen Sie, Armand, das soll wohl ein Witz sein.«

»Nein, Superintendent, ich meine es ernst. Ich werde Matthew Croft nicht verhaften.«

»Nur liegt die Entscheidung darüber nicht bei Ihnen, Armand. Ihnen muss ich doch wohl am allerwenigsten erklären, wie das System funktioniert. Wir ermitteln und sammeln Beweise, dann legen wir sie der Staatsanwaltschaft vor, und diese entscheidet, ob und gegen wen Anklage erhoben wird. Nicht Sie. Sie haben klare Anweisungen erhalten, also befolgen Sie sie um Himmels willen.«

»Matthew Croft hat Jane Neal nicht umgebracht. Es gibt nicht den geringsten Beweis, dass er es getan hat. Es gibt lediglich die Aussage seines seelisch offenbar ziemlich aus dem Gleichgewicht geratenen Sohnes und sein Geständnis.«

»Ist das nicht genug?«

»Als Sie damals hinter diesem Serienmörder in Brossard her waren, haben Sie da jeden verhaftet, der ein Geständnis abgelegt hat?«

»Das war etwas anderes, und das wissen Sie auch.«

»Nein, Superintendent. Die Leute, die zu uns kamen, um

ein Geständnis abzulegen, waren verwirrt und befriedigten damit irgendein merkwürdiges Bedürfnis, richtig?«

»Richtig«, sagte Michel Brébeuf vorsichtig. Er ging Auseinandersetzungen mit Armand Gamache nach Möglichkeit aus dem Weg, und das nicht nur, weil sie Freunde waren. Gamache war ein vernünftiger Mann, und Brébeuf wusste, dass er zu seinen Überzeugungen stand. Aber deswegen hat er noch lange nicht immer recht, hielt er sich selbst entgegen.

»Crofts Geständnis hat nichts zu bedeuten. Ich halte es für eine Art Selbstbestrafung. Er ist durcheinander und verletzt.«

»Der Arme.«

»Ja, na ja, ich will nicht behaupten, dass das besonders edelmütig oder bewundernswert ist. Aber es ist menschlich. Und nur weil er um Bestrafung bettelt, müssen wir ihm diesen Wunsch doch nicht erfüllen.«

»Was sind Sie doch für ein scheinheiliger Kerl. Mir hier Vorträge über die moralische Funktion der Polizei zu halten! Ich kenne unsere Aufgaben sehr wohl. Aber Sie wollen gleichzeitig Polizist, Richter und Geschworener spielen. Wenn Croft unschuldig ist, wird man ihn freisprechen. Vertrauen Sie dem Gesetz, Armand.«

»Wenn er an diesem lächerlichen Geständnis festhält, wird es nicht einmal zu einem Prozess kommen. Aber selbst wenn er letzten Endes freigesprochen wird – Sie und ich wissen, was jemanden erwartet, der wegen eines Verbrechens verhaftet wurde. Vor allem wenn es sich dabei um ein Gewaltverbrechen handelt. Er ist für den Rest seines Lebens gebrandmarkt. Egal ob er es getan hat oder nicht. Wir würden Matthew Croft eine Wunde zufügen, die nie mehr heilt.«

»Sie täuschen sich. Die fügt er sich selbst zu.«

»Nein, er will uns dazu bringen, dass wir es tun. Aber wir müssen nicht darauf reagieren. Das meine ich. Die Polizei darf sich nicht zu einer Handlung zwingen lassen, genauso wenig wie eine Regierung. Nur weil man uns provoziert, heißt das nicht, dass wir uns provozieren lassen.«

»Was wollen Sie mir damit sagen, Chief Inspector? Dass Sie von jetzt an nur noch Leute verhaften, wenn Sie hundertprozentig sicher mit einer Verurteilung rechnen können? Sie haben früher auch schon Leute verhaftet, die sich später als unschuldig erwiesen. Erinnern Sie sich an den Fall Gagné im vergangenen Jahr? Sie haben den Onkel verhaftet, und dann stellte sich heraus, dass der Neffe die Tat begangen hatte.«

»Stimmt, ich hatte mich geirrt. Aber ich war immerhin davon überzeugt, dass es der Onkel war. Das war falsch. Doch das hier ist etwas anderes. In diesem Fall würde ich jemanden verhaften, von dem ich nicht glaube, dass er der Täter ist. Das kann ich einfach nicht.«

Brébeuf seufzte. Ihm war von der ersten Minute dieses Gesprächs an klar gewesen, dass er Gamache nicht würde umstimmen können. Aber er musste es wenigstens versuchen. Der Mann war wirklich anstrengend.

»Sie wissen doch, was ich jetzt tun muss?«

»Ja. Und ich bin darauf vorbereitet.«

»Zur Strafe für Ihre Insubordination werden Sie also in der Uniform von Sergeant LaCroix im Präsidium aufkreuzen?« Mai LaCroix war die ungeheuer dicke Beamtin, die in der Eingangshalle des Präsidiums wie ein verirrter Buddha hinter dem Empfangstresen thronte. Um die Sache noch schlimmer zu machen, trug sie immer einen Rock aus der Kleiderkammer der Sûreté, der ihr einige Nummern zu klein war.

Bei der Vorstellung musste Gamache lachen. »Einverstanden, Michel. Wenn Sie sie dazu bewegen können, diese Uniform auszuziehen, werde ich sie tragen.«

»Jetzt mal im Ernst. Ich fürchte, ich werde Sie suspendieren müssen.« Das hatte Michel Brébeuf schon einmal beinahe getan, nach dem Fall Arnot. Seine Vorgesetzten hatten ihm die Anweisung erteilt, Gamache zu suspendieren, ebenfalls wegen Insubordination. Dieser Fall hätte fast das Ende ihrer beider Karrieren bedeutet und hing Gamache immer noch nach. Nach Ansicht von Brébeuf hatte er sich auch damals geirrt. Er hätte nichts weiter zu tun brauchen, als einfach den Mund zu halten, schließlich war es ja nicht so, als hätten ihre Vorgesetzten vorgeschlagen, die Verbrecher laufen zu lassen. Ganz im Gegenteil. Aber Gamache hatte sich den Anweisungen von oben widersetzt. Brébeuf fragte sich, ob Gamache den Fall Arnot tatsächlich für abgeschlossen hielt.

Nie hätte er gedacht, dass er die folgenden Worte einmal aussprechen würde. »Sie sind von diesem Augenblick an für eine Woche vom Dienst suspendiert, ohne Bezüge. Dann findet eine Anhörung statt. Kommen Sie nicht im Rock.«

»Danke für den Tipp.«

»*D'accord.* Und jetzt geben Sie mir Beauvoir.«

Es gehörte einiges dazu, Jean-Guy Beauvoir zu verblüffen, aber das Gespräch mit dem Superintendent schaffte es. Gamache lag viel an Beauvoir, er war wie ein Sohn für ihn, aber dieser hatte ihm gegenüber niemals irgendwelche Gefühle zu erkennen gegeben, abgesehen von dem Respekt eines Untergebenen gegenüber seinem Vorgesetzten. Das hatte genügt. Doch jetzt konnte Gamache sehen, wie schwer es Beauvoir fiel, Brébeufs Anordnung Folge zu leisten, und er empfand es als großes Geschenk. Das Geschenk zu wissen, dass dem anderen auch an ihm lag.

»Ist das wahr?«

Gamache nickte.

»Ist es meine Schuld? Habe ich das verbockt, weil ich Ihnen widersprochen habe? Was bin ich doch für ein Idiot. Warum konnte ich nicht einfach die Klappe halten?« Beauvoir lief in dem kleinen Büro auf und ab wie ein Löwe im Käfig.

»Das hat nichts mit Ihnen zu tun. Sie haben alles richtig gemacht. Sie haben getan, was Sie tun mussten. Genau wie ich. Und übrigens auch Superintendent Brébeuf.«

»Ich dachte, er wäre ein Freund von Ihnen.«

»Ist er auch. Hören Sie, nehmen Sie es ihm nicht übel. Als ich ihn angerufen habe, wusste ich, dass ihm nichts anderes übrig bleibt. Ich habe vorher mit Reine-Marie telefoniert, um es mit ihr zu besprechen.«

Es versetzte Beauvoir einen leichten Stich, dass der Chief Inspector seine Frau zu Rate gezogen hatte und nicht ihn. Er wusste, dass das dumm war, aber das waren Gefühle öfter mal. Deshalb versuchte er, sie auch weitgehend zu vermeiden.

»Als sie sagte ›Tu es‹, habe ich ihn ruhigen Gewissens angerufen. Ich kann Matthew Croft nicht verhaften.«

»Also, wenn Sie es nicht können, kann ich es auch nicht. Ich erledige nicht die Drecksarbeit für Brébeuf.«

»Superintendent Brébeuf, meinen Sie, und es ist Ihre Aufgabe. Was war das sonst heute Nachmittag? Wollten Sie bloß ein bisschen Advocatus Diaboli spielen? Sie wissen genau, dass ich so etwas nicht leiden kann. Sagen Sie, was Sie denken, aber spielen Sie keine albernen kleinen Spielchen. Haben Sie die Gegenseite etwa nur vertreten, um die Diskussion in Gang zu halten?«

»Nein, darum ging es nicht. Ich glaube, dass Matthew Croft es getan hat.«

»Dann verhaften Sie ihn.«

»Das ist nicht alles.« Hatte Beauvoir zuvor schon bekümmert ausgesehen, so wirkte er nun regelrecht unglücklich. »Superintendent Brébeuf hat mich angewiesen, Ihnen den Dienstausweis und die Waffe abzunehmen.«

Gamache zuckte unwillkürlich zusammen. Hätte er sich

vorher sämtliche Konsequenzen überlegt, wäre er wahrscheinlich nicht überrascht gewesen, aber so traf es ihn völlig unvorbereitet. Sein Magen zog sich zusammen. Die Heftigkeit seiner Reaktion erstaunte ihn. Darüber musste er gründlich nachdenken, und glücklicherweise hatte er auf der langen Heimfahrt, die vor ihm lag, ja jede Menge Zeit dazu.

Gamache riss sich zusammen, fasste in seine Brusttasche und übergab Beauvoir Ausweis und Marke. Dann löste er das Holster.

»Tut mir leid«, flüsterte Beauvoir. Gamache hatte sich rasch wieder gefangen, aber nicht rasch genug, um seine Empfindungen vor Beauvoir verbergen zu können. Als Beauvoir die Sachen entgegennahm, erinnerte er sich an eines der vielen Dinge, die er von Gamache gelernt hatte. Matthäus 10,36.

Die Beerdigung von Jane Neal, ledig, Einwohnerin von Three Pines im Bezirk Saint-Rémy, Provinz Québec, fand zwei Tage später statt. Das Glockengeläut der Eglise Ste. Marie hallte in den Tälern wider und drang tief in die Erde, wo Geschöpfe lebten, die nicht mehr dort leben würden, hätte es Jane Neal nicht gegeben und wäre sie nicht der Mensch gewesen, der sie war.

Und jetzt versammelte sich die Trauergemeinde, um ihr das letzte Geleit zu geben. Armand Gamache war eigens aus Montréal gekommen. Es war eine willkommene Abwechslung in seiner erzwungenen Untätigkeit. Er bahnte sich einen Weg durch die Menge, durchschritt die Eingangstür der kleinen Kirche und fand sich im Dämmerlicht ihres Inneren wieder. Er fand es immer wieder merkwürdig, dass Kirchen so düster waren. Wenn man aus dem hellen Sonnenschein draußen kam, brauchte man erst einmal ein, zwei Minuten, um sich daran zu gewöhnen. Und selbst dann blieb immer ein Rest von Unbehagen, jedenfalls ging es Gamache so. Kirchen waren entweder Monumente zur Huldigung des Wohlstands und Reichtums einer Gemeinde, weniger der Huldigung Gottes, oder sie waren finstere, kalte Höhlen zur Huldigung von Askese und Entsagung.

Wegen der Musik, der Schönheit der Sprache und der friedvollen Stille besuchte Gamache Kirchen gern. Aber Gott fühlte er sich in seinem Volvo näher. Er entdeckte Beauvoir, winkte ihm zu und ging zu ihm.

»Ich hatte gehofft, dass Sie kommen würden«, begrüßte ihn Beauvoir. »Es interessiert Sie bestimmt, dass wir die gesamte Familie Croft einschließlich ihres Viehs verhaftet haben.«

»Sie sind also auf Nummer sicher gegangen.«

»Da haben Sie verdammt recht, Partner.«

Gamache hatte Beauvoir nicht mehr gesehen, seit er am Dienstagnachmittag abgefahren war, aber sie hatten ein paarmal miteinander telefoniert. Beauvoir wollte Gamache auf dem Laufenden halten, und Gamache wollte Beauvoir zu verstehen geben, dass er ihm nichts nachtrug.

Yolande stakste hinter dem Sarg her, als er in die Kirche getragen wurde. An ihrer Seite schritt André, wie immer verschlagen und schmierig wirkend, und hinter ihnen trottete Bernard den Gang entlang und warf verstohlene Blicke hierhin und dorthin, als sei er auf der Suche nach seinem nächsten Opfer.

Yolande tat Gamache furchtbar leid. Nicht wegen des Kummers, den sie empfand, sondern wegen des Kummers, den sie nicht empfand. Er betete im Stillen, dass sie eines Tages keine Gefühle mehr vortäuschen musste, sondern sie tatsächlich empfinden würde. Andere Leute in der Kirche waren traurig, aber Yolande sah am traurigsten aus. Jedenfalls machte sie die traurigste Figur.

Der Gottesdienst war kurz und nichtssagend. Offensichtlich hatte der Pfarrer Jane Neal nicht gekannt. Kein

Familienmitglied erhob sich, um ein paar Worte zu sprechen, außer André, der einen wunderbaren Psalm vorlas und dabei kaum gelangweilter hätte wirken können, wenn es sich um eine Spalte des Telefonbuchs gehandelt hätte. Der Gottesdienst wurde trotz Janes englischer Abstammung in französischer Sprache abgehalten, und er war katholisch, obwohl Jane der anglikanischen Kirche angehört hatte. Als er vorbei war, folgten Yolande, André und Bernard dem Sarg zu einer Beisetzung »im engsten Familienkreis«, obgleich Janes Freunde ihre eigentliche Familie gewesen waren.

»Heute ist es wirklich eiskalt«, sagte Clara Morrow neben ihm. Ihre Augen waren gerötet. »Die Kürbisse werden in der Nacht Frost abbekommen.« Sie brachte ein Lächeln zustande. »Wir halten am Sonntag in St. Thomas einen Gedenkgottesdienst für Jane ab. Genau eine Woche nach dem Tag ihres Todes. Wir würden uns freuen, wenn Sie daran teilnehmen, vorausgesetzt, es macht Ihnen nichts aus, noch mal herzufahren.«

Gamache machte es nichts aus. Als er sich umsah, merkte er, wie sehr ihm dieser Ort und seine Bewohner inzwischen ans Herz gewachsen waren. Zu schade, dass einer von ihnen ein Mörder war.

10

Der Gedenkgottesdienst für Jane Neal war kurz und liebevoll, und wenn eine derartige Veranstaltung mollig sein könnte, wäre er ein genaues Abbild der Frau gewesen, für die er abgehalten wurde. Er bestand im Grunde genommen darin, dass Janes Freunde einer nach dem anderen aufstanden und auf Englisch oder Französisch etwas über sie sagten. Die Feier war schlicht und ihre Botschaft klar. Janes Tod war lediglich ein Moment in ihrem erfüllten und schönen Leben. Sie war so lange bei ihnen gewesen, wie das Schicksal es vorgesehen hatte. Nicht kürzer, aber auch nicht länger. Jane Neal hatte gewusst, dass Gott nicht fragen würde, in wie vielen Komitees sie gesessen hatte oder wie viel Geld sie verdient hatte oder welche Preise sie gewonnen hatte, wenn ihre Stunde gekommen war. Nein, er würde fragen, wie vielen ihrer Mitgeschöpfe sie geholfen hatte. Und Jane Neal hätte eine Antwort darauf gehabt.

Gegen Ende des Gottesdienstes erhob sich Ruth von ihrem Platz und sang mit dünner, zittriger Altstimme »What Shall We Do With a Drunken Sailor?« Anfangs sang sie das etwas fehl am Platz wirkende Seemannslied sehr langsam, wie ein Klagelied, und legte dann nach und nach an Tempo zu. Gabri stimmte mit ein, gleich darauf Ben, und zum Schluss klatschte die gesamte in der Kirche versammelte Trauergemeinde in die Hände, schwang die Hüften und stellte singend die Frage: »What shall we do with a drunken sailor, early in the morning?«

Nach dem Gottesdienst servierten die Mitglieder des Vereins anglikanischer Frauen in der Sakristei Eintopf und frisch gebackenen Apfel- und Kürbiskuchen, begleitet von der leisen Melodie des Seemannslieds, die hier und da noch immer gesummt wurde.

»Warum ›Drunken Sailor‹?« Gamache hatte sich am Buffet angestellt und fand sich neben Ruth Zardo wieder.

»Das war eins von Janes Lieblingsliedern«, erklärte Ruth. »Sie hat es dauernd gesungen.«

»Sie haben es an jenem Tag im Wald gesummt«, sagte Gamache zu Clara.

»Um die Bären zu verjagen. Hat Jane es nicht im Unterricht gelehrt?«, fragte Clara Ruth.

Olivier mischte sich ein. »Sie hat mir erzählt, sie habe es für die Schule gelernt. Um es den Kindern beibringen zu können. Stimmt doch, oder, Ruth?«

»Sie musste alle Fächer unterrichten, als sie vor fünfzig Jahren ihre Stelle antrat. Aber da sie weder singen noch Klavier spielen konnte, wusste sie nicht, was sie im Musikunterricht mit ihren Schülern anfangen sollte. Also habe ich ihr das Lied beigebracht«, erzählte Ruth.

»Das wundert mich nicht«, murmelte Myrna.

»Das war das einzige Lied, das ihre Schüler jemals gelernt haben«, sagte Ben.

»Ihre Weihnachtsfeiern müssen ja beeindruckend gewesen sein«, meinte Gamache und sah vor seinem geistigen Auge die Jungfrau Maria, Josef, das Jesuskind und drei betrunkene Seeleute.

»Das waren sie«, sagte Ben und kicherte bei der Erinnerung. »Wir sangen alle Weihnachtslieder zur Melodie von ›Drunken Sailor‹. Sie hätten mal die Gesichter der Eltern beim Weihnachtskonzert sehen sollen, wenn Miss Neal ›Stille Nacht‹ ankündigte und wir dann anfingen zu singen.« Ben stimmte »Stille Nacht, heilige Nacht, alles schläft, einsam wacht« an, allerdings zur Melodie des Seemannslieds. Einige Leute im Raum lachten und fielen ein.

»Mir fällt es heute noch schwer, ein richtiges Weihnachtslied zu singen«, sagte Ben.

Clara entdeckte Nellie und Wayne und winkte ihnen zu. Nellie ließ Wayne stehen und steuerte auf Ben zu, wobei sie bereits zu reden begann, bevor sie den Raum zur Hälfte durchquert hatte.

»Ach, Mr. Hadley, ich hatte gehofft, Sie hier zu treffen. Ich wollte nächste Woche zu Ihnen zum Saubermachen kommen. Wie wär's mit Dienstag?« Dann wandte sie sich Clara zu und sagte in vertraulichem Ton, als würde sie ein Staatsgeheimnis verraten: »Ich war seit dem Tod von Miss Neal nicht mehr putzen, Wayne hat mich ständig in Trab gehalten.«

»Wie geht's ihm denn inzwischen?«, fragte Clara, die sich wieder an Waynes Keuchen und Husten auf der Gemeindeversammlung vor ein paar Tagen erinnerte.

»Er jammert, also kann es nicht mehr schlimm sein. Nun, wie steht es, Mr. Hadley? Ich habe nicht den ganzen Tag Zeit, wissen Sie.«

»Dienstag passt gut.« Er drehte sich zu Clara, sobald Nellie zu ihrer schweren Bürde zurückgekehrt war, die gerade das Buffet abzuräumen schien. »Bei mir sieht's aus wie bei Hempels unterm Sofa. Man sollte es nicht für möglich halten, was für einen Schweinestall ein alter Junggeselle und sein Hund verursachen können.«

Während sich die Schlange langsam vorwärts bewegte, sagte Gamache zu Ruth: »Als ich wegen Miss Neals Testament beim Notar war, erwähnte er Ihren Namen. Irgendetwas machte Klick bei mir, als er ›geborene Kemp‹ sagte, aber ich kam nicht gleich drauf.«

»Und wie haben Sie es herausgefunden?«, fragte Ruth.

»Clara Morrow hat es mir gesagt.«

»Sie sind doch ein schlauer Bursche. Daraus haben Sie dann abgeleitet, wer ich bin.«

»Na ja, es dauerte noch eine Weile, aber schließlich ist der Groschen gefallen.« Gamache lächelte. »Ich mag Ihre Gedichte.« Er setzte an, aus seinem Lieblingsgedicht zu zitieren, und kam sich dabei vor wie ein pickliger Teenager, der endlich seinem Leinwandidol gegenübersteht. Die alte Dame machte eine abwehrende Geste, um zu verhindern, dass ihr jemand ihre eigenen wunderbaren Worte vortrug.

»Verzeihen Sie, wenn ich mich einmische«, sagte Clara und machte mit dieser kleinen Unterbrechung zwei Leute äußerst glücklich. »Aber sagten Sie gerade ›er‹?«

»Er?«, wiederholte Gamache.

»Er? Der Notar?«

»Ja, Maître Stickley in Williamsburg. Er war Miss Neals Notar.«

»Sind Sie sicher? Ich dachte, sie wäre bei dieser Notarin gewesen, die erst vor Kurzem ein Baby bekommen hat. Solonge Soundso.«

»Solonge Frenette? Die aus der Gymnastik-Gruppe?«, fragte Myrna.

»Genau. Jane sagte, dass sie und Timmer sie wegen ihrer Testamente aufsuchen wollten.«

Gamache starrte Clara an.

»Sind Sie sicher?«

»Nein, offen gestanden nicht. Ich glaube mich allerdings erinnern zu können, dass sie davon geredet hat, weil ich Jane fragte, wie es Solonge geht. Solonge war zu der Zeit im dritten Monat. Morgendliche Übelkeit. Inzwischen hat sie das Baby bekommen und ist im Mutterschaftsurlaub.«

»Ich würde vorschlagen, dass sich eine von Ihnen so schnell wie möglich mit Maître Frenette in Verbindung setzt.«

»Das mache ich«, sagte Clara und hätte am liebsten alles stehen und liegen lassen, um nach Hause zu eilen und sich hinters Telefon zu klemmen. Aber zuerst musste sie noch etwas anderes erledigen.

Es war ein uraltes, einfaches Ritual. Myrna leitete sie, nachdem sie sich mit einer üppigen Portion Eintopf und Brot gestärkt hatte. Es sei ungemein wichtig, hatte sie Clara erklärt, dass man sich vor Beginn eines Rituals ausreichend stärke. Mit einem Blick auf ihren Teller hatte Clara gedacht, dass jetzt zumindest nicht mehr die Gefahr bestand, dass sie während des Rituals von einem Windstoß davongetragen wurde. Clara musterte die Gesichter der ungefähr zwanzig Frauen, die sich auf dem Dorfanger eingefunden hatten, die meisten davon wirkten etwas nervös. Sie standen in Wolljacken, Mützen und Handschuhe eingemummelt in einem losen Halbkreis beisammen und starrten auf die riesige schwarze Frau in ihrem leuchtend grünen Cape. Die große grüne Hexe.

Clara fühlte sich vollkommen entspannt. Sie schloss die Augen, atmete ein paarmal tief durch und betete um die Gnade, dass der Zorn und die Angst, die sie wie schwarzer Trauerflor zu umwehen schienen, verschwinden mochten. Das Ritual sollte dem ein Ende machen, Dunkelheit in Licht verwandeln, Hass und Furcht bannen und Vertrauen und Wärme zurückbringen.

»Dieses Ritual ist eine Feier und dient der Reinigung«, erklärte Myrna der Gruppe. »Seine Wurzeln reichen viele tausend Jahre zurück, aber seine Zweige strecken sich bis in die Gegenwart und berühren uns, sie umschließen jeden, der ein Teil davon sein will. Wenn ihr irgendetwas wissen wollt, fragt einfach.« Myrna machte eine Pause, aber keine der Frauen sagte etwas. Myrna kramte in der Tasche herum, die sie mitgebracht hatte, und förderte einen Stock zutage. Genau genommen sah es eher aus wie ein dicker, gerader Ast ohne Rinde, dessen eines Ende angespitzt war.

»Das ist ein Gebetsstab. Einige von euch kennen solche Stäbe vielleicht.« Sie wartete und vernahm ein leises Lachen.

»Hatte den vielleicht ein Biber in der Mache?«, fragte Hanna Parra.

»Ganz genau«, erwiderte Myrna lächelnd. Sie reichte den Stab herum, und damit war das Eis gebrochen. Die Frauen, die nervös, vielleicht sogar etwas verängstigt gewesen waren, weil sie gedacht hatten, es würden sie irgendwelche Hexenkunststücke erwarten, entspannten sich und stellten fest, dass es nichts gab, wovor sie sich fürchten mussten. »Ich habe ihn letztes Jahr am Teich an der Mühle gefunden. Man kann noch sehen, wo der Biber dran rumgenagt hat.«

Eifrig wurden Hände ausgestreckt, um den Stock zu berühren und die Spuren zu begutachten, die der Biber mit seinen Zähnen hinterlassen hatte, als er das Holz bearbeitet hatte, bis eine scharfe Spitze entstanden war.

Clara war kurz nach Hause gegangen, um Lucy zu holen, die jetzt ruhig an ihrer Leine neben ihr stand. Als der Gebetsstab wieder bei Myrna angekommen war, hielt sie ihn dem Golden Retriever vor die Schnauze. Zum ersten Mal seit Janes Tod vor einer Woche sah Clara die Hündin mit dem Schwanz wedeln. Einmal. Vorsichtig packte sie den Stab mit den Zähnen. Und hielt ihn fest. Dann wedelte sie ein weiteres Mal zaghaft mit dem Schwanz.

Gamache saß auf der Bank am Dorfanger. Seit jenem Morgen, an dem sie gemeinsam den heraufdämmernden Tag begrüßt hatten, betrachtete er sie als seine Bank. Jetzt beschien die Sonne ihn und seine Bank und schenkte ihnen ein paar kostbare Grad mehr als im Schatten. Trotzdem bildete sein Atem kleine weiße Wölkchen. Während er ruhig dasaß, beobachtete er die Frauen, wie sie sich versammelten, eine Reihe bildeten und mit Myrna an der Spitze und Clara am Ende die Wiese umrundeten.

»Der Altweibersommer ist wohl vorbei«, sagte Ben und ließ sich auf die Bank plumpsen, so als hätten sich seine Knochen plötzlich aufgelöst. »Die Sonne steht schon ziemlich tief.«

»Hmm«, brummte Gamache zustimmend. »Machen sie das oft?« Er deutete mit einem Nicken auf die Prozession der Frauen.

»Ungefähr zweimal im Jahr. Beim letzten Mal war ich dabei. Ich hab's nicht begriffen.« Ben schüttelte den Kopf.

»Vielleicht würden wir es verstehen, wenn sie sich hin und wieder gegenseitig den Stock abjagen würden«, meinte Gamache, der es ganz genau verstand. Einträchtig schweigend saßen die beiden Männer nebeneinander und sahen den Frauen zu.

»Wie lange lieben Sie sie schon?«, fragte Gamache leise, ohne Ben anzusehen. Ben drehte den Kopf und starrte Gamache fassungslos an.

»Wen?«

»Clara. Seit wann lieben Sie sie?«

Ben stieß einen tiefen Seufzer aus, wie ein Mann, der sein halbes Leben darauf gewartet hat, endlich ausatmen zu dürfen. »Wir waren alle zusammen auf der Kunstakademie, Peter und ich waren allerdings ein paar Klassen über Clara. Bei Peter war es Liebe auf den ersten Blick.«

»Und bei Ihnen?«

»Ich habe ein bisschen länger gebraucht. Ich glaube, ich bin misstrauischer als Peter. Mir fällt es schwerer, mich einem anderen Menschen zu öffnen. Aber Clara ist etwas Besonderes, nicht wahr?« Ben betrachtete sie mit einem Lächeln.

Myrna zündete einen Zweig Salbei aus Janes Garten an, und Rauch stieg auf. Auf ihrem Weg rund um die Wiese blieben die Frauen vier Mal stehen, um sich den vier Himmelsrichtungen zuzuwenden. Dabei reichte Myrna den rauchenden Salbeizweig jedes Mal an eine andere Frau weiter, die dann vor dem Zweig leicht mit der Hand hin und her wedelte, um den Rauch in Richtung der Häuser zu treiben.

Myrna erklärte, diesen Vorgang bezeichne man als Ausräuchern. Der Rauch habe eine reinigende Wirkung und vertreibe die bösen Geister, um Platz für die guten zu schaffen. Gamache sog die duftende Mischung aus Holz und Salbei tief in seine Lungen. Sie hatte etwas Beruhigendes, Tröstendes.

»Merkt man es?«, fragte Ben besorgt. »Wissen Sie, ich habe davon geträumt, dass wir einmal zusammenkommen, aber das ist lange her. So etwas könnte ich nie im Leben tun. Nicht gegenüber Peter.«

»Nein, man merkt es nicht.« Ben und Gamache sahen der Prozession der Frauen hinterher, als diese die Rue du Moulin entlanggingen und schließlich im Wald verschwanden.

Es war kalt und dunkel. Überall war welkes Laub, es raschelte unter ihren Füßen und hing über ihren Köpfen und wirbelte um sie herum durch die Luft. Die Begeisterung der Frauen war einer gewissen Unruhe gewichen. Ein Schatten legte sich über die fröhliche Zusammenkunft. Selbst Myrna wirkte auf einmal bedrückt, auf ihrem lächelnden, freundlichen Gesicht erschien ein wachsamer Ausdruck.

Der Wald knarrte. Und ächzte. Die Blätter der Pappeln zitterten im Wind.

Clara wollte weg von hier. Das war kein schöner Ort.

Lucy begann zu knurren, ein langer, tiefer, warnender Laut. Ihre Nackenhaare stellten sich auf, und sie duckte sich auf den Boden, alle Muskeln wie zum Sprung angespannt.

»Wir müssen einen Kreis bilden«, sagte Myrna um Gelassenheit bemüht, während sie ihren Blick über die Frauen schweifen ließ und herauszufinden versuchte, welche davon sie notfalls überholen könnte. Oder wäre sie die Nachzüglerin? Dieser verdammte Eintopf.

Die Frauen bildeten einen Kreis, so klein und eng wie möglich, und fassten sich bei den Händen. Myrna hob den Gebetsstab von der Stelle auf, an der ihn Lucy hatte fallen lassen und rammte ihn tief in den Boden. Clara erwartete fast, die Erde aufheulen zu hören.

»Hier habe ich ein paar Bänder.« Myrna öffnete ihre Tasche. Darin lag ein Haufen leuchtend bunter, ineinander verschlungener Bänder. »Wir hatten euch gebeten, alle etwas mitzubringen, was symbolisch für Jane steht.«

Myrna zog ein kleines Buch aus ihrer Jacke. Dann kramte sie eine Weile in der Tasche, bis sie ein scharlachrotes Band gefunden hatte. Sie schlang zuerst das Band um das Buch, und dann ging sie zu dem Gebetsstab und befestigte es daran.

»Das ist für dich, Jane, um dir dafür zu danken, dass du mit mir die Liebe zum geschriebenen Wort geteilt hast. Sei gesegnet.«

Mit gesenktem Kopf blieb Myrna einen Augenblick bei dem Gebetsstab stehen, dann trat sie zur Seite, und zum ersten Mal, seit sie hierher gekommen waren, lächelte sie.

Nacheinander nahmen die Frauen jeweils ein Band, befestigten etwas daran, knoteten es an den Gebetsstab und sprachen ein paar Worte. Manche waren zu verstehen, manche nicht. Manche waren ein Gebet, manche nur eine einfache Erklärung. Hanna band eine alte 78-er Schallplatte an den Gebetsstab, Ruth eine verblichene Fotografie. Sarah einen Löffel und Nellie einen Schuh. Clara griff sich in die Haare und zog eine Klemme heraus. Sie schlang ein leuchtend gelbes Band darum und befestigte es anschließend an dem mittlerweile reich geschmückten Gebetsstab.

»Das ist dafür, dass du mir geholfen hast, die Dinge klarer zu sehen«, sagte Clara. »Ich liebe dich, Jane.« Sie blickte hinauf zu dem Hochsitz, der nur wenige Meter entfernt über ihren Köpfen schwebte. Wie seltsam, dachte Clara, dass man das Offensichtliche, das, was man direkt vor Augen hat, manchmal am wenigsten sieht.

Und dann hatte Clara eine Idee. Eine Inspiration. »Danke Jane«, flüsterte sie und spürte zum ersten Mal seit einer

Woche wieder die Arme der älteren Frau um sich. Bevor sie gingen, zog Clara noch eine Banane aus ihrer Jackentasche und band sie an den Stab, für Lucy. Aber sie hatte noch etwas mitgebracht. Aus der anderen Tasche holte sie eine Spielkarte. Die Herzdame. Während sie sie an den Gebetsstab band, dachte sie an Yolande und an das wunderbare Geschenk, das diese als Kind bekommen und entweder zurückgewiesen oder vergessen hatte. Clara betrachtete die Herzdame, prägte sie sich ein. Die Magie lag nicht darin, dass sie stets gleich blieb, sondern darin, dass sie sich veränderte.

Zum Schluss leuchtete der Gebetsstab geradezu vor lauter bunten Bändern, an denen ihre Geschenke baumelten. Der Wind fuhr dazwischen und wirbelte sie um den Stab herum. Leise stießen sie aneinander und ließen eine ganz besondere Melodie erklingen.

Die Frauen sahen sich um und stellten fest, dass ihr Kreis nicht länger von Furcht zusammengehalten wurde, sondern jetzt offen war. Und im Mittelpunkt, an der Stelle, an der Jane gestorben war, führten ihre Gaben einen fröhlichen Tanz auf und sangen das Loblied einer Frau, die sie alle geliebt hatten.

Auch Clara hatte ihre Angst verloren und betrachtete das Spiel der Bänder im Wind. Ihr Blick blieb an einem der Gegenstände hängen, und plötzlich merkte sie, dass er gar nicht an einem Band befestigt war, sondern sich in einem der Bäume hinter dem Stab befand.

Hoch oben in einem der Ahornbäume steckte ein Pfeil.

Gamache wollte gerade in seinen Wagen steigen, um nach Montréal zurückzufahren, als Clara Morrow am Waldrand auftauchte und über die Rue du Moulin auf ihn zurannte, als wäre der Leibhaftige hinter ihr her. Gamache schoss kurz der Gedanke durch den Kopf, dass das Ritual vielleicht unbeabsichtigt etwas heraufbeschworen hatte, das man besser hätte ruhen lassen sollen. Und in gewisser Weise war es auch so. Die Frauen und ihr Ritual hatten einen Pfeil zutage gefördert, einen Gegenstand, von dem sich irgendwer sicher sehnlichst wünschte, dass er für immer unentdeckt geblieben wäre.

Gamache rief Beauvoir in Montréal an, bevor er Clara zu der Fundstelle folgte. Er war beinahe eine Woche nicht mehr dort gewesen und war erstaunt, wie sehr sich alles verändert hatte. Am meisten fiel es bei den Bäumen auf. Hatten sie vor wenigen Tagen noch stolz ihr bunt leuchtendes Laub zur Schau gestellt, so sahen sie jetzt schon recht zerzaust aus, und es lagen mehr Blätter auf dem Boden, als an den Zweigen hingen. Deshalb war schließlich auch der Pfeil zum Vorschein gekommen. Als Gamache zuletzt an dieser Stelle gestanden und nach oben geblickt hatte, war der Pfeil nicht zu sehen gewesen. Die Blätter hatten ihn seinem Blick entzogen. Aber jetzt nicht mehr.

Die zweite große Veränderung war der Stab, der im Boden steckte und voller bunter Bänder hing. Gamache nahm an, dass das etwas mit dem Ritual zu tun hatte. Entweder das oder Beauvoir war sehr schnell sehr schrullig geworden, nachdem er ihn nicht mehr unter seiner Aufsicht hatte. Beeindruckt von der Farbenpracht, ging Gamache zu dem Gebetsstab hinüber. Er nahm einige der Gegenstände in die Hand, um sie näher zu betrachten, darunter eine alte Fotografie, auf der eine pummelige, kurzsichtige junge Frau zu sehen war, die neben einem kräftigen, gut aussehenden Holzfäller stand. Sie hielten sich bei der Hand und lächelten einander an. Hinter ihnen stand eine schlanke junge Frau, die direkt in die Kamera blickte. Auf ihrem Gesicht lag ein verbitterter Ausdruck.

»Na und? Das ist ein Pfeil.« Matthew Croft sah von Beauvoir zu Gamache. Sie befanden sich in seiner Zelle im Gefängnis von Williamsburg. »Sie haben fünf davon. Was ist an dem so besonders?«

»Dieser Pfeil«, sagte Gamache, »wurde vor zwei Stunden in acht Meter Höhe in einem Ahornbaum gefunden. An der Stelle, an der Jane Neal getötet wurde. Ist das einer von den Pfeilen Ihres Vaters?«

Croft untersuchte den hölzernen Schaft, die vierschneidige Spitze und schließlich, sehr sorgfältig, die Federn. Schwäche überkam ihn. Er holte tief Luft und ließ sich kraftlos auf die Kante der Liege sinken.

»Ja«, flüsterte er. Es fiel ihm schwer, sich zu konzentrieren. »Der hat meinem Vater gehört. Sie werden es selbst feststellen, wenn sie ihn mit den anderen aus dem Köcher vergleichen, aber ich kann es Ihnen jetzt schon sagen. Mein Vater hat die Federn immer selbst zusammengesucht und angebracht, das war ein Hobby von ihm. Allerdings war er nicht besonders einfallsreich, und deshalb sahen alle Pfeile gleich aus. Wenn er mal etwas gefunden hatte, das ihm gefiel, und es funktionierte, sah er keine Notwendigkeit, es zu ändern.«

»Sehr klug«, meinte Gamache.

»Ich denke, Sie haben uns einiges zu erzählen.« Beauvoir setzte sich dem Gefangenen gegenüber auf die Liege.

»Ich muss nachdenken.«

»Da gibt es nichts nachzudenken«, sagte Gamache. »Ihr Sohn hat diesen Pfeil abgeschossen, nicht wahr?« In Crofts Kopf überschlugen sich die Gedanken. Er hatte sich selbst so fest vorgenommen, bei seiner Geschichte zu bleiben, dass es ihm jetzt schwer fiel, sie aufzugeben, selbst mit diesem Beweis vor Augen. »Und wenn er diesen Pfeil abgeschossen hat und der in dem Ahornbaum gelandet ist«, fuhr Gamache fort, »dann kann er Jane Neal nicht umgebracht haben. Er war es nicht. Und Sie waren es auch nicht. Der Pfeil beweist, dass es jemand anderes getan hat. Sagen Sie uns jetzt endlich die Wahrheit.«

Croft zögerte immer noch. Er hatte Angst, dass man ihm eine Falle stellte, Angst, sich von seiner Geschichte zu trennen.

»Bitte, Mr. Croft.« Gamache hatte nun einen Ton angeschlagen, der kein Ausweichen mehr duldete. Croft nickte. Er war noch zu verwirrt, um Erleichterung zu verspüren.

»Also gut. Es war so. Philippe und ich hatten in der Nacht zuvor einen Streit. Es ging um irgendeine Lappalie, ich weiß nicht einmal mehr, was es war. Als ich am nächsten Morgen aufstand, war Philippe weg. Zuerst befürchtete ich, er wäre weggelaufen, aber um Viertel nach sieben ungefähr kam er auf seinem Fahrrad angerast. Ich beschloss, nicht rauszugehen und mit ihm zu reden, sondern zu warten, bis er zu mir käme. Das war ein Fehler. Später habe ich herausgefunden, dass er mit dem Bogen und den Pfeilen schnurstracks in den Keller gegangen ist und danach geduscht und sich umgezogen hat. Er hat kein Wort mit mir gesprochen, sondern blieb den ganzen Tag in seinem Zimmer. Aber das war nichts Ungewöhnliches. Dann fing Suzanne an, sich merkwürdig zu benehmen.«

»Wann haben Sie das von Miss Neal erfahren?«, fragte Beauvoir.

»An jenem Abend vor einer Woche. Roar Parra rief an und sagte, es wäre ein Jagdunfall gewesen. Als ich am nächsten Tag zu der Gemeindeversammlung ging, war ich zwar traurig, aber es war für mich nicht das Ende der Welt. Suzanne dagegen konnte keine Sekunde still sitzen, fand überhaupt keine Ruhe mehr. Ehrlich gesagt habe ich nicht weiter darüber nachgedacht, Frauen sind manchmal eben empfindsamer als Männer, und ich dachte, es läge daran.«

»Wann haben Sie das mit Philippe herausgefunden?«

»Als wir nach Hause kamen. Suzanne hatte auf der Heimfahrt kein Wort gesagt, aber zu Hause fiel sie dann über mich her. Sie war wütend, geradezu außer sich, weil ich Ihnen angeboten hatte, sich die Bogen und Pfeile anzusehen. Da hat sie es mir gesagt. Sie hatte Verdacht geschöpft, als sie beim Wäschesortieren die Blutflecken auf Philippes Sachen entdeckte. Dann war sie in den Keller gegangen und hatte den blutverschmierten Pfeil gefunden. Sie hat die ganze Geschichte aus Philippe herausgeholt. Er dachte, er hätte Miss Neal umgebracht, deshalb hat er sich den Pfeil geschnappt und ist geflüchtet. Er dachte, es wäre seiner. Er hat ihn sich nicht genau angesehen und Suzanne auch nicht. Es ist ihnen vermutlich überhaupt nicht aufgefallen, dass er nicht so aussah wie die anderen. Suzanne hat den Pfeil verbrannt.«

»Was haben Sie getan, nachdem Sie das alles erfahren hatten?«

»Ich habe Philippes Sachen in den Ofen gesteckt, aber dann kamen Sie, und ich habe Suzanne gesagt, sie soll den Bogen verbrennen und alles vernichten.«

»Aber das hat sie nicht getan.«

»Nein. Ich habe die Flammen erstickt, als ich die Kleidungsstücke in den Ofen warf, deshalb musste sie das Feuer erst neu anfachen. Dann stellte sie fest, dass sie den Bogen zerhacken musste. Sie war sich nicht sicher, ob sie das schaffen würde, ohne Lärm zu machen, und kam nach oben, um mich zu warnen. Aber dann haben Sie sie nicht mehr in den Keller gehen lassen. Sie hatte es tun wollen, während wir zum Schießen draußen waren.«

»Woher wussten Sie, wie Miss Neals Leiche dalag?«

»Philippe hat es mir gezeigt. Ich ging zu ihm in sein Zimmer, um ihn zur Rede zu stellen, ich wollte die Geschichte aus seinem Mund hören. Er weigerte sich, mit mir zu reden. Als ich schon wieder im Gehen war, stand er auf und nahm diese Haltung ein.« Bei der Erinnerung überlief Croft ein Schauer, als sei es ihm ein Rätsel, wie er zu diesem Kind gekommen war. »Zu dem Zeitpunkt wusste ich nicht, was das sollte, aber später, als Sie mich danach gefragt haben, fiel der Groschen. Also habe ich das Gleiche gemacht wie Philippe. Was bedeutet das?« Croft deutete mit dem Kopf auf den Pfeil.

»Das bedeutet«, sagte Beauvoir, »dass ein anderer den Pfeil abgeschossen hat, der Miss Neal tötete.«

»Und es bedeutet«, ergänzte Gamache, »dass sie mit ziemlicher Sicherheit ermordet wurde.«

Beauvoir spürte Superintendent Michel Brébeuf im Botanischen Garten von Montréal auf, wo er an einem Sonntag im Monat ehrenamtlich am Informationsschalter arbeitete. Die Leute, die davor anstanden, um sich zu erkundigen, wo der Japanische Garten lag, vernahmen mit Staunen, wie weitreichend die Kompetenzen dieser ehrenamtlichen Helfer waren.

»Stimmt, das sieht tatsächlich nach einem Mord aus«, sagte Brébeuf am Telefon und nickte, während er gleichzeitig den Touristen in der Schlange vor seinem Schalter zulächelte, die mittlerweile die Ohren spitzten. »Ich erteile Ihnen die Befugnis, diese Sache als Mordfall zu behandeln.«

»Ehrlich gesagt, Sir, hatte ich gehofft, dass Chief Inspector Gamache jetzt wieder die Leitung der Ermittlungen übernimmt. Er hatte recht. Matthew Croft hat Miss Neal nicht getötet.«

»Glauben Sie wirklich, dass es darum ging, Inspector? Armand Gamache wurde nicht suspendiert, weil wir uns nicht darüber einig waren, wer es getan hat, sondern weil er sich geweigert hat, eine strikte Anweisung zu befolgen. Und daran hat sich nichts geändert. Wenn es nach ihm gegangen wäre, hätte er einen Vierzehnjährigen verhaftet, falls ich mich recht erinnere.«

Ein Tourist griff nach der Hand seines halbwüchsigen Sohnes, der seinerseits so erschrocken war, dass er seinen Vater für den Bruchteil einer Sekunde gewähren ließ.

»Nun ja, nicht richtig verhaftet«, entgegnete Beauvoir.

»Mit solchen Aussagen dienen Sie Ihrer Sache nicht gerade, Inspector.«

»Ja, Sir. Der Chief Inspector kennt den Fall und die Leute. Inzwischen ist schon eine Woche vergangen, und wir haben die Spur kalt werden lassen, weil wir davon ausgehen mussten, dass es sich um einen Unfall handelte. Es gibt niemanden, der die Ermittlungen besser leiten könnte als er. Das wissen Sie ebenso gut wie ich.«

»Und er weiß es auch.«

»Da haben Sie vermutlich recht. *Voyons,* geht es hier um Bestrafung oder darum, das beste Ergebnis zu erzielen?«

»Also gut. Und richten Sie ihm aus, dass er sich glücklich schätzen kann, einen Fürsprecher wie Sie zu haben. Ich wollte, ich könnte das von mir sagen.«

»Das können Sie.«

Nachdem Brébeuf aufgelegt hatte, wandte er seine Aufmerksamkeit wieder den Touristen vor seinem Schalter zu und stellte fest, dass keine mehr da waren.

»Danke, Jean-Guy.« Gamache nahm Ausweis, Marke und Waffe entgegen. Er hatte darüber nachgedacht, warum es ihm so schwer gefallen war, die Sachen abzugeben. Vor vielen Jahren, als er Dienstausweis und Waffe in Empfang nahm, hatten sie ihm das Gefühl vermittelt, akzeptiert zu werden, es in den Augen der Gesellschaft geschafft zu haben und, was noch wichtiger war, in den Augen seiner Eltern. Dann, als er beides abgeben musste, hatte er plötzlich Angst bekommen. Man hatte ihm die Waffe entzogen, und mehr als das: Man hatte ihm auch die Anerkennung entzogen. Das Gefühl hatte sich wieder verflüchtigt, es hallte nur noch wie ein entferntes Echo leise nach, eine vage Erinnerung an den unsicheren jungen Mann, der er einst gewesen war.

Als sich Gamache nach seiner Suspendierung auf den

Heimweg gemacht hatte, war ihm ein Gleichnis eingefallen, das ihm jemand vor langer Zeit erzählt hatte. Unser Leben gleicht einem Langhaus. Wir betreten es an dem einen Ende, wenn wir geboren werden, und wenn unsere Zeit gekommen ist, verlassen wir es am anderen Ende. Und dazwischen bewegen wir uns durch diesen einen großen Raum. Jeder Mensch, den wir kennenlernen, jeder Gedanke und jede Tat leben mit uns in diesem Raum. Und solange wir nicht Frieden mit den unangenehmen Dingen in unserer Vergangenheit schließen, quälen sie uns auf unserem Weg durch das Haus. Dabei sagen uns gerade die lautesten, hässlichsten, was wir tun sollen, und beeinflussen unsere Handlungen manchmal noch Jahre später.

Bis zu dem Augenblick, als er seine Waffe Jean-Guy übergeben hatte, war sich Gamache nicht sicher gewesen, ob er dieses Gleichnis zutreffend fand. Da war der unsichere junge Mann wieder aufgetaucht und hatte ihm zugeflüstert: Ohne sie bist du nichts. Was werden die Leute denken? Und auch wenn Gamache wusste, wie albern diese Reaktion war, trug das nicht dazu bei, den furchtsamen jungen Mann aus seinem Langhaus zu vertreiben, es brachte ihn lediglich zum Schweigen.

»Wohin jetzt? Zum Haus von Jane Neal?« Beauvoir brannte ebenso wie Gamache darauf, das Haus endlich in Augenschein zu nehmen. Da es sich jetzt um die Ermittlungen in einem Mordfall handelte, konnte Yolande sie nicht mehr daran hindern, es zu betreten.

»Bald. Zuerst müssen wir noch woandershin.«

»Oui, allô?«, meldete sich am Telefon eine muntere Stimme, die gleich darauf von lautem Babygeschrei übertönt wurde.

»Solonge?«, fragte Clara.

»Allô? Allô?«

»Solonge«, rief Clara.

»*Bonjour? Allô?*« Lautes Geheul hallte durch Solonges Haus und Claras Kopf.

»Solonge«, schrie Clara.

»*C'est moi-même*«, schrie Solonge zurück.

»Ich bin's, Clara Morrow«, brüllte Clara.

»Was ist nicht klar?«

»Clara Morrow.«

»Wie bitte?«

Lieber Gott, ich danke dir, dass du mich vor Kindern bewahrt hast, dachte Clara.

»Clara!«, kreischte sie.

»Clara? Welche Clara?«, fragte Solonge mit völlig normaler Stimme, der brüllende Quälgeist war zum Schweigen gebracht worden, vermutlich unter Zuhilfenahme einer Brust.

»Clara Morrow, Solonge. Wir haben uns im Gymnastik-Kurs kennengelernt. Herzlichen Glückwunsch zur Geburt Ihres Kindes.« Sie versuchte, aufrichtig zu klingen.

»Ja, ich erinnere mich an Sie. Wie geht es Ihnen?«

»Ganz gut. Ich rufe an, weil ich eine Frage habe. Tut mir leid, dass ich Sie so überfalle, aber es hat etwas mit Ihrer Tätigkeit als Notarin zu tun.«

»Ach, das macht nichts. Die aus der Kanzlei rufen jeden Tag an. Was kann ich für Sie tun?«

»Wissen Sie schon, dass Jane Neal gestorben ist?«

»Nein, nein, das wusste ich noch nicht. Tut mir leid.«

»Es war ein Unfall. Im Wald.«

»Ach ja, ich habe davon gehört, als ich zurückgekommen bin. Ich war über Thanksgiving bei meinen Eltern in Montréal, deshalb habe ich nichts weiter mitbekommen. Es war also Jane Neal?«

»Ja.«

»Hat nicht die Polizei sogar ermittelt?«

»Ja. Offenbar glauben sie, dass Norman Stickley in Williamsburg ihr Notar war. Aber ich dachte, Sie wäre bei Ihnen gewesen.«

»Könnten Sie morgen Vormittag in mein Büro kommen?«

»Wann passt es Ihnen?«

»Sagen wir um elf? Clara, könnten Sie auch die Polizei informieren? Ich habe etwas, das sie interessieren dürfte.«

Es dauerte ein paar Minuten, bis Philippe Croft davon überzeugt war, dass er nicht hereingelegt werden sollte, und alles gestand. Während seines Berichts zupfte er mit seinen langen bleichen Fingern ununterbrochen an einem losen Faden an seiner Jogginghose herum. Er hatte es seinem Vater heimzahlen wollen, deshalb hatte er den alten Bogen und die Pfeile genommen und war zum Jagen gegangen. Er hatte nur einen einzigen Pfeil abgeschossen. Aber der hatte gereicht. Statt des Hirschen, den er erlegt zu haben glaubte, fand er Jane Neal mit ausgebreiteten Armen und Beinen auf dem Boden liegend. Tot. Er sah noch immer ihre Augen vor sich. Ihr Blick verfolgte ihn.

»Vergiss ihn«, sagte Gamache leise. »Er verfolgt jemand anderen.«

Philippe hatte nur genickt, und Gamache erinnerte sich an das Gespräch mit Myrna, an den Schmerz, den Menschen freiwillig mit sich herumschleppten. Er hätte Philippe am liebsten in die Arme genommen und ihm gesagt, dass er nicht ewig vierzehn sein würde. Er musste nur durchhalten.

Aber das tat Gamache nicht. Er wusste, dass Philippe es als Angriff auffassen würde, auch wenn eine gute Absicht dahintersteckte. Als eine Beleidigung. Stattdessen hielt er dem Jungen seine große Hand hin. Nach einem Moment des Zögerns legte Philippe seine Hand hinein, als hätte er nie zuvor einem Mann die Hand geschüttelt, und drückte sie.

Als Gamache und Beauvoir ins Dorf zurückkehrten, trafen sie Agent Lacoste dabei an, wie sie Yolande abwehrte.

Sie war mit einem Durchsuchungsbefehl zu Jane Neals Haus geschickt worden. Sie hatte es geschafft, Yolande aus dem Haus zu treiben und hinter ihr die Tür abzuschließen, und übte sich jetzt in der Rolle eines Palastwächters, selbst in stärkster Bedrängnis unerschütterlich.

»Das wird ein Nachspiel haben. Ich sorge dafür, dass Sie gefeuert werden, Sie hässlicher kleiner Trampel.« Kaum erblickte Yolande Beauvoir, fiel sie über ihn her. »Wie können Sie es wagen, mich aus meinem eigenen Haus werfen zu lassen?«

»Haben Sie Ms. Fontaine den Durchsuchungsbefehl gezeigt, Agent?«

»Ja, Sir.«

»Dann wissen Sie ja, dass wir inzwischen in einem Mordfall ermitteln«, sagte Beauvoir, wieder an Yolande gewandt. »Ich nehme doch an, dass es Sie interessiert, wer Ihre Tante umgebracht hat?«

Das war ein billiger Trick, aber er zeigte fast immer Wirkung. Wer antwortete auf diese Frage schon mit Nein?

»Nein. Es ist mir egal. Macht sie das etwa wieder lebendig? Sagen Sie mir, dass sie das wieder lebendig macht, und ich lasse Sie in mein Haus.«

»Wir sind schon drin, und daran können Sie nichts mehr ändern. Jetzt würde ich mich gern mit Ihnen und Ihrem Mann unterhalten. Ist er zu Hause?«

»Woher soll ich das wissen?«

»Na, dann fahren wir am besten hin und sehen nach.«

Als sie in Gamaches Wagen gestiegen waren, hatten sie gesehen, wie Yolande wieder auf Agent Lacoste losging, die ihr Gezeter mit stoischer Ruhe über sich ergehen ließ.

»Die Arme.« Gamache lächelte. »Mit dieser Geschichte wird sie eines Tages bestimmt ihre Auszubildenden langweilen. Hören Sie, ich bin genauso neugierig wie Sie auf dieses Haus, aber ich würde trotzdem gern zuerst einige andere

Dinge erledigen. Reden Sie mit Yolande, und versuchen Sie, auch André ausfindig zu machen. Ich will mich inzwischen mit Myrna Landers unterhalten.«

»Warum?«

Gamache sagte es ihm.

»Ich muss wissen, was Timmer Hadley an dem Tag gesagt hat, an dem Sie bei ihr waren.«

Myrna schloss die Ladentür ab und schenkte ihnen Tee ein. Dann ließ sie sich ihm gegenüber in einem bequemen Sessel nieder. »Sie werden wahrscheinlich enttäuscht sein. Mir ist nicht klar, was das jetzt noch jemandem nützen soll, lebendig oder tot.«

»Sie würden sich wundern.«

»Kann sein.« Sie nippte an ihrem Tee und sah aus dem Fenster in die Dämmerung hinaus, ihre Gedanken wanderten zurück zu dem Nachmittag vor eineinhalb Monaten. Es kam ihr vor, als wäre es Jahre her. Timmer Hadley war nur noch Haut und Knochen gewesen. Ihr ausgemergelter Körper ließ den Kopf mit den funkelnden Augen riesig erscheinen. Sie hatten zusammengesessen, Myrna hockte auf der Bettkante, Timmer war in Decken und Wärmflaschen gepackt. Zwischen ihnen lag das große alte braune Fotoalbum. Weil der Leim schon vor langer Zeit eingetrocknet war, fielen einige Fotos heraus, und eines dieser Fotos zeigte eine junge Jane Neal mit ihren Eltern und ihrer Schwester.

Timmer hatte Myrna von Janes Eltern erzählt, die Gefangene ihrer Unsicherheiten und Ängste gewesen waren. Diese Ängste hatten sie an Janes Schwester Irene weitergegeben, die wie sie gesellschaftlichen Aufstieg anstrebte und Sicherheit in materiellem Reichtum und der Anerkennung anderer suchte. Aber Jane war anders. Und dann folgte die Geschichte, die Gamache hören wollte.

»Das ist am letzten Tag des Jahrmarkts aufgenommen

worden. Am Tag nach dem Tanzfest. Man kann sehen, wie glücklich Jane ist«, hatte Timmer gesagt, und das stimmte. Selbst auf dem grobkörnigen Foto konnte man erkennen, wie sie von innen heraus strahlte, vor allem im Vergleich zu den finsteren Mienen ihrer Eltern und ihrer Schwester.

»Sie hatte sich in jener Nacht mit diesem jungen Mann verlobt«, sagte Timmer wehmütig. »Wie war sein Name noch mal? Andreas. Er war Holzfäller, ausgerechnet. Aber egal. Sie hatte es ihren Eltern noch nicht erzählt, aber sie hatte einen Plan. Sie wollte mit ihm durchbrennen. Die beiden waren das perfekte Paar. Sie boten zwar einen etwas merkwürdigen Anblick, aber wenn man sie näher kennenlernte, wurde einem klar, wie wunderbar sie zusammenpassten. Sie liebten einander. Nur leider«, und hier hatten sich Timmers Augenbrauen zusammengezogen, »ging Ruth Kemp zu Janes Eltern, noch während des Jahrmarkts, und erzählte ihnen von Janes Plan. Sie tat es heimlich, aber ich habe es zufällig mitbekommen. Ich war jung, und ich bereue es bis auf den heutigen Tag, dass ich nicht sofort zu Jane gegangen bin und sie gewarnt habe. Aber ich habe es nicht getan.«

»Was ist passiert?«, fragte Myrna.

»Sie haben Jane nach Hause verfrachtet und ihr jeden Kontakt zu Andreas untersagt. Außerdem haben sie mit Kaye Thompson gesprochen, bei der Andreas gearbeitet hat, und gedroht, ihr alle Aufträge der Sägemühle zu entziehen, wenn dieser Holzfäller Jane auch nur noch einmal ansehen würde. Damals ging so etwas. Kaye war eine gute Frau, anständig, und sie hat ihm alles erklärt. Es hat ihm das Herz gebrochen. Offenbar hat er versucht, Jane zu treffen, aber es war aussichtslos.«

»Und Jane?«

»Man hat ihr gesagt, dass sie ihn nicht mehr sehen darf. Keine Diskussion. Sie war erst siebzehn und nicht besonders willensstark. Sie hat nachgegeben. Es war schrecklich.«

»Hat Jane jemals herausgefunden, dass Ruth sie verraten hat?«

»Ich habe es ihr nie gesagt. Vielleicht hätte ich das tun sollen. Das alles schien schon schmerzhaft genug für sie zu sein, aber wahrscheinlich hatte ich einfach nur Angst.«

»Hast du Ruth jemals darauf angesprochen?«

»Nein.«

Myrna blickte auf das Foto in Timmers durchscheinender Hand. Ein Augenblick des Glücks, für die Ewigkeit festgehalten, kurz bevor es rücksichtslos zerstört wurde.

»Warum hat Ruth das getan?«

»Ich weiß es nicht. Das frage ich mich seit sechzig Jahren. Vielleicht fragt sie sich das Gleiche. Sie hat etwas an sich, etwas Verbittertes, das anderer Leute Glück nicht zulässt und es vereiteln muss. Wahrscheinlich macht sie das zu einer großen Dichterin, sie weiß, was Leid ist. Sie zieht Leid an. Sammelt es, und manchmal erschafft sie es auch. Ich glaube, deshalb sitzt sie gern hier bei mir. Sie fühlt sich in der Gesellschaft einer sterbenden Frau wohler als in der einer gesunden. Aber vielleicht bin ich ungerecht.«

Während Gamache Myrnas Erzählung lauschte, schoss ihm der Gedanke durch den Kopf, dass er Timmer Hadley gern kennengelernt hätte. Zu spät. Er würde jedoch Jane Neal kennenlernen oder ihr zumindest so nahe kommen, wie es unter den gegebenen Umständen möglich war.

Beauvoir betrat ein perfektes Heim. Es war so perfekt, dass es unbewohnt wirkte. So perfekt, dass ein kleiner Teil von ihm es anziehend fand. Er verdrängte diesen Teil und tat so, als gäbe es ihn nicht.

Yolande Fontaines Haus blitzte. Jede Fläche war auf Hochglanz poliert. Er musste die Schuhe ausziehen und wurde ins Wohnzimmer geführt, einen Raum, dessen einziger Makel in einem dick gepolsterten Sessel saß und den

Sportteil der Zeitung las. André rührte sich nicht vom Fleck, schenkte seiner Frau nicht die geringste Beachtung. Yolande ging zu ihm. Genauer gesagt zu den auf den Boden geworfenen Zeitungsseiten, die auf dem geschmackvollen Teppich eine Art Indianerdorf bildeten. Sie hob die einzelnen Teile auf, faltete sie zusammen und legte sie in einem ordentlichen Stapel auf den Tisch, alle Kanten genau aneinander ausgerichtet. Anschließend wandte sie sich Beauvoir zu.

»Nun, Inspector, darf ich Ihnen eine Tasse Kaffee anbieten?«

Ihr plötzlicher Stimmungswechsel verblüffte ihn, doch dann begriff er. Sie befanden sich in ihrem Haus. Auf ihrem Territorium. Die Herrin des Hauses konnte es sich leisten, sich freundlich zu geben.

»Nein, danke. Ich möchte nur, dass Sie mir ein paar Fragen beantworten.«

Yolande neigte leicht den Kopf, eine anmutige Geste einem Mann gegenüber, der seine Arbeit tun musste.

»Haben Sie irgendetwas aus Miss Neals Haus entfernt?«

Diese Frage rief sofort wieder eine unfreundliche Reaktion hervor, allerdings nicht von Yolande. André ließ seine Zeitung sinken und sah ihn finster an. »Und was geht Sie das an?«

»Wir sind inzwischen überzeugt, dass Miss Neal ermordet wurde. Wir haben einen richterlichen Beschluss, der es uns erlaubt, ihr Haus zu durchsuchen und zu versiegeln.«

»Was soll das heißen?«

»Das heißt, dass niemand außer der Polizei hineindarf.«

Das Ehepaar wechselte einen Blick, den ersten, seit Beauvoir das Haus betreten hatte. Es war allerdings kein liebevoller, aufmunternder Blick, eher eine Frage seinerseits und eine Bestätigung ihrerseits. Jetzt war sich Beauvoir sicher. Sie hatten in diesem Haus irgendetwas angestellt.

»Haben Sie etwas aus dem Haus entfernt?«, wiederholte er seine Frage.

»Nein«, sagte Yolande.

»Wenn Sie lügen, können Sie wegen Behinderung der Ermittlungen belangt werden, und das, Monsieur Malenfant, würde sich in Ihrem ohnehin beeindruckenden Vorstrafenregister nicht besonders gut machen.« Malenfant lächelte. Es war ihm egal.

»Was haben Sie in den letzten fünf Tagen dort gemacht, Ms. Fontaine?«

»Ein paar Verschönerungen vorgenommen.« Sie zeigte mit einer weit ausholenden Geste auf ihr Wohnzimmer. Ein Musterbeispiel für billigen Geschmack. Die Vorhänge kamen ihm etwas merkwürdig vor, doch dann erkannte er, dass sowohl nach innen als auch nach außen eine gemusterte Seite hing. Er hatte so etwas noch nie zuvor gesehen, aber es überraschte ihn nicht. Yolande Fontaine existierte nur, wenn sie Publikum hatte. Sie war wie eine dieser neuartigen Lampen, die angingen, wenn man in die Hände klatschte. Bei Applaus erwachte sie zu Leben, oder auch bei lauter Kritik. Alles war recht, solange es nur ihr galt. Stille und Einsamkeit raubten ihr jede Lebenskraft.

»Ein sehr schöner Raum«, log er. »Ist das übrige Haus ebenso – elegant?«

Sie hörte seinen Applaus und sprang sofort darauf an. »Kommen Sie mit«, sagte sie und zerrte ihn fast durch das winzige Haus. Die Räume erinnerten ihn an Hotelzimmer, sie waren steril und unpersönlich. Offenbar war Yolande so mit sich selbst beschäftigt, dass sie überhaupt nicht mehr existierte. Sie hatte sich letzten Endes selbst verschlungen.

In der Küche fiel ihm eine angelehnte Tür auf, und er konnte sich denken, was sich dahinter befand. Im Handumdrehen hatte er sie geöffnet und war die Treppe hinunter, an deren Fuß er sich einem fürchterlichen Durcheinander gegenübersah.

»Gehen Sie nicht da runter, das ist Andrés Refugium.« Er ignorierte sie und suchte rasch den muffigen Raum ab, bis er gefunden hatte, was er suchte. Ein Paar noch nasser Gummistiefel und ein an die Wand gelehnter Bogen.

»Wo waren Sie an dem Morgen, an dem Jane Neal umgebracht wurde?«, fragte Beauvoir André, nachdem sie ins Wohnzimmer zurückgekehrt waren.

»Im Bett, wo sonst?«

»Na ja, vielleicht auf der Jagd?«

»Möglich. Keine Ahnung. Ich hab schließlich einen Jagdschein.«

»Danach habe ich nicht gefragt. Waren Sie letzten Sonntagvormittag auf der Jagd?«

André zuckte mit den Schultern.

»Ich habe unten im Keller einen schmutzigen Bogen entdeckt.« Sieht André ähnlich, dachte Beauvoir, dass er seine Ausrüstung nicht sauber machte. Wenn er sich in diesem antiseptisch wirkenden Haus umsah, konnte er allerdings verstehen, dass André sich nach ein wenig Schmutz sehnte. Und nach Unordnung. Und danach, hin und wieder dem Geruch von Möbelpolitur zu entfliehen.

»Und Sie glauben, dass er noch von letzter Woche schmutzig ist?«, fragte André spöttisch.

»Nein, von heute. Sie jagen immer am Sonntag, nicht wahr? Jeden Sonntag, einschließlich des Sonntags vor einer Woche, an dem Jane Neal getötet wurde. Lassen Sie mich etwas klarstellen. Wir haben es jetzt mit der Untersuchung in einem Mordfall zu tun. Wer steht bei einem Mord auf der Liste der Verdächtigen immer ganz oben? Jemand aus der Familie. Wer noch? Jemand, der vom Tod des Ermordeten profitiert. Und wenn der Betreffende dann auch noch die Gelegenheit dazu hatte, können wir eigentlich schon das

Bett im Gefängnis beziehen. Sie beide stehen auf der Liste ganz oben. Wir wissen, dass Sie Schulden haben.« Mit Bedacht wählte er seine nächsten Worte. »Sie dachten, dass Sie alles erben, und Sie, André, können gut genug mit Pfeil und Bogen umgehen, um jemanden damit zu töten. Ich denke, Sie verstehen, worauf ich hinauswill.«

»Hören Sie, Inspector«, sagte André und erhob sich aus seinem Sessel, wobei er die einzelnen Seiten des Sportteils auf dem Boden verteilte. »Ich war auf der Jagd, und ich habe an dem Tag, an dem Jane Neal umgebracht wurde, ein Reh erlegt. Sie können Boxleiter im Schlachthaus fragen, er hat es für mich ausgenommen.«

»Und heute waren Sie wieder auf der Jagd? Gilt nicht ein Limit von einem Stück Wild pro Saison?«

»Was denn, sind Sie jetzt auch noch Wildhüter? Ja. Ich war heute auf der Jagd. Ich erlege so viel Wild, wie ich will.«

»Und Ihr Sohn? Bernard? Wo war der letzten Sonntag?«

»Hat geschlafen.«

»So wie Sie geschlafen haben?«

»Hören Sie, er ist vierzehn, und das machen Jugendliche in dem Alter am Wochenende nun mal. Er schläft, dann steht er auf, um mir auf die Nerven zu gehen und das Essen zu verschlingen, das ich bezahle, und dann verschwindet er wieder im Bett. Ich wollte, ich könnte auch so ein Leben führen.«

»Womit verdienen Sie Ihren Lebensunterhalt?«

»Ich bin arbeitslos. Ich war Astronaut, aber ich wurde entlassen.« Dieser Witz schien André ungeheuer zu erheitern, er brach in dröhnendes Gelächter aus, das den Raum erst recht tot wirken ließ. »Ja, an meiner Stelle haben sie eine einarmige schwarze Lesbe eingestellt.«

Als Beauvoir das Haus verließ, hatte er das dringende Bedürfnis, seine Frau anzurufen und ihr zu sagen, wie sehr er sie liebte, und ihr zu erzählen, woran er glaubte und wovor er sich fürchtete und von seinen Hoffnungen und Enttäuschungen. Er hatte das Bedürfnis, über etwas Echtes und Bedeutungsvolles zu reden. Er rief sie auf seinem Handy an. Aber dann blieben ihm die Worte irgendwie im Hals stecken. Stattdessen berichtete er ihr, dass das Wetter besser geworden war, und sie erzählte ihm von dem Film, den sie auf DVD ausgeliehen hatte. Dann legten beide auf. Auf der Rückfahrt nach Three Pines bemerkte Beauvoir, dass ein unangenehmer Geruch an seiner Kleidung haftete. Möbelpolitur.

Er traf den Chef mit dem Schüssel in der Hand vor Miss Neals Haus an. Gamache hatte auf ihn gewartet. Zu guter Letzt betraten die beiden Männer genau eine Woche nach Jane Neals Tod deren Haus.

11

»*Tabernac*«, flüsterte Beauvoir, und dann, nach einer Pause, in der keiner der beiden Männer zu atmen wagte: »Gott.«

Sie standen wie erstarrt auf der Schwelle zu Janes Wohnzimmer. Als wären sie mit einem besonders schrecklichen Unfall konfrontiert. Aber was sie erstarren ließ, war kein Unfall, es war etwas, das noch gewaltsamer und völlig beabsichtigt war.

»Wenn ich Jane Neal gewesen wäre, hätte ich auch niemanden zu mir eingeladen«, sagte Beauvoir, der zu seinem säkularen Wortschatz zurückgefunden zu haben schien. Zumindest einen Moment lang. *»Sacré.«*

Grelle Farben stürmten auf sie ein. Riesige Timothy-Leary-Blumen, psychedelische dreidimensionale silberne Türme und Pilze sprangen vor ihnen hin und her und enorme gelbe Smileys marschierten um den Kamin. Es war eine Parade der Monstrositäten.

»Scheiße«, flüsterte Beauvoir.

Der Raum leuchtete in der Dämmerung. Selbst die Decke zwischen den alten Holzbalken war tapeziert. Das war kein Spaß mehr, das war Blasphemie. Jeden Liebhaber der Geschichte und der Architektur Quebecs musste in diesem Zimmer Verzweiflung überkommen, und Gamache, der beides war, spürte, wie ihm der kalte Schweiß ausbrach.

Das hatte er nicht erwartet. Angesichts dieses Feuerwerks an Farben hatte er zwar vergessen, was er erwartet hatte, aber das sicherlich nicht. Er riss seinen Blick von den penetrant fröhlichen Gesichtern der Smileys los und zwang sich, ihn auf die breiten Dielenbretter zu richten, die während eines bitterkalten Winters vor zweihundert Jahren ein Mann mühselig von Hand gehobelt hatte. Böden wie diese waren selten, selbst in Québec, und wurden von manch einem, unter anderem Gamache, für wahre Kunstwerke gehalten. Jane Neal hatte sich glücklich schätzen können, in einem solchen Haus zu wohnen, errichtet aus Steinen, welche dem Land beim Roden buchstäblich entrissen worden waren. In einem dieser Häuser zu leben, bedeutete, Verantwortung dafür zu tragen, dass die Geschichte Quebecs bewahrt wurde.

Voller Grauen senkte Gamache seinen Blick von den Wänden auf den Boden.

Er war pinkfarben gestrichen. Ein glänzendes Pink.

Er stöhnte auf. Beauvoir, der neben ihm stand, hätte beinahe die Hand ausgestreckt, um seinen Chef zu stützen. Er wusste, wie sehr dieser Anblick einen jeden, dem das kulturelle Erbe etwas bedeutete, aufbringen musste. Es war ein Sakrileg.

»Warum?«, fragte Gamache, aber die Smileys blieben stumm. Genauso wie Beauvoir. Er hatte keine Antwort auf diese Frage, aber er wurde sowieso kaum jemals schlau aus *les Anglais*. Dieses Zimmer war nur ein weiterer Beleg für ihre Unberechenbarkeit. Als das Schweigen sich ausdehnte, bekam Beauvoir das Gefühl, dass er seinem Chef zumindest den Versuch einer Antwort schuldete.

»Vielleicht brauchte sie mal einen Tapetenwechsel. Landen nicht deswegen die meisten Erbstücke in den Händen anderer Leute? Unsere Großeltern verkauften ihre Möbel an reiche Engländer. Sie wollten ihre alten Holztische und Schränke und Messingbetten loswerden, um irgendwelchen Ramsch aus dem Kaufhauskatalog kaufen zu können.«

»Das ist wahr«, stimmte Gamache ihm zu. Genau das war vor sechzig, siebzig Jahren geschehen. »Aber sehen Sie sich mal das an.« Er deutete in eine Ecke. Dort stand eine wunderschöne Vitrine, noch mit ihrer ursprünglichen Bemalung mit Temperafarben und gefüllt mit Port-Neuf-Geschirr. »Und das.« Gamache deutete zu einem riesigen Buffet aus Eichenholz. »Das hier«, er ging zu einem Beistelltisch, »ist ein nachgemachter Louis-Quatorze-Tisch, den ein Schreiner angefertigt hat, der mit dem französischen Stil bestens vertraut war und eine möglichst getreue Kopie schaffen wollte. Ein solches Stück ist nahezu unbezahlbar. Nein, Jean-Guy, Jane Neal kannte sich mit Antiquitäten aus und schätzte sie. Es ist mir ein Rätsel, dass sie solche Stücke sammelte und dann den Boden rosa strich. Aber das war nicht meine Frage.« Gamache drehte sich langsam einmal um die eigene Achse und sah sich im Zimmer um. In seiner rechten Schläfe begann es zu pochen. »Ich frage mich, warum Miss Neal ihre Freunde von hier ferngehalten hat.«

»Ist das nicht offensichtlich?«, fragte der erstaunte Beauvoir.

»Nein, das ist es nicht. Wenn sie für das hier selbst verantwortlich war, musste es ihr gefallen haben. Und sie hätte sich keinesfalls dafür geschämt. Warum also die Geheimniskrämerei? Und selbst wenn man annimmt, dass jemand anderes dafür verantwortlich ist, ihre Eltern zum Beispiel, die damals, als solche Dinge in Mode waren –«

»Ich sage es ja nur ungern, aber das sind sie wieder.« Beauvoir hatte gerade eine Lava-Lampe gekauft, verzichtete im Moment aber lieber darauf, seinem Chef davon zu erzählen. Gamache rieb sich mit den Händen übers Gesicht. Als er sie wieder senkte, war der direkt einem LSD-Trip entsprungene Raum immer noch da. Ein wahrer Horrortrip.

»Gut, nehmen wir einfach mal an, ihre alten und möglicherweise an Demenz leidenden Eltern haben das hier angerichtet, und sie hat es aus irgendeinem Grund so gelassen, meinetwegen weil sie das Geld nicht hatte oder aus Liebe zu ihren Eltern oder sonst was. Es ist scheußlich, aber so schlimm auch wieder nicht. Peinlich vielleicht, aber nicht beschämend. Selbst gute Freunde jahrzehntelang nicht ins Haus zu lassen, deutet auf etwas Schlimmeres hin.«

Die beiden Männer sahen sich erneut um. Der Raum war gut geschnitten, wie Beauvoir zugeben musste. Aber das bedeutete ungefähr genauso viel wie die Aussage, eine Brieffreundin habe einen guten Charakter. Man würde sie doch nicht unbesehen seinen Freunden vorstellen wollen. Beauvoir konnte sehr gut nachvollziehen, warum Jane Neal nie jemanden eingeladen hatte. Vielleicht, überlegte er, würde er die Lava-Lampe zurückbringen.

Gamache bewegte sich langsam durch das Zimmer. War hier irgendetwas, das er nicht sehen sollte? Warum hatte Jane Neal ihre Freunde, die sie liebte und denen sie vertraute, aus diesem Zimmer fern gehalten? Und wie kam es, dass sie zwei Tage vor ihrem Tod ihre Meinung plötzlich änderte. Welches Geheimnis barg dieser Raum?

»Sollen wir raufgehen?«, schlug Beauvoir vor.

»Nach Ihnen.« Gamache wandte sich der Treppe zu, die vom hinteren Teil des Wohnzimmers nach oben führte. Auch der Aufgang war tapeziert, eine dunkelrote Tapete mit Samteffekt. Zu behaupten, die Farbe der Tapete beiße sich mit der der Blumen, hätte bedeutet, dass man sich eine Tapete vorstellen konnte, die das nicht getan hätte. Dennoch, unter allen Farben und Stilrichtungen, die man hätte wählen können, war das die schlimmste. Sie sah aus wie ein entzündeter Schlund. Auch die Treppenstufen waren gestrichen. Gamache brach es das Herz.

In dem bescheidenen ersten Geschoss befanden sich ein großes Badezimmer und zwei geräumige Schlafzimmer. In dem einen, das einmal das Elternschlafzimmer gewesen sein musste, waren die Wände dunkelrot gestrichen. Das Zimmer daneben war dunkelblau.

Aber irgendetwas fehlte in dem Haus.

Gamache kehrte ins Erdgeschoss zurück und durchsuchte das Wohnzimmer, dann ging er zurück in die Küche und den Windfang.

»Hier sind nirgendwo Pinsel und Farbtuben. Es gibt kein Atelier. Wo hat sie gemalt?«

»Vielleicht im Keller?«

»Vielleicht. Gehen Sie runter, und sehen Sie nach, aber ich kann mir nicht vorstellen, dass ein Künstler einen fensterlosen Keller wählt, um dort zu malen.« Wobei er allerdings gestehen musste, dass Jane Neals Werk genauso aussah, als habe sie es im Dunkeln gemalt.

»Farben sind unten, aber keine Pinsel«, berichtete Beauvoir, nachdem er aus dem Keller zurückgekehrt war. »Da unten war ihr Atelier offensichtlich auch nicht. Da ist noch etwas …« Er genoss es jedes Mal, wenn er etwas entdeckte, das seinem Chef entgangen war. Gamache sah ihn neugierig an. »Bilder. An den Wänden hängen überhaupt keine Bilder. Nirgendwo.«

Erstaunen zeichnete sich auf Gamaches Gesicht ab. Beauvoir hatte recht. Gamache drehte sich um die eigene Achse, suchte die Wände ab. Nichts.

»Oben auch nicht?«

»Oben auch nicht.«

»Das verstehe ich nicht. Das alles ist sehr seltsam, die Tapeten, die angestrichenen Wände und Böden, das Fehlen von Bildern. Aber nichts davon ist so seltsam, dass sie deswegen ihre Freunde nicht in ihr Haus hätte einladen können. Irgendetwas muss es hier jedoch geben, das niemand sehen sollte.«

Beauvoir nahm auf dem großen Sofa Platz und ließ seinen Blick durch den Raum schweifen. Gamache setzte sich in den Ledersessel, verschränkte die Hände vor dem Bauch und dachte nach. Abrupt sprang er nach einigen Minuten wieder auf und ging nach unten. Der grob verputzte Keller stand voll mit Pappkartons, einer alten gusseisernen Wanne und einem Kühlschrank mit Wein. Er nahm eine Flasche heraus. Ein Winzer aus Dunham, der einen guten Ruf besaß. Er legte die Flasche zurück und drehte sich um. Eine weitere Tür führte zu einer Vorratskammer. Dunkelrote Gelees, gelbe, orangefarbene und rote Marmeladen, grasgrüne Dillgurken. Er sah sich die Beschriftungen an, einige Gläser stammten aus dem letzten Jahr, die meisten aus diesem. Nichts Auffälliges. Nichts außer der Reihe. Nichts, das er nicht auch im Keller seiner Mutter gefunden hatte, als sie gestorben war.

Er schloss die Tür und trat einen Schritt zurück. Dabei stieß er mit dem Rücken gegen die raue Kellerwand. Im selben Moment biss ihn etwas in den Schuh. Fest. Er zuckte zusammen, wusste aber sofort, was es war.

»*Tabernac!*«, brüllte er. Von oben waren Schritte zu hören, die zur Kellertür hasteten. Gleich darauf stand Beauvoir vor ihm, die Hand am Revolver, der noch im Holster steckte.

»Was ist los?« Sein Chef fluchte so selten, dass es ihn augenblicklich in Alarmzustand versetzte, wenn er es tat. Gamache deutete auf seinen Fuß. Ein kleines Holzbrett hatte sich daran festgebissen.

»Ziemlich große Maus«, sagte Beauvoir grinsend. Gamache beugte sich hinunter und entfernte die Falle. Sie war mit Erdnussbutter beschmiert worden, um Mäuse anzulocken. Er wischte einen Klecks davon von seinem Schuh und sah sich um. An der Wand standen noch mehr Fallen, alle fein säuberlich aufgereiht.

»Sie hat ein paar erwischt«, sagte Beauvoir und nickte zu einigen umgeworfenen Mausefallen hin, unter denen dünne Schwänzchen und winzige zusammengeballte Pfoten hervorsahen.

»Ich glaube nicht, dass Miss Neal die aufgestellt hat. Ich denke, dass die hier von ihr ist.« Gamache ging in die Hocke und hob eine kleine graue Schachtel hoch. Er öffnete sie und entdeckte eine kleine zusammengerollte Feldmaus darin. Tot. »Das ist eine Lebendfalle. Damit fängt man die Mäuse, ohne sie zu töten, und kann sie dann aussetzen. Dieses arme Mäuschen ist wohl in die Falle geraten, nachdem sie umgebracht worden war. Es ist verhungert.«

»Wer hat dann die anderen Mausefallen aufgestellt? Warten Sie, sagen Sie nichts. Yolande und André natürlich. Sie konnten hier eine Woche lang schalten und walten, wie sie wollten. Aber man sollte doch denken, dass sie wenigstens einmal in der Falle ihrer Tante nachsah«, sagte Beauvoir mit Abscheu. Gamache schüttelte den Kopf. Ein gewaltsamer, willentlich verursachter Tod überraschte ihn noch immer, egal ob es der eines Menschen oder der einer Maus war.

»Du kommst mit mir, Kleine«, sagte er zu der zusammengerollten Maus und nahm sie mit nach oben. Beauvoir warf die anderen Fallen in eine Plastiktüte und folgte seinem Chef. Die beiden Männer schlossen die Tür hinter sich ab und gingen durch Janes Garten und über den Dorfanger. Mittlerweile war die Sonne untergegangen, und es waren vereinzelte Scheinwerfer zu sehen. Rushhour in Three Pines. Vereinzelt waren noch Dorfbewohner unterwegs, die Besorgungen erledigten oder ihre Hunde spazieren führten. In der allgemein herrschenden Stille konnte Gamache einige Wortfetzen von den anderen Passanten vernehmen. Von der Rue du Moulin her hörte er: »Lange warte ich nicht mehr, bis du gepinkelt hast.« Er hoffte, dass der Betreffende mit seinem Hund sprach. Die beiden Männer überquerten die Wiese und schritten auf die hell erleuchtete, einladende Pension zu. Auf halbem Wege blieb Gamache stehen und legte die Maus ins Gras, während Beauvoir die Plastiktüte öffnete und die winzigen Leichname aus ihren Fallen befreite.

»Sie werden gefressen werden«, sagte Beauvoir.

»Richtig. Dann ist wenigstens irgendein Nutzen dabei. Abby Hoffman sagte mal, dass wir alles, was wir töten, auch essen sollten. Dann wäre ein für alle Mal Schluss mit Kriegen.«

Nicht zum ersten Mal machte eine Bemerkung Gamaches Beauvoir sprachlos. Meinte er das ernst? War er vielleicht sogar ein wenig gerührt? Und wer war Abbé Hoffman? Ein Geistlicher hier aus der Gegend? Hörte sich auf jeden Fall schwer nach einem christlichen Mystiker an.

Am nächsten Morgen fand sich das Team wieder in der Einsatzzentrale zusammen, um sich über die neuesten Entwicklungen informieren und neue Aufgaben zuweisen zu lassen. Gamache entdeckte eine kleine Papiertüte auf seinem Schreibtisch, in der sich ein Eclair befand. Auf einem Zettel stand mit kindlicher Schrift geschrieben: »Von Agent Nichol«.

Nichol beobachtete ihn, wie er die Tüte öffnete.

»Agent Nichol, kann ich Sie mal kurz sprechen.«

»Ja, Sir.« Das Eclair hatte offenbar seine Wirkung getan. Jetzt konnte er sich einfach nicht mehr so unmöglich verhalten.

Gamache deutete zu einem Schreibtisch am gegenüberliegenden Ende des Raums, außer Hörweite der anderen.

»Danke für das Eclair. Haben Sie in Erfahrung bringen können, ob das Testament von Jane Neal, das Maître Stickley vorliegt, ihr letztes ist?«

Das war's? Dafür war sie in aller Herrgottsfrühe in Sarahs Bäckerei gegangen und hatte das Eclair gekauft? Für ein mageres Dankeschön? Und jetzt fing er schon wieder mit seinem Kreuzverhör an? Das war nicht in Ordnung, aber nichtsdestoweniger musste sie sich schnell etwas einfallen lassen. Angestrengt dachte sie nach. Sie kannte die Wahrheit, aber die würde sie in Schwierigkeiten bringen. Was sollte sie sagen? Vielleicht sollte sie noch einmal das Eclair ins Spiel bringen? Nein, lieber nicht, er erwartete eine Antwort auf seine Frage.

»Ja, Sir, das habe ich. Er hat bestätigt, dass Maître Stickley im Besitz des letzten Testaments ist.«

»Und wer ist ›er‹?«

»Der Typ am anderen Ende der Leitung.«

Ärger zeichnete sich in Gamaches sonst so ruhigem Gesicht ab. Mit ernster Miene beugte er sich vor.

»Hören Sie auf, in diesem Ton mit mir zu reden. Sie beantworten meine Fragen genau, respektvoll und bedacht. Und noch was ...«, seine Stimme wurde leise, fast ein Flüstern. Leute, die dieses Flüstern einmal gehört hatten, würden es nie wieder vergessen. »Sie werden meine Fragen ehrlich beantworten.« Er hielt inne und blickte ihr in die trotzig blickenden Augen. Er war diese störrische Person leid. Er hatte sein Bestes getan. Wider besseres Wissen hatte er zu ihr gehalten, aber jetzt hatte sie ihn nicht nur einmal, sondern sogar schon zweimal angelogen.

»Und setzen Sie sich aufrecht hin, wenn Sie mit mir reden, Sie sind ja wohl ein bisschen zu alt, um so herumzulümmeln. Und sehen Sie mich an.«

Nichol reagierte sofort.

»Wen haben Sie wegen des Testaments angerufen, Agent?«

»Ich habe im Präsidium in Montréal angerufen und den Mann, der am Telefon war, gebeten, es für mich zu überprüfen. Er rief mich zurück und hat mir diese Information gegeben. Stimmt das etwa nicht, Sir? Wenn, dann war es nicht mein Fehler. Ich habe ihm geglaubt. Ich bin davon ausgegangen, dass er weiß, was er tut.«

Gamache war vollkommen perplex. Er hätte Bewunderung empfunden, wenn sie ihn mit dieser Antwort nicht gleichzeitig vor den Kopf gestoßen hätte.

In Wirklichkeit hatte sie niemanden angerufen, weil sie

keine Ahnung gehabt hatte, wen sie hätte anrufen können. Gamache hätte ihr wenigstens einen Tipp geben sollen. Er bildete sich so viel darauf ein, dass er junge Leute unter seine Fittiche nahm, und dann tat er nichts für sie. Im Grunde war er schuld.

»Wer war das im Präsidium?«

»Keine Ahnung.«

Gamache hatte es satt, das war die reinste Zeitverschwendung. Sie war die reinste Zeitverschwendung. Aber eines konnte er noch versuchen. Er konnte ihr zeigen, welche Zukunft auf sie wartete, wenn sie nicht Obacht gab.

»Kommen Sie mit.«

Ruth Zardos winziges Haus quoll fast über von Papierhaufen, Zeitschriften und Notizheften. Sämtliche Wände waren von Regalen gesäumt, und überall lagen Bücher, auf Schemeln, auf dem Couchtisch und auf den Arbeitsflächen in der Küche. Sie stapelten sich sogar in dem Garderobenschrank, in den sie ihre Mäntel stopfte.

»Ich habe gerade die letzte Tasse Kaffee getrunken und keine Lust, neuen zu machen.«

Was für eine Ziege, dachte Nichol.

»Wir haben nur ein paar Fragen«, sagte Gamache.

»Das ist gut, ich hatte ohnehin nicht vor, Ihnen einen Stuhl anzubieten.«

Nichol war fassungslos angesichts dieser Manieren. Also wirklich, Leute gab es!

»Wusste Jane Neal, dass Sie ihren Eltern von Andreas Selinsky erzählt hatten?«, fragte Gamache. Totenstille breitete sich aus.

Ruth Zardo hatte möglicherweise einen guten Grund gehabt, Jane Neal den Tod zu wünschen. Es war denkbar, dass sie befürchtet hatte, ihr uralter Verrat an Jane könnte ans Tageslicht kommen und sie würde mit einem Schlag alle ihre

Freunde in Three Pines verlieren. Diese Leute, die sie trotz ihrer unmöglichen Art mochten, würden plötzlich erkennen, was für ein Mensch sie wirklich war. Sie würden sie für diese schreckliche Sache verabscheuen, und dann wäre sie ganz allein. Eine verbitterte, einsame alte Frau. Dieses Risiko konnte sie nicht eingehen, dazu stand zu viel auf dem Spiel.

Durch jahrelange Erfahrung in der Mordkommission wusste Gamache, dass es immer ein Motiv gab, dieses Motiv aber oft für niemanden außer dem Mörder irgendeinen Sinn ergab. Für den allerdings war es völlig plausibel.

»Kommen Sie herein«, sagte sie und winkte sie an den Küchentisch, ein einfacher Gartentisch, um den vier billige Stühle standen. Nachdem sie sich gesetzt hatten, bemerkte sie, dass Gamache sich umsah, und erklärte unaufgefordert: »Mein Mann ist vor ein paar Jahren gestorben. Seither verkaufe ich nach und nach meine Einrichtung, zumeist Familienerbstücke. Olivier übernimmt das für mich. Damit kann ich mich gerade über Wasser halten.«

»Andreas Selinsky«, erinnerte er sie.

»Ich habe es nicht vergessen, keine Sorge. Das war vor sechzig Jahren. Wen interessiert das heute noch?«

»Timmer Hadley.«

»Wie kommen Sie darauf?«

»Sie wusste, was Sie getan hatten, sie hatte zufällig Ihr Gespräch mit Janes Eltern belauscht.« Während des Sprechens beobachtete er Ruth' versteinertes Gesicht. »Timmer behielt damals ihr Geheimnis für sich und bereute das ihr Leben lang. Aber vielleicht erzählte Timmer am Ende ihrer Tage Jane doch davon. Was meinen Sie?«

»Ich denke, Sie sind ein lausiger Psychologe. Timmer ist tot, Jane ist tot. Lassen Sie die Vergangenheit ruhen.«

»Können Sie das?

Wer dich einst so sehr verletzte
Dass keine Heilung möglich schien
Dessen Friedensangebot würdest du nun
mit einem Lächeln entgegennehmen?«

Ruth schnaubte. »Glauben Sie wirklich, dass es reicht, mir meine eigenen Verse vorzuhalten? Haben Sie sich für dieses Verhör etwa die halbe Nacht damit um die Ohren geschlagen, Gedichte auswendig zu lernen? In der Hoffnung, mich mit meinem eigenen Schmerz zu Tränen zu rühren? So ein Unsinn.«

»Ich kenne sogar das ganze Gedicht auswendig:

Wann wurde dieser Zorn gesät,
und auf welchem Grund
dass er so sehr wachsen konnte
gewässert von Tränen der Wut und der Trauer?
Es war nicht immer so.«

Die letzte Zeile sprachen Ruth und Gamache gemeinsam.

»Ja, ja. Es reicht. Ich habe Janes Eltern davon erzählt, weil ich überzeugt war, dass sie einen Fehler machte. In ihr steckte mehr, und es wäre schade gewesen, wenn sie sich an diesen Primitivling weggeworfen hätte. Ich hatte nur ihr Bestes im Sinn. Erst als alle meine Überredungskünste versagten, habe ich mich hinter ihrem Rücken an ihre Eltern gewandt. Rückblickend betrachtet war es ein Fehler, nicht mehr und nicht weniger. Jedenfalls war es nicht das Ende der Welt.«

»Wusste Miss Neal davon?«

»Keine Ahnung, und wenn, dann wäre es auch egal gewesen. Es ist lange her, vergessen und vorbei.«

Was für eine schreckliche, selbstsüchtige Frau, dachte Nichol und sah sich nach etwas zu essen um. Dann wusste sie plötzlich, was sie quälte. Sie hatte keinen Hunger, sie musste pinkeln.

»Kann ich Ihre Toilette benutzen?«

Lieber würde sie sich die Zunge abbeißen, als diese Frau um etwas zu bitten.

»Sie werden sie schon finden.«

Nichol öffnete sämtliche Türen im Erdgeschoss und stieß nur auf Bücher und Zeitschriften, aber keine Toilette. Dann ging sie in den ersten Stock und fand dort das einzige Badezimmer im Haus. Nachdem sie gespült hatte, drehte sie den Wasserhahn auf, so als würde sie sich die Hände waschen wollen, und sah in den Spiegel. Eine junge Frau mit einem kurzen Bubikopf blickte zurück. Und ein paar Wörter, wahrscheinlich wieder so ein blödes Gedicht. Sie beugte sich vor und sah einen Aufkleber, der auf dem Spiegel haftete. »Hier siehst du dein Problem«, stand darauf.

Nichol begann sofort damit, im Spiegel den Raum hinter sich abzusuchen, da dort ja irgendwo ein Problem zu lauern schien.

»Hat Timmer Ihnen gesagt, dass sie wusste, was Sie getan haben?«

Auf diese Frage hatte Ruth schon lange gewartet. Sie hatte gehofft, sie würde ihr niemals gestellt werden. Aber jetzt schwebte sie im Raum.

»Ja. An dem Tag, an dem sie starb. Und sie sagte mir auch, was sie von der ganzen Sache hielt. Sie nahm kein Blatt vor den Mund. Ich habe Timmer sehr geachtet. Es tut weh, einen Menschen, den man bewundert und respektiert, solche Dinge sagen zu hören, und es machte das Ganze noch schlimmer, dass Timmer im Sterben lag und ich keine Möglichkeit mehr hatte, es wiedergutzumachen.«

»Was haben Sie getan?«

»Es war am Nachmittag des Umzugs, und Timmer sagte, sie wolle allein sein. Ich versuchte, ihr mein damaliges Handeln zu erklären, aber sie war müde und behauptete, sie brauche Ruhe und ob ich nicht zum Umzug gehen und in einer Stunde wiederkommen wollte. Dann könnten wir weiterreden. Als ich eine Stunde später zurückkam, war sie tot.«

»Hat Mrs. Hadley Jane Neal davon erzählt?«

»Ich weiß es nicht. Ich denke, sie hatte es vor, wollte aber zunächst mit mir darüber reden.«

»Haben Sie Miss Neal davon erzählt?«

»Warum sollte ich? Es ist so lange her. Jane hatte die Geschichte vielleicht schon längst vergessen.«

Gamache fragte sich, ob Ruth Zardo mit all ihren Erklärungen nicht vor allem sich selbst überzeugen wollte. Ihn überzeugten sie jedenfalls kein bisschen.

»Fällt Ihnen jemand ein, der einen Nutzen von Miss Neals Tod hat?«

Ruth faltete die Hände über dem Stockknauf und legte ihr Kinn darauf. Sie starrte an Gamache vorbei. Eine Minute lang sagte sie nichts, dann hub sie wieder an zu sprechen.

»Wie ich Ihnen schon erklärt habe, denke ich, dass ihr einer dieser drei Jungen, die mit dem Entendreck geworfen haben, den Tod gewünscht haben könnte. Sie hat sie gedemütigt. Meiner Meinung nach gibt es nichts Explosiveres als ein vor sich hin brütendes, pubertäres Gemüt. Aber bis die Bombe hochgeht, dauert es oft eine Weile. Es heißt, dass die Zeit alle Wunden heilt. Das ist Blödsinn. Ich glaube, die Zeit tut überhaupt nichts. Sie heilt nur, wenn der Betreffende das will. Ich habe schon beobachtet, dass Zeit bei manchen Leuten alles noch schlimmer macht. Wenn sie nur genug Zeit haben, grübeln und brüten sie vor sich hin, und dann wird aus einem völlig unbedeutenden Vorfall eine Katastrophe.«

»Glauben Sie, dass das hier der Fall gewesen sein könnte?« Ruth Zardos Gedanken entsprachen so sehr seinen eigenen, als könne sie sie lesen. Aber war ihr auch klar, dass sie sich damit verdächtig machte?

»Möglich wäre es.«

Auf dem Weg zurück durchs Dorf berichtete Nichol Gamache von dem Aufkleber auf Ruth' Spiegel und ihrer Suche, die Shampoo, Seife und eine Badematte zutage gefördert hatte. Auf das Naheliegendste kam sie nicht. Gamache lachte nur.

»Ich will gleich zur Sache kommen«, sagte Solonge Frenette, kaum dass Gamache, Beauvoir und Ruth bei ihr eingetroffen waren. Clara und Peter hatten bereits Platz genommen. »Ich habe die Notarkammer in Québec City angerufen, und sie haben die registrierten Testamente überprüft. Demnach wurde Miss Neals letztes Testament am 28. Mai diesen Jahres in dieser Kanzlei aufgenommen. Das davor war zehn Jahre alt. Es wurde für null und nichtig erklärt.

Ihr letzter Wille ist äußerst unkompliziert. Nach Begleichung der Kosten für die Beerdigung und sämtlicher Schulden, Kreditkartenabrechnungen, Steuern et cetera hinterlässt sie ihr Haus und alles, was sich darin befindet, Clara Morrow.«

Clara spürte, wie ihr das Blut ins Gesicht stieg. Sie wollte Janes Haus nicht. Sie wollte Janes Umarmungen wieder spüren und ihre Stimme wieder hören. Und ihr Lachen. Sie wollte Jane.

»Miss Neal bittet Clara Morrow, eine Feier zu veranstalten, zu der sie bestimmte Leute einlädt – die Liste ist dem Testament beigefügt –, und jeder der Eingeladenen soll sich ein Stück aus ihrem Haus aussuchen. Ihr Auto hinterlässt sie Ruth Zardo und Myrna ihre Büchersammlung. Den Rest erhält Clara Morrow.«

»Wie viel?«, fragte Ruth zu Claras Erleichterung. Diese Frage war auch ihr durch den Kopf gegangen, sie hatte sie sich jedoch verkniffen, weil sie nicht habgierig erscheinen wollte.

»Ich habe heute Morgen ein paar Anrufe getätigt und die Summe überschlagen. Es handelt sich grob geschätzt um eine viertel Million Dollar, nach Steuern.«

Clara schnappte nach Luft, sie konnte es kaum glauben. Reich. Sie waren reich. Unwillkürlich tauchten vor ihrem geistigen Auge ein neues Auto, neue Bettwäsche und ein Abendessen in einem teuren Restaurant in Montréal auf. Und …

»Da sind noch zwei Dinge, zwei Umschläge, genauer gesagt. Einer ist für Sie, Mrs. Zardo.« Ruth nahm ihn und warf einen raschen Blick zu Gamache, der sich auf seinen Beobachterposten zurückgezogen hatte. »Der andere ist für Yolande Fontaine. Möchte ihn jemand mitnehmen?« Keiner sagte ein Wort.

»Ich nehme ihn«, bot Clara schließlich an.

Nach Verlassen der Kanzlei wandte sich Chief Inspector Gamache an Peter und Clara.

»Ich brauche Ihre Hilfe im Haus von Miss Neal. Beziehungsweise Ihrem Haus, um genau zu sein.«

»Ich kann mir nicht vorstellen, dass es für mich jemals etwas anderes sein wird als Janes Haus.«

»Ich hoffe, das wird sich eines Tages ändern«, sagte Gamache und bedachte Clara mit einem freundlichen Lächeln.

»Wir stehen Ihnen natürlich zur Verfügung«, erklärte Peter. »Worum geht es denn?«

»Ich wäre Ihnen dankbar, wenn Sie einfach in das Haus kämen und sich dort umsähen.« Mehr wollte er nicht sagen.

Der Geruch war das Schlimmste, wie Clara überrascht feststellte. Dieser unverkennbare Geruch von Jane, ihrem Kaffee und dem Kaminfeuer. Darüber hing der Geruch von frisch gebackenem Kuchen und nassem Hund. Und Floris,

Janes einziger Extravaganz. Jane liebte das Eau de Toilette von Floris und bestellte jedes Weihnachten in London eine Flasche, die sie sich selbst zum Geschenk machte.

Die Leute von der Sûreté krochen in allen Ecken und Winkeln des Zimmers herum, nahmen Fingerabdrücke und Proben und machten Fotos. Das Haus wirkte dadurch ganz fremd, und doch spürte Clara überall Janes Anwesenheit. Gamache führte Clara und Peter durch die vertraute Küche zur Schwingtür. Die Tür, durch die sie noch nie getreten waren. Clara hätte am liebsten auf dem Absatz kehrtgemacht und wäre nach Hause gegangen. Um nie sehen zu müssen, was Jane immer vor ihnen allen geheim gehalten hatte. Durch diese Tür zu gehen kam ihr wie ein Vertrauensbruch vor, eine Grenzüberschreitung, das Eingeständnis, dass Jane nicht mehr da war, um sie aufzuhalten.

Wie vorauszusehen war, gewann ihre Neugier jedoch schließlich die Oberhand, und sie versetzte der Schwingtür einen entschlossenen Schubs und trat ein. Mitten hinein in einen Drogenrausch.

Claras erste Reaktion war zu lachen. Einen Moment lang stand sie wie vor den Kopf geschlagen da, dann begann sie zu lachen. Und lachte. Und lachte, bis sie das Gefühl hatte, sich gleich in die Hose zu machen. Binnen kurzem hatte sie Peter angesteckt, und auch er fing an zu lachen. Und Gamache, der in dem Ganzen bisher nur eine Blasphemie gesehen hatte, lächelte zuerst, dann gluckste er, und zu guter Letzt lachte er, bis ihm die Tränen in die Augen stiegen.

»Wow, das ist voll abgefahren, Alter«, sagte Clara zu Peter, der sich mittlerweile vor Lachen krümmte.

»Echt stark«, keuchte er und schaffte es gerade noch, das Peace-Zeichen zu machen, bevor er sich mit den Händen auf den Knien abstützte, um nicht zusammenzubrechen. »Jane muss zum Antörnen einen Trip eingeworfen haben und ist total ausgeflippt, was?«

»Dann hat das Gesundheitsministerium also recht: Drogen gefährden das Wahrnehmungsvermögen.« Clara deutete auf die irrwitzigen Smileys mit ihren fröhlichen Gesichtern und lachte weiter, bis sie keinen Laut mehr hervorbrachte. Sie hielt sich an Peter fest, um nicht zu Boden zu rutschen.

Die Absurdität dieses Zimmers hatte aber immerhin dazu beigetragen, die bedrückte Stimmung zu vertreiben. Als sie sich nach einiger Zeit wieder gefasst hatten, gingen sie alle in den ersten Stock. Im Schlafzimmer hob Clara ein zerlesenes Buch auf, das neben Janes Bett auf dem Boden lag. Es war C. S. Lewis' *Überrascht von Freude* und roch nach Floris.

»Ich verstehe das nicht«, sagte Peter, als sie wieder nach unten gegangen waren und sich vor dem Kamin niedergelassen hatten. Clara konnte nicht widerstehen und strich über die quietschgelbe Smiley-Tapete. Sie war aus Velours. Unwillkürlich musste sie wieder kichern und unterdrückte mit Mühe einen neuen Lachanfall. Es war wirklich zu albern.

»Warum wollte Jane nicht, dass wir dieses Zimmer sehen?«, fragte Peter. »So schlimm ist es auch wieder nicht.« Sie starrten ihn alle verdutzt an. »Na ja, Sie wissen schon, was ich meine.«

»Ich weiß genau, was Sie meinen«, sagte Gamache. »Und genau das habe ich mich auch schon gefragt. Wenn sie sich dessen nicht schämte, dann hätte sie Leute hereingelassen. Und wenn sie es tat, warum hat sie das Zimmer dann nicht einfach renoviert? Nein, ich glaube, wir werden von alldem auf eine falsche Spur gelenkt, möglicherweise sogar mit Absicht.« Er hielt inne. Vielleicht war das der Grund für die grässliche Tapete. Es war eine Falle, ein Köder, der bewusst ausgelegt worden war, um sie von der einen Sache, die Jane verbergen wollte, abzulenken. Dann hätte er endlich eine Antwort auf die Frage, warum sie eine so grauenhafte Tapete ausgesucht hatte.

»In diesem Raum muss noch etwas anderes sein. Vielleicht

ein bestimmtes Möbelstück, das Geschirr, ein Buch. Es ist hier.«

Die vier verteilten sich im Zimmer und durchsuchten es erneut. Clara nahm sich das Port Neuf vor, über das ihr Olivier einiges beigebracht hatte. Die alten Tonbecher und -schüsseln stammten aus dem 18. Jahrhundert und gehörten zu den ersten in Kanada industriell angefertigten Waren. Das einfache irdene Geschirr war mit schlichten Darstellungen von Kühen, Pferden, Schweinen und Blumen bemalt. Es waren wertvolle Sammlerstücke, und Olivier würde bei ihrem Anblick höchstwahrscheinlich in Ohnmacht fallen. Es gab allerdings keinen Grund, sie zu verstecken. Gamache machte sich derweil an einem kleinen Schreibtisch zu schaffen und durchsuchte ihn nach Geheimfächern, während Peter einen großen Holzkasten genauestens inspizierte. Clara öffnete die Schubladen der Anrichte, die mit Spitzendeckchen und bunten Tischsets vollgestopft waren. Sie nahm sie heraus. Sie zeigten Reproduktionen von alten Gemälden mit Dorfszenen und Landschaften aus Québec, die aus der Mitte des 19. Jahrhunderts stammten. Sie kannte diese Sets, sie hatte sie bei einem ihrer Abendessen auf Janes Küchentisch gesehen, aber auch schon woanders. Sie waren sehr verbreitet. Aber vielleicht waren es ja auch gar keine Reproduktionen? Waren es möglicherweise die Originale? Oder hatte jemand irgendeinen Geheimcode darin versteckt?

Es war nichts zu entdecken.

»Hier, ich glaube, ich habe etwas.« Peter trat einen Schritt von der Truhe aus hellem Holz zurück. Sie stand auf robusten kleinen Holzfüßen und reichte ihm etwa bis zur Hüfte. An den Seiten waren schmiedeeiserne Griffe angebracht, und vorne befanden sich zwei kleine, quadratische Schubladen, die er herausgezogen hatte. Soweit Peter sagen konnte, steckte in dem Möbel kein einziger Nagel, die Holzteile waren ausschließlich mit Schwalbenschwanzverbindungen zusammengesetzt. Eine ganz exquisite Arbeit und äußerst ärgerlich. Man kam an das Innere der Truhe nur heran, indem man den Deckel öffnete, nur dass er sich nicht öffnen ließ. Irgendwie und aus irgendeinem Grund war die Truhe verschlossen worden. Peter rüttelte noch einmal an dem Deckel, aber er bewegte sich keinen Millimeter. Zu Peters Verdruss drängte Beauvoir ihn zur Seite und versuchte sich selbst daran, so als gäbe es mehr als eine Möglichkeit, einen Deckel zu heben.

»Vielleicht befindet sich auf der Vorderseite eine Tür, eine Art Trick, ein verborgener Mechanismus«, überlegte Clara, und alle fingen an zu suchen. Nichts. Schließlich traten sie zurück und starrten den Kasten an. Clara versuchte, ihn durch Willenskraft zum Sprechen zu bringen, so wie es in letzter Zeit so viele Kästen zu tun schienen.

»Olivier wüsste, was zu tun ist«, sagte Peter. »Wenn es einen Trick gibt, dann kennt er ihn.«

Gamache dachte kurz nach und nickte. Ihnen blieb keine andere Wahl. Beauvoir wurde losgeschickt, und innerhalb von zehn Minuten kehrte er mit dem Antiquitätenhändler zurück.

»Wo ist denn unser Patient? Heilige Muttergottes.« Er hob die Augenbrauen und starrte die Wände an, sein schmales Gesicht hatte einen kindlichen, staunenden Ausdruck angenommen. »Wer hat denn das verbrochen?«

»Ralph Lauren. Was denkst du denn?«, sagte Peter.

»Wer auch immer, jedenfalls war der nie im Leben schwul. Ist das die Truhe?« Er trat zu den anderen. »Wunderschön. Eine Teekiste, den britischen Teekisten aus dem siebzehnten Jahrhundert nachgebildet, stammt allerdings aus Québec. Sehr schlicht, dabei aber keineswegs grob gearbeitet. Sie wollen sie öffnen?«

»Wenn es Ihnen nichts ausmacht«, erwiderte Gamache, und Clara bewunderte ihn für seine Geduld. Sie war nahe daran, Olivier anzubrüllen. Der Antiquitätenhändler ging um die Truhe herum, klopfte hier und da gegen das Holz, hielt sein Ohr dagegen und schließlich blieb er direkt davor stehen. Er packte mit beiden Händen den Deckel und rüttelte. Gamache verdrehte die Augen.

»Sie ist abgeschlossen«, erklärte Olivier.

»Nun, so weit waren wir auch schon«, sagte Beauvoir. »Die Frage ist: Wie kriegen wir sie auf?«

»Haben Sie keinen Schlüssel?«

»Wenn wir einen Schlüssel hätten, bräuchten wir Sie nicht.«

»Verstehe. Nun, ich könnte die Scharniere auf der Rückseite entfernen. Das kann jedoch einige Zeit in Anspruch nehmen, weil sie alt und verrostet sind. Ich möchte sie nicht kaputtmachen.«

»Fangen Sie nur an«, ermunterte ihn Gamache. »Wir anderen werden inzwischen unsere Suche fortsetzen.«

Zwanzig Minuten später verkündete Olivier, er habe das letzte Scharnier gelöst. »Sie haben Glück, ich bin ein Meister meines Fachs.«

»Ja, großes Glück«, sagte Beauvoir und geleitete den widerstrebenden Olivier zur Tür. Mittlerweile hatten Gamache und Peter den Deckel der Truhe jeder an einer Seite gepackt und angehoben. Sie blickten hinein.

Nichts. Die Truhe war leer.

Die nächsten fünf Minuten verbrachten sie damit, auch das Innere der Truhe auf Geheimfächer zu untersuchen, dann ließ sich das entmutigte Grüppchen erneut in die Sessel vor dem Kamin fallen. Gleich darauf setzte sich Gamache langsam wieder auf. Er wandte sich an Beauvoir. »Was hat Olivier vorhin gefragt? Wer das hier verbrochen hat?«

»Ja, und?«

»Na ja, woher wissen wir eigentlich, dass es Jane Neal war?«

»Glauben Sie etwa, dass sie jemanden dafür bezahlt hat?«, fragte Beauvoir überrascht. Gamache starrte ihn wortlos an. »Nein, Sie glauben, dass dies das Werk von jemand anderem ist, jemand, der hier einige Zeit verbracht hat. Mein Gott, bin ich dumm«, stöhnte Beauvoir. »Yolande Fontaine. Als ich sie gestern vernommen habe, hat sie erzählt, dass sie hier ein paar Verschönerungen vorgenommen habe ...«

»Stimmt«, sagte Clara und beugte sich in ihrem Sessel vor. »Ich habe gesehen, wie sie eine Trittleiter und prall gefüllte Tüten von einem Baumarkt hier in der Nähe ins Haus geschleppt hat. Peter und ich fragten uns schon, ob sie vorhat einzuziehen.« Peter nickte bestätigend.

»Dann hat also Yolande die Wände tapeziert?« Gamache erhob sich und besah sich das Werk noch einmal. »Ihr Haus muss ja ein echtes Gruselkabinett sein, wenn das hier ihrem Einrichtungsgeschmack entspricht.«

»Nicht annähernd«, sagte Beauvoir. »Genau das Gegenteil. In ihrem Haus ist alles in Weiß- und Beigetönen gehalten, ganz dezent, wie eine Musterwohnung in *Schöner Wohnen.*«

»Keine fröhlichen Gesichter?«, fragte Gamache.

»Hat es wahrscheinlich noch nie gesehen.«

Mit gesenktem Kopf und auf dem Rücken verschränkten Händen ging Gamache eine Weile auf und ab. Leise vor sich hin murmelnd trat er zu dem Schrank mit dem Port-Neuf-Geschirr und stellte sich wie ein ungezogener Schuljunge mit dem Gesicht zur Wand. Dann wandte er sich um. »Yolande. Was macht sie? Was treibt sie an?«

»Geld?«, sagte Peter nach kurzer Überlegung.

»Anerkennung?«, schlug Beauvoir vor und gesellte sich zu Gamache. Die Erregtheit seines Chefs übertrug sich auf alle Anwesenden.

»Etwas in der Art, aber es geht tiefer.«

»Wut?«, versuchte Peter es erneut. Er hatte nicht gern unrecht, aber wie er an Gamaches Miene ablesen konnte, hatte er erneut danebengetippt. Nach einem Moment fing Clara an zu reden, so als spräche sie zu sich selbst. »Yolande lebt in ihrer eigenen Welt. Einer perfekten Schöner-Wohnen-Welt, auch wenn ihr Ehemann ein Krimineller ist und ihr Sohn ein Schläger und sie selbst lügt und betrügt und stiehlt. Übrigens ist sie auch keine echte Blondine, falls Sie sich das nicht schon gedacht haben. Soweit ich weiß, ist nichts an ihr echt. Sie leugnet permanent die Realität …«

»Das ist es!« Gamache hopste geradezu auf und ab, wie der Gewinner in einer Spielshow. »Verleugnung. Ihr Leben ist eine einzige Verleugnung. Sie verbirgt alles hinter einer Fassade. Das ist auch der Grund, warum sie sich so stark schminkt. Es ist eine Maske. Ihr Gesicht ist eine Maske, ihr Zuhause ist eine Maske, ein trostloser Versuch, irgendetwas furchtbar Hässliches zu übermalen und zuzukleistern.« Er drehte sich wieder zu der Wand, kniete sich nieder und fuhr mit dem Finger an einer der Tapetennähte entlang. »Die Leute neigen dazu, stets dasselbe zu tun. Das ist es, was hier nicht stimmt. Hätten Sie gesagt«, damit wandte er sich an Beauvoir, »dass Yolande in ihrem Haus dieselbe Tapete hat, wäre das etwas anderes, aber das ist nicht der Fall. Warum verbrachte sie also Tage damit, diese hier an die Wände zu kleben?«

»Um etwas zu verbergen«, sagte Clara und kniete sich neben ihn. Seine Finger hatten eine Tapetenecke ertastet, die sich leicht löste.

»Genau.« Vorsichtig hob Gamache die Ecke an und zog sie ab. Er legte ein etwa dreißig Zentimeter langes Stück Wand frei, wobei allerdings nur eine zweite Tapete zum Vorschein kam.

»Könnte sie zwei Lagen tapeziert haben?«, fragte Clara und spürte Enttäuschung in sich aufsteigen.

»So viel Zeit hatte sie vermutlich nicht«, sagte Gamache. Clara beugte sich vor.

»Peter, sieh dir das an.« Peter ging neben den beiden in die Knie und musterte das freigelegte Wandstück. »Das ist keine Tapete«, sagte er und sah Clara überrascht an.

»Das glaube ich auch nicht«, pflichtete Clara ihm bei.

»Was ist es denn, um Himmels willen?«, fragte Gamache.

»Eine Zeichnung von Jane«, sagte Clara. »Jane hat das gezeichnet.«

Gamache sah noch einmal genauer hin, und dieses Mal erkannte er es. Die leuchtenden Farben, die kindlichen Striche. Was es darstellte, ließ sich nicht sagen, dazu war zu wenig davon zu sehen, aber es stammte eindeutig von Miss Neal.

»Ist es möglich?«, fragte er Clara, während sie Seite an Seite dastanden und ihren Blick durch das Zimmer wandern ließen.

»Ist was möglich?«, wollte Beauvoir wissen. »*Voyons*, wovon sprechen Sie?«

»Die Tapete«, antwortete Gamache. »Ich hatte unrecht. Sie diente nicht der Ablenkung, sie sollte etwas überdecken. Überall dort, wo Tapete zu sehen ist, sind Zeichnungen.«

»Aber sie ist überall«, protestierte Beauvoir. »Sie hat doch wohl nicht …« Er hielt inne, als er den Ausdruck auf dem Gesicht seines Chefs sah. Vielleicht doch. War es möglich?, fragte er sich, stellte sich neben Gamache und Clara und drehte sich einmal um die eigene Achse. Die ganzen Wände? Die Decke? Sogar die Böden? Er begriff, dass er *Les Anglais* und ihre Exzentrik weit unterschätzt hatte.

»Und im ersten Stock?«, fragte er. Gamache fing seinen Blick auf, und es war, als würde die Zeit für einen Moment stillstehen. Er nickte.

»*C'est incroyable*«, flüsterten beide Männer wie aus einem Mund. Auch Clara war sprachlos, Peter dagegen machte sich bereits an einer Naht am anderen Ende des Raums zu schaffen.

»Hier ist noch mehr«, rief er und richtete sich wieder auf.

»Dafür hat sie sich geschämt«, sagte Gamache, und Clara wusste, dass er recht hatte.

Innerhalb einer Stunde hatten Peter und Clara die Möbel von den Wänden gerückt und überall Malerfolie ausgebreitet. Bevor Gamache gegangen war, hatte er ihnen die Erlaubnis gegeben, so viel wie möglich von der Tapete und der Farbe zu entfernen. Clara rief Ben an, und er erklärte sich sofort bereit, ihnen zu helfen. Das freute sie. Sie hätte am liebsten auch Myrna dazugeholt, da sie viel härter arbeiten konnte als Ben, aber für diese Aufgabe war Feingefühl und die Hand eines Künstlers nötig, und über beides verfügte Ben.

»Haben Sie eine Vorstellung, wie lange es dauern wird?«, fragte Gamache.

»Wollen Sie eine realistische Schätzung? Inklusive der Decken und Böden? Vielleicht ein Jahr.«

Gamache zuckte zusammen.

»Es ist wichtig, oder?«, sagte Clara, als sie seine Miene sah.

»Möglicherweise. Ich bin mir nicht sicher, aber ich vermute es.«

»Wir werden uns beeilen. Wir müssen nur aufpassen, dass wir die Zeichnungen darunter nicht zerstören. Ich denke, wir kriegen genug von dem Zeug ab, um uns einen Eindruck zu verschaffen.«

Glücklicherweise erwies sich Yolande auch in diesem Fall als oberflächlich, sie hatte die Wände nicht präpariert und die Tapete löste sich teilweise bereits von selbst. Genauso wenig hatte sie zu Peters und Claras großer Erleichterung eine Grundierung unter der Farbe verwendet. Sie fingen nach dem Mittagessen an und arbeiteten den ganzen Nachmittag durch bis auf eine kleine Unterbrechung mit Bier und Chips. Am Abend baute Peter ein paar Scheinwerfer auf, und sie arbeiteten weiter, nur Ben nicht, der behauptete, die Anstrengung täte seinem Ellbogen nicht gut.

Um sieben Uhr beschlossen Peter und Clara, eine Essenspause einzulegen, und gesellten sich müde und verdreckt zu Ben an den Kamin. Zumindest hatte er es geschafft, Feuer zu machen, und nun saß er davor, die Füße auf einem Kissen, nippte an einem Glas Rotwein und las in Janes neuester Ausgabe von *The Guardian Weekly*. Gabri stieß mit einem Topf Suppe hinzu. Er hatte gehört, was hier vor sich ging, und hielt es vor Neugier nicht mehr aus. Es drängte ihn, selbst ein Auge auf das Ganze zu werfen. Er hatte seinen Auftritt sogar geprobt.

Der riesige Mann, der in seinem Mantel und mit mehreren Schals noch imposanter wirkte, stürmte ins Zimmer. In der Mitte angelangt, blieb er stehen, versicherte sich kurz, dass er die ungeteilte Aufmerksamkeit des Publikums genoss, sah sich um und zitierte aus der Sammlung berühmter letzter Worte: »Ich befinde mich in einem Kampf um Leben und Tod mit dieser Tapete – einer von uns muss gehen.«

Das dankbare Publikum jubelte begeistert auf, nahm ihm den Suppentopf ab und warf ihn hinaus. Ihrer Meinung nach waren Jane und Oscar Wilde ein Toter zu viel im Zimmer.

Sie arbeiteten bis spät in die Nacht und gaben erst kurz vor zwölf auf, als die Gefahr zu groß wurde, dass sie in ihrer Müdigkeit irgendeinen Schaden anrichteten. Darüber hinaus war ihnen von den Lösungsmitteln leicht übel. Ben war schon vor längerer Zeit nach Hause gegangen.

Am nächsten Morgen bei Tageslicht sahen sie, dass sie ungefähr vier Quadratmeter im ersten Stock und eine viertel Wand im Erdgeschoss freigelegt hatten. Gamache schien Recht zu behalten. Jane hatte jeden Quadratzentimeter ihres Hauses mit ihren Zeichnungen bedeckt. Und die wiederum hatte Yolande bedeckt. Um die Mittagszeit hatten sie ein paar weitere Quadratmeter geschafft. Clara trat einen Schritt zurück, um das Wandstück, das sie von der Tapete befreit hatte, zu bewundern. Mittlerweile war genug von Janes Werk zu sehen, um einen Eindruck davon zu gewinnen. Dem Ganzen schien ein Plan zugrunde zu liegen. Aber wie dieser Plan aussehen könnte, war noch nicht klar.

»Um Himmels willen, Ben, mehr hast du nicht geschafft?« Clara konnte ihre Enttäuschung kaum verbergen. Peter hatte im Obergeschoss mehrere Quadratmeter Tapete entfernt, aber Ben war nur im Schneckentempo vorangekommen, auch wenn das, was er zuwege gebracht hatte, gut war. Gestochen scharf und wunderschön. Aber einfach zu wenig. Wenn dieser Mordfall gelöst werden sollte, mussten sie die Wände freilegen, und zwar schnell. Clara spürte, dass sie immer unruhiger wurde, das Ganze wuchs sich langsam zu einer regelrechten Obsession bei ihr aus.

»Es tut mir leid«, sagten sie beide wie aus einem Mund. Ben erhob sich und sah schuldbewusst zu ihr herunter. »Es tut mir leid, Clara. Ich bin langsam, ich weiß, aber ich werde bestimmt besser. Ich brauche nur etwas Übung.«

»Ist schon gut.« Sie schlang ihren Arm um seine schmale Taille. »Zeit für eine Pause. Wir können nachher weitermachen.« Bens Miene hellte sich auf, und er legte einen Arm um ihre Schulter. Die beiden gingen an Peter vorbei, der ihnen hinterhersah und dann die Treppe hinunter folgte.

Bis zum Abend hatten sie einen großen Teil der Wohnzimmerwände von der Tapete befreit. Sie riefen Gamache an, der Bier, Pizza und Beauvoir mitbrachte.

»Die Antwort liegt hier«, sagte Gamache schlicht und nahm sich ein zweites Bier. Sie aßen vor dem Kamin im Wohnzimmer, der Geruch der drei extra großen, extra dick belegten Pizzen vom Pizzaservice überdeckte nur sehr oberflächlich den des Testbenzins, das sie zum Entfernen der Farbe benutzten. »In diesem Zimmer mit seinen Zeichnungen. Die Antwort liegt hier, das spüre ich. Es kann kein Zufall sein, dass Jane Sie alle für den Abend, an dem auch ihr Bild gezeigt werden sollte, hierher einlud und dann nur wenige Stunden später ermordet wurde.«

»Wir wollen Ihnen etwas zeigen.« Clara wischte die Krümel von ihrer Jeans und erhob sich. »Wir haben noch mehr von den Wänden freigelegt. Dazu müssen wir aber nach oben gehen.«

Sie schnappten sich jeder ein Stück Pizza und marschierten in den ersten Stock. In Peters Zimmer war die Beleuchtung zu schwach, um Janes Werk wirklich würdigen zu können, aber in dem von Ben war es anders. Er hatte zwar nur einen kleinen Teil der Wände von der Tapete befreit, aber das, was bei seiner Arbeit zum Vorschein gekommen war, war einfach erstaunlich. Leuchtende, forsche Striche sprangen ihnen von den Wänden entgegen, und Menschen und Tiere begannen zu leben. In einigen Fällen auch Menschen als Tiere.

»Sind das nicht Nellie und Wayne?« Gamache betrachtete ein Stück Wand. Darauf war eine hingestrichelte Frau zu sehen, die eine Kuh an der Leine führte. Sie war ein sehr dickes Strichmännchen und er eine knochige, glückliche Kuh mit einem Bart.

»Wunderbar«, murmelte der Chief Inspector.

Sie kehrten zurück ins dunkle Erdgeschoss. Peter hatte die Scheinwerfer ausgeschaltet, die er am Vortag aufgestellt hatte. Während des Abendessens hatten sie beim Schein des Kaminfeuers und dem warmen Glanz von zwei Tischlampen gesessen. Die Wände waren in Dunkelheit getaucht gewesen. Jetzt legte Peter die Schalter um und ließ den Raum in gleißendem Licht erstrahlen.

Gamache kniff für eine Weile die Augen zusammen. Als er sie wieder öffnete, war ihm, als befänden sie sich in einer Höhle, in einer dieser wundersamen Höhlen, die Forscher manchmal entdeckten und deren Felswände mit uralten Symbolen und Zeichnungen bedeckt waren. Laufende

Karibus und schwimmende Menschen. Gamache hatte im *National Geographic* alles über dieses Thema gelesen, und jetzt überfiel ihn das Gefühl, wie durch Zauberhand in eine dieser Höhlen versetzt worden zu sein, hier, im Herzen von Québec, in einem altehrwürdigen kleinen Dorf. Genau wie in den Höhlenzeichnungen war auch hier die Geschichte einer Siedlung und ihrer Bewohner dargestellt, dachte Gamache. Langsam ging er mit auf dem Rücken verschränkten Händen an den Wänden entlang. Sie waren vom Boden bis zur Decke bedeckt mit Dorf- und Landschaftsszenen und Schulzimmern und Kindern und Erwachsenen, die sangen, spielten und arbeiteten. In einigen Szenen waren Unfälle dargestellt, und es war mindestens eine Beerdigung zu sehen.

Jetzt hatte er nicht mehr das Gefühl, sich in einer Höhle zu befinden. Jetzt hatte er das Gefühl, von Leben umgeben zu sein. Er trat einige Schritte zurück und spürte, dass ihm die Tränen in die Augen stiegen. Er kniff sie erneut zusammen und hoffte, dass die anderen dachten, er müsse nur wegen des gleißenden Lichts blinzeln. Und in gewisser Weise stimmte das auch. Er fühlte sich von einem Strahlen umgeben und war von dem Eindruck überwältigt. Traurigkeit und Melancholie überkamen ihn. Und Vergnügen. Freude. Er fühlte sich emporgehoben. Die Zeichnungen transzendierten das Sichtbare. Das war Janes Langhaus. Ihr Zuhause war ihr Langhaus geworden, wo jeder Mensch, jedes Ereignis, jedes Ding, jede Empfindung gegenwärtig war. Und da wusste Gamache, dass auch ihr Mörder präsent war. Irgendwo auf diesen Zeichnungen.

Am nächsten Tag brachte Clara Yolande den Umschlag. Sie drückte die glänzende Klingel aus falschem Messing und hörte, wie sie mit den ersten Takten einer Beethovensymphonie anschlug. Clara wappnete sich. Nur noch diese eine Sache für Jane, nur noch diese eine Sache.

»Verschwinde!«, schrie Yolande aufgebracht. Dem folgte ein Strom von Beschimpfungen und Beschuldigungen, die in dem Versprechen gipfelten, Clara vor Gericht zu ziehen und sie um ihre gesamte Habe zu bringen.

Nur noch diese eine Sache für Jane, nur noch diese eine.

»Du bist eine gottverdammte Diebin, *tête carrée*. Das Haus gehört mir. Meiner Familie. Ich hoffe, dein schlechtes Gewissen lässt dich kein Auge zutun!«

Nur diese eine Sache noch.

Clara hielt den Umschlag in die Höhe. Als Yolande ihn endlich bemerkte, hörte sie augenblicklich auf zu schreien, wie ein Kind, dem man ein glänzendes neues Spielzeug präsentierte, und starrte wie gebannt auf das weiße Viereck.

»Ist das für mich? Ein Brief an mich? Das ist doch die Schrift von Tante Jane, oder?«

»Ich habe eine Frage.« Clara wedelte mit dem Umschlag vor Yolandes Nase herum.

»Gib ihn mir!« Yolande griff danach, aber Clara hatte ihn schon aus ihrer Reichweite gebracht.

»Warum hast du ihre Zeichnungen übertapeziert?«

»Dann habt ihr sie also entdeckt«, schnappte Yolande. »Ekelhaftes, verrücktes Zeug. Alle hielten sie für einen so wunderbaren Menschen, aber wir in der Familie wussten, dass sie komplett verrückt war. Meinen Großeltern war das schon seit ihrer Kindheit klar, als sie immer diese grässlichen Zeichnungen fabriziert hat. Sie haben sich für sie geschämt. Das Zeug, das sie malte, sah aus, als wäre sie zurückgeblieben. Meine Mutter hat mir erzählt, dass sie sogar Kunst studieren wollte, aber meine Großeltern wussten das zu verhindern. Sie sagten ihr die Wahrheit. Sie sagten ihr, dass das keine Kunst sei, dass man sich dafür schämen müsste. Sie verboten ihr, ihre Kritzeleien jemals irgendjemandem zu zeigen. Wir waren ehrlich zu ihr. Das war unsere Pflicht. Wir wollten ja schließlich nicht, dass man ihr wehtut. Es geschah nur zu ihrem Besten. Und wie dankte sie es uns? Sie hat uns aus ihrem Haus geworfen. Sie hatte sogar den Nerv, mir zu sagen, ich dürfte erst dann wiederkommen, wenn ich mich entschuldigte. Mir tat nur leid, dass sie unser Heim zerstört hat, und das habe ich ihr auch gesagt. Verrückte alte Kuh.«

Clara sah wieder Jane vor sich, wie sie im Bistro saß und weinte. Freudentränen darüber, dass endlich jemand ihre Malerei anerkannte. Und Clara wurde bewusst, wie viel Überwindung es Jane gekostet haben musste, eines ihrer Werke zu zeigen.

»Deine Freundin hat dich reingelegt, verstehst du? Du hattest keinen Schimmer, dass sie bekloppt war. Na ja, jetzt weißt du es endlich. Und auch, womit wir all die Jahre fertig werden mussten.«

»Du hast keine Ahnung, oder? Du hast keine Ahnung, was du zerstört hast? Du bist so dumm, Yolande.« Claras Kopf war auf einmal ganz leer, wie immer, wenn sie sich mit jemandem stritt. Sie zitterte und stand kurz davor, die Beherrschung zu verlieren. Gleich darauf musste sie für ihren Ausbruch bezahlen und einen Schwall von Beleidigungen und Drohungen über sich ergehen lassen. Das Ganze war so abstoßend, dass darüber seltsamerweise Claras eigene Wut verrauchte.

»Warum gerade diese Tapete?«, fragte sie Yolande mitten in ihr wutverzerrtes Gesicht.

»Grässlich, oder? Es schien mir passend, eine Monstrosität mit einer anderen zu überdecken. Außerdem war sie billig.«

Und damit schlug sie die Tür zu. Clara merkte, dass sie den Umschlag noch immer in der Hand hielt, und schob ihn unter der Tür durch. Erledigt. Nur diese eine Sache noch für Jane. Und es war letztlich gar nicht so schwer gewesen, sich gegen Yolande zu behaupten. All die Jahre hatte sie stillschweigend deren verdeckte und manchmal auch offene

Angriffe ertragen, und jetzt stellte sie auf einmal fest, dass es möglich war, sich zu wehren. Clara fragte sich, ob Jane gewusst hatte, dass das geschehen würde, als sie die Adresse auf den Umschlag schrieb. Gewusst hatte, dass Clara ihn überbringen würde. Dass sich Yolande Clara gegenüber so benehmen würde, wie sie es immer tat. Und ob sie Clara eine letzte Chance geben wollte, sich zu behaupten.

Während sie sich von dem totenstillen Schöner-Wohnen-Haus entfernte, dankte Clara ihrer Freundin.

Yolande sah, wie der Umschlag unter der Tür durchgeschoben wurde. Ungeduldig riss sie ihn auf und fand eine einzelne Spielkarte darin. Die Herzdame. Die Karte, die Tante Jane abends immer auf den Küchentisch gelegt hatte, wenn die kleine Yolande zu Besuch war. Tante Jane hatte dabei jedes Mal versprochen, dass sie am Morgen anders aussehen würde. Sich verändert hätte.

Sie sah noch einmal in den Umschlag. Das konnte doch nicht alles gewesen sein? Es musste doch noch etwas drin stecken. Ein Scheck. Ein Schlüssel zu einem Bankschließfach. Aber der Umschlag war leer. Yolande untersuchte die Karte, versuchte sich zu erinnern, ob es die aus ihrer Kindheit war. War das Muster auf dem Kleid der Herzdame dasselbe? Konnte man ein oder zwei Augen sehen? Nein, beschloss Yolande. Das war nicht dieselbe Karte. Jemand hatte sie ausgetauscht. Sie war schon wieder betrogen worden. Als sie ging, um den Putzeimer zu holen, weil sie die Stufe vor der Eingangstür wischen wollte, auf der Clara gestanden hatte, warf sie die Herzdame ins Feuer.

Sie war nichts wert.

12

Yolande Fontaine und ihr Ehemann André Malenfant«, sagte Beauvoir, während er ihre Namen in winzigen Blockbuchstaben auf ein Blatt Papier schrieb. Es war Dienstag, Viertel nach acht, fast anderthalb Wochen nach dem Mord, und die Ermittler unterzogen die Liste der Verdächtigen einer Überprüfung. Die ersten beiden waren klar.

»Wer noch?«

»Peter und Clara Morrow«, sagte Nichol und sah von ihrem Gekritzel auf.

»Motiv?«, fragte er und notierte die Namen.

»Geld«, sagte Lacoste. »Sie sind arm. Oder vielmehr waren sie das. Jetzt sind sie reich, aber erst durch Miss Neals Tod. Clara Morrow stammt aus bescheidenen Verhältnissen, daher ist sie es gewohnt, sparsam zu leben, aber er nicht. Er ist mit dem sprichwörtlichen goldenen Löffel im Mund geboren worden und entsprechend aufgewachsen. Großbürgerliches Elternhaus. Nur die besten Schulen, St. Andrews Ball. Ich habe mit einer seiner Schwestern in Montréal gesprochen. Sie war äußerst zurückhaltend, wie es nur solche Leute sein können, aber sie gab mir immerhin zu verstehen, dass seine Familie nicht gerade begeistert über seine Berufswahl war. Sie haben Clara die Schuld dafür gegeben. Sie wollten, dass er in die Wirtschaft geht. Die Familie hält ihn für einen Versager, zumindest die Mutter. Was nicht ganz nachvollziehbar ist, denn für kanadische Verhältnisse ist er ein Star. Hat letztes Jahr Bilder im Wert von zehntausend Dollar verkauft, aber selbst damit liegen sie noch unterhalb der Armutsgrenze. Clara hat für ungefähr tausend Dollar verkauft. Sie leben äußerst bescheiden. An ihrem Auto sind einige Reparaturen fällig, ebenso an ihrem Haus. Sie gibt in den Wintermonaten Kunstunterricht, um die Rechnungen bezahlen zu können, und manchmal ergattern sie einen Auftrag zur Restaurierung eines Bildes. Sie kommen gerade so über die Runden.«

»Lebt seine Mutter noch?«, fragte Gamache und überschlug schnell ihr Alter.

»Sie ist zweiundneunzig«, sagte Lacoste. »Gebrechlich, aber offenbar nicht unterzukriegen. Zäh wie Leder. Wird sie wahrscheinlich alle überleben. In der Familie heißt es, dass sie eines Morgens ihren Ehemann tot im Bett neben sich fand und sich umdrehte und weiterschlief. Warum sich Umstände machen?«

»Wir haben nur Mrs. Morrows Wort, dass sie nicht wussten, was in dem Testament stand«, sagte Beauvoir. »Miss Neal hätte ihnen ohne Weiteres von der Erbschaft erzählt haben können, *n'est-ce pas*?«

»Wenn sie Geld gebraucht hätten, hätten sie dann nicht Miss Neal darum gebeten, statt sie umzubringen?«, gab Gamache zu bedenken.

»Vielleicht haben sie das ja getan«, antwortete Beauvoir. »Und sie hat es ihnen abgeschlagen. Darüber hinaus hätten sie sie ohne Weiteres in den Wald locken können. Wenn Clara oder Peter sie um halb sieben angerufen und gebeten hätten, ohne Hund in den Wald zu kommen, dann hätte sie das getan. Und nicht einmal nachgefragt.«

Gamache musste ihm recht geben.

»Nicht zu vergessen« – Beauvoir war jetzt kaum noch zu bremsen – »Peter Morrow ist ein guter Bogenschütze. Seine Spezialität sind die alten Recurvebogen. Er behauptet zwar, er mache nur Scheibenschießen, aber wer weiß? Außerdem kann man die Pfeilspitzen ganz leicht austauschen, wie wir inzwischen wissen. Er könnte sich die Ausrüstung aus dem Vereinshaus geholt und nach vollendeter Tat gereinigt und zurückgebracht haben. Und selbst wenn wir Fingerabdrücke oder Gewebefasern daran fänden, würde das nichts beweisen. Er hat die Ausrüstung ständig benutzt.«

»Er gehörte der Jury an, die Janes Bild ausgewählt hat.« Auch Lacoste erwärmte sich langsam für die Möglichkeit. »Nehmen wir mal an, er ist eifersüchtig auf sie, sieht ihr Potenzial und, was weiß ich, rastet einfach aus.« Sie hielt inne. Keiner der Anwesenden konnte sich vorstellen, dass Peter Morrow ausrastete. Aber Gamache wusste, dass die menschliche Seele eine komplexe Angelegenheit war. Manchmal reagierten Leute auf etwas, ohne zu wissen, warum. Und oft übten sie dabei körperliche oder seelische Gewalt aus. Es war durchaus möglich, dass Peter Morrow, der sein Leben lang für seine Kunst und um die Bestätigung seiner Familie gekämpft hatte, die Genialität von Janes Werk erkannte und die Vorstellung nicht ertrug. Von Neid zerfressen wurde. Es war möglich, nicht wahrscheinlich, aber immerhin möglich.

»Wer noch?«, fragte Gamache.

»Ben Hadley«, schlug Lacoste vor. »Auch er ist ein guter Bogenschütze und hat Zugang zu der Ausrüstung. Und er hatte das Vertrauen von Miss Neal.«

»Aber kein Motiv«, sagte Gamache.

»Nun ja, Geld jedenfalls nicht«, bekannte Lacoste. »Er sitzt auf einem millionenschweren Vermögen. Alles von seiner Mutter geerbt. Davor hat er von einem sehr großzügig bemessenen Taschengeld gelebt.«

Nichol schnaubte. Sie hasste diese Kinder reicher Leute, die in ihrem Leben nichts weiter taten, als darauf zu warten, dass Mutter und Vater starben.

Beauvoir beschloss, ihr Schnauben zu ignorieren. »Könnte er ein anderes Motiv als Geld gehabt haben? Lacoste, haben Sie irgendwelche Papiere in Jane Neals Haus gefunden, die uns weiterhelfen können?«

»Nichts.«

»Kein Tagebuch?«

»Nein, es sei denn, Sie meinen das Heft, in dem sie eine Liste ihrer potenziellen Mörder notiert hat.«

»Das hätten Sie ruhig schon mal erwähnen können.« Beauvoir grinste.

Gamache sah auf die Liste der Verdächtigen. Yolande und André, Peter und Clara und Ben Hadley.

»Sonst noch jemand?« Beauvoir klappte sein Notizbuch zu.

»Ruth Zardo«, sagte Gamache. Er erklärte den Grund.

»Ihr Motiv wäre also zu verhindern, dass Jane herumerzählt, was sie ihr angetan hat«, überlegte Lacoste. »Wäre es da nicht einfacher gewesen, Timmer zu töten, um sie zum Schweigen zu bringen?«

»Ja, das stimmt, und genau das ist es auch, was mich stört. Allerdings wissen wir nicht, ob Ruth Zardo Timmer Hadley nicht tatsächlich umgebracht hat.«

»Und Jane hat es herausgefunden?«, fragte Lacoste.

»Oder einen Verdacht gehabt. Sie gehörte meiner Meinung nach zu den Leuten, die direkt zu Ruth gegangen wären und sie gefragt hätten. Vielleicht hätte sie es für einen Akt der Barmherzigkeit gehalten; eine Freundin erlöst die andere von ihren Schmerzen.«

»Aber Ruth Zardo hätte den Pfeil unmöglich schießen können«, gab Beauvoir zu bedenken.

»Das stimmt. Aber sie hätte jemanden anheuern können, der dazu imstande war. Und für Geld alles macht.«

»Malenfant«, sagte Beauvoir mit grimmiger Befriedigung.

Clara saß mit ihrem morgendlichen Kaffee im Atelier und starrte auf den Kasten. Er war noch immer da, nur stand er jetzt auf vier aus dicken Ästen bestehenden Füßen. Zunächst hatte sie ihn vor ihrem geistigen Auge auf einem einzelnen Fuß stehen gesehen, wie auf einem Baumstamm. Wie ein Hochsitz. Dieses Bild war ihr im Wald während des Rituals in den Sinn gekommen, als sie den Blick gehoben und den Hochsitz gesehen hatte. Es war eine absolut zutreffende Metapher. Sehen, ohne etwas zu erkennen. Wie die Leute, die auf einen Hochsitz klettern und denken, sie hätten den Überblick, dabei aber nicht die Grausamkeit ihres Tuns erfassen und nicht die Schönheit dessen, was sie töten wollen. Es war aber auch eine Metapher dafür, wie Clara sich in diesen Tagen fühlte – ohne sicheren Boden unter den Füßen, nicht geerdet. Janes Mörder war unter ihnen, so viel war klar. Aber wer war es? Was sah sie, ohne es zu erkennen?

Die Idee mit dem einzelnen Baumstamm hatte allerdings nicht funktioniert. Der Kasten hatte ausgesehen, als befände er sich nicht im Gleichgewicht, als würde er jeden Moment kippen. Also hatte sie die anderen Füße ergänzt und was zuerst ein Hochsitz gewesen war, sah jetzt aus wie ein Haus auf Stelzen. Aber irgendetwas stimmte immer noch nicht. Es war zwar besser, aber noch immer war da etwas, das sie nicht erkannte. Wie immer, wenn sie mit einem solchen Problem konfrontiert war, versuchte Clara, alles um sich herum zu vergessen, das Werk auf sich zukommen zu lassen.

Beauvoir und Lacoste durchsuchten das Haus der Malenfants. Lacoste hatte sich innerlich gegen Dreck und Schmutz gewappnet, gegen einen Gestank so intensiv, dass man glaubte, ihn greifen zu können. Doch auf das hier war sie nicht vorbereitet gewesen. Sie stand in Bernards Zimmer und merkte, wie ihr ganz anders wurde. Es herrschte perfekte Ordnung vor, nicht eine schmutzige Socke, nicht ein Teller mit angetrockneten Essensresten. Ihre eigenen Kinder waren noch nicht einmal fünf, und ihre Zimmer sahen aus wie ein Strand bei Ebbe und rochen auch so. Dieser Junge hier war wie alt? Vierzehn? Und sein Zimmer roch nach Möbelpolitur. Lacoste glaubte, sich übergeben zu müssen. Als sie ihre Handschuhe überzog und mit der Durchsuchung begann, fragte sie sich, ob im Keller möglicherweise ein Sarg stand, in dem er schlief.

Zehn Minuten später hatte sie etwas entdeckt, wenn auch nicht das, was sie erwartet hatte. Sie verließ Bernards Zimmer und ging ins Wohnzimmer, nicht ohne sich zu vergewissern, dass der Junge sie sah. Sie rollte das Beweisstück zusammen und steckte es diskret in eine Plastiktüte. Nur so diskret allerdings, dass Bernard es mitbekam. Zum ersten Mal sah sie Angst in seinem Blick aufflackern.

»Sehen Sie mal, was ich gefunden habe.« Beauvoir kam aus dem Elternschlafzimmer und hielt einen großen Umschlag in der Hand. »Erstaunlicherweise war es an die Rückseite eines Bildes geheftet, in Ihrem Schlafzimmer«, sagte er, ebenso ungerührt von Yolandes verkniffener Miene wie von Andrés höhnischem Grinsen.

Beauvoir öffnete den Umschlag und ging den Inhalt durch. Es waren Jane Neals Jahrmarktskizzen bis zurück ins Jahr 1943.

»Warum haben Sie sie an sich genommen?«

»Genommen? Wer sagt irgendetwas von genommen? Tante Jane hat sie uns geschenkt«, erklärte Yolande mit ihrer überzeugendsten »Das Dach ist so gut wie neu«-Maklerinnenstimme.

Beauvoir glaubte ihr nicht. »Und warum haben Sie sie dann hinter den Druck mit dem Leuchtturm geklebt?«

»Sie hat gesagt, die Zeichnungen dürften kein Licht abbekommen«, sagte Yolande mit ihrer »Die Rohre sind nicht aus Blei«-Stimme.

»Warum haben Sie nicht einfach darüber tapeziert?« André lachte schnaubend auf, bevor Yolande ihn mit einem

Blick zum Schweigen brachte. »Nehmen wir die beiden mit«, sagte Beauvoir zu Lacoste. Es war fast Mittag, und er hatte Lust auf ein Bier und ein Sandwich.

»Und der Junge?«, fragte Lacoste, die sofort seine Absichten begriffen hatte. »Er ist noch minderjährig. Er kann nicht allein ohne seine Eltern hier bleiben.«

»Dann rufen Sie beim Jugendamt an, damit sie ihn in einem Heim unterbringen.«

»Nein.« Yolande packte Bernard und versuchte, ihn in ihre Arme zu ziehen. Sie würden nicht mitgehen. Bernard selbst schien der Gedanke, in ein Heim zu kommen, keineswegs zu stören. André sah aus, als hielte er das eigentlich auch für eine ganz gute Idee. Yolande dagegen schien kurz vor einem Schlaganfall zu stehen.

»Oder«, sagte Beauvoir mit seiner schönsten »Sie sollten besser schnell ein Angebot machen, bevor die Besitzer ihre Meinung ändern«-Stimme, »Sie sagen uns jetzt endlich die Wahrheit.« Er hob den Umschlag in die Höhe. Er hatte durchaus ein schlechtes Gewissen, den Jungen als Druckmittel zu missbrauchen, aber er war davon überzeugt, dass Bernard darüber hinwegkommen würde.

Yolande packte aus. Sie habe den Umschlag auf dem Couchtisch in Tante Janes Haus gefunden. Er lag einfach herum. So wie Yolande davon erzählte, hatte man den Eindruck, es handele sich dabei um ein SM-Magazin. Sie hatte ihn schon in den Kamin werfen wollen, aber dann beschloss sie aus Respekt und Liebe zu ihrer Tante Jane, die Zeichnungen zu behalten.

»Warum haben Sie sie mitgenommen?«, fragte Beauvoir ungeduldig und ging zur Tür.

»Okay, okay. Ich dachte, Sie könnten etwas wert sein.«

»Hatten Sie nicht gesagt, Sie mochten die Bilder Ihrer Tante nicht?«

»Nicht in künstlerischer Hinsicht was wert, Mann«,

schnaubte André. »Ich hatte vor, sie an Freunde von ihr zu verkaufen, Ben Hadley zum Beispiel.«

»Warum sollte er sie kaufen?«

»Na ja, er hat massenhaft Geld, und er hätte sie vielleicht davor bewahren wollen, verbrannt zu werden, wenn ich damit gedroht hätte.«

»Aber warum haben Sie die Zeichnungen mitgenommen? Warum haben Sie sie nicht einfach dort gelassen?«

»Weil sie mich anekeln!« Yolande war plötzlich wie verwandelt. Alles Make-up der Welt, und sie schien es fast vollständig zu tragen, konnte nicht ihre hässliche Seele verbergen. Von einem Moment auf den anderen wurde sie zu einer verbitterten Frau mittleren Alters, grotesk wie eine verunglückte Metallskulptur. Komplett verrostet, scharfkantig. Selbst Bernard rückte von ihr ab. »Ich wollte sie an einem Ort wissen, von dem ich mir sicher sein konnte, dass niemand sie jemals zu Gesicht bekommen würde.«

Beauvoir schrieb eine Empfangsbestätigung für den Umschlag auf ein Blatt Papier und reichte es Yolande, die es mit ihren manikürten Fingern nahm, als hätte er ihr ein Blatt Klopapier gereicht.

Clara hatte es aufgegeben, darauf zu warten, dass ihr Baumhaus zu ihr sprach, und war zu Jane gegangen, um dort weiterzuarbeiten. Sie betrachtete Janes Zeichnungen mittlerweile als Meisterwerk. Ein riesiges Wandbild wie in der Sixtinischen Kapelle oder Leonardo Da Vincis *Letztes Abendmahl.* Sie zog diese Vergleiche ohne zu zögern. Janes Werk gründete auf denselben Elementen wie die jener Meister. Respekt vor der Schöpfung. Sehnen nach Höherem. Ehrfurcht vor Gott. Despektierliche Neigung zu Spott, bei Jane zumindest.

Selbst unter größten Bemühungen hätte Ben nicht langsamer arbeiten können. Clara musste sich immer wieder vor

Augen führen, dass es letztlich egal war. Irgendwann würde alles freigelegt sein.

»Mein Gott, es ist ein Desaster«, war laut und klar Ruth' Stimme zu vernehmen. Clara kam mit ihrem Eimer die Kellertreppe herauf. Ruth und Gamache standen im Wohnzimmer, und Clara stellte mit einer gewissen Enttäuschung fest, dass auch Ben dort war und sich auf dem Schreibtischstuhl lümmelte.

»Hast du das gemacht?«, fragte Ruth.

»Ich habe nur mitgeholfen, es freizulegen. Die Zeichnungen stammen von Jane.«

»Ich hätte nie gedacht, das es jemals so weit kommt, aber ich muss sagen: Ich bin auf Yolandes Seite. Tapeziert sie wieder zu.«

»Ich möchte dir etwas zeigen.« Clara nahm Ruth am Ellbogen und führte sie zu der Wand am anderen Ende des Raums. »Sieh dir das an.« Dort befand sich ein Bild von Ruth, das sie als Kind an der Hand ihrer Mutter im Schulhaus zeigte. Die junge Ruth, in die Höhe geschossen und linkisch, mit Schulbüchern anstelle von Füßen. Enzyklopädische Füße. Äffchen turnten in ihren Haaren herum. Was zweierlei bedeuten konnte.

»Ich hatte als Kind Affenschaukeln«, sagte Ruth, als könnte sie Claras Gedanken lesen. Aber Clara war der Gedanke gekommen, dass Jane damit ausdrücken wollte, Ruth sei damals schon vom Affen gebissen gewesen. Die anderen Kinder lachten sie aus, aber ein Kind trat mit ausgebreiteten Armen auf sie zu. Ruth starrte wie gebannt auf die Wand:

»Als sie mich sah, da küsste Jenny mich
und sprang vom Stuhl, auf dem sie saß;
Zeit, du alter Dieb, der liebend gerne sich
des Lebens Süße einverleibt, nun sag auch das:
sag, dass ich müde bin, und unglücklich,

sag, dass mir Gesundheit fehlt, der Reichtum mich vergaß,
sag, dass ich alt geworden bin, doch auch dass mich
Jenny küsste, als sie mich sah.«

Ruth rezitierte das Gedicht mit gesenkter Stimme, und doch hörten es alle. »Leigh Hunt. *Rondeau.* Das ist das einzige Gedicht, von dem ich wünschte, es stammte von mir. Ich hätte nie gedacht, dass Jane sich daran erinnerte, dass es ihr irgendetwas bedeutete. Es war mein erster Tag in Three Pines, als mein Vater in der Mühle zu arbeiten begann. Ich war acht Jahre alt, die Neue, groß und hässlich, wie man sehen kann, und schon damals nicht besonders nett. Aber als ich das Schulhaus betrat, ängstlich und verschreckt, lief Jane den Gang zwischen den Bankreihen auf mich zu und küsste mich. Sie kannte mich überhaupt nicht, aber das war ihr egal. An diesem ersten Tag küsste mich Jane.«

In Ruth' müden stahlblauen Augen glitzerten Tränen. Sie holte tief Luft und dann sah sie sich lange im Zimmer um. Schließlich schüttelte sie langsam den Kopf und flüsterte: »Es ist ganz außerordentlich. Oh Jane, es tut mir so leid.«

»Was tut Ihnen leid?«, fragte Gamache.

»Es tut mir leid, dass sie nicht wusste, dass wir sie genug liebten, um uns das hier zeigen zu können.« Ruth lachte bitter auf. »Ich dachte, ich wäre die einzige, die eine Verletzung mit sich herumschleppt. Wie dumm ich doch war.«

»Ich glaube, das Motiv für den Mord an Jane ist hier zu finden«, sagte Gamache und beobachtete, wie die alte Frau durchs Zimmer humpelte. »Ich glaube, sie wurde umgebracht, weil sie das hier allen zeigen wollte. Ich weiß nicht, was es ist, aber es ist da. Sie kannten sie ihr ganzes Leben, deshalb möchte ich, dass Sie mir erzählen, was Sie hier sehen. Was überrascht Sie, was ist Ihnen vertraut, was fehlt …«

»Was Letzteres angeht, wirst du oben am ehesten fündig werden«, sagte Clara und sah Ben zusammenzucken.

»Wie dem auch sei, verbringen Sie hier so viel Zeit wie möglich.«

»Ich weiß nicht«, zögerte Ruth. »Ich soll eine Rede vor den Vereinten Nationen halten, und Clara, musst du nicht den Nobelpreis entgegennehmen?«

»Stimmt, für Kunst.«

»Ich habe in weiser Voraussicht beide Termine abgesagt«, sagte Gamache, der den Eindruck hatte, dass die kleine Ruthie Zardo einen schlechten Einfluss auf Clara hatte. Die Frauen nickten lächelnd. Ben und Clara gingen nach oben, während Ruth langsam an den Wänden entlangschritt, die Bilder betrachtete und von Zeit zu Zeit auflachte, wenn ihr eine Szene besonders gelungen schien. Gamache setzte sich in den großen Ledersessel neben dem Feuer und ließ das Zimmer auf sich wirken.

Suzanne Croft hatte ihren Mann am Spätnachmittag bei seiner Schwester in Cowansville abgeholt, wo er wartete, bis das Provincial Guardians Office seine Untersuchung abgeschlossen hatte. Philippe hatte zwar seine Missbrauchsanschuldigungen zurückgenommen, aber das Office musste nichtsdestoweniger eine Untersuchung einleiten. Es kam nichts dabei heraus. Im Grunde seines Herzens war Matthew Croft enttäuscht. Natürlich nicht darüber, dass er entlastet worden war. Aber der bereits angerichtete Schaden war so groß, dass er irgendwie gehofft hatte, es würde eine öffentliche Erklärung geben, dass er in Wahrheit ein vorbildlicher Vater war. Ein guter, mitfühlender, zuverlässiger Vater. Ein liebender Vater.

Er hatte seinem Sohn schon längst vergeben. Er wollte nicht einmal unbedingt wissen, warum Philippe das getan hatte. Aber nun, da er in der Küche stand, in der so viele

Geburtstagsfeste stattgefunden und sich aufgeregte Kinder am Weihnachtsmorgen über ihre Geschenke hergemacht hatten, in der so oft »noch mehr, noch mehr!« und »bitte, bitte, einen Keks« gerufen worden war, nun, da er hier stand, wurde ihm klar, dass das Leben nie mehr so sein würde wie früher. Es war zu viel gesagt und getan worden. Es war ihm allerdings auch klar, dass es besser werden konnte, wenn sie sich alle anstrengten. Die Frage war, ob Philippe diese Anstrengung auf sich nehmen wollte. Vor zehn Tagen hatte er voller Wut darauf gewartet, dass sein Sohn zu ihm kam, um sich zu entschuldigen. Das war ein Fehler gewesen. Jetzt würde er zu seinem Sohn gehen.

»Ja«, antwortete eine mürrische Stimme auf sein Klopfen.

»Darf ich reinkommen? Ich würde gern mit dir reden. Kein Streit. In aller Ruhe, in Ordnung?«

»Wenn du meinst.«

»Philippe.« Matthew Croft setzte sich auf den Stuhl am Schreibtisch und sah seinen Sohn an, der auf dem ungemachten Bett lag. »Ich habe offensichtlich etwas getan, das dich verletzt hat. Aber ich habe keine Ahnung, was es gewesen sein könnte. Ich komm einfach nicht drauf. Geht es um den Keller? Bist du sauer, weil du den Keller aufräumen musst?«

»Nein.«

»Habe ich dich angebrüllt, oder war ich gemein zu dir? Wenn, dann sag es mir bitte. Ich werde nicht sauer auf dich sein. Ich will es nur wissen, damit wir darüber reden können.«

»Nein.«

»Philippe, ich bin nicht wütend auf dich wegen dem, was du getan hast. Das war ich nicht eine Sekunde. Es hat mich getroffen, und ich habe es nicht verstanden. Aber ich war nicht wütend. Ich liebe dich. Willst du nicht mit mir reden? Was es auch ist, du kannst es mir erzählen.«

Matthew Croft sah seinen Sohn an, und zum ersten Mal seit fast einem Jahr erkannte er seinen sensiblen, nachdenklichen, lieben Jungen wieder. Philippe erwiderte den Blick seines Vaters, er sehnte sich danach, sich ihm zu offenbaren. Und beinahe hätte er es getan. Beinahe. Er stand auf der Klippe, die Zehen schon über dem Rand, und blickte in den Abgrund. Sein Vater forderte ihn dazu auf, den letzten Schritt zu machen und darauf zu vertrauen, dass nichts Schlimmes passieren würde. Er würde ihn auffangen, würde ihn nicht fallen lassen. Und Philippe überlegte, ob er es tun solle, so weit war er immerhin. Er sehnte sich danach, die Augen zu schließen, diesen letzten Schritt zu machen und sich in die Arme seines Vaters fallen zu lassen.

Aber dann brachte er es doch nicht über sich. Stattdessen drehte er sich zur Wand, steckte sich die Stöpsel seines Discman in die Ohren und zog sich in sich zurück.

Matthew Croft ließ den Kopf sinken und blickte auf seine alten Arbeitsschuhe und sah in fast unerträglicher Schärfe den Schmutz und die Blätter, die daran hafteten.

Gamache saß in Oliviers Bistro am Kamin und wartete darauf, bedient zu werden. Er war eben erst eingetroffen, und die Leute, die an seinem Lieblingsplatz gesessen hatten, waren gerade gegangen, das Trinkgeld lag noch auf dem Tisch. Gamache erlag einen Moment lang beinahe der Versuchung, das Geld einzustecken. Eine weitere närrische Eingebung aus dem Langhaus.

»Hallo, darf ich mich zu Ihnen setzen?«

Gamache erhob sich und verbeugte sich leicht vor Myrna, dann deutete er auf das Sofa, das gegenüber dem Kamin stand. »Bitte.«

»Das ist ja eine Riesenaufregung«, begann Myrna das Gespräch. »Janes Haus soll einfach wunderbar sein.«

»Sie haben es noch nicht gesehen?«

»Nein. Ich wollte bis Donnerstag warten.«

»Donnerstag? Was ist denn am Donnerstag?«

»Hat Clara Sie nicht eingeladen?«

»Ich hoffe, ich muss jetzt nicht beleidigt sein? Die Angehörigen der Mordkommission der Sûreté sind für ihre Sensibilität bekannt. Was passiert denn am Donnerstag?«

»Am Donnerstag? Kommen Sie auch?«, fragte Gabri, der neben ihnen aufgetaucht war und mit seiner kleinen Rüschenschürze wie eine Bilderbuchköchin aussah.

»Bislang noch nicht.«

»Ach, machen Sie sich nichts draus. Der Hurrikan Kyla hat inzwischen schon die Küste von Florida erreicht. Habe ich im Wetterbericht gesehen.«

»Ja, ich auch«, sagte Myrna. »Wann wird er bei uns eintreffen?«

»In ein paar Tagen. Natürlich wird es nur noch ein tropischer Sturm sein, wenn er in Québec anlangt, wenn man ihn bei diesen Temperaturen so nennen kann. Aber wie auch immer, auf jeden Fall ein ziemlich schlimmer Sturm.« Er sah aus dem Fenster, als erwartete er, das drohende Unwetter hinter den nahen Bergen aufziehen zu sehen. Er machte einen besorgten Eindruck. Stürme waren nie gut.

Gamache spielte mit dem Preisschild, das von dem Sofatisch baumelte.

»Olivier hat alles mit einem Preisschild versehen«, sagte Gabri in vertraulichem Ton, »sogar die Kloschüssel in unserem Privatklo. Wie finden Sie das? Glücklicherweise verfüge ich über die innere Größe, um über diese eine Schwäche hinwegzusehen. Ich glaube, man bezeichnet das als Habgier. Wie sieht's aus, darf ich Sie zu einem Glas Wein verführen oder vielleicht zu einem kleinen Kristalllüster?«

Myrna bestellte einen Rotwein, während sich Gamache für einen Scotch entschied.

»Clara organisiert Janes Feier für den Donnerstag, genau wie Jane sie geplant hatte«, sagte Myrna, als die Gläser vor ihnen standen. Daneben lagen ein paar Lakritzpfeifen. »Nach der Vernissage der Arts Williamsburg. Wenn Clara Sie darauf anspricht, müssen Sie sagen, dass Sie mich foltern mussten, um mich zum Reden zu bringen.«

»Damit ich wieder vom Dienst suspendiert werde? Die Sûreté foltert eine Schwarze!«

»Werden Sie für so etwas etwa nicht befördert?«

Gamache sah Myrna in die Augen. Keiner von ihnen lächelte. Sie wussten beide, dass eine solche Frage nicht ganz abwegig war. Er überlegte, ob Myrna seine Rolle im Fall Arnot kannte und wusste, welchen Preis er damals gezahlt hatte. Vermutlich nicht. Die Sûreté war gut darin, die Geheimnisse anderer Leute zu lüften und die eigenen sicher unter Verschluss zu halten.

»Oh Gott«, sagte Clara und steuerte den Sessel auf der anderen Seite des Kamins an. »Was bin ich froh, diesem Lösungsmittelgestank zu entkommen. Ich bin auf dem Weg nach Hause, um das Abendessen zu kochen.«

»Machst du da nicht einen kleinen Umweg?«

»Wir Künstler gehören einfach nicht zu diesen geradlinigen Menschen, mit Ausnahme von Peter. Er beginnt bei A und malt und malt, bis er bei B angekommen ist. Ohne auch nur ein einziges Mal innezuhalten. Das hält man nur aus, wenn man sich ab und zu ein Gläschen gönnt.« Sie machte Gabri ein Zeichen und bestellte ein Bier und ein paar Nüsse.

»Wie geht es in Janes Haus voran?«, fragte Gamache.

»Gut, denke ich. Ich habe Ben und Ruth dort gelassen. Ruth hat Janes Schnapsvorrat entdeckt und schreibt Gedichte, während sie auf die Wände starrt. Gott allein weiß, was Ben tut. Möglicherweise trägt er zusätzlich Farbe auf. Ich könnte schwören, dass er keinen Zentimeter vorankommt, im Gegenteil. Aber es ist gut, dass er dabei ist. Wenn er etwas macht, dann gründlich.«

»Hilft Peter nicht mehr mit?«, fragte Myrna.

»Doch, natürlich, aber wir wechseln uns jetzt ab. Okay, meistens wechselt er ab. Den größten Teil des Tages bin ich drüben. Es ist eine Art Sucht. Bitte versteh mich nicht falsch, Peter drückt sich nicht, aber er will seine eigene Arbeit nicht zu lange liegen lassen.«

Gabri tauchte mit ihrem Bier auf. »Das macht hunderttausend Dollar.«

»Bei den Preisen kannst du dir deine Nüsse sonst wohin stecken.«

»Wenn ich das mit meinen Nüssen könnte, bräuchte ich Olivier nicht.«

»Wir haben gerade von kommendem Donnerstag gesprochen«, sagte Gamache. »Ich habe gehört, Sie planen eine Feier.«

»Ja, ich würde sie gerne an dem Tag stattfinden lassen, für den Jane sie geplant hatte.«

»Na, hoffentlich macht uns der Hurrikan keinen Strich durch die Rechnung«, sagte Gabri mit spürbarer Lust am Melodram.

Gamache wünschte, er hätte daran gedacht. Die Feier war ein Tribut an Jane, natürlich, aber sie konnte auch einen ganz praktischen Zweck erfüllen. Nämlich einen Mörder aus der Deckung zu locken.

»Hauptsache, ich bin eingeladen.«

Isabelle Lacoste blickte von dem Computer auf, auf dem sie gerade ihren Bericht über die Durchsuchung im Haus Fontaine/Malenfant und den Besuch bei Timmers Arzt geschrieben hatte. Er hatte sich Timmers Krankenakte auf den Bildschirm geholt und mit äußerster Vorsicht erklärt, es bestünde die entfernte Möglichkeit, dass ihr jemand dabei geholfen haben könnte, diese Welt zu verlassen.

»Morphin, etwas anderes kann ich mir nicht vorstellen.

In diesem Stadium hätte es nicht viel gebraucht, nur wenig mehr als die verschriebene Dosis.«

»Haben Sie das damals nicht überprüft?«

»Ich sah keine Veranlassung dazu.« Er zögerte erneut. Lacoste war als Ermittlerin erfahren genug, um zu warten. Und zu warten. Schließlich ergriff er wieder das Wort. »In solchen Fällen geschieht das nicht selten. Ein Freund, öfter noch ein Familienmitglied verabreicht dem Patienten eine tödliche Dosis. Ein Akt der Barmherzigkeit. Es passiert häufiger, als wir denken oder denken wollen. Es besteht eine Art stillschweigendes Übereinkommen, dass wir bei Todkranken, deren Tage gezählt sind, nicht allzu genau hinsehen.«

Lacoste konnte das einerseits gut verstehen und dachte für sich, dass es wohl tatsächlich eine gute Tat war, aber hier ging es um Mord, und da gab es keine Barmherzigkeit.

»Gibt es eine Möglichkeit, das noch zu überprüfen?«

»Sie ist eingeäschert worden. Auf eigenen Wunsch.« Er schaltete den Computer aus.

Und jetzt, zwei Stunden später, machte sie dasselbe mit ihrem. Es war mittlerweile halb sieben, und draußen war es stockfinster. Bevor sie nach Hause fuhr, musste sie noch mit Gamache über ihre Entdeckung in Bernards Zimmer reden. Es war kalt, und Lacoste knöpfte ihre Jacke zu, bevor sie über die Brücke über den Bella Bella in Richtung Dorf ging.

»Geben Sie's mir.«

Sie erkannte die mürrische Stimme, noch bevor er in ihr Blickfeld trat. »*Bonjour*, Bernard.«

»Machen Sie schon.« Bernard Malenfant kam bedrohlich näher.

»Willst du mir davon erzählen?«

»Halten Sie die Klappe. Geben Sie's mir.« Er fuchtelte mit der Faust unter ihrer Nase herum, schlug aber nicht zu.

Isabelle Lacoste hatte es in ihrer Laufbahn bereits mit Serienmördern, Scharfschützen und gewalttätigen, betrunkenen Ehemännern zu tun bekommen. Sie machte sich keine Illusionen. Ein stinkwütender Vierzehnjähriger war nicht weniger gefährlich.

»Nimm deine Faust da weg. Es hat gar keinen Sinn, mir zu drohen, ich werde es dir sowieso nicht geben.«

Bernard griff nach ihrer Tasche, versuchte, sie ihr zu entreißen, aber damit hatte sie gerechnet. Sie hatte festgestellt, dass die meisten Jungen und auch einige nicht besonders kluge Männer Frauen grundsätzlich unterschätzten. Sie war stark und entschlossen und behielt einen kühlen Kopf. Mit einem Ruck entwand sie die Tasche seinem Griff.

»Blödes Weibsstück. Es gehört nicht mal mir. Glauben Sie wirklich, dass ich mich mit solchem Dreck abgebe?« Die letzten Worte brüllte er ihr ins Gesicht, sodass ihr sein Mundgeruch entgegenschlug, und sie spürte, wie seine Spucke sie am Kinn traf.

»Wem gehört es dann?«, fragte sie und versuchte, dabei möglichst gleichmütig zu klingen.

Bernard bedachte sie mit einem gemeinen Blick. »Machen Sie Witze? Das werde ich gerade Ihnen auf die Nase binden.«

»Hallo? Ist alles in Ordnung?« Eine Frau kam rasch mit ihrem Hund von der Brücke her zu ihnen gelaufen.

Bernard drehte sich um und sah sie. Rasch sprang er auf sein Fahrrad und fuhr davon, wobei er direkt auf den Hund zusteuerte, ihn jedoch nicht erwischte.

»Ist alles in Ordnung?«, fragte die Frau noch einmal und berührte Isabelle am Arm. Lacoste erkannte sie, es war Hanna Parra, die Gemeindevorsteherin. »War das der junge Malenfant?«

»Ja. Wir hatten eine kleine Auseinandersetzung. Es geht mir gut, aber ich bin Ihnen dankbar, dass Sie gekommen sind.« Und das war sie tatsächlich. In Montréal wäre das nicht passiert.

»Gern geschehen.« Sie gingen gemeinsam über den Bella Bella nach Three Pines hinein und winkten sich noch einmal zu, als sie sich vor dem Bistro trennten.

Lacoste ging geradewegs zur Toilette durch, wo sie sich mit der wohlriechenden Seife und viel Wasser das Gesicht wusch. Nachdem sie sich wieder sauber fühlte, bestellte sie sich einen Martini. Ihr Blick begegnete dem ihres Chefs. Er deutete mit dem Kopf auf einen kleinen, etwas abseits stehenden Tisch. Den Martini, ein Schüsselchen mit Nüssen und ihren Chef vor sich, entspannte sich Lacoste. Dann erzählte sie ihm von der Durchsuchung von Bernards Zimmer und reichte ihm ihr Fundstück, das sie während ihres Berichts aus der Tasche gezogen hatte.

»Puh«, machte Gamache und musterte den Inhalt der Plastiktüte. »Lassen Sie es auf Fingerabdrücke untersuchen. Und Bernard leugnet, dass es ihm gehört? Hat er gesagt, von wem er es hat?«

Lacoste schüttelte den Kopf.

»Glauben Sie ihm?«

»Ich weiß nicht. Einerseits will ich ihm wahrscheinlich nicht glauben, aber mein Gefühl sagt mir, dass er die Wahrheit spricht.«

Nur mit Gamache konnte sie über so etwas reden, über ihre Gefühle, ihre Intuition, ohne sich dumm vorzukommen. Er nickte und lud sie ein, mit ihm zu Abend zu essen, bevor sie sich auf den Heimweg nach Montréal machte, aber sie lehnte dankend ab. Sie wollte ihre Kinder noch sehen, bevor sie ins Bett gingen.

Gamache wachte von einem Klopfen an seiner Tür auf. Er warf einen Blick auf seinen Wecker. Zwei Uhr siebenundvierzig. Er streifte seinen Morgenmantel über, dann öffnete er die Tür und sah sich Yvette Nichol gegenüber, die in einem unmöglichen rosa-weißen flauschigen Etwas vor ihm stand.

Sie hatte wach gelegen, hatte sich hin und her geworfen und schließlich auf die Seite gerollt und die Wand angestarrt. Wie hatte es nur so weit kommen können? Sie steckte in Schwierigkeiten. Etwas war schief gelaufen. Irgendetwas schien immer schief zu laufen. Aber warum? Sie hatte sich solche Mühe gegeben.

Bei Anbruch des neuen Tages hatte sich die vertraute Stimme wieder zu Wort gemeldet. Du bist eben doch wie Onkel Saul. Der dumme Onkel Saul. Sie haben auf dich gezählt, die ganze Familie, und du hast es vermasselt. Schäm dich.

Nichol spürte, wie der Knoten in ihrem Magen noch härter wurde, und drehte sich um. Als sie einen Blick aus dem Fenster warf, sah sie ein Licht auf der gegenüberliegenden Seite des Dorfangers. Sie sprang aus dem Bett, warf sich ihren Morgenmantel über und rannte die Treppe zu Gamaches Zimmer hoch.

»Da drüben brennt Licht«, platzte sie heraus.

»Wo?«

»Gegenüber, in Jane Neals Haus. Es ist vor ein paar Minuten angegangen.«

»Holen Sie Inspector Beauvoir. Er soll unten auf mich warten.«

»Ja, Sir.« Und weg war sie. Fünf Minuten später traf er am Fuß der Treppe auf einen zerzausten Beauvoir. Als sie sich zum Gehen wandten, hörten sie hinter sich ein Geräusch und sahen Nichol die Treppe herunterkommen.

»Sie bleiben hier«, befahl Gamache.

»Nein, Sir. Es ist mein Licht.« Sie hätte ebenso gut sagen können »meine rosa Türkerze«, daraus wären Gamache und Beauvoir genauso schlau geworden.

»Sie bleiben hier. Das ist ein Befehl. Wenn Sie Schüsse hören, rufen Sie um Hilfe.«

Während die beiden Männer entschlossenen Schrittes über

die Wiese auf Jane Neals Haus zugingen, fiel Gamache etwas ein. »Haben Sie Ihre Pistole dabei?«

»Nein. Sie?«

»Nein. Aber Nichol hatte ihre einstecken. Na gut.«

Sie standen vor dem Haus und sahen Licht hinter zwei Fenstern, im oberen Stockwerk und im Wohnzimmer. Gamache und Beauvoir hatten das schon hundertmal gemacht, sie wussten, was zu tun war. Gamache ging stets als Erster hinein, Beauvoir ihm auf den Fersen, jederzeit bereit, seinen Chef aus der Schusslinie zu stoßen.

Gamache schlich sich in den dunklen Windfang und stieg leise die beiden Stufen zur Küche hoch. Von dort aus lief er auf Zehenspitzen zum Wohnzimmer und lauschte. Er konnte Stimmen hören. Die eines Mannes und die einer Frau. Er erkannte beide nicht und verstand auch nicht, was sie sagten. Er gab Beauvoir ein Zeichen, holte tief Luft und stieß die Tür auf.

Ben und Clara standen mitten im Zimmer und sahen ihn überrascht an. Gamache kam es vor, als sei er in eine Komödie von Noël Coward gestolpert, alles, was Ben für die Hauptrolle fehlte, waren ein weißer Schal um den Hals und ein Martini in der Hand. Clara dagegen hätte eher in eine Zirkusnummer gepasst. Sie trug einen leuchtend roten, einteiligen Frotteeanzug, der sogar Füßlinge hatte und möglicherweise einen Schlitz auf dem Rücken, durch den sie hineinkrabbelte.

»Wir ergeben uns«, sagte Clara.

»Wir auch«, erwiderte Beauvoir und betrachtete erstaunt ihren Aufzug. So etwas würde eine französischstämmige Kanadierin niemals tragen.

»Was tun Sie hier?« Gamache hielt sich nicht lange mit Vorreden auf. Es war drei Uhr morgens. Er hatte sich auf einige Unannehmlichkeiten gefasst gemacht. Jetzt wollte er nur noch zurück ins Bett.

»Genau das habe ich Ben auch gerade gefragt. Seit Janes Tod schlafe ich nicht besonders gut, und als ich vorhin aufstand, um auf die Toilette zu gehen, habe ich das Licht gesehen. Und da bin ich nachschauen gegangen.«

»Allein?«

»Na ja, ich wollte Peter nicht wecken, und außerdem ist es ja Janes Haus«, sagte sie, als würde das irgendetwas erklären. Gamache glaubte zu verstehen, was sie damit meinte. Für Clara war es ein sicherer Ort. Er musste unbedingt ein Wörtchen mit ihr reden.

»Dann geht die Frage also an Sie, Mr. Hadley. Was tun Sie hier?«

Ben sah aus, als sei ihm die Angelegenheit furchtbar peinlich. »Ich habe mir extra den Wecker gestellt, um herzukommen. Ich wollte, na ja, in den ersten Stock, Sie verstehen schon.«

Die ganze Angelegenheit war so überflüssig und uninteressant, dass Beauvoir glaubte, er müsste augenblicklich im Stehen einschlafen.

»Um was zu tun?«, fragte Gamache.

»Um zu arbeiten. An den Wänden. Sie haben gestern gesagt, wie wichtig es ist, sämtliche Zeichnungen freizulegen, und, na ja. Und natürlich auch wegen Clara.«

»Und weiter?«, fragte Gamache. Aus dem Augenwinkel sah er, dass Beauvoir schwankte.

»Du hast dich bemüht, es nicht zu zeigen, aber ich habe gemerkt, dass du langsam die Geduld mit mir verlierst«, sagte Ben zu Clara. »Ich bin eher langsam. Vermutlich gehöre ich grundsätzlich nicht zur schnellen Truppe. Jedenfalls wollte ich heute Nacht etwas vorarbeiten und dich damit überraschen. War wahrscheinlich eine dumme Idee.«

»Ich finde die Idee sehr schön«, sagte Clara, trat zu Ben und umarmte ihn. »Aber dann bist du morgen müde und umso langsamer.«

»Daran habe ich gar nicht gedacht«, bekannte Ben. »Trotzdem, es ist doch in Ordnung, wenn ich ein paar Stunden hier bleibe und etwas tue?«

»Von mir aus«, sagte Gamache. »Aber das nächste Mal geben Sie uns bitte vorher Bescheid.«

»Soll ich bleiben und dir helfen?«, bot Clara an. Ben zögerte und schien etwas sagen zu wollen, doch dann schüttelte er nur den Kopf. Als Gamache ging, drehte er sich in der Tür noch einmal um und sah Ben allein im Wohnzimmer stehen. Er sah wie ein verlorener kleiner Junge aus.

13

Es war Donnerstagabend, und die Arts Williamsburg konnte einen neuen Besucherrekord bei einer Vernissage verzeichnen. Laut Wettervorhersage sollten die Ausläufer des Hurrikans Kyla noch im Laufe der Nacht die Gegend erreichen, und die Aussicht darauf verlieh dem Ereignis einen gewissen Kitzel, als würde man mit dem Besuch der Vernissage zeigen, dass man sein Leben selbst in die Hand nahm und sowohl Charakterfestigkeit als auch Mut erkennen ließ. Was bei den meisten Ausstellungen der Arts Williamsburg im Übrigen gar nicht so weit hergeholt war.

Bislang waren zu den Ausstellungseröffnungen immer nur die Künstler selbst mit einigen ausgehungerten Freunden erschienen und hatten sich mit billigem Wein und Käse gestärkt, den die Ziege eines der Jurymitglieder lieferte. An diesem Abend nun hatte sich eine beachtliche Menge eingefunden und scharte sich um Janes Bild, das von einem Tuch verhüllt in der Mitte des Raums auf einer Staffelei stand. An den weißen Wänden waren die Werke der anderen Künstler aufgereiht, ebenso wie die Künstler selbst. Sie hatten das Pech, an einer Ausstellung teilzunehmen, in der ihre Werke ganz klar von dem einer ermordeten Frau in den Schatten gestellt wurden. Einige von ihnen hätten vermutlich eingeräumt, dass die Tote ein schlimmeres Schicksal ereilt hatte als sie, aber selbst dann hatte sie sie noch im Unglück übertroffen. Das Leben eines Künstlers war so oder so einfach ungerecht.

Gamache wartete darauf, dass *Fair Day* enthüllt wurde. Die Jury der Arts Williamsburg hatte beschlossen, die Ausstellung zu einem Event zu machen, also war die Presse eingeladen worden, das hieß der Vertreter der *Williamsburg County News,* und jetzt wartete die Vorsitzende der Jury auf *»le moment juste«.* Gamache warf einen neidischen Blick auf Jean-Guy, der es sich auf einem der Stühle bequem gemacht hatte und nicht daran dachte, zugunsten eines Älteren auf seinen Sitzplatz zu verzichten. Er war erschöpft. Schlechte Kunst hatte immer diese Wirkung auf ihn. Wenn er ehrlich war, musste er zugeben, dass nicht nur Kunst diese Wirkung auf ihn hatte. Schlechter Wein, stinkender Käse und fade Kunstwerke entzogen ihm ganz allgemein jede Lebensenergie. Er sah sich um und kam zu dem traurigen, wenngleich zwingenden Schluss, dass das Gebäude leider nicht einstürzen würde, wenn Kyla irgendwann in der Nacht über die Stadt fegte.

»Wie Sie alle wissen, ist eine wunderbare Frau durch ein tragisches Ereignis aus unserer Mitte gerissen worden und, wie es aussieht, auch eine begnadete Künstlerin«, sagte die Vorsitzende der Jury Elise Jacob soeben.

Clara gesellte sich zu Ben und Peter. Elise Jacob verbreitete sich immer weiter über die Vorzüge von Jane. Sie sprach sie gewissermaßen heilig. Dann, zu guter Letzt, als Clara schon kaum mehr die Augen offen halten konnte, sagte sie: »Hiermit präsentiere ich Ihnen, ohne viel Aufhebens darum machen zu wollen, *Fair Day* von Jane Neal.« Aber Clara, die Jane gekannt und geliebt hatte, war der Ansicht, dass Elise schon viel zu viel Aufhebens gemacht hatte.

Endlich wurde das Tuch heruntergezogen und *Fair Day* den Augen der Öffentlichkeit enthüllt. Etliche Besucher schnappten nach Luft. Darauf folgte eine Stille, die sogar noch beredter war. Die Mienen der Leute, die mit offenem Mund Janes Werk anstarrten, zeigten in verschiedenen Abstufungen Belustigung, Ablehnung und Verblüffung. Gamache sah nicht auf die Staffelei, er achtete auf die Leute und ihre Reaktionen. Aber die einzige Reaktion, die man wirklich als merkwürdig bezeichnen konnte, war die von Peter. Sein gespanntes Lächeln wich, als *Fair Day* enthüllt wurde, und nach einem kurzen Moment stiller Betrachtung legte er den Kopf schief und runzelte die Stirn. Gamache, der die Bewohner von Three Pines nunmehr seit fast zwei Wochen beobachtete, wusste, dass eine solche Reaktion bei einem Mann wie Peter Morrow einem Aufschrei nahe kam.

»Was ist?«

»Nichts.« Peter drehte Gamache den Rücken zu und ging weg. Gamache folgte ihm.

»Mr. Morrow, ich habe diese Frage nicht in Bezug auf künstlerische Aspekte, sondern als Ermittler in einem Mordfall gestellt. Ich erwarte eine Antwort.«

Peter blieb überrascht stehen. Wie viele andere Leute auch hatte er Gamache einen solchen Befehlston nicht zugetraut. »Das Bild hat mich verstört. Den Grund dafür kann ich Ihnen nicht nennen, weil ich ihn selbst nicht weiß. Es scheint nicht dasselbe Bild zu sein wie das, über das wir vor zwei Wochen unsere Entscheidung fällten, auch wenn ich weiß, dass es das ist.«

Gamache musterte *Fair Day*. Es hatte ihm noch nie gefallen, deshalb konnte er schlecht ein Urteil dazu abgeben, aber anders als Jane Neals Wandmalereien berührte ihn diese Arbeit nicht im Geringsten.

»Was hat sich verändert?«

»Nichts. Vielleicht habe ich mich verändert. Kann ja sein. Wie bei diesem Kartentrick, den Jane mit der Herzdame gemacht hat. Verändert sich Kunst auch? Wenn ich am Ende eines Tages meine Arbeit betrachte, finde ich sie großartig, am nächsten Morgen halte ich sie für Schrott. Die Arbeit hat sich nicht verändert, aber ich habe es getan. Vielleicht bin ich durch Janes Tod ein anderer geworden, sodass was auch immer ich in dem Bild gesehen habe, nicht mehr da ist.«

»Glauben Sie das wirklich?«

Der Teufel soll den Kerl holen, dachte Peter. »Nein.«

Die beiden Männer starrten auf *Fair Day,* und dann war plötzlich ein Geräusch zu vernehmen, das mit nichts zu vergleichen war, was einer der Anwesenden jemals zuvor gehört hatte. Es wurde immer lauter, bis es die Betrachter des Bildes vollständig einzuhüllen schien. Clara spürte, wie ihr das Blut in den Adern gefror. War das der Sturm? Klang es so, wenn eine Katastrophe über einen hereinbrach? Traf Kyla sie schließlich doch noch mit voller Wucht? Aber das Grollen schien aus dem Inneren des Gebäudes zu kommen. Aus diesem Raum. Tatsächlich schien sich die Quelle direkt neben Clara zu befinden. Sie drehte sich um und hielt Ausschau. Ruth.

»Das bin ich!« Ruth deutete mit dem Finger auf die tanzende Ziege in *Fair Day*. Gleich darauf wurde das Grollen zu schallendem Gelächter. Ruth brüllte vor Lachen. Sie lachte, bis sie sich schließlich an Gabri festhalten musste, um nicht das Gleichgewicht zu verlieren. Mit ihrem Lachen steckte sie alle Anwesenden im Raum an, bis zuletzt sogar die sauertöpfisch dreinblickenden vernachlässigten Künstler lachten. Den Rest des Abends verbrachten die Ausstellungsbesucher hauptsächlich damit, sich selbst oder Bekannte auf Janes Bild zu suchen. Ruth entdeckte noch Timmers Eltern und ihren Bruder und ihre Schwester, alle inzwischen tot. Da waren die Lehrerin aus der ersten Klasse und Timmers Mann, und die Gymnastikgruppe, die sie alle besuchten und die als Schar Hühner dargestellt war. Eine Stunde später waren die meisten Figuren auf dem Bild identifiziert. Allein Peter beteiligte sich nicht an dem fröhlichen Rätselraten.

Irgendetwas stimmte nicht.

»Ich hab's!« Clara zeigte auf das Bild. »Das wurde am Tag des Umzugs gemalt, stimmt's? An dem Tag, an dem deine Mutter gestorben ist. Ist das hier nicht deine Mutter?« Sie wies Ben auf die Wolke mit Füßen hin. Das fliegende Lamm.

»Du hast recht«, sagte Myrna lachend. »Das ist Timmer.«

»Siehst du? Das war Janes Huldigung an deine Mutter. Jeder auf diesem Bild hat ihr etwas bedeutet. Von ihren Großeltern bis zu ihrem Hund und alle dazwischen.« Clara wandte sich Peter zu. »Erinnerst du dich an unser letztes gemeinsames Abendessen?«

»An Thanksgiving?«

»Ja, genau. Wir haben über Kunst gesprochen, und ich sagte, meiner Meinung nach lege jeder große Künstler etwas von sich selbst in sein Werk. Ich fragte Jane, was sie in dieses Bild gelegt hat. Kannst du dich erinnern, was sie darauf geantwortet hat?«

»Nein, tut mir leid.«

»Sie bestätigte, dass in ihrem Bild tatsächlich etwas steckt, dass es irgendeine Botschaft enthält, und sagte, sie sei gespannt, ob wir es herausfinden würden. Ich erinnere mich, dass sie dabei dich angesehen hat, Ben, als ob du verstehen würdest, was sie meint. Damals habe ich mich darüber gewundert, aber jetzt ergibt es einen Sinn. Das hier ist für deine Mutter.«

»Meinst du?« Ben rückte näher zu Clara und betrachtete das Bild.

»Das halte ich für höchst unwahrscheinlich«, sagte Agent Nichol, die ihren Posten an der Tür verlassen und sich zu der Gruppe gesellt hatte, von dem Gelächter angezogen wie von einem Verbrechen. Gamache setzte sich in Bewegung, in der Hoffnung, sie zum Schweigen bringen zu können, bevor sie etwas Beleidigendes von sich gab. Aber seine Beine, wenn sie auch lang waren, konnten mit ihrem Mundwerk nicht Schritt halten.

»Was bedeutete Yolande für Timmer? Kannten die beiden sich überhaupt?« Nichol deutete auf das Gesicht der blonden Frau, die neben dem Abbild von Peter und Clara auf der Tribüne stand. »Warum sollte Jane Neal ihre Nichte darstellen, die sie nicht leiden konnte? Was Sie da sagen, kann nicht stimmen. Dieses Bild kann keine Huldigung an Mrs. Hadley sein, wenn diese Frau darauf ist.«

Nichol genoss es sichtlich, Claras Interpretation zu widerlegen. Und Clara spürte unwillkürlich Ärger in sich aufsteigen. Sprachlos starrte sie in das selbstgefällige junge Gesicht auf der anderen Seite der Staffelei. Und das Ganze wurde noch schlimmer dadurch, dass Nichol recht hatte. Da war diese große blonde Frau auf dem Bild, und Clara wusste, dass Timmer Yolande noch weniger gemocht hatte als Jane, wenn das überhaupt möglich war.

»Kann ich Sie bitte kurz sprechen?« Gamache trat zwischen Clara und Nichol und nahm Clara damit die Sicht auf das triumphierende Lächeln der jungen Frau. Ohne ein weiteres Wort drehte er sich um und ging auf den Ausgang zu. Nichol zögerte eine Sekunde, bevor sie ihm folgte.

»Morgen früh um sechs fährt ein Bus von Saint-Rémy nach Montréal. Den nehmen Sie.«

Mehr hatte er nicht zu sagen. Agent Yvette Nichol blieb bebend vor Wut im kalten dunklen Vorraum der Arts Williamsburg zurück. Am liebsten hätte sie mit den Fäusten gegen die geschlossene Tür getrommelt. Sie hatte den Eindruck, als wären ihr alle wichtigen Türen im Leben vor der Nase zugeschlagen worden, und sie stand wieder einmal draußen. Bebend vor Zorn ging sie zwei Schritte zum Fenster und sah hinein, auf die Leute, die durch den Raum schlenderten, auf Gamache, der sich mit dieser Morrow und ihrem Ehemann unterhielt. Aber da war noch etwas zu sehen. Schließlich ging ihr auf, dass es ihr eigenes Spiegelbild war.

Wie sollte sie das bloß ihrem Vater erklären? Sie hatte es vermasselt. Irgendwie, irgendwann hatte sie etwas falsch gemacht. Aber was? Nichol war im Moment zu keiner vernünftigen Überlegung fähig. Sie konnte nur daran denken, dass sie das kleine Häuschen mit dem gepflegten Vorgarten im Osten von Montréal betrat und ihrem Vater erzählte, dass sie von dem Fall abgezogen worden war. Schande über dich. Ein Satz, auf den sie während der Ermittlungen gestoßen war, kam ihr in den Sinn.

Hier siehst du dein Problem.

Das hatte etwas zu bedeuten. Etwas Wichtiges, dessen war sie sicher. Und dann ging ihr plötzlich ein Licht auf.

Das Problem war Gamache.

Da stand er und lachte und plauderte und merkte gar nicht, welchen Schmerz er ihr zugefügt hatte. Er war auch nicht anders als die Polizisten in der Tschechoslowakei, von denen ihr Vater erzählt hatte. Wie hatte sie nur so blind sein können? Erleichtert kam sie zu dem Schluss, dass sie ihrem Vater überhaupt nichts sagen musste. Schließlich war es nicht ihre Schuld.

Nichol drehte sich um, der Anblick war zu schmerzhaft, all die Leute, die sich amüsierten, und dazu ihr eigenes, einsames Spiegelbild.

Eine Stunde später hatte sich die Feier aus den Räumen der Arts Williamsburg in Janes Haus verlagert. Der Wind nahm an Stärke zu, und es hatte angefangen zu regnen. Clara stellte sich in die Mitte des Wohnzimmers, so wie Jane es gemacht hätte, um die Reaktion jedes Neuankömmlings zu beobachten.

»Oh, mein Gott!«, war häufig zu vernehmen, ebenso »Heiliger Strohsack!« und *»Tabernac!«*, »Du lieber Himmel« und *»Sacré nom de nom«* hallten von den Wänden wider. Janes Wohnzimmer war ein Hort bilingualer Flüche geworden. Clara fühlte sich rundum wohl. Mit einem Bier in der einen Hand und Cashewkernen in der anderen beobachtete sie, wie den neu eintreffenden Gästen zunächst einmal vor Staunen der Mund offen stehen blieb. Im Erdgeschoss waren inzwischen die meisten Wände freigelegt, und Geografie und Geschichte von Three Pines wurden direkt vor ihren Augen lebendig. Die Pumas und die Luchse, seit Langem verschwunden, die Soldaten, die in den Ersten Weltkrieg zogen, um geradewegs auf dem bescheidenen bemalten Fenster von St. Thomas zu enden, das an die Toten erinnerte. Da waren die Cannabisanpflanzungen hinter dem Polizeirevier von Williamsburg und eine zufrieden dreinblickende Katze, die auf dem Fensterbrett lag und auf das prächtig gedeihende Grünzeug hinuntersah.

Als Erstes hatte sich Clara natürlich selbst auf der Wand gesucht. Ihr Gesicht lugte hinter einem Rosenbusch hervor, während Peter neben einem beeindruckenden Standbild von Ben kauerte. Peter trug sein Robin-Hood-Kostüm und hatte Pfeil und Bogen bei sich, und Ben stand kühn und stolz in Shorts auf dem Rasen seiner Mutter und blickte auf das Haus. Clara inspizierte die Stelle ganz genau, um herauszufinden, ob Jane Schlangen aus dem Keller der Hadleys hatte kriechen lassen, aber das war nicht der Fall.

Das Haus füllte sich mit Gelächter und überraschten oder begeisterten Ausrufen des Wiedererkennens. Und der eine oder andere Betrachter war zu Tränen gerührt, ohne einen Grund dafür nennen zu können. Gamache und Beauvoir wanderten im Zimmer umher und hielten Augen und Ohren offen.

»Was mich am meisten beeindruckt, ist die Fröhlichkeit, die das alles vermittelt«, sagte Myrna zu Clara. »Selbst die Todesfälle, Unfälle, Beerdigungen und Missernten haben eine gewisse Lebendigkeit. Es wirkt alles so natürlich.«

»Hey«, rief Clara Ben zu, der sogleich zu ihr trat. »Schau mal, da bist du.« Sie zeigte auf sein Bild an der Wand.

»Wirklich beeindruckend.« Er lächelte. »Ein richtig harter Bursche, sozusagen.«

Gamache warf einen Blick auf Bens Bild an Janes Wand. Ein starker Mann, der es jedoch nicht sehr weit weg von seinem Elternhaus geschafft hatte. Nicht zum ersten Mal dachte er, dass Timmer Hadley für ihren Sohn möglicherweise genau zum richtigen Zeitpunkt gestorben war. So gelang es ihm vielleicht endlich, aus ihrem Schatten herauszutreten. Interessanterweise war es auf diesem Bild Peter, der im Schatten stand. In Bens Schatten. Gamache fragte sich, was das bedeuten mochte. Allmählich begriff er, dass Janes Haus eine Art Kommentar zum Leben in Three Pines war. Jane Neal war eine sehr aufmerksame Beobachterin gewesen.

In diesem Moment traf Elise Jacob ein und nickte Gamache zu. »Puh, was für ein Abend …« Ihr Blick fiel auf die Wand hinter ihm. Sie wirbelte herum.

»Mein Gott«, entfuhr es ihr, und sie deutete mit ausgestreckter Hand auf die Zeichnungen an den Wänden, als sei sie die Erste, der sie auffielen. Gamache beschränkte sich darauf zu lächeln und wartete, bis sie sich wieder gefasst hatte.

»Haben Sie es mitgebracht?«, fragte er, wobei er sich nicht sicher war, ob ihre Ohren schon wieder funktionierten.

»C'est brillant«, flüsterte sie. *»Formidable. Magnifique.* Wahnsinn.«

Gamache war ein geduldiger Mensch, und deshalb ließ er ihr ein paar Minuten Zeit, den Raum auf sich wirken zu lassen. Außerdem stellte er fest, dass ihn das Haus inzwischen mit einem gewissen Stolz erfüllte, als habe er einen Beitrag dazu geleistet.

»Das ist einfach genial«, sagte Elise. »Ich war Kuratorin am Musée des Beaux Arts in Ottawa, bevor ich in den Ruhestand gegangen und hierher gezogen bin.« Gamache wunderte sich wieder einmal, welche Leute sich dafür entschieden, in dieser kleinen Gemeinde zu leben. Leerte Margaret

Atwood möglicherweise die Mülltonnen? Und vielleicht hatte Premierminister Mulroney eine zweite Laufbahn als Postbote eingeschlagen. Keiner war der, der er zu sein schien. Jeder war mehr. Und eine Person in diesem Raum war sehr viel mehr.

»Wer hätte gedacht, dass dieselbe Frau, die dieses fürchterliche *Fair Day* gemalt hat, auch all das hier geschaffen hat?«, fuhr Elise fort. »Na ja, wir haben wohl alle mal einen schlechten Tag. Trotzdem sollte man doch meinen, dass sie sich mit einem besseren Bild für die Ausstellung bewerben würde.«

»Es war das einzige, das sie hatte«, sagte Gamache, »oder zumindest das einzige, das sie nicht auf Putz gemalt hatte.«

»Das ist merkwürdig.«

»Gelinde gesagt«, stimmte Gamache zu. »Haben Sie es mitgebracht?«, fragte er noch einmal.

»Entschuldigung, ja, es ist im Windfang.«

Eine Minute später stellte Gamache *Fair Day* auf die Staffelei in der Mitte des Raums. Jetzt waren sämtliche Werke Janes an einem Ort vereint.

Er stand ruhig da und beobachtete, was um ihn herum vorging. Der Geräuschpegel stieg, je mehr Wein die Gäste tranken und je mehr Leute und Ereignisse sie auf den Wänden wiedererkannten. Die einzige, die sich seltsam verhielt, war Clara. Gamache sah zu, wie sie zu *Fair Day* ging und dann zurück an die Wand. Dann wieder zum Bild und zurück an die gleiche Stelle an der Wand. Erneut zur Staffelei. Aber dieses Mal weniger zögerlich. Danach rannte sie praktisch zur Wand. Und blieb sehr lange dort stehen. Schließlich kehrte sie sehr langsam zu *Fair Day* zurück, als sei sie tief in Gedanken versunken.

»Was ist los?«, fragte Gamache und trat zu ihr.

»Das ist nicht Yolande«, sagte Clara und deutete auf die blonde Frau neben Peter.

»Woher wissen Sie das?«

»Da drüben«, Clara deutete auf das Wandstück, das sie so genau gemustert hatte. »Das ist Yolande, wie Jane sie gemalt hat. Es gibt ein paar Ähnlichkeiten, aber nicht sehr viele.«

Gamache wollte sich mit eigenen Augen davon überzeugen, auch wenn er sicher war, dass Clara recht hatte. Sie hatte sich nur geirrt, als sie behauptete, es gäbe Ähnlichkeiten. Es gab keine, soweit er feststellen konnte. Die Yolande an der Wand war zwar ein Kind, aber eindeutig Yolande. Von ihren Zügen, aber auch von der Ausstrahlung her. Sie ließ Überheblichkeit und Gier erkennen und noch etwas. Falschheit. All das kennzeichnete die Yolande an der Wand. Darüber hinaus wirkte sie ein klein wenig verloren. Die Frau auf dem Bild auf der Staffelei war dagegen einfach nur blond.

»Wer sonst soll das sein?«, fragte er, als er wieder zu Clara trat.

»Ich habe keine Ahnung. Aber eins weiß ich. Ist Ihnen aufgefallen, dass Jane nie Gesichter erfunden hat? Jeder auf diesen Wänden war jemand, den sie kannte, jemand aus dem Dorf.«

»Oder ein Besucher«, sagte Gamache.

»Genau genommen«, mischte sich Ruth in das Gespräch ein, »gibt es hier keine Besucher. Leute, die weggezogen sind und auf Besuch herkommen, ja, aber die werden als Dorfbewohner betrachtet. Sie hat jeden auf den Wänden gekannt.«

»Und sie hat jeden auf *Fair Day* gekannt, außer ihr.« Clara deutete mit einem Cashewkern auf die blonde Frau. »Sie ist eine Fremde. Aber da steckt noch mehr dahinter. Ich habe mich gefragt, was mit *Fair Day* nicht stimmt. Das Bild ist eindeutig von Jane, aber irgendwie auch nicht. Wenn es ihr erstes Bild wäre, würde ich sagen, sie hatte ihren Stil noch nicht gefunden. Aber es war das letzte.« Clara beugte sich zur Staffelei. »Jedes Detail beweist Stärke, Selbstvertrauen, Entschlossenheit. Aber als Ganzes funktioniert es nicht.«

»Sie hat recht«, sagte Elise. »Es funktioniert nicht.«

Der Kreis um *Fair Day* herum wurde größer, dieses Mysterium zog die anderen Gäste an.

»Aber es hat funktioniert, als wir in der Jury darüber entschieden haben, oder?« Clara wandte sich an Peter. »Das liegt an ihr. Sie stammt nicht von Jane.« Clara deutete anklagend mit ausgestrecktem Zeigefinger auf die blonde Frau auf der Tribüne neben Peter. Als würden sie von einer riesigen Saugglocke angesogen, streckten alle die Köpfe vor, um das Gesicht zu betrachten.

»Deshalb funktioniert das Bild nicht«, fuhr Clara fort. »Bevor dieses Gesicht verändert wurde, war das anders. Wer immer es verändert hat, hat das ganze Bild verändert, ohne es zu merken.«

»Woher wissen Sie, dass dieses Gesicht nicht von Jane stammt?«, fragte Gamache mit einer Stimme, die wieder einen offiziellen Klang angenommen hatte. Das entging auch Beauvoir am anderen Ende des Raums nicht, und er kam herüber und zog Notizblock und Stift aus der Tasche, als er neben seinen Chef trat.

»Zunächst mal ist es das einzige Gesicht, das nicht lebendig wirkt.« Dem konnte Gamache nur zustimmen. »Aber das ist ein subjektiver Eindruck. Es gibt auch einen echten Beweis, wenn Sie so wollen.«

»Das wäre nett.«

»Sehen Sie.« Clara wies erneut auf die Frau. »Mein Gott, ich muss vorhin blind gewesen sein, wenn mir das jetzt erst auffällt. Es springt einem ja regelrecht entgegen!« Sosehr sich die anderen auch anstrengten, konnte doch keiner erkennen, was sie meinte.

»Du lieber Himmel, jetzt sag schon, oder muss ich es aus dir rausprügeln?«, sagte Ruth.

»Da.« Clara fuhr mit dem Finger über das Gesicht der Frau, und richtig, wenn man ganz genau hinsah, konnte man eine kleine verschmierte Stelle erkennen. »Es ist wie eine Warze, ein Makel an dem Bild.« Sie deutete auf kaum sichtbare Flecken. »Da hat sich jemand mit einem Lappen und Testbenzin dran zu schaffen gemacht, stimmt's, Ben?«

Aber Ben starrte das Bild immer noch so angestrengt an, dass er förmlich schielte.

»Und sehen Sie hier, diese Pinselstriche. Die stimmen alle nicht. Schauen Sie im Vergleich dazu Peters Gesicht direkt daneben an. Die Striche sehen ganz anders aus.« Clara vollführte mit dem Arm eine weit ausholende Bewegung von links nach rechts und anschließend von oben nach unten. »Rauf und runter. Jane führt den Pinsel nicht von oben nach unten. Immer nur horizontale Striche, niemals vertikale. Sehen Sie sich die Haare der Frau an. Vertikale Striche. Ein eindeutiges Zeichen. Fällt dir etwas an der Farbe auf?«, fragte sie an Peter gewandt, der sich nicht besonders wohl in seiner Haut zu fühlen schien.

»Nein, eigentlich nicht.«

»Ach, komm schon. Sieh genau hin. Das Weiß ist anders. Jane hat hier Titanweiß verwendet, und hier und hier. Aber das hier«, sie deutete auf die Augen der Frau, »ist Zinkweiß. Das hier ist gelber Ocker.« Clara zeigte auf die Jacke der Frau. »Jane hat niemals Ocker verwendet, sondern immer nur Kadmiumgelb. Es ist kaum zu übersehen. Wir haben uns so ausführlich mit Kunst beschäftigt, Kunst unterrichtet und uns manchmal sogar was dazuverdient, indem wir Sachen für das McCord restauriert haben, dass ich genau sagen kann, wer was gemalt hat, allein anhand der Pinselführung, ganz zu schweigen von den verwendeten Pinseln und Farben.«

»Warum sollte jemand ein Gesicht in das Bild malen?«, fragte Myrna.

»Das ist die Frage«, bestätigte Gamache.

»Und nicht die einzige. Warum fügt jemand ein Gesicht

hinzu, das ist eine gute Frage, aber wer immer es getan hat, hat außerdem ein Gesicht entfernt. Das sieht man an den Flecken. Er hat das bereits vorhandene Gesicht nicht einfach übermalt, das Gesicht, das von Jane stammte, er hat es ausgelöscht. Ich verstehe das nicht. Wenn Jane oder irgendjemand sonst ein anderes Gesicht haben wollte, wäre es doch am einfachsten gewesen, das existierende Gesicht zu übermalen. Mit Acrylfarben geht das ganz leicht, das tut jeder. Man macht sich fast nie die Mühe, etwas zu entfernen. Man übermalt seine Fehler einfach.«

»Aber hätte man dann nicht wiederum das neue Gesicht entfernen können und darunter das alte gefunden?«, fragte Gamache.

»Das ist schwierig«, antwortete Peter, »aber ein guter Restaurator würde es vermutlich hinkriegen. So was Ähnliches haben wir oben im ersten Stock gemacht, wir haben eine Farbschicht entfernt, um das Bild darunter freizulegen. Bei einer Leinwand kann man sich allerdings auch mit Röntgen behelfen. Die Aufnahme ist ein bisschen verschwommen, aber man bekommt eine Vorstellung von dem Gesicht, das ursprünglich abgebildet war. Nun, das geht jetzt natürlich nicht mehr.«

»Wer immer das getan hat, wollte nicht, dass man das Gesicht entdeckt«, sagte Clara. »Also hat sie es entfernt und das Gesicht einer anderen Frau darüber gemalt.«

»Aber«, meldete sich jetzt Ben zu Wort, »er hat sich selbst verraten, als er das ursprüngliche Gesicht auslöschte und an dessen Stelle ein neues gemalt hat. Er kannte Janes Arbeitsweise nicht. Ihren Stil. Er hat ein erfundenes Gesicht gemalt, ohne zu wissen, dass Jane so etwas nie gemacht hat …«

»Und er hat den Pinsel falsch geführt«, ergänzte Clara.

»Also dann kann ich's nicht gewesen sein«, sagte Gabri.

»Aber warum sollte jemand so etwas machen? Wessen Gesicht wurde entfernt?«, wollte Myrna wissen.

Einen Moment lang dachten alle schweigend über ihre Frage nach.

»Können Sie dieses Gesicht entfernen, um uns einen Eindruck vom Original zu verschaffen?«, fragte Gamache.

»Vielleicht. Das hängt davon ab, wie gründlich es beseitigt wurde. Glauben Sie, dass das die Tat des Mörders war?«, erwiderte Clara.

»Ja. Ich weiß nur nicht, warum.«

»Sie haben vorhin von einer Sie gesprochen«, wandte sich Beauvoir an Clara. »Warum?«

»Ich vermute, weil das neue Gesicht das einer Frau ist. Ich bin einfach davon ausgegangen, dass die Person, die das getan hat, auf das Naheliegendste zurückgegriffen hat, und das ist nun mal das Gesicht, das man jeden Tag im Spiegel sieht.«

»Sie denken, das ist das Gesicht des Mörders beziehungsweise der Mörderin?«, fragte Beauvoir.

»Nein, das wäre nicht besonders schlau. Ich glaube, die Person auf dem Bild hat das gleiche Geschlecht, das ist alles. Unter Druck gesetzt malt ein weißer Mann höchstwahrscheinlich einen weißen Mann, keinen schwarzen Mann, keine weiße Frau – sondern das, was ihm am vertrautesten ist. Hier ist es das Gleiche.«

Gutes Argument, dachte Gamache. Aber vielleicht würde ein Mann sehr wohl eine Frau malen, um eine falsche Spur zu legen.

»Braucht es viel Geschick, um so etwas zu machen?«, fragte er.

»Ein Gesicht entfernen und durch ein anderes ersetzen? Oh ja, sogar ziemlich viel. Vielleicht nicht zum Entfernen der Farbe, aber selbst da wüssten die meisten Leute nicht, wie das geht. Wüssten Sie es?«, fragte sie Beauvoir.

»Nein, keine Ahnung. Sie erwähnten Testbenzin und einen Lappen, aber bis vor ein paar Tagen, als Sie es für Ihre

Arbeit hier brauchten, wusste ich gar nicht, dass es so etwas wie Testbenzin überhaupt gibt.«

»Sehen Sie. Künstler wissen so etwas, aber die meisten anderen Leute nicht. Sobald man das Gesicht entfernt hat, müsste man ein anderes darüber malen, und zwar in Janes Stil. Auch das erfordert Geschick. Wer immer das getan hat, ist ein Künstler, und ich würde sagen, kein schlechter. Wir haben eine ganze Weile gebraucht, um den Fehler zu entdecken. Vielleicht wären wir nie darauf gekommen, wenn Agent Nichol nicht so penetrant behauptet hätte, das wäre Yolande. Ich war so sauer, dass ich mich auf die Suche nach Janes Yolande gemacht habe. Ich musste herausfinden, ob sie recht hatte. Und das hatte sie nicht. Aber die Sache hat mich dazu veranlasst, mir das Gesicht genauer anzusehen, weil ich wissen wollte, wer es sein könnte. Dabei sind mir die Unterschiede aufgefallen. Sie können Agent Nichol also sagen, dass sie uns einen großen Schritt weitergebracht hat.«

»Gibt es sonst noch etwas, das wir ihr von Ihnen ausrichten sollen?«, fragte Beauvoir Clara mit einem Lächeln.

Gamache würde Nichol ganz bestimmt nicht den Floh ins Ohr setzen, dass sich ihr ungehobeltes Benehmen ausgezahlt hatte. Allerdings war ihm klar, dass sie nicht so weit wären, wenn er sie schon früher weggeschickt hätte. In gewisser Weise hatte Clara recht, aber dabei stellte sie ihr eigenes Licht zu sehr unter den Scheffel. Ihr Verlangen, Agent Nichol zu widerlegen, hatte ebenfalls eine nicht unerhebliche Rolle gespielt.

»Sie fanden, *Fair Day* sei gut genug für die Ausstellung, als Sie am Freitag vor Thanksgiving Ihre Jurysitzung abgehalten haben?«, fragte er Peter.

»Ich fand es brillant.«

»Am Montag nach Thanksgiving war es bereits verändert«, erklärte Clara, an Gamache und Beauvoir gewandt. »Erinnern Sie sich, wie Sie hereinkamen und ich Ihnen *Fair Day* gezeigt habe? Zu diesem Zeitpunkt war sein Zauber schon erloschen.«

»Bleiben also Samstag und Sonntag«, sagte Beauvoir. »Irgendwann im Laufe des Wochenendes hat der Mörder das Bild verändert. Jane Neal wurde am Sonntagmorgen umgebracht.«

Alle starrten das Bild an, als könnten sie es auf diese Weise dazu bringen, ihnen zu sagen, wer dafür verantwortlich war. Gamache hatte den Eindruck, dass *Fair Day* sie förmlich anschrie. Das Motiv für den Mord an Jane Neal war auf diesem Bild zu finden. Clara vernahm ein leises Klopfen am Wohnzimmerfenster und ging hin, um nachzusehen, wer draußen war. Als sie in die Dunkelheit spähte, tauchte plötzlich ein Ast vor ihr auf und schlug gegen die Scheibe. Hurrikan Kyla war eingetroffen und forderte Einlass.

Bald danach löste sich die Feier auf, jeder hatte es eilig, nach Hause oder zu seinem Wagen zu kommen, bevor es richtig losging.

»Pass auf, dass dir kein Dach auf den Kopf fällt«, rief Gabri Ruth hinterher, die ihm als Antwort den Stinkefinger zeigte, bevor sie in der Dunkelheit verschwand, aber vielleicht hatte er sich auch getäuscht. *Fair Day* wurde in die Pension gebracht, und dort saß jetzt im Salon ein Grüppchen um den Kamin herum und nippte an Likör und Espresso. Im Kamin prasselte ein Feuer, und draußen heulte Kyla und riss die Blätter von den Bäumen. Regen schlug gegen die Fensterscheiben und brachte sie zum Klirren. Drinnen rückte die Gruppe instinktiv näher zusammen und genoss die Wärme des Feuers, der Drinks und der Gesellschaft.

»Wer wusste von *Fair Day*, bevor Miss Neal ermordet wurde?«, fragte Gamache. Außer Peter und Clara waren Ben, Olivier, Gabri und Myrna anwesend.

»Die Jury«, sagte Peter.

»Haben Sie nicht bei Ihrem Thanksgiving-Essen am Freitagabend darüber gesprochen?«, fragte Beauvoir.

»Wir haben sehr viel darüber gesprochen. Jane hat es sogar beschrieben«, bestätigte Clara.

»Das ist nicht dasselbe«, erklärte Gamache. »Wer hat *Fair Day* vor dem heutigen Abend gesehen?«

Sie blickten einander an und schüttelten die Köpfe.

»Wer gehörte noch mal alles der Jury an?«, fragte Beauvoir.

»Henry LaRiviere, Irenée Calfat, Elise Jacob, Clara und ich«, zählte Peter auf.

»Und wer könnte es sonst noch gesehen haben?«, fragte Gamache erneut. Das war eine wichtige Frage. Der Mörder hatte Jane wegen *Fair Day* umgebracht. Er oder sie musste es gesehen und die Bedrohung erkannt haben, die von ihm ausging und groß genug war, um das Bild zu verändern, groß genug, um einen Mord zu begehen.

»Isaac Coy«, sagte Clara. »Das ist der Hausmeister. Und es wäre möglich, dass irgendjemand, der sich die andere Ausstellung, die abstrakte Kunst, ansehen wollte, ins Lager gegangen ist und es dort entdeckt hat.«

»Das ist nicht sehr wahrscheinlich«, meinte Gamache.

»Nicht aus Versehen«, stimmte Clara zu. Sie erhob sich. »Tut mir leid, aber ich glaube, ich habe meine Handtasche in Janes Haus vergessen. Ich laufe schnell rüber und hole sie.«

»Bei dem Sturm?«, fragte Myrna ungläubig.

»Ich gehe auch nach Hause«, sagte Ben. »Es sei denn, ich kann noch irgendetwas tun.«

Gamache schüttelte den Kopf, und die Versammlung löste sich auf. Einer nach dem anderen begaben sie sich hinaus in die Dunkelheit, instinktiv die Arme schützend vors Gesicht haltend. Der Regen peitschte durch die Nacht und wirbelte die Blätter auf, und die wenigen Leute, die unterwegs waren, hasteten eilig nach Hause.

Clara musste nachdenken, und dazu brauchte sie ihr Lieblingsplätzchen, das zufällig Janes Küche war. Sie drehte alle Lichter an und ließ sich auf einen der großen, alten Stühle neben dem Holzofen sinken.

Konnte das sein? Sicher hatte sie etwas falsch verstanden. Irgendetwas übersehen oder in irgendetwas zu viel hineininterpretiert. Der Gedanke war ihr zum ersten Mal durch den Kopf geschossen, als sie bei der Feier in Janes Haus *Fair Day* betrachtet hatte, als vager Verdacht hatte er sich allerdings schon früher am Abend auf der Vernissage zu formen begonnen. Sie hatte ihn jedoch verdrängt. Er war zu schmerzhaft. Ging ihr zu nahe. Viel zu nahe.

Aber er war zurückgekehrt und hatte sich hartnäckig in ihrem Kopf festgesetzt. Während sie in der Pension gemeinsam *Fair Day* betrachtet hatten, hatten sich die einzelnen Teile zu einem Ganzen gefügt. Alle Zeichen, alle Hinweise. Alles ergab auf einmal Sinn. Sie konnte nicht nach Hause gehen. Nein, jetzt noch nicht. Sie hatte Angst davor, nach Hause zu gehen.

»Was denken Sie?«, fragte Beauvoir, der sich gegenüber von Gamache auf einem Stuhl niedergelassen hatte. Nichol hatte es sich mit einer Zeitschrift auf dem Sofa bequem gemacht und strafte Gamache mit Schweigen. Gabri und Olivier waren ins Bett gegangen.

»Yolande«, sagte Gamache. »Ich komme doch ständig auf diese Familie zurück. Unsere Ermittlungen führen uns immer wieder zu ihr. Die Sache mit dem Entendreck, die Tapezieraktion. André mit seinem Jagdbogen.«

»Aber er hat keinen Recurvebogen«, bedauerte Beauvoir.

»Den wird er beseitigt haben«, erwiderte Gamache. »Die Frage ist nur, warum er ihn überhaupt benutzen sollte. Warum sollte irgendjemand einen alten Bogen benutzen statt eines neuen Compoundbogens?«

»Es sei denn, es war eine Frau«, sagte Beauvoir. Das war es, was ihm an seiner Arbeit am besten gefiel, spät in der Nacht mit seinem Chef und einem Drink am Kamin zu sitzen und über das Verbrechen zu diskutieren. »Ein Recurve ist leichter zu handhaben, ein alter Recurve sogar noch leichter. Das haben wir ja bei Suzanne Croft gesehen. Sie war nicht in der Lage, mit dem modernen Bogen zu schießen, mit dem älteren konnte sie dagegen offensichtlich umgehen. Aber zurück zu Yolande. Sie kannte die Bilder ihrer Tante, wahrscheinlich besser als irgendjemand sonst, und eine Neigung zur Kunst liegt in der Familie. Wenn wir nachbohren, stellen wir vermutlich fest, dass sie selbst irgendwann mal gemalt hat. Jeder hier in der Gegend tut das, scheint fast ein Gesetz zu sein.«

»Gut, verfolgen wir diesen Gedanken mal weiter. Warum sollte Yolande ein Interesse daran haben, Jane umzubringen?«

»Wegen Geld, oder wegen des Hauses, was letztlich auf dasselbe hinausläuft. Wahrscheinlich hat sie gedacht, sie wird erben, möglicherweise hat sie diesen dubiosen Notar in Williamsburg bestochen, um Informationen aus ihm herauszuholen, und sie war weiß Gott interessiert daran herauszufinden, was im Testament ihrer Tante stand.«

»Zugegeben. Aber welcher Zusammenhang besteht mit *Fair Day*? Was war auf dem Bild zu sehen, das Yolande veranlasst haben könnte, es zu übermalen? Es zeigt den Umzug am letzten Tag des diesjährigen Jahrmarkts, aber es scheint gleichzeitig eine Huldigung an Timmer Hadley zu sein. Wann sollte Yolande es zu Gesicht bekommen haben? Und selbst wenn sie es gesehen hat, warum musste sie es dann verändern?«

Darauf folgte ein längeres Schweigen. Nach ein paar Minuten fuhr Gamache fort.

»Okay, sehen wir uns die anderen an. Wie steht es mit Ben Hadley?«

»Warum er?«, fragte Beauvoir.

»Er kommt an Bogen heran, er kann schießen, und er kennt sich hier aus. Miss Neal hat ihm vertraut, und er kann malen. Offenbar sogar sehr gut. Und er sitzt im Vorstand der Arts Williamsburg und hat demnach einen Schlüssel zu den Räumen. Er hätte sich *Fair Day* also jederzeit ansehen können.«

»Motiv?«, fragte Beauvoir.

»Das ist das Problem. Es gibt kein richtiges Motiv, oder? Warum sollte er Jane Neal umbringen? Sicher nicht aus Habgier. Also warum dann?«

Gamache starrte auf die glimmenden Scheite im Kamin und zermarterte sich das Hirn. Er fragte sich, ob er unter allen Umständen vermeiden wollte, eine andere Möglichkeit in Betracht zu ziehen.

»Ach kommen Sie. Peter Morrow war's. Wer sonst?«

Gamache brauchte nicht aufzusehen, um zu wissen, von wem diese Bemerkung kam. Der Kürbis auf der Titelseite von *Harrowsmith's Country Life* hatte eine Stimme gefunden.

Clara betrachtete ihr Spiegelbild im Fenster von Janes Küche. Eine geisterhaft blasse, verängstigt wirkende Frau erwiderte ihren Blick. Ihre Theorie war plausibel.

Vergiss es, sagte ihr eine innere Stimme. Kümmere dich nicht drum. Überlass das der Polizei. Um Gottes willen, halt bloß den Mund. Es war eine verführerische Stimme, eine, die Frieden und Ruhe und die Fortsetzung ihres angenehmen Lebens in Three Pines versprach. Wenn sie von dem, was sie wusste, Gebrauch machte, würde sie dieses Leben zerstören.

Was ist, wenn du dich irrst?, fragte die Stimme. Du wirst einer Menge Leute wehtun.

Aber Clara wusste, dass sie sich nicht irrte. Sie hatte Angst davor, das Leben zu verlieren, das sie liebte, den Mann, den sie liebte.

Er wird außer sich sein vor Wut. Er wird es leugnen, kreischte die Stimme in ihrem Kopf voll Panik. Er wird dich durcheinanderbringen. Du wirst dich grässlich fühlen, weil du so etwas überhaupt zu denken gewagt hast. Am besten, du sagst nichts. Du kannst nur verlieren und nichts gewinnen. Und außerdem braucht es keiner zu wissen. Keiner wird jemals erfahren, dass du nichts gesagt hast.

Aber Clara wusste, dass die Stimme log. Dass sie sie schon immer angelogen hatte. Clara selbst würde es wissen, und dieses Wissen würde letzten Endes ihr Leben so oder so zerstören.

Gamache lag im Bett und betrachtete *Fair Day*. In seinem Kopf wirbelten Gespräche und Gesprächsfetzen herum, während er die stilisierten Menschen und Tiere anstarrte und sich ins Gedächtnis zurückrief, was jeder Einzelne irgendwann in den vergangenen beiden Wochen gesagt hatte.

Yvette Nichol hatte Recht gehabt. Peter Morrow stand ganz oben auf der Liste der Verdächtigen, aber es gab keine Beweise. Gamache wusste, dass es von diesem Bild und von der morgigen Untersuchung abhing, ob sie ihn überführen konnten. *Fair Day* war ihr Joker. Doch während er die einzelnen Gesichter auf dem Bild betrachtete, kam ihm plötzlich ein anderer Gedanke, so unwahrscheinlich, dass er ihn kaum denken mochte. Er setzte sich auf. Nicht das, was *Fair Day* zeigte, würde den Mörder von Jane Neal überführen. Sondern das, was *Fair Day* nicht zeigte. Gamache sprang aus dem Bett und zog sich hastig an.

Clara konnte in dem heftigen Regen kaum etwas sehen, aber noch schlimmer war der Wind. Kyla verwandelte die herbstlich bunten Blätter, die an den Bäumen so hübsch aussahen, in kleine Geschosse. Sie wirbelten um sie herum, schlugen ihr ins Gesicht. Sie hob einen Arm, um ihre Augen zu schützen, und stemmte sich gegen den Wind, kämpfte sich über das unebene Gelände vorwärts. Die Äste und Zweige griffen nach ihr, erwischten aber nur ihren Mantel. Was diesen nicht gelang, schaffte der eiskalte Regen. Er lief in ihre Ärmel und in ihren Kragen, drang in ihre Nase und stach in ihre Augen, sobald sie sie etwas weiter öffnete. Aber jetzt hatte sie es beinahe geschafft.

»Ich habe mir schon Sorgen gemacht. Ich habe dich früher erwartet«, sagte er und nahm sie in die Arme. Clara wich zurück, entwand sich seiner Zärtlichkeit. Er sah sie überrascht und verletzt an. Dann blickte er auf ihre Stiefel, um die herum sich auf dem Boden eine schmutzige Pfütze gebildet hatte. Sie folgte seinem Blick und zog automatisch die Stiefel aus. Diese ganz alltägliche Reaktion entlockte ihr beinahe ein Lächeln.

Vielleicht hatte sie sich geirrt. Warum sollte sie nicht einfach ihre Stiefel ausziehen, sich hinsetzen und nichts sagen? Zu spät. Ihr Mund hatte sich bereits geöffnet.

»Ich habe nachgedacht.« Sie hielt inne, nicht sicher, was sie als Nächstes sagen sollte, oder wie sie es sagen sollte.

»Ich weiß. Ich habe es dir am Gesicht abgelesen. Wann bist du darauf gekommen?«

Er stritt es also nicht ab, dachte sie. Sie wusste nicht, ob sie erleichtert oder entsetzt sein sollte.

»Auf der Feier, aber da war ich mir noch nicht über alles im Klaren. Ich brauchte Zeit, um nachzudenken, um daraus schlau zu werden.«

»Hast du deshalb gesagt ›sie‹, als es darum ging, wer das Bild übermalt hat?«

»Ja. Ich wollte Zeit schinden, vielleicht sogar die Polizei auf eine falsche Spur lenken.«

»Es hat mich auf eine falsche Spur gelenkt, ich hatte gehofft, dass du das wirklich glaubst. Aber später in der Pension habe ich gemerkt, dass es in deinem Kopf fieberhaft arbeitete. Ich kenne dich einfach zu gut. Was sollen wir jetzt machen?«

»Ich musste mich davon überzeugen, dass du es wirklich getan hast. Ich hatte das Gefühl, dir das schuldig zu sein. Ich möchte dich nicht verlieren.« Clara fühlte sich wie betäubt, als hätte sie ihren Körper verlassen und würde neben sich selbst stehen.

»Und ich will dich nicht verlieren«, sagte er in einem Ton, der ihr plötzlich falsch vorkam. War es immer so gewesen? »Und ich brauche dich. Du musst der Polizei nichts davon erzählen. Es gibt keine Beweise. Selbst bei der Untersuchung morgen wird nichts herauskommen. Ich war vorsichtig. Wenn ich mich erst einmal zu etwas entschlossen habe, bin ich sehr gut, aber das weißt du ja.«

Das wusste sie. Und sie nahm an, dass er recht hatte. Die Polizei würde ihm nur schwer etwas nachweisen können.

»Warum?«, fragte sie. »Warum hast du Jane umgebracht? Und warum hast du deine Mutter umgebracht?«

»Hättest du es nicht getan?« Ben lächelte und trat zu ihr.

Gamache hatte Beauvoir geweckt, und jetzt hämmerten die beiden an die Tür der Morrows.

»Hast du deinen Schlüssel vergessen?«, fragte Peter, als er öffnete. Er sah Gamache und Beauvoir verständnislos an. »Wo ist Clara?«

»Das wollten wir Sie fragen. Wir müssen mit ihr reden, jetzt sofort.«

»Ich habe sie bei Jane gelassen, aber das war«, Peter warf einen Blick auf seine Uhr, »vor einer Stunde.«

»Eine ziemlich lange Zeit, um nach einer Handtasche zu suchen«, sagte Beauvoir.

»Sie hatte gar keine Handtasche dabei, das war nur ein Vorwand, damit sie die Pension verlassen und zurück in

Janes Haus gehen konnte«, erklärte Peter. »Das war mir klar, aber ich dachte, dass sie allein sein will, um nachzudenken.«

»Und sie ist noch nicht wieder zurück?«, fragte Gamache. »Haben Sie sich keine Sorgen gemacht?«

»Ich mache mir ständig Sorgen um Clara. Sobald sie das Haus verlässt, fange ich an, mir Sorgen zu machen.«

Gamache kehrte um und eilte durch das Wäldchen zu Janes Haus.

Clara erwachte mit pochenden Kopfschmerzen. Zumindest nahm sie an, dass sie wach war. Alles um sie herum war schwarz. Pechschwarz. Sie lag mit dem Gesicht auf dem Boden und atmete Staub ein. Er haftete an ihrer Haut, die noch feucht vom Regen war. Unter dem Regenmantel klebten ihr da, wo die Nässe durchgedrungen war, die Kleider am Körper. Sie fror, und ihr war übel. Sie konnte gar nicht mehr aufhören zu zittern. Wo war sie? Und wo war Ben? Sie stellte fest, dass ihre Hände auf dem Rücken zusammengebunden waren. Sie war in Bens Haus gewesen, also musste das hier Bens Keller sein. Sie erinnerte sich daran, dass jemand sie getragen hatte und dass sie immer wieder das Bewusstsein verloren hatte. Und an Peter. An Peters Stimme. Nein. An Peters Geruch. Peter war ganz nahe gewesen. Peter hatte sie getragen.

»Wie ich sehe, bist du aufgewacht.« Ben stand mit einer Taschenlampe in der Hand über ihr.

»Peter?«, rief Clara mit schwacher Stimme. Ben schien das komisch zu finden.

»Gut. Das hatte ich gehofft, aber ich habe eine schlechte Nachricht für dich, Clara. Peter ist nicht da. Um genau zu sein, gibt es heute Nacht nur schlechte Nachrichten für dich. Rate mal, wo wir hier sind.«

Als Clara keine Antwort gab, ließ Ben den Lichtkegel der Taschenlampe langsam über die Wände, die Decke, den Boden gleiten. Es dauerte nicht lange, bis Clara wusste, wo sie war. Vermutlich hatte sie es schon vorher gewusst, aber sie hatte es nicht wahrhaben wollen.

»Kannst du sie hören, Clara?« Ben schwieg und Clara konnte sie nur zu gut hören. Ein Gleiten. Ein Zischen. Und sie konnte sie riechen. Ein dumpfer, modriger Geruch.

Schlangen.

Sie waren in Timmers Haus. In Timmers Keller.

»Aber die gute Nachricht ist, dass du dir deswegen nicht lange Sorgen zu machen brauchst.« Ben hob die Taschenlampe so, dass sie sein Gesicht sehen konnte. Sie sah außerdem, dass er eine alte Jacke von Peter trug. »Du bist hierher gekommen und die Treppe runtergefallen«, sagte er in sachlichem Ton, als würde er erwarten, dass sie ihm zustimmte. »Gamache wird vielleicht einen Verdacht hegen, aber sonst niemand. Peter würde mich niemals verdächtigen. Ich werde ihn in seinem Kummer trösten. Und alle anderen wissen, dass ich ein freundlicher Mensch bin. Und das bin ich auch, das hier zählt nicht.«

Er wandte sich von ihr ab und ging auf die hölzerne Treppe zu. Die Taschenlampe warf bizarre Schatten auf den Boden aus festgestampfter Erde. »Der Strom ist ausgefallen, und du bist gestolpert und die Treppe hinuntergestürzt. Ich muss nur noch die Stufen präparieren. Jahrelang habe ich Mutter bekniet, sie erneuern zu lassen, aber sie war zu geizig, um Geld dafür auszugeben. Jetzt musst leider du den Preis zahlen. Und für den Fall, dass Gamache das nicht schluckt, habe ich vorsorglich genug Spuren hinterlassen, die auf Peter deuten. Ich vermute, dass du jede Menge Fasern von seiner Jacke an dir hast. Wahrscheinlich hast du sogar ein paar eingeatmet. Man wird sie bei der Autopsie finden. Dank deiner Hilfe wird man deinen Ehemann überführen können.«

Clara setzte sich mühsam auf. Sie sah, dass Ben sich an den Stufen zu schaffen machte, und ihr war klar, dass ihr nur noch ein paar Minuten blieben, vielleicht nur Sekunden. Sie zerrte an der Schnur, mit der ihre Hände zusammengebunden waren. Glücklicherweise hatte Ben sie nicht sehr fest zugezogen, wahrscheinlich hatte er keine Striemen hinterlassen wollen. Jedenfalls konnte sie dadurch die Fessel lockern, wenn auch leider nicht abstreifen.

»Was tust du da?« Ben richtete die Taschenlampe auf Clara, die sich nach hinten lehnte, um ihre Bewegungen zu verbergen. Ihr Rücken berührte die Wand, und irgendetwas strich über ihren Hals und ihre Haare. Dann war es verschwunden. Oh Gott. Heilige Jungfrau Maria. Kaum richtete sich der Lichtstrahl wieder auf die Treppe, zerrte Clara erneut und mit wachsender Verzweiflung an ihrer Fessel. Den Schlangen zu entkommen erschien ihr plötzlich noch dringlicher, als Ben zu entkommen. Sie hörte sie über den Boden gleiten, an den Balken entlang und durch die Lüftungsschächte. Schließlich bekam sie ihre Hände frei und rappelte sich in der Dunkelheit hoch.

»Clara? Clara!« Die Taschenlampe wurde wild hin und her geschwenkt. »Für so was habe ich keine Zeit.«

Ben entfernte sich von der Treppe und begann hektisch, nach ihr zu suchen. Clara wich immer weiter in den Keller zurück, immer weiter auf den muffigen Geruch zu. Etwas streifte ihre Wange und fiel dann auf ihren Fuß. Sie biss sich fest auf die Unterlippe, um nicht zu schreien, und der metallische Geschmack von Blut brachte sie zur Besinnung. Sie trat kräftig zu und hörte im nächsten Moment ein leises Klatschen an der gegenüberliegenden Wand.

Gamache, Beauvoir und Peter rannten durch Janes Haus, aber Gamache wusste, dass sie sie hier nicht finden würden. Wenn Clara irgendetwas Schlimmes zustieß, dann würde es nicht in diesem Haus passieren.

»Sie ist bei Hadley«, rief Gamache und eilte zur Tür. Draußen wurde er nach wenigen Schritten von Beauvoir überholt und kurz darauf von Peter. Ihre Schritte klangen wie Hufgetrappel, als sie durch den Sturm auf das Haus mit seinen einladend erleuchteten Fenstern zurannten.

Clara war sich nicht sicher, ob das Dröhnen, das sie vernahm, von Kyla stammte, einer wütenden Kyla, oder ob es ihr eigener Atem war. Oder das Blut, das in ihren Ohren rauschte. Das ganze Haus schien zu zittern und zu ächzen. Sie hielt den Atem an, aber ihr Körper schrie nach Sauerstoff, und gleich darauf schnappte sie laut nach Luft.

»Das habe ich gehört.« Ben fuhr so hastig herum, dass ihm die Taschenlampe aus der Hand glitt und zweimal mit einem Knall auf dem Boden aufschlug. Beim ersten Aufprall erwischte der Lichtstrahl Clara im Gesicht. Beim zweiten wurde der Keller in undurchdringliche Finsternis getaucht.

»Scheiße«, zischte Ben.

Oh Gott, oh Gott, dachte Clara. Um sie herum war nichts als Dunkelheit. Sie fror und war wie gelähmt vor Angst. Zu ihrer Rechten war ein Geräusch zu hören. Das reichte, um sie aus ihrer Erstarrung zu befreien. So leise wie möglich kroch sie weiter nach links, tastete sich an der unverputzten Mauer entlang, auf der Suche nach einem Stein, einem Rohr, einem Ziegel, irgendetwas. Nur keine …

Unter ihrem Griff ringelte sich etwas zusammen und schlang sich um ihre Hand. Mit einer heftigen Bewegung schleuderte Clara es in die Dunkelheit und hörte es über den Boden rutschen.

»Ich komme«, flüsterte Ben, und Clara merkte, dass sie direkt auf ihn zugekrochen war. Er war nur einen Schritt von ihr entfernt, konnte aber genauso wenig sehen wie sie. Sie kauerte sich zusammen und wartete reglos darauf, dass seine Hand sie packte. Stattdessen hörte sie ihn sich entfernen. Auf die weggeschleuderte Schlange zu.

»Wo ist sie?«, fragte Peter verzweifelt. Sie hatten Bens Haus durchsucht und nur eine Pfütze entdeckt. Jetzt lief Peter in konzentrischen Kreisen in Bens Wohnzimmer herum, auf Gamache zu, der reglos in der Mitte stand.

»Seien Sie doch bitte mal still, Mr. Morrow.« Peter unterbrach seine Wanderung. Die Worte waren zwar leise, aber bestimmt gesprochen worden. Gamache starrte auf einen unbestimmten Punkt im Zimmer. Bei dem lauten Wüten des Sturms dort draußen und den stummen Angstschreien von Peter hier drinnen konnte er sich selbst kaum denken hören.

Clara wusste, dass sie zwei Möglichkeiten hatte, was im Vergleich zu ihrer Situation vor noch wenigen Minuten immerhin eine Verbesserung war. Entweder musste sie es zur Treppe schaffen oder sie musste an eine Waffe gelangen und Ben außer Gefecht setzen, bevor er sie erwischte. Sie kannte Ben. Er war stark, aber er war langsam. Das war zwar nicht unbedingt die Rettung, da es vermutlich nicht zu einem Wettrennen kommen würde, aber es war besser als nichts.

Sie hatte keine Ahnung, wo sie eine Waffe finden sollte. Vielleicht auf dem Boden? Aber auch wenn dort irgendwo ein Stück Rohr oder ein Ziegelstein herumliegen mochte, wusste Clara, was dort auf jeden Fall noch lag. Sie hörte Ben wenige Meter vor sich durch die Dunkelheit stolpern. Clara drehte sich um, ließ sich auf die Knie nieder und kroch über den Boden, mit den Händen vor sich in der Finsternis herumtastend und hoffend, dass sie, bitte lieber Gott, nicht auf etwas stießen, das seinerseits zustieß. Erneut vernahm sie ein lautes Pochen und wünschte, ihr Herz würde nicht so heftig schlagen, ohne deswegen gleich ganz still zu stehen. Ihre Hand strich über etwas, und im Bruchteil einer Sekunde erkannte sie, was es war. Aber zu spät. Mit einem scharfen Klick schnappte die Mausefalle zu, brach ihr Mittel- und Ringfinger, und vor Schmerz und Schreck entfuhr

Clara unwillkürlich ein lauter Schrei. Ein Adrenalinstoß schoss durch ihre Adern, und ohne zu zögern zog sie die Mausefalle von ihrer verletzten Hand und schleuderte sie weit von sich. Sie rollte sich zur Seite, da sie wusste, dass man Mausefallen immer entlang der Wände aufstellte. Direkt hinter ihr musste sich eine Wand befinden. Wenn sich Ben also in der Dunkelheit auf sie zu stürzen versuchte ...

Peter hörte Claras Schmerzensschrei und sein abruptes Abbrechen. Als er und die beiden Polizisten wenige Minuten zuvor bei Timmers Haus angekommen waren, hatte die Eingangstür offen gestanden und war vom Sturm dauernd auf- und zugeschlagen worden. Gamache und Beauvoir hatten Taschenlampen aus ihren Manteltaschen gezogen und sie auf das Parkett gerichtet. Nasse Fußspuren führten weiter ins Haus. Hastig waren sie ihnen gefolgt. Sie hörten den Schrei, gerade als sie die Küche erreicht hatten.

»Hier drüben.« Peter öffnete eine Tür, hinter der pechschwarze Finsternis wartete. Die drei Männer stürmten auf einmal die Kellertreppe hinunter.

Clara rollte sich herum und blieb dann still liegen, als Ben mit dem Kopf voran mit voller Wucht gegen die Wand rannte. Clara hatte sich getäuscht. Er war doch schnell. Aber jetzt nicht mehr. Der Aufprall ließ die Kellerwände erzittern. Gleich darauf vernahm Clara ein anderes Geräusch.

Splitterndes Holz.

14

Alles schien wie in Zeitlupe zu passieren. Gamaches Taschenlampe knallte auf den Boden und erlosch, zuvor konnte er allerdings noch einen Blick auf die ausgestreckte Gestalt von Beauvoir auf der halb eingestürzten Treppe erhaschen. Er versuchte ihm auszuweichen, und er hätte es auch beinahe geschafft. Doch dann gab eine der Stufen unter ihm nach, er blieb mit dem Fuß hängen, und er hörte und spürte seinen Knochen knacken, als er nach vorne fiel. Mit dem anderen Fuß traf er etwas sehr viel Weicheres, aber das Geräusch war genauso laut. Gamache hörte Beauvoir einen schmerzerfüllten Schrei ausstoßen, und dann verlor Peter das Gleichgewicht. Er fiel kopfüber nach unten und Gamache spürte, wie ihre Köpfe gegeneinander krachten, und sah mehr Sterne, als es im ganzen Universum gab. Dann verlor er das Bewusstsein.

Als er kurze Zeit später wieder zu sich kam, stand Clara über ihm und sah auf ihn herunter. In ihren Augen stand blankes Entsetzen. Er versuchte aufzustehen, um sie zu beschützen, konnte sich aber nicht bewegen.

»Chef? Alles in Ordnung?« Mit verschwommenem Blick erkannte er Beauvoir, der ebenfalls auf ihn herabsah. »Ich habe über mein Handy Hilfe gerufen.« Dann streckte Beauvoir den Arm aus und fasste den Chef bei der Hand. Nur für einen kurzen Moment.

»Mir geht's gut, Jean-Guy. Und Ihnen?« Er sah in das besorgte Gesicht.

»Ich habe ein Gefühl, als habe mich ein Elefant getreten«, sagte Beauvoir mit einem schwachen Lächeln. Aus seiner geplatzten Lippe sickerte ein Tropfen hellroten Bluts, und Gamache hob zitternd die Hand, um ihn wegzuwischen.

»Sie müssen besser auf sich aufpassen, Junge«, flüsterte er. »Peter?«

»Ich hänge fest, aber sonst ist alles in Ordnung. Sie haben mich mit voller Wucht mit Ihrem Kopf getroffen.«

Das war nicht der richtige Zeitpunkt, um darüber zu streiten, wer wen wie getroffen hatte.

»Da ist es schon wieder. Dieses komische Rascheln.« Clara hatte sich eine Taschenlampe geschnappt, was nicht allzu schwierig gewesen war, da der ganze Keller jetzt voller Taschenlampen – und voller Männer – lag. Sie schwenkte sie hektisch hin und her und ließ den Lichtstrahl über Decke und Fußboden gleiten, wobei sie wünschte, er könnte etwas mehr als nur strahlen. Ein hübscher kleiner Flammenwerfer käme ihr jetzt gerade recht. Sie umklammerte mit ihrer gebrochenen Hand die von Peter, im Austausch von körperlichem Schmerz gegen seelischen Beistand.

»Ben?«, fragte Gamache und hoffte, dass er bald wieder in der Lage wäre, ganze Sätze zu bilden. Er spürte einen stechenden Schmerz in seinem Bein, und in seinem Kopf pochte es, trotzdem war er sich der Gefahr bewusst, die hier in diesem Keller noch irgendwo lauerte, irgendwo in der Dunkelheit, in ihrer Nähe.

»Der ist außer Gefecht gesetzt«, sagte Clara. Sie könnte ohne Weiteres verschwinden. Die Treppe war zusammengebrochen, ja, aber an der Wand lehnte eine Leiter und mit der könnte sie nach oben klettern.

Aber sie tat es nicht.

Clara hatte noch nie so viel Angst empfunden. Und so viel Wut. Nicht auf Ben, noch nicht, sondern auf diese Trottel, die sie eigentlich hätten retten sollen. Stattdessen musste sie sich jetzt um sie kümmern.

»Ich höre etwas«, sagte Beauvoir. Gamache versuchte, sich

auf dem Ellbogen aufzurichten, aber sofort zuckte ein heftiger Schmerz durch sein Bein, der ihm den Atem raubte, und er ließ sich kraftlos zurücksinken und streckte die Hände aus, in der Hoffnung, etwas zu fassen zu bekommen, das er als Waffe benutzen konnte.

»Oben«, sagte Beauvoir. »Sie sind da.«

Gamache und Clara hatten nie zuvor solch wunderbare Worte vernommen.

Eine Woche später versammelten sie sich in Janes Wohnzimmer, das sie alle langsam als ihr Zuhause betrachteten, einschließlich Gamache. Sie erinnerten stark an einen Invalidenverein, Gamache mit einem Gipsbein, Beauvoir seiner gebrochenen Rippen wegen in gebeugter Haltung, Peter mit bandagiertem Kopf und Clara mit geschienter Hand.

Oben hörte man Gabri und Olivier leise »It's Raining Men« singen. Aus der Küche ertönte das Summen von Myrna, die sich um das Essen kümmerte. Draußen fiel der Schnee, große nasse Flocken, die sofort schmolzen, sobald sie irgendwo auftrafen, und bei demjenigen, auf dessen Wange sie landeten, das Gefühl hinterließen, von einem Pferd geküsst worden zu sein. Die Bäume hatten alle ihre Blätter verloren, und die letzten Äpfel in den Obstgärten waren abgeerntet.

»Ich glaube, allmählich bleibt er liegen«, sagte Myrna, als sie mit dem Besteck hereinkam und vor dem knisternden Feuer im Kamin kleine Klapptische aufstellte. Von oben war Gabri zu vernehmen, der sich über irgendwelche Möbel in Janes Schlafzimmer ausließ.

»Diese Habgier. Widerlich«, sagte Ruth und stieg die Treppe hinauf.

Clara sah Peter zu, wie er aufstand und überflüssigerweise im hell lodernden Feuer herumstocherte. Sie hatte ihn in jener Nacht gehalten, als er auf dem Kellerboden gelegen hatte. Das war das letzte Mal gewesen, dass sie ihm so nahe gekommen war. Seit den Ereignissen jener grauenhaften Nacht hatte er sich völlig auf seine Insel zurückgezogen. Die Brücken hinter sich verbrannt und Mauern um sich errichtet. Und jetzt war Peter unerreichbar, selbst für sie. Natürlich, sie konnte ihn berühren, konnte seine Hand oder seinen Kopf halten, ihn umarmen, und das tat sie auch. Aber sie wusste, dass sie sein Herz nicht mehr erreichte.

Sie betrachtete sein schönes Gesicht, in dem der Kummer tiefe Furchen hinterlassen hatte und das von seinem Sturz noch ganz aufgeschürft war. Sie wusste, dass er in jener Nacht die schlimmsten Wunden davongetragen hatte, solche, die vielleicht nie mehr heilten.

»Ich will das hier«, sagte Ruth, als sie die Treppe wieder herunterkam. Sie wedelte mit einem dünnen Buch und steckte es in die Tasche ihrer fadenscheinigen Strickjacke. Jane hatte in ihrem Testament jeden ihrer Freunde aufgefordert, sich etwas aus ihrem Haus auszusuchen. Ruth hatte ihre Wahl getroffen.

»Woher wusstest du, dass es Ben war?«, fragte Myrna, setzte sich und rief die beiden Männer zum Essen herunter. Sie hatte Teller mit hausgemachter Suppe verteilt, und auf der großen Truhe stand ein Korb mit frisch gebackenen, noch warmen Brötchen.

»Auf der Feier hier kam mir plötzlich so etwas wie eine Erleuchtung«, sagte Clara.

»Hast du etwas bemerkt, was uns anderen entgangen ist?«, fragte Olivier und setzte sich zu ihnen.

»Es ist eher das, was ich nicht gesehen habe. Ich habe Ben nicht gesehen. Ich wusste, dass *Fair Day* Timmer gewidmet war. Alle Leute, die Timmer wichtig waren, waren darauf abgebildet …«

»Außer Ben«, sagte Myrna, strich Butter auf ihr warmes Brötchen und sah zu, wie die Butter schmolz, sobald sie mit dem Brot in Berührung kam. »Wie kann man nur so dumm sein und das übersehen?«

»Ich habe auch ziemlich lange gebraucht«, gab Gamache zu. »Es ist mir erst aufgefallen, nachdem ich mir *Fair Day* noch einmal in meinem Zimmer angesehen hatte. Kein Ben.«

»Kein Ben«, wiederholte Clara. »Ich war überzeugt, dass Jane ihn nicht weggelassen hätte. Aber er war nicht da. Es sei denn, er war da gewesen und es war sein Gesicht, das entfernt worden war.«

»Aber warum ist Ben in Panik geraten, als er *Fair Day* gesehen hat? Ich meine, was war für ihn so schrecklich daran, sein Gesicht auf einem Bild zu sehen?«, fragte Olivier.

»Denken Sie mal nach«, sagte Gamache. »Ben hat seiner Mutter am letzten Tag des Jahrmarkts eine tödliche Dosis Morphium verabreicht, genau zu der Zeit, als der Umzug stattfand. Er hatte sich ein Alibi besorgt, angeblich war er in Ottawa auf einer Antiquitätenausstellung.«

»Und, war er dort?«, fragte Clara.

»Oh ja, er hat sogar ein paar Sachen gekauft. Dann ist er hierher gerast, mit dem Auto sind das nur knapp drei Stunden, und hat gewartet, bis der Umzug begann …«

»Wie konnte er wissen, dass ich seine Mutter allein lassen würde?«, fragte Ruth.

»Er kannte seine Mutter, er wusste, sie würde darauf bestehen.«

»Genau so war es. Ich hätte trotzdem bei ihr bleiben sollen.«

»Du konntest das ja nicht ahnen, Ruth«, sagte Gabri.

»Erzählen Sie weiter«, forderte Olivier den Chief Inspector auf und stippte ein Stück Brot in seine Suppe. »Er hat das Bild gesehen und …«

»Er hat sich gesehen, bei dem Umzug«, sagte Gamache. »Auf der Tribüne. Er bildete sich ein, Jane wüsste, was er getan hatte, zumindest, dass er in Three Pines gewesen war.«

»Also hat er das Bild mitgenommen, sein Gesicht entfernt und ein neues darüber gemalt«, folgerte Clara.

»Die merkwürdige Frau saß direkt neben Peter«, meinte Ruth. »Genau an der Stelle also, an der Jane Ben platziert hatte.«

Es kostete Peter einige Anstrengung, nicht den Blick zu senken.

»An dem Abend, als wir nach der Vernissage in der Pension zusammensaßen, fügten sich für mich die einzelnen Teile zu einem Ganzen«, sagte Clara. »Er hat nach dem Mord seine Tür nicht abgeschlossen. Alle anderen haben es getan, nur Ben nicht. Dann das Tempo, oder vielmehr das fehlende Tempo, mit dem er die Tapete von den Wänden entfernt hat. Dann die Nacht, in der wir hier Licht brennen sahen. Ben sagte, er wolle etwas vorarbeiten, und ich habe es ihm geglaubt, aber später fand ich, dass das doch etwas unglaubwürdig klang, selbst für Ben.«

»Wie sich herausgestellt hat«, sagte Gamache, »hat er das hier in Janes Haus gesucht.« Er hielt die Mappe in die Höhe, die Beauvoir in Yolandes Haus entdeckt hatte. »Zeichnungen, die Jane seit sechzig Jahren von jedem Jahrmarkt gemacht hat. Ben dachte, dass es vielleicht auch Entwürfe zu *Fair Day* geben könnte, und machte sich auf die Suche danach.«

»Ist auf den Zeichnungen irgendetwas zu sehen?«, fragte Olivier.

»Nein, es sind nur ganz grobe Entwürfe.«

»Und dann waren da noch die Zwiebeln«, sagte Clara.

»Zwiebeln?«

»Als ich einen Tag nach Janes Tod zu Ben ging, briet er gerade Zwiebeln für Chili con Carne. Aber Ben hat nie gekocht. Egoistisch wie ich bin, habe ich ihm geglaubt, als er sagte, das mache er für mich. Irgendwann bin ich in sein Wohnzimmer gegangen, und dort roch es nach Putzmittel, jedenfalls hielt ich es dafür. Dieser angenehme, frische Geruch, der zeigt, dass alles sauber und gepflegt ist. Ich dachte, Nellie hätte sauber gemacht. Später habe ich mich mit ihr unterhalten, und sie sagte, Wayne sei es so schlecht gegangen, dass sie eine Woche lang nicht putzen war. Ben hatte offenbar mit Lösungsmittel gearbeitet, und dann hat er Zwiebeln gebraten, um den Geruch zu überdecken.«

»Genau«, bestätigte Gamache und nahm einen Schluck von seinem Bier. »Er hatte *Fair Day* am Samstag nach Ihrem Thanksgiving-Essen von der Arts Williamsburg mitgenommen, sein Gesicht entfernt und ein anderes darüber gemalt. Dabei hat er allerdings den Fehler gemacht, ein Gesicht zu erfinden. Er hat außerdem seine eigenen Farben verwendet, die anders waren als die von Jane. Dann hat er das Bild in die Räume der Arts Williamsburg zurückgebracht, aber er musste Jane aus dem Weg schaffen, bevor sie das manipulierte Bild zu Gesicht bekam.«

»Sie haben meine letzten Zweifel beseitigt«, wandte sich Clara an Gamache. »Sie haben ein paarmal gefragt, wer Janes Arbeit sonst noch gesehen hatte. Da fiel mir wieder ein, dass Ben an Thanksgiving Jane ausdrücklich fragte, ob sie etwas dagegen hätte, wenn er es sich vor der Ausstellungseröffnung ansehen würde.«

»Meinst du, er war an diesem Abend schon misstrauisch?«, fragte Myrna.

»Ein bisschen beunruhigt wahrscheinlich. Sein schlechtes Gewissen mag ihm einen Streich gespielt haben. Dieser Ausdruck auf seinem Gesicht, als Jane sagte, ihr Bild zeige den Umzug und es enthielte eine besondere Botschaft. Sie hat ihn dabei direkt angesehen.«

»Als sie dieses Gedicht rezitierte, hat er auch ganz merkwürdig geschaut«, sagte Myrna.

»Was für ein Gedicht war das?«, fragte Gamache.

»Auden. Dort, auf dem Stapel neben deinem Stuhl, Clara.

Ich kann es von hier aus sehen«, sagte Myrna. *»Die Gesammelten Werke von W.H. Auden.«*

Clara reichte Myrna den umfangreichen Band.

»Da ist es«, sagte Myrna. »Sie hatte aus Audens Hommage an Herman Melville vorgelesen:

Das Böse ist gar nichts Besonderes, sondern menschlich,
und teilt mit uns das Bett und sitzt an unserem Tisch.«

Peter griff nach dem Buch und überflog den Anfang des Gedichts, den Teil, den Jane nicht vorgelesen hatte:

»Zum Ende hin segelte er in eine wunderbare Milde
warf zu Hause Anker bei seiner Frau
und glitt in den Hafen ihrer Hand,
und fuhr jeden Morgen hinüber ins Büro,
als sei sein Beruf eine weitere Insel.
Das Gute gab es: das war die neue Erkenntnis.
Sein Grauen löste sich in Luft auf.«

Peter sah in die Flammen und lauschte den vertrauten Stimmen. Behutsam legte er ein Stück Papier in das Buch und klappte es zu.

»In seiner Paranoia glaubte er in allem eine verborgene Botschaft zu erkennen«, sagte Gamache. »Ben hatte die Gelegenheit und die notwendigen Fähigkeiten, Jane umzubringen. Er wohnte praktisch neben dem Schulhaus, er konnte es betreten, ohne gesehen zu werden, einen Recurvebogen und ein paar Pfeile an sich nehmen, die Pfeilspitzen austauschen und dann Jane auflauern und sie töten.«

In Peters Kopf lief das Geschehen wie ein Film ab. Er senkte den Blick, konnte seine Freunde nicht ansehen. Wie hatte er seinen besten Freund nur so wenig kennen können?

»Wie hat er Jane in den Wald gelockt?«, fragte Gabri.

»Er hat sie angerufen«, sagte Gamache. »Jane hat ihm vollkommen vertraut. Als er sie gebeten hat, sich mit ihm beim Wildwechsel zu treffen, hat sie nicht nachgefragt. Er hat ihr gesagt, es seien Wilderer unterwegs, deshalb solle sie Lucy besser zu Hause lassen. Sie hat sich auf den Weg gemacht, ohne lange zu überlegen.«

Das hat man nun von Vertrauen und Freundschaft, Loyalität und Liebe, dachte Peter. Man wird reingelegt. Betrogen. Man wird so tief verletzt, dass man kaum noch atmen kann, und manchmal bringt es einen um. Oder noch schlimmer. Es bringt die Menschen um, die man am meisten liebt. Ben hätte beinahe Clara umgebracht. Er hatte Ben vertraut. Ihn geliebt. Und das war dabei herausgekommen. Nie wieder. Gamache hatte Recht gehabt mit Matthäus 10,36.

»Und warum hat er seine eigene Mutter umgebracht?«, fragte Ruth.

»Die älteste Geschichte der Welt«, erwiderte Gamache.

»Ben war eine männliche Prostituierte?«, rief Gabri.

»Das ist das älteste Gewerbe der Welt. Wo hast du nur deinen Verstand?«, fragte Ruth. »Nein, lass nur, du brauchst nicht zu antworten.«

»Habgier«, erläuterte Gamache. »Ich hätte früher schalten sollen, nach unserem Gespräch in Ihrem Laden«, sagte er zu Myrna. »Sie haben eine bestimmte Persönlichkeit beschrieben. Leute, deren Leben stillsteht, wie Sie es bezeichnet haben. Erinnern Sie sich?«

»Ja. Leute, die nicht wachsen und sich nicht weiterentwickeln, sondern in der Bewegungslosigkeit verharren. Das sind diejenigen, bei denen selten eine Besserung eintritt.«

»Ja, das war es«, sagte Gamache. »Sie warten darauf, dass das Leben zu ihnen kommt. Sie warten darauf, dass sie jemand rettet. Oder heilt. Sie tun nichts für sich selbst.«

»Ben«, sagte Peter. Es war mehr oder weniger das Erste, was er an diesem Tag sagte.

»Ja, Ben.« Gamache nickte. »Ich glaube, Jane hat ihn durchschaut.« Er erhob sich und humpelte zur Wand. »Hier. Ihre Darstellung von Ben. Ist Ihnen aufgefallen, dass er Shorts trägt? Wie ein kleiner Junge. Und er ist in Stein gemeißelt. Erstarrt. Seinem Elternhaus zugewandt, der Vergangenheit. Jetzt ergibt das alles natürlich einen Sinn, aber lange habe ich es nicht verstanden.«

»Aber warum haben wir nichts gemerkt? Wir haben ihn doch jeden Tag gesehen«, fragte Clara.

»Warum hätten Sie etwas merken sollen? Sie hatten genug mit Ihrem Leben zu tun. Außerdem gibt es da noch etwas in Janes Zeichnung von Ben.« Er ließ ihnen einen Moment Zeit zum Nachdenken.

»Der Schatten«, murmelte Peter.

»Ja. Er hat einen langen, dunklen Schatten geworfen. In dessen düsterem Einfluss andere standen.«

»Damit meinen Sie mich«, sagte Peter.

»Ja. Und Clara. Und so gut wie alle anderen. Er war sehr schlau, er hat den Eindruck eines toleranten, freundlichen Mannes vermittelt, während er in Wirklichkeit finster und verschlagen war.«

»Aber warum hat er Timmer umgebracht?«, fragte Ruth noch einmal.

»Sie hatte vor, ihr Testament zu ändern. Nicht dass sie ihn vollständig enterben wollte, aber er sollte nur so viel bekommen, dass er einigermaßen davon leben konnte. Er hätte also anfangen müssen, selbst etwas zu tun. Sie war sich bewusst, was für ein Mann er geworden war, sie kannte seine Lügen, seine Faulheit, seine Ausflüchte. Aber sie hat sich stets für ihn verantwortlich gefühlt. Bis sie Sie kennenlernte, Myrna. Sie und Timmer haben oft über solche Dinge gesprochen. Ich glaube, Ihre Erklärungen haben sie dazu gebracht, über Ben nachzudenken. Sie wusste schon seit Langem, dass er ein Problem darstellte, aber sie hatte es als eine Art passives

Problem betrachtet. Die einzige Person, der er wehtat, war er selbst. Und ihr, mit seinen Lügen über sie.«

»Sie wusste, was Ben über sie erzählt hat?«, fragte Clara.

»Ja. Ben hat es uns während des Verhörs gesagt. Er gab zu, dass er, seit er ein Kind war, Lügengeschichten über seine Mutter verbreitet hat, um Mitleid zu erwecken, aber er schien das völlig in Ordnung zu finden. ›Es hätte wahr sein können‹, wie er sich ausdrückte.« Gamache drehte sich zu Peter. »Zum Beispiel hat er Ihnen erzählt, seine Mutter hätte darauf bestanden, ihn nach Abbott zu schicken, aber in Wahrheit hatte er darum gebettelt, ins Internat zu dürfen. Er wollte seine Mutter bestrafen, indem er ihr das Gefühl vermittelte, sie nicht zu brauchen. Ich glaube, dass diese Gespräche mit Ihnen, Myrna, einen Wendepunkt in Timmers Leben darstellten. Bis dahin hatte sie sich selbst die Schuld daran gegeben, was aus Ben geworden war. Halb glaubte sie ihm, wenn er sie bezichtigte, eine furchtbar schlechte Mutter gewesen zu sein. Und sie hatte das Gefühl, ihm etwas schuldig zu sein. Deshalb hat sie ihn sein ganzes Leben lang in ihrem Haus wohnen lassen.«

»Ist dir das nicht merkwürdig vorgekommen?«, fragte Myrna Clara.

»Nein. Im Rückblick begreife ich es selbst nicht mehr. Ben hat eben einfach da gewohnt. Außerdem hat er behauptet, seine Mutter würde ihn nicht weglassen. Ich hielt es für emotionale Erpressung. Ich habe ihm alles geglaubt, was er mir erzählt hat.« Clara schüttelte verwundert den Kopf. »Als Ben in das Gutsverwalterhaus gezogen ist, hat er uns erzählt, sie hätte ihn rausgeworfen, weil er es gewagt hätte, sich gegen sie aufzulehnen.«

»Und das hast du ihm abgenommen?«, fragte Ruth ruhig. »Wer hat so viele von euren Arbeiten gekauft, dass ihr euch euer Haus leisten konntet? Wer hat euch Möbel geschenkt? Wer hat euch in den ersten Jahren ständig zum Essen eingeladen, um euch mit allen möglichen Leuten bekannt zu machen und dafür zu sorgen, dass ihr etwas Vernünftiges zwischen die Zähne bekommt, weil ja bekannt war, dass ihr kaum etwas esst? Wer hat euch die Reste mit nach Hause gegeben? Wer hat euch höflich zugehört, wenn ihr etwas erzählt habt, und interessierte Fragen gestellt? So könnte ich noch die ganze Nacht weitermachen. Hat nichts davon irgendeinen Eindruck bei euch hinterlassen? Es war doch ganz offensichtlich!«

Da war es wieder, dachte Clara. Das Offensichtliche sah man eben einfach nicht.

Das war weitaus schlimmer als jede Verletzung, die Ben ihr zugefügt hatte. Ruth starrte sie mit versteinerter Miene an. Wie hatten sie so leichtgläubig sein können? Wie hatten Bens Worte schwerer wiegen können als Timmers Taten? Ruth hatte recht. Timmer war stets verständnisvoll, freundlich und großzügig gewesen.

Clara lief es kalt über den Rücken, als ihr klar wurde, dass Ben bereits vor langer Zeit damit begonnen hatte, seine Mutter zu töten.

»Du hast recht. Es tut mir leid. Sogar die Schlangen. Ich habe sogar das mit den Schlangen geglaubt.«

»Schlangen?«, fragte Peter. »Was denn für Schlangen?«

Clara schüttelte den Kopf. Ben hatte sie angelogen, und er hatte Peter mit hineingezogen, um seiner Geschichte mehr Glaubwürdigkeit zu verleihen. Warum hatte er ihr erzählt, im Keller seiner Mutter wimmele es vor Schlangen? Warum hatte er diese Internatsgeschichte erfunden? Weil es ihn noch mehr zum Opfer machte, zum Helden. Und sie war nur allzu bereit gewesen, ihm zu glauben. Armer Ben, hatte sie immer gesagt. Und der arme Ben wollte er auch sein, wenn auch nicht im wörtlichen Sinn, wie sich gezeigt hatte.

Nachdem das Licht wieder funktionierte, hatte sich herausgestellt, dass an Timmers Keller nichts außergewöhnlich war. Keine Schlangen. Keine Schlangennester. Kein Hinweis darauf, dass dort jemals etwas hinein- oder herausgeschlüpft war, außer Ben. Bei den Schlangen, die von der Decke hingen, handelte es sich in Wirklichkeit um Kabel, und sie hatte Stücke von einem Gartenschlauch getreten und durch den Raum geschleudert. Die Macht der Fantasie verblüffte Clara immer wieder aufs Neue.

»Es existiert noch ein anderer Grund, weshalb ich so langsam begriffen habe«, sagte Gamache. »Ich bin einem Irrtum aufgesessen. Einem ziemlich großen Irrtum sogar. Ich dachte, er liebt Sie, Clara. Wie ein Mann eine Frau liebt. Ich habe ihn sogar danach gefragt. Statt ihn zu fragen, was er für Sie empfindet, habe ich ihn gefragt, wie lange er Sie schon liebt. Ich habe ihm den Vorwand geliefert, den er brauchte, um all die aufmerksamen Blicke zu erklären. Er hat Sie nicht aus Leidenschaft kaum aus den Augen gelassen, sondern aus Angst. Er wusste um Ihre intuitive Veranlagung und dass Sie es von allen am ehesten herausfinden würden. Ich habe es ihm leicht gemacht und mir selbst dabei eine Falle gestellt.«

»Aber letzten Endes sind Sie darauf gekommen«, sagte Clara. »Ist Ben klar, was er getan hat?«

»Nein. Er ist davon überzeugt, dass sein Tun vollkommen gerechtfertigt war. Das Geld der Hadleys gehört ihm. Der Besitz der Hadleys gehört ihm. Seine Mutter war nicht mehr als die Verwalterin des ganzen Vermögens, bis es auf ihn übergehen würde. Die Vorstellung, dass sie ihm sein Erbe vorenthalten könnte, war so ungeheuerlich, dass er keine andere Wahl zu haben glaubte, als sie umzubringen. Und weil sie ihn in diese Situation gebracht hatte, na ja, deshalb brauchte er keine Schuldgefühle zu haben. Sie hatte es sich selbst zuzuschreiben.«

Olivier erschauerte. »Er wirkte so liebenswürdig.«

»Das war er auch«, sagte Gamache, »solange man ihm nicht widersprach oder etwas verweigerte, was er haben wollte. Wie ein Kind. Er hat seine Mutter des Geldes wegen umgebracht. Und er hat Jane umgebracht, weil er dachte, sie würde seine Tat mit *Fair Day* öffentlich machen.«

»Ist es nicht die reinste Ironie, dass er glaubte, sein Gesicht auf dem Bild würde ihn verraten?«, sagte Peter. »Tatsächlich hat ihn jedoch verraten, dass er sein Gesicht entfernte. Hätte er das Bild so gelassen, wie es war, wäre er niemals erwischt worden. Er ist sein ganzes Leben lang untätig gewesen. Und dann wird er ein einziges Mal aktiv und stürzt sich damit ins Verderben.«

Ruth Zardo erklomm langsam und unter Schmerzen den Hügel, Daisy an der Leine neben sich. Sie hatte sich freiwillig erboten, sich um Bens Hund zu kümmern, was sie selbst mehr überrascht hatte als jeden anderen. Aber es kam ihr richtig vor. Zwei müffelnde, lahme alte Weiber. Sie quälten sich über den holprigen Pfad, sorgfältig auf jeden Schritt achtend, um auf dem Schnee nicht auszurutschen und sich den Knöchel zu verstauchen oder die Hüfte zu brechen.

Bevor sie ihn sehen konnte, hörte sie ihn. Den Gebetsstab, in dessen bunten Bändern sich der Wind fing und die Geschenke durch die Luft wirbelte und gegeneinander stoßen ließ. Wie richtige Freunde. Sie gerieten aneinander und taten sich mitunter gegenseitig auch weh, aber nie willentlich. Ruth griff nach der alten Fotografie, der Regen und Schnee so zugesetzt hatten, dass kaum noch etwas darauf zu erkennen war. Sie hatte dieses Foto sechzig Jahre lang nicht angesehen, seit dem Tag, an dem sie es auf dem Jahrmarkt aufgenommen hatte. Jane und Andreas, vor Glück strahlend. Und hinter ihnen Timmer, die direkt in die Kamera schaute und Ruth mit der Kamera in der Hand finster anblickte. In dem Moment, vor all diesen vielen Jahren, hatte Ruth gewusst, dass Timmer es wusste. Die junge Ruth hatte Jane hintergangen. Und jetzt war Timmer tot. Und Andreas war tot, und Jane war auch tot. Und Ruth hatte das Gefühl, dass es vielleicht an der Zeit war loszulassen. Ihre Finger lösten sich von dem alten Foto, und es nahm wieder seinen Platz zwischen den anderen Geschenken ein, um mit ihnen im Wind zu tanzen.

Ruth griff in ihre Tasche und nahm das Buch heraus, das sie sich als Geschenk von Jane ausgesucht hatte. Außerdem zog sie den Briefumschlag heraus, den Jane ihr hinterlassen hatte. Darin befand sich eine Karte mit einer Zeichnung von Jane, gewissermaßen eine Kopie des Bildes an Janes Wohnzimmerwand. Mit dem Unterschied, dass die beiden jungen Mädchen, die einander umarmt hielten, auf der Zeichnung alt und gebrechlich waren. Zwei alte Frauen. Die einander festhielten. Ruth steckte die Karte in das Buch. Das zerfledderte kleine Buch, das nach Floris roch.

Mit zitternder Stimme begann Ruth laut zu lesen, die Worte wurden vom Wind davongetragen und mit den Bändern und den Schneeflocken durch die Luft gewirbelt. Daisy sah treuherzig zu ihr auf.

Gamache saß im Bistro, er war gekommen, um sich zu verabschieden und vielleicht ein oder zwei Lakritzschnecken zu kaufen, bevor er sich auf den Rückweg nach Montréal machte. Olivier und Gabri stritten gerade laut darüber, wo das Buffet aufgestellt werden sollte, das Olivier sich ausgesucht hatte. Olivier hatte sich bemüht, es nicht zu tun. Er hatte sich im Stillen selbst mit strenger Stimme ermahnt, nicht so raffgierig zu sein und das beste Stück aus Janes Haus zu nehmen.

Nur dieses eine Mal, hatte er sich selbst angefleht, nimm etwas Symbolisches. Etwas Kleines, das dich an sie erinnert. Ein hübsches Stück aus der famille rose oder ein kleines Silbertablett. Nicht das Buffet. Bloß nicht das Buffet.

»Warum stellen wir nie was von den schönen Sachen in

der Pension auf?«, beschwerte sich Gabri, während er und Olivier durch das Bistro schlenderten und Ausschau nach einem passenden Platz für das Buffet hielten. Als sie Gamache erblickten, gingen sie zu ihm. Gabri hatte eine Frage.

»Haben Sie eigentlich jemals uns verdächtigt?«

Gamache sah die beiden Männer an, der eine groß und lebhaft, der andere klein und in sich gekehrt. »Nein. Ich glaube, Sie beide haben in Ihrem Leben so sehr unter den Grausamkeiten anderer leiden müssen, dass Sie selbst niemals grausam wären. Meiner Erfahrung nach geben Leute, die verletzt worden sind, entweder ihre Verletzungen weiter und behandeln andere schlecht, oder sie werden zu sehr warmherzigen, freundlichen Menschen. Sie sind beide nicht der Typ, um einen Mord zu begehen. Ich wollte, ich könnte das von allen anderen hier auch sagen.«

»Was meinen Sie damit?«, fragte Olivier.

»Wen meinen Sie damit?«, fragte Gabri.

»Sie erwarten doch wohl nicht, dass ich Ihnen darauf eine Antwort gebe, oder? Außerdem wird der Betreffende vielleicht nie zur Tat schreiten.« Gabris aufmerksamem Blick entging nicht, dass Gamache nicht nur nicht richtig überzeugt wirkte, sondern sogar ein wenig besorgt.

In dem Augenblick tauchte Myrna auf, die sich eine heiße Schokolade gönnen wollte.

»Ich möchte Sie etwas fragen«, wandte sie sich an Gamache, nachdem sie ihre Bestellung aufgegeben hatte. »Was ist mit Philippe los? Warum hat er seinem Vater das angetan?«

Gamache überlegte, wie viel er ihr erzählen sollte. Isabelle Lacoste hatte den Gegenstand, den sie hinter einem gerahmten Poster in Bernards Zimmer gefunden hatte, ans Labor geschickt, und inzwischen lagen die Ergebnisse vor. Er war übersät mit Philippes Fingerabdrücken. Gamache hatte das nicht weiter überrascht. Bernard Malenfant hatte den Jungen erpresst.

Aber Gamache wusste, dass sich Philippes Verhalten schon vorher verändert hatte. Aus einem fröhlichen netten Jungen war ein gemeiner, verdrossener, äußerst unglücklicher Teenager geworden. Gamache hatte sich den Grund dafür denken können, und die Zeitschrift hatte seine Vermutung bestätigt. Philippe hasste seinen Vater nicht. Nein. Philippe hasste sich selbst und ließ es an seinem Vater aus.

»Tut mir leid«, sagte Gamache. »Das kann ich Ihnen nicht sagen.«

Als Gamache seinen Mantel anzog, traten Gabri und Olivier zu ihm.

»Wir glauben, dass wir wissen, warum Philippe sich so verhält«, sagte Gabri. »Wir haben es auf dieses Blatt Papier geschrieben. Wollen Sie nicht einfach nicken, wenn wir recht haben?«

Gamache faltete das Blatt auseinander und las, was darauf stand. Dann faltete er es wieder zusammen und steckte es in seine Manteltasche. In der Tür drehte er sich noch einmal zu den beiden Männern um, die so nahe nebeneinander standen, dass sie sich gerade eben berührten. Wider besseres Wissen nickte er. Er sollte es niemals bereuen.

Sie sahen Armand Gamache nach, wie er zu seinem Auto humpelte und davonfuhr. Gabri verspürte eine tiefe Traurigkeit. Er wusste schon seit einer ganzen Weile über Philippe Bescheid. Der Zwischenfall mit dem Entendreck hatte seine Vermutung lediglich auf eine etwas seltsame Art bestätigt. Deshalb hatten sie beschlossen, Philippe seine Strafe im Bistro abarbeiten zu lassen. Wo sie ihn beobachten konnten, aber was noch wichtiger war, wo er sie beobachten konnte. Und feststellen, dass es ganz in Ordnung war.

»Na ja«, Olivier strich Gabri über den Handrücken, »zumindest steht dir damit ein weiterer Zwerg zur Verfügung, wenn du dich jemals entschließen solltest, *Schneewittchen* auf die Bühne zu bringen.«

»Das ist genau das, was wir Mädels in diesem Dorf brauchen, viele Freunde.«

»Das ist für dich.« Clara holte hinter ihrem Rücken ein großes Foto hervor, das sie auf ihrem Mac bearbeitet und ausgedruckt hatte. Strahlend sah sie Peter an. Doch nach einer Weile verschwand das Lächeln von ihrem Gesicht. Er verstand es nicht. Das war nichts Ungewöhnliches, er verstand ihre Arbeit selten. Aber sie hatte gehofft, dass es dieses Mal anders wäre. Ihr Geschenk an ihn bestand zum einen aus dem Foto und zum anderen aus dem Vertrauen, das sie ihm entgegenbrachte, indem sie es ihm zeigte. Ihre Kunst war so ungemein persönlich, dass sie sich damit völlig entblößte. Nachdem sie Peter nichts von dem Hochsitz und dem Wildwechsel erzählt hatte und auch noch einige andere Dinge für sich behalten hatte, wollte sie ihm jetzt zeigen, dass sie einen Fehler gemacht hatte. Sie liebte ihn, und sie vertraute ihm.

Er starrte auf das seltsame Foto. Es zeigte einen Kasten auf Stelzen, eine Art Baumhaus. Im Inneren befand sich ein Stein oder ein Ei, Peter war sich nicht ganz sicher. Diese Uneindeutigkeit sah Clara ähnlich. Und dann drehte sich das Ding auch noch. Es rief ein leichtes Schwindelgefühl in ihm hervor.

»Der Hochsitz hat mich dazu inspiriert«, sagte sie, als würde das alles erklären. Peter wusste nicht, was er darauf erwidern sollte. In letzter Zeit, in der vergangenen Woche, hatte es nicht viel gegeben, was er jemandem zu sagen gehabt hätte.

Clara fragte sich, ob sie ihm das mit dem Stein erklären sollte, der symbolisch für den Tod stand. Aber andererseits könnte es auch ein Ei sein. Ein Symbol für das Leben. Was war es nun? Diese Frage verlieh dem rätselhaften Werk eine ungeheure Spannung. Bis zu diesem Morgen war ihr Baumhaus noch statisch gewesen, aber all das Gerede über

Leute, die irgendwie feststeckten, hatte Clara auf die Idee gebracht, es rotieren zu lassen, wie einen kleinen Planeten, mit einer eigenen Schwerkraft, einer eigenen Realität. Wie die meisten Häuser beherbergte es Leben und Tod, untrennbar miteinander verbunden. Und ein Hort der individuellen Geschichte. Das Haus als Allegorie des Ich. Ein Porträt unserer Entscheidungen. Und unserer Unfähigkeit zu sehen.

Peter begriff es nicht. Er versuchte es gar nicht erst. Er ließ Clara mit einem Kunstwerk stehen, das sie eines Tages berühmt machen würde. Doch das konnte zu diesem Zeitpunkt keiner von beiden ahnen.

Sie sah ihm nach, als er zögernd, als wüsste er nicht genau, was er dort sollte, in sein Atelier ging und die Tür hinter sich schloss. Eines Tages würde er seine sichere, karge Insel wieder verlassen und auf ihr chaotisches Festland zurückkehren, dessen war sie sich sicher. Und sie würde mit offenen Armen auf ihn warten, wie sie es immer tat.

Jetzt saß Clara im Wohnzimmer und holte ein Blatt Papier aus ihrer Jackentasche. Es war an den Pfarrer von St. Thomas adressiert. Sie strich die beiden Zeilen, die darauf standen, durch und schrieb darunter etwas in sorgfältigen Druckbuchstaben. Dann zog sie ihren Mantel an und ging den Hügel hinauf zu der weiß gestrichenen Holzkirche, überreichte den Zettel dem Pfarrer und trat wieder hinaus in die kalte, klare Luft.

Reverend James Morris entfaltete den Zettel und las ihn. Es waren Anweisungen für die Inschrift auf Jane Neals Grabstein. Oben auf dem Blatt stand »Matthäus 10, 36«. Aber das war durchgestrichen und etwas anderes darunter geschrieben worden. Er holte seine Bibel und schlug die Stelle im Neuen Testament nach. *»Und des Menschen Feinde werden seine eignen Hausgenossen sein.«*

Darunter stand die neue Inschrift.

»Überrascht von Freude.«

Oben auf dem Hügel hielt Armand Gamache an und stieg aus seinem Wagen. Er sah hinunter auf das Dorf, und ihm wurde warm ums Herz. Er blickte über die Dächer der Häuser und dachte an die guten, freundlichen Bewohner mit all ihren Fehlern, die sich bemühten, ein anständiges Leben zu führen. Leute gingen mit ihren Hunden spazieren, rechten das widerspenstige Herbstlaub zusammen, das mit den Schneeflocken um die Wette durch die Luft wirbelte. Sie erledigten ihre Einkäufe in Monsieur Béliveaus Gemischtwarenladen und kauften in Sarahs Bäckerei Baguettes. Olivier stand in der Tür des Bistros und schüttelte ein Tischtuch aus. Das Leben hier war weit davon entfernt, hektisch zu sein. Aber es stand auch nicht still.

Ein Gespräch mit Margaret Atwood über *Das Dorf in den roten Wäldern* anlässlich seines zwanzigsten Jubiläums

Louise: Wie Sie wissen, verwende ich in den Gamache-Büchern Ihre Gedichte, schreibe sie aber Ruth Zardo zu, der Figur der bärbeißigen, oft betrunkenen, verbitterten alten Dichterin. Ruth fungiert als eine Art griechischer Chor und äußert Dinge, die andere sich nicht zu sagen trauen würden. In Gamaches Augen ist sie nicht nur eine bedeutende Dichterin, sondern bestimmt die Klügste von allen (wenn auch nicht die Netteste). Die Leser lieben Ruth, und sie lieben die Gedichte.

Wie finden Sie Ruth?

Margaret: Nachdem ich in einem Zeitalter der Archetypen aufgewachsen und Viktorianistin gewesen bin, begänne ich selbstverständlich damit, Ruths literarischen Stammbaum zurückzuverfolgen. Ihre Ururgroßmütter sind Kassandra – die gezwungen war, die Wahrheit zu sprechen, obwohl ihr niemand glaubte – und die Sibyllen, besonders Sibylle von Cumae aus der *Aeneis*, die Aeneas auf der Suche nach Antworten auf seine Traumata durch die Unterwelt führt. Diese Prophetinnen werden von Göttern »inspiriert«, ein Zustand, der zweifellos dem der Trunkenheit oder des Wahnsinns ähnelt. (So stehen der Sibylle von Cumae in solchen Momenten die Haare zu Berge – ich wünschte, das gelänge mir besser.) Ruth' Nachname, Zardo, ist spanisch und leitet sich von dem lateinischen Wort für Leopard her, es klingt aber auch – in bester Dickens'scher Wortspielmanier – »sardonisch« darin an. Zusätzlich zu ihrer prophetischen Ahnenschaft steht sie in einer langen Reihe von Dichterinnen, die nicht unbedingt als vorbildhafte Vertreterinnen des bürgerlichen Verhaltenskodex betrachtet wurden. (Muss ich eigens auf Emily Dickinson, Christina Rossetti – durch die Wurmlöcher in einem Leichentuch auf das Leben blickend – und Sylvia Plath verweisen?) Zudem hat Ruth eine Vertraute – die Ente Rosa –, und zusammen mit ihren Voraussagen, mögen sie oft auch zweideutig sein, macht sie das zumindest zu einer nahen Verwandten von Hexen. Man denkt unwillkürlich an Macbeth. (Wenigstens ist Rosa keine Kröte – nicht, dass ich was gegen Kröten hätte.)

Louise: Erkennen Sie sich in ihr?

Margaret: Als Schriftstellerin bin ich selbst schon oft eine solche Projektionsfläche gewesen, obwohl ich nicht trinke (nicht mehr) und nicht verbittert bin. Aber hey, wenigstens bin ich alt! Und ich sage Dinge, die sich andere nicht zu sagen trauen. Was daran liegt, dass ich es kann: Ich habe keinen Arbeitgeber, der mich feuern kann, und ich bin zu alt, um noch einen Furz auf meine »Reputation« zu geben. Ich finde es lustig, dass die sardonische, sibyllinische Ruth meine Gedichte schreibt. Manchmal.

Louise: Wie kamen Sie darauf, die Gamache-Bücher zu lesen?

Margaret: Seit ich im Alter von elf von Sherlock Holmes angefixt wurde, lese ich Krimis. Warum sollte ich nicht auf Gamache gekommen sein?

Louise: Was gefällt Ihnen daran? (Bitte, lieber Gott, zeig dich gnädig …)

Margaret: Die Bücher sind unterhaltsam und gut aufgebaut. Lebenssituation und Laufbahn von Gamache (*Panache*, Ganache?) sind glaubwürdig. Er ist nicht unfehlbar, was mir gefällt, und er sieht in jedem, der ein Verbrechen begeht, das Menschliche. (Maigret – eine andere Reihe, die man auch eher als Sittenbild Frankreichs in einer bestimmten historischen Epoche denn als Whodunit liest.)

Louise: Angefangen mit *Das Dorf in den roten Wäldern* sind meine Bücher eindeutig Kriminalromane. Aber ich hoffe, es geht darin noch um viel mehr. Das Verbrechen ist das Vehikel, das Trojanische Pferd, mit dessen Hilfe ich vieles andere betrachten kann. Sie haben *Alias Grace* geschrieben, auch ein Kriminalroman und noch viel mehr. Können Sie sich vorstellen, weitere Kriminalromane zu schreiben?

Margaret: Seit einhundertvierzig Jahren gehört es zur Kriminalliteratur, das Leben und die gesellschaftlichen Bedingungen zu einer bestimmten Zeit abzubilden. Wenn man Holmes durch die Zeit von Hackney Cabs, Gaslampen und Telegrammen in das frühe zwanzigste Jahrhundert folgt, landet man schließlich bei der Elektrizität! Ordnet man die Agatha-Christie-Romane chronologisch, ziehen die Figuren nach und nach von großen Landsitzen in kleinere Häuser, bis sie schließlich in Dienstbotenwohnungen landen, während parallel dazu ihre Dienerschaft schrumpft. Die Fernsehserie um Poirot mit David Suchet ist großartig gemacht – wo haben sie nur all die Art-déco-Möbel und die Architektur der Moderne aufgetan? Ohne das alles kann man ihn nicht richtig verstehen. (Die wunderschönen Frisuren von Miss Lemon sind ewiger Anlass der Freude.) Raymond Chandlers Interieurs – welch verführerische Nebensache!

Was die Frage eines weiteren »Kriminalromans« angeht – *Alias Grace* basierte auf einem tatsächlich verübten Doppelmord. Es gab viele widersprüchliche Ansichten über die Frau. Vermutlich schrieb ich den Roman, um herauszufinden, ob sie Nancy erwürgt hat oder nicht. Ich weiß es immer noch nicht. Soll der Leser entscheiden!

Ob ich's wieder machen würde? Verpflichte dich niemals zu etwas in der Zukunft, von dem du nicht weißt, was es ist. Das ist mein sibyllinischer Rat.

Louise: Ich habe mit dem Genrebegriff Probleme. Er hat für mich eher etwas von einer Hierarchisierung als einer Kategorisierung. Ein verhaltenes Urteil: an der Spitze die sogenannte Hochliteratur, dann eine Ewigkeit lang nichts und schließlich der aus allem anderen bestehende Bodensatz. Der natürlich als weniger wertvoll betrachtet wird. Meiner Meinung nach gibt es aber einfach Bücher, die uns gefallen, und Bücher, die uns nicht gefallen. Nicht gute und schlechte Bücher. Ehrlich, wer will darüber entscheiden? Solange die Menschen lesen, würde ich mich eines Urteils enthalten. Was halten Sie vom Genrebegriff? Vielleicht könnten wir uns vornehmen, genreneutral zu sein (wie clever …).

Margaret: »Genre« ist ein Hilfsmittel für Buchhändler, damit sie wissen, in welches Regal sie ein Buch stellen sollen. Der Begriff ist relativ neu. In der Frühzeit des Taschenbuchs – den 1940er- und 50er-Jahren – wurden diese in Gemischtwarenläden verkauft, und die reißerischen Umschläge – eine Blondine, die aus ihrem Negligé fällt – sollten die Kunden verführen. Man dachte, man kauft ein schlüpfriges Buch, und bekam *Krieg und Frieden*. Ein weiteres Beispiel: Man kann nicht über den Roman des zwanzigsten

Jahrhunderts reden, ohne George Orwells *1984* zu erwähnen. Es ist ein sehr ernster Roman, und schafft es dennoch, die Aufmerksamkeit zu fesseln. Das erste Paperback-Cover wirkte allerdings ziemlich billig: Winston sieht auf Julias Dekolleté, während ein Gedankenpolizist sie drohend anstarrt.

Ist *Der Report der Magd* »Genre«? Weil es in der Zukunft spielt und Kostüme vorkommen?

Louise: *Das Dorf in den roten Wäldern* wurde von jedem Verlag und jeder Literaturagentur abgelehnt, denen ich das Manuskript schickte, und zwar egal wo.

Margaret: *Harry Potter* erging es nicht anders.

Louise: Es war eine internationale Niete. Was, glaube ich, daran liegt, dass es schwer zu kategorisieren ist. Einer schrieb, dass sich niemand für einen Kriminalroman interessiert, der in Kanada spielt. Das war natürlich ein Irrtum, aber glauben Sie, dass kanadische Autoren es besonders schwer haben?

Margaret: Immer schon. Als 1972 oder 73 *Der lange Traum* in den Vereinigten Staaten erscheinen sollte, fragte mich mein New Yorker Verleger, ob ich ein paar gute Zitate aus Rezensionen für den Klappentext hätte. »Ich habe einige kanadische«, sagte ich. »Oh nein!«, rief er. »Die nicht. Kanada ist hier ein Todesstoß.«

Louise: Manchmal frage ich mich, ob Verleger die Leser unterschätzen. Was meinen Sie?

Margaret: Manche schon, andere nicht. Das kann man nur schwer verallgemeinern. Und welche Leser überhaupt?

Auch die lassen sich nur schwer verallgemeinern. Der leckere Muffin des einen ist für den anderen ein frittierter Hundehaufen. Wie Ruth vielleicht sagen würde. Und es in Ihrem nächsten Buch wahrscheinlich tun wird. ☺

Louise: Beim Schreiben von *Das Dorf in den roten Wäldern* habe ich ausschließlich selbstsüchtige Entscheidungen getroffen. Ich habe ein Dorf erfunden, in dem ich selbst leben würde, Figuren, deren Gesellschaft ich genießen würde (selbst die von Ruth), und eine Hauptfigur, die ich heiraten würde (was ich dann ja auch getan habe). Bis heute schreibe ich immer einfach ein Buch, das ich selbst lesen würde. Sie auch?

Margaret: Na ja, wenn man es selbst nicht lesen will, warum sollte es dann jemand anderes lesen wollen? Wir lesen allerdings aus allen möglichen Gründen Bücher. Um uns zu informieren, zu unterhalten ... Wenn ein Buch beides nicht wenigstens ein bisschen erfüllt, ist ihm nur ein kurzes Leben beschieden. (Wenn es nur informiert: zu pedantisch und langweilig. Wenn es nur unterhält: zu substanzlos und frivol.)

Louise: Welche meiner Figuren gefällt Ihnen am besten?

Margaret: Selbstverständlich Ruth, das wissen Sie.

Louise: Ich bin immer wieder erstaunt, wie viele Produzenten damit gerungen haben, meine Bücher fürs Kino oder Fernsehen zu adaptieren. Also nicht nur den Plot einzufangen, was vermutlich leicht ist, sondern auch den Ton der Bücher. Das gilt selbst für *Das Dorf in den roten Wäldern.* Ich weiß nicht, woran es liegt, außer dass sie mir offenbar nicht zuhören, was zum Verrücktwerden ist. Das sollten sie natürlich. Glaube ich wenigstens. Und wenn mir noch einmal in belehrendem Ton gesagt wird, dass eine Fernsehserie kein Buch ist, schreie ich.

Margaret: Nur zu! Eine Fernsehserie ist kein Buch, auch wenn es Serienautoren wie Dickens – er veröffentlichte die meisten seiner Bücher zunächst als Fortsetzungsromane in Zeitungen – und Conan Doyle – in sich abgeschlossene Episoden mit einem bekannten Figureninventar – waren, die das Format erfunden haben.

Louise: Aber es gibt doch großartige Romanadaptionen für Film und Fernsehen. Warum klappt das bei manchen, bei anderen nicht?

Margaret: Reines Glück.

Louise: Ihre Bücher wurden oft adaptiert. Sind Sie zufrieden damit? Wie gehen Sie das an?

Margaret: Ich habe früher selbst für Film und Fernsehen geschrieben, daher weiß ich, dass das eigene Kunstformen sind und sie nur mit den eigenen Mitteln erfolgreich sein können. Und sie sind schneller. Aber dem Innenleben einer Figur nähert man sich nach wie vor in einem Roman am besten.

Die vielleicht erstaunlichste Adaption war Wayne McGregors Ballett nach der *MaddAddam*-Reihe. Ich hatte keinen blassen Schimmer, was er vorhatte, aber wie sich herausstellte, war es ein durchschlagender (wenn auch merkwürdiger) Erfolg. Die Leute weinten. Das ist in einem Ballett ungewöhnlich.

Louise Penny

Louise Penny, 1958 in Toronto geboren, arbeitete nach ihrem Studium der Angewandten Kunst achtzehn Jahre lang als Rundfunkjournalistin und Moderatorin in ganz Kanada. Mit dem Schreiben begann sie erst spät. Ihr erster Roman *Das Dorf in den roten Wäldern* wurde 2005 weltweit als Entdeckung des Jahres gefeiert, und auch die folgenden Gamache-Krimis wurden vielfach ausgezeichnet und eroberten die Bestsellerlisten in zahlreichen Ländern. Louise Penny lebt in Sutton bei Québec, einem kleinen Städtchen, das Three Pines zum Verwechseln ähnelt.

LOUISE PENNY
IM KAMPA VERLAG

Das Dorf in den roten Wäldern
Der erste Fall für Gamache

Aus dem kanadischen Englisch
von Andrea Stumpf und Gabriele Werbeck

Tief eingeschneit
Der zweite Fall für Gamache

Aus dem kanadischen Englisch
von Andrea Stumpf und Gabriele Werbeck

Das verlassene Haus
Der dritte Fall für Gamache

Aus dem kanadischen Englisch
von Andrea Stumpf und Gabriele Werbeck

Lange Schatten
Der vierte Fall für Gamache

Aus dem kanadischen Englisch
von Andrea Stumpf und Gabriele Werbeck

Wenn die Blätter sich rot färben
Der fünfte Fall für Gamache

Aus dem kanadischen Englisch
von Andrea Stumpf und Gabriele Werbeck

Heimliche Fährten
Der sechste Fall für Gamache

Aus dem kanadischen Englisch
von Sepp Leeb

Bei Sonnenaufgang
Der siebte Fall für Gamache

Aus dem kanadischen Englisch
von Andrea Stumpf und Gabriele Werbeck

Unter dem Ahorn
Der achte Fall für Gamache

Aus dem kanadischen Englisch
von Sepp Leeb

Der vermisste Weihnachtsgast
Der neunte Fall für Gamache

Aus dem kanadischen Englisch
von Andrea Stumpf und Gabriele Werbeck

Wo die Spuren aufhören
Der zehnte Fall für Gamache

Aus dem kanadischen Englisch
von Sepp Leeb

Totes Laub
Der elfte Fall für Gamache

Aus dem kanadischen Englisch
von Nora Petroll

Auf keiner Landkarte
Der zwölfte Fall für Gamache

Aus dem kanadischen Englisch
von Andrea Stumpf und Gabriele Werbeck

Hinter den drei Kiefern
Der 13. Fall für Gamache

Aus dem kanadischen Englisch
von Andrea Stumpf und Gabriele Werbeck

Auf einem einsamen Weg
Der 14. Fall für Gamache

Aus dem kanadischen Englisch
von Andrea Stumpf und Gabriele Werbeck

Wildes Wasser
Der 15. Fall für Gamache

Aus dem kanadischen Englisch
von Andrea Stumpf und Gabriele Werbeck

Die Reise nach Paris
Der 16. Fall für Gamache

Aus dem kanadischen Englisch
von Andrea Stumpf und Gabriele Werbeck

Unruhe im Dorf
Der 17. Fall für Gamache

Aus dem kanadischen Englisch
von Nora Petroll

Ein sicheres Zuhause
Der 18. Fall für Gamache

Aus dem kanadischen Englisch
von Andrea Stumpf und Gabriele Werbeck

Der graue Wolf
Der 19. Fall für Gamache

Aus dem kanadischen Englisch
von Andrea Stumpf und Gabriele Werbeck

Wildes Wasser
Der 15. Fall für Gamache

Aus dem kanadischen Englisch
von Andrea Stumpf und Gabriele Werbeck

Die Reise nach Paris
Der 16. Fall für Gamache

Aus dem kanadischen Englisch
von Andrea Stumpf und Gabriele Werbeck

Unruhe im Dorf
Der 17. Fall für Gamache

Aus dem kanadischen Englisch
von Nora Petroll

Ein sicheres Zuhause
Der 18. Fall für Gamache

Aus dem kanadischen Englisch
von Andrea Stumpf und Gabriele Werbeck

Der graue Wolf
Der 19. Fall für Gamache

Aus dem kanadischen Englisch
von Andrea Stumpf und Gabriele Werbeck